陈忠实中篇小说选萃

陈忠实◎著

西安出版社

图书在版编目（CIP）数据

陈忠实中篇小说选萃 / 陈忠实著. —西安：西安出版社，2016.7

ISBN 978-7-5541-1496-4

Ⅰ. ①陈… Ⅱ. ①陈… Ⅲ. ①中篇小说—小说集—中国—当代 Ⅳ. ①I247.5

中国版本图书馆 CIP 数据核字（2016）第 112407 号

陈忠实中篇小说选萃

著　　者：陈忠实
出版发行：西安出版社有限责任公司
社　　址：西安市长安北路 56 号
电　　话：（029）85253740
邮政编码：710061
网　　址：www.xacbs.com
印　　刷：陕西天丰印务有限公司
开　　本：720mm×1020 mm　1/16
印　　张：25
字　　数：267 千
版　　次：2016 年 7 月第 1 版
2016 年 7 月第 1 次印刷
书　　号：ISBN 978-7-5541-1496-4
定　　价：38.00 元

目录 CONTENTS

康家小院

一

没有女人的家，空气似乎都是静止的。

康田生三十岁上死了女人。把那个在他家小厦屋里出出进进了五年,已经和简陋破烂的庄稼院融为一体的苦命人送进黄土，康田生觉得在这个虽然穷困却曾经无比温暖的小院里，一天也待不下去了。他抱起亲爱的亡妻留给他的两岁的独生儿子勤娃，用粗糙的手掌抹一抹儿子头顶上的毛盖头发，出了门，沿着村子后面坡岭上的小路走上去了。他走进老丈人家的院子，把勤娃塞到表嫂怀里，鼓劲打破蒙结在喉头的又硬又涩的障碍：

“权当是你的……”

勤娃大哭大闹，抡胳膊蹬腿，要从舅妈的怀里挣脱出来。康田生赶紧转过身，出了门，梗着脖子没有回头；再看一眼，他可能就走不了了。

走出丈人家所居住的腰岭村，下了一道塄坎，康田生双手撑住一棵合抱粗的杏树的黑色树干，“呜”的一声哭了。

只哭了一声，康田生就咬住了嘴唇，猛然爆发的那一声撕心裂肺的中年男人的粗壮的声音，戛然而止。他没有哭下去，迅即离开大杏树，抹去眼眶里的泪水，使劲咳嗽两声，沿着上岭来的那条小路走下去了。

三十年的生活经历，教给他忍耐，教给他犟倔，独独没有教会他哭泣。小时候，饿了时哭，父亲用耳光给他止饥。和人家娃娃玩恼了，他占了便宜，父亲抽他耳光；他吃了亏，父亲照样抽他的耳光。他不会哭了，没有哭泣这个人类男女皆存的强烈的感情动作了。即使国民党河口联保所的柳木棍打断了两根，他的裤子和皮肉粘在一起，牙齿把嘴唇咬得血流到脖子里，可眼窝里始终不渗一滴眼泪。

下河湾里康家村的西头，在大大小小高高矮矮地拥挤着的庄稼院中间，夹着康田生两间破旧的小厦房——后墙高，檐墙低，陡坡似的房顶上，掺接得稀疏的瓦片，在阴雨季节常常漏水。他和他的相依为命的妻子，夜里光着身子，把勤娃从炕的这一头挪到那一头，避免潮湿……现在，妻子已经躺在南坡下的黄土里头了，勤娃被送到表兄嫂家去了，残破低矮的土围墙里的小院，空气似乎都凝结了，静止了，他踏进院子的脚步声居然在后院围墙上发出“嗡嗡”的回音。灶是冷的，锅是冰的，擀面杖依旧架在案板上方的木橛上……妻子头上顶着自己织成的棉线布巾（防止烧锅的柴灰落到乌黑的头发里），拉着风箱，锅盖的边沿有白色的水汽冒出来。他搂着儿子，蹲在灶锅前，装满一锅旱烟。妻子从灶门里点燃一根柴枝，笑着递到他手上时，勤娃却一把夺走了，逞能地把冒着烟火的柴枝按到父亲的烟锅上。他吸着了，生烟叶子又苦又辣的气味呛得勤娃咳嗽起来，竟然哭了，恼了。他把一口烟又喷到妻子被火光映得忽明忽暗的脸上，呛得妻子也咳嗽，流泪，逗得勤娃又笑了……一条长凳，一张方桌，靠墙放着；两条缀着补丁的粗布被子，叠摞在炕头的苇席上……一切他和妻子共同使用过的家具和什物，此刻都映现着她忧郁而温存的眼睛。

连着抽完两袋旱烟，康田生站起来，勒紧腰里的蓝布带子，把烟袋别在后腰，从墙角提起打土坯的木把青石夯，扛上肩膀，再把木模挂到夯把上，走出厦屋，锁上门，走过小院，扣上木栅栏式的院墙门上的铁丝扣子，头也不回地走出康家村了。

第二天清晨，当熹微的晨光把坡岭、河川照亮的时光，康田生已经在一个陌生的村庄旁首的土壕里，提着青石夯，砸出轻重有致、节奏明快的响声了。

三十岁，这是庄稼汉子的什么年岁啊！康田生丢剥了长衫，只穿一件汗褂，膀阔腰粗，胳膊上栗红色的肌肉闪闪发光。他抡着几十斤重的石夯，捶击着装满木模的黄土，“噼里啪啦”，一串响声停歇，他轻轻端起一页光洁平整的土坯，扭着犍牛一样强壮的身体，把土坯垒到一起，返回身来，给手心喷上唾液，又提起石夯，捶啊捶起来……

他要续娶。没有女人的小院里的日月，怎么往下过呢！他才三十岁。三十岁的庄稼汉子，怕什么苦吃不得吗？

……

十四五年过去了，康田生终于没有续上弦。

他在小河两岸和南塬北岭的所有村庄里都承揽过打土坯的活计，从这家那家农户的男主人或女当家的手里，接过一枚一枚铜元或麻钱，又整串整串地把这些麻钱和铜元送交给联保所的官人手里，自己也搞不清哪一回缴的是壮丁捐，哪一回又缴的是军马草料款了。

他早出晚归，仍然忙于打土坯挣钱，又迫于给联保所缴款，十四五年竟然糊里糊涂地过去了。人老也未太老，背驼亦未驼得太厉害。而变化最大的是，勤娃已经长得和他一般高了，只是没有他那么粗，那么壮。勤娃已经不耐烦用小碗频频到锅里去舀饭，换上一只大人常用的粗瓷大碗了；也不知什么时候学的，勤娃已经会打土坯了。

康田生瞧着和自己齐肩并头的勤娃，顿然悟觉到——应该给儿子订媳妇了呢！

二

勤娃在舅家，舅父把他送给村里学堂的老先生。老先生一顿板子，打得他好容易认得的那几个字全飞走了。他不上学，舅父和舅母哄他，不行；拖他，去了又跑了；即使不得不动用绳索捆拿，他一得空还是逃走了。

“生就的庄稼坯子！”听完表兄表嫂的叙述，康田生叹一口气，“真难为你们了。”

勤娃开始跟父亲做庄稼活儿。两三亩薄沙地，本来就不够年富力强的父亲干，农忙一过，他闲下来。他学木匠，记不住房梁屋架换算的尺码。似乎不是由他选择职业，而是职业选择他。他学会打土坯，却是顺手的事。

在乡村七十二行手艺人当中，打土坯是顶粗笨的人干的了，虽不能说没有一点技术，却主要是靠卖力气。勤娃用父亲的那副光滑的柿树木质的模子，打了一摞（五百数）土坯，垒了茅房和猪圈，又连着打了几摞，把自家被风雨剥蚀得残破的围墙推倒重垒了。这样，勤娃打土坯出师了。

活路多的时候，父子俩一人一把石夯、一副木模，出门做活儿。活路少的时候，勤娃就让父亲留在屋里歇着，自己独个去了。

他的土坯打得好。方圆十里，人家一听说是老土坯客的儿子，就完全信赖地把他引到土壕里去了。

这一天，勤娃在吴庄给吴三家打完一摞土坯，农历四月的太阳刚下塬坡。他半后晌吃了晚饭，接过吴三递给他的一串麻钱，装进腰里，背起石夯和木模，告辞了。刚走出大门，吴三的女人迎面走来，一脸黑风煞气："土坯摞子倒咧！"

"啊？"吴三顿时瞪起眼睛，扯住他的夯把儿，"我把钱白花了，饭给你白吃了？你甭走！"

"认自个倒霉去！"勤娃甩开吴三拉拉扯扯的手说。按乡间虽不成文却成习律的规矩，一摞土坯打成，只要打土坯的人走出土壕，摞子倒了，工钱也得照付。勤娃今天给吴三家打这土坯时，就发觉土泡得太软了，后来想到四月天气热了，土坯硬得快，也就没太在意。初听到吴三婆娘报告这个倒霉事的时光，他咂了一下嘴，觉得心里不好受，可当他一见吴三变脸睁眼不认人的时候，他也来了硬的，"土坯不是倒在我的木模上……"

吴三和他婆娘交口骂起来。围观的吴庄的男女，把他推走了。骂归骂，心里不好受归不好受，乡规民约却是无法违背的。他回家了。

"狗东西不讲理！"勤娃坐在小厦屋的木凳上，给坐在门槛上的父亲叙述今天发生的事件，"他要是跟我好说，咱给他再打一摞，不要工钱！哼！他胡说乱道，我才不吃他那一套泼赖！”

康田生听完，没有吭声，接过儿子交到他手里来的给吴三打土坯挣下的麻钱，在手里攥着，半晌，才站起身，装到那只长方形的木匣里——那是亡妻娘家陪送的梳妆盒儿。他没有说话，躺下睡了。

勤娃也躺下睡了。父亲似乎就是那么个人，任你说什么，他不大开口。高兴了，笑一笑；生气了，咳一声。今天他既没笑，也没叹息。他就是那样。

……

勤娃听到父亲的叫声，睁开眼。天黑着，豆油灯光里，父亲已经把石夯扛到肩膀上了。他慌忙爬起，穿好衣裤，就去捞自己的那一套工具。大概父亲应承下远处什么村庄里的活儿了。

“你甭拿家具了。”父亲说，“你提夯，我供土。”

说罢，父亲扛着石夯出了门，勤娃跟在后头，锁上了门板。村庄里悄悄静静，一钩弯镰似的月牙悬浮在西塬上空，河滩里蛙声一片。

“爸，去哪个村？”

“你甭问，跟我走。”

勤娃就不再说话。马家村过了，西堡、朱家寨……天麻明，走进吴庄村巷了。父亲仍不停步，也不回头，从吴庄的大十字拐过去，站立在吴三门口了。勤娃一愣，正要给父亲发火，吴三从门里走出来。

“老三，还在那个土壕打土坯吗？”

吴三一愣，没好气地说：“我还打呀？”

“你只说准，还是那个土壕不是？”

“我另寻下土坯客了。”

勤娃早已忍耐不住(这样卑微下贱),他忽地转过身,走了。刚走开几步,膀子上的衣服被急急赶上前来的父亲揪住了。一句话没说,父子俩来到勤娃昨日打土坯的大土壕。

“提夯!”康田生给木模里装饱了土,命令说。

勤娃大声唉叹着,提起石夯,跳到打土坯的青石台板上。刚刚从夜晚沉寂中苏醒过来的乡村田野上,响起了有节奏的青石夯捶击土坯的声音。

太阳从东塬顶上冒出来,勤娃口渴难忍。往昔里,太阳冒红时光,主人就会把茶水和又酥又软的发面锅盔送到土壕来。今日算干的什么窝囊事啊!

乡村人吃早饭的时光到了。土壕外边的土路上,踽踽走过从塬坡和河川劳动归来的庄稼汉,进入树荫浓密的吴庄村里去了。爷儿俩停住手,父亲从口袋里取出自带的干馍,啃起来。勤娃嗓子眼里又干又涩,看看已经风干的黑面馍馍,动也没动,把头拧到一边,躲避着父亲的眼光。他怕看见父亲那可怜的眼光。他第一次强烈感到了出笨力者的屈辱和下贱,憎恨甘作下贱行为的父亲了。

农历四月相当炎热的太阳,沿着塬塄的平顶,从东朝西运行,挨着西塬坡顶的时光,五百数目为一摞的土坯整整齐齐垒在昨日倒坍掉的那一堆残迹旁边。父子俩收拾工具和脱掉扔在地上的衣衫,走出土壕了。

“给老三说,把土坯苫住,当心今黑有雨。”父亲在村口给一位老汉捎话,“我看今晚有雨哩。你看西河口那一层云台……”

“走走走走走!”勤娃走出老远,粗暴地呵斥父亲,“操那么些闲心做啥？”

勤娃回到家，一进门，掼下家具，就蹲在灶锅下，点燃了麦草，湿柴呛得鼻涕眼泪交流，风箱板甩打得“噼啪”乱响。他又饿又渴，虚火中烧。父亲没有吭声，默默地在案板上动手和面。要是父亲开口，他准备吵！这样窝窝囊囊活人，他受不了。

“康大哥！”

一声呼叫，门里探进一颗脑袋。勤娃回头一看，却是吴三，他一扭头，理也不理，照旧拉着风箱。父亲迎上前去了。

“康大哥！实在……唉！实在是……”吴三和父亲在桌前坐下来，“我今日没在屋，到亲戚家去了。回来才听说，你又打下一摞……”

“没啥……嘿嘿嘿……”父亲显然并不为吴三溢于言表的神色所动情，淡淡地应和着，“没啥。”

“你爷儿俩饿了一天，干渴了一天！”吴三越说越激动，“我跟娃他妈一说，就赶紧来看你。我要是不来，俺吴庄人都要骂我不通人性了。”

“噢噢噢……嗬嗬……”康田生似乎也动了情，“咱庄稼人，打一摞土坯也不容易，花钱……咱挣了人的麻钱，吃了人的熟食，给人打一堆烂货，咱心里也不安宁哩！”

“不说了，不说了。”吴三转过脸，“勤娃兄弟，你也甭记恨……老哥我一时失言……”

怪得很，窝聚在心胸里一整天的那些恶气和愤怨，一下子全都消失了！勤娃瞟一眼满脸憨笑着的吴三，不好意思地笑笑，表示自己也有过失。他低头烧锅。看来吴三是个急性子的热心人，好庄稼人！他把父亲称老哥，把自己称兄弟，安顿的啥班辈儿嘛！反正，他是把自己往低处放。

“这是两把挂面，这是工钱。”吴三的声音。

“使不得！使不得！”父亲慌忙压住吴三的手。

“你爷儿俩一天没吃没喝……”

“不怎不怎……”

勤娃再也沉默不住，从灶锅间跳起来，帮着父亲压住吴三的手：“三叔……”

第二天，吴庄一位五十多岁的乡村女人走进勤娃家的小院，脸上带着神秘的又是掩藏着的喜悦，对康田生说，吴三托她来给勤娃提亲事，要把他们的二姑娘许给勤娃。乡村女人为了证实这一点，特别强调吴三托她办事时说的原话：“吴三说，咱一不图高房大院，二不图车马田地，咱图得康家父子为人实在，不会亏待咱娃的……”

按照乡间古老而认真的订婚的方式，经过换帖、送礼等等繁章缛节，这门亲事终于由那位乡村女人做媒撮合成功了。康田生把装在亡妻木匣里那一堆铜元和麻钱，用红纸捆扎整齐，交给五十多岁的媒婆，心里踏实得再不能说了——太遂人愿了啊！

婚事刚定，壮丁派到勤娃头上。

“跑！”康田生说，“我打了一辈子土坯，给老蒋纳了一辈子壮丁款，现时又轮着你了！”

勤娃拧着眉，难受而又慌恐：“我跑了，你咋办？”

“你跑我也跑！”康田生说，“哪里混不下一口饭？只要扛上木模和石夯！”

勤娃逃走了。半年后，他回来了，对村里惶惶不安的庄稼人说：解放了！连日来听到南山方向的炮声，是追打国民党军队的解放军放的。他向人们证实说，他肩上扛回来的那袋洋面，是在河边的柳林里拾的，国军失败慌忙逃跑时撂下的……

三

日日夜夜在心里挂牵着的日子——正月初三，给勤娃婚娶的日子，在紧迫的准备、焦急的期待中就要来到了。明天——正月初三，寂寞荒凉了整整十八年的康田生的小庄稼院里，就要有一个穿花衫衫、留长头发的女人了。他和他的儿子勤娃，无论从田野里劳动回来，抑或是到外村给人家打土坯归来，进门就有一碗热饭吃了。这个女人每天早晨起来，用长柄竹条扫帚扫院子，扫大门外的街道，院子永远再不会有一层厚厚的落叶和荒草野蒿了，狐狸和猫豹子再也不敢猖獗地光临了（有几次，康田生出外打土坯归来，在小院里发现过它们的爪迹和拉下的带着毛发的粪便，令人心寒哪！）。肯定地说，过不了几年，这个小院里还会有一个留着毛盖儿或小辫的娃娃出现，这才算是个家哩！在这样温暖的家庭里，康田生死了，心里也坦坦然然，啥事也不必担忧啰！

乡亲们好！不用请，都拥来帮忙了！在小院里栽桩搭席棚的，借桌椅板凳的，出出进进，快活地忙着。平素，康田生和勤娃在外的时间多，在屋的时间少，和乡亲乡党们来往接触少。人说家有梧桐招凤凰，家有光棍招棍光，此话不然。他父子一对光棍，却极少有人来串门。他爷儿俩一不会耍牌掷骰子，二不会喝酒游闲，谁到这儿来，连一口热水也难得喝上。可是，当勤娃要办喜事的时候，乡党们还是热心地赶来帮忙料理。解放了，人都变得和气了，热心了，世道变得更有人情风味了。

今天是正月初二，丈人家的表兄表嫂吃罢早饭就来了。他们知道妹夫一个粗大男人，又没经过这样的大喜事，肯定忙乱得寻不着头绪，甚至连勤娃迎亲的穿戴也不懂得。勤娃自幼在他们屋里长大，他们早早赶来为自己苦命早殁的妹妹的遗子料理婚事，和娘老子一般样儿。

康田生倒觉得自己无事可干了。他哪里也插不上手，只是忙于应付别人的问询：斧头在哪儿放着？麻绳有没有？他自己此刻也不知斧头扔到什么鬼旮旯里去了；麻绳找出来的时光，是被老鼠咬成一堆的麻丝丝。问询的人笑笑，干脆什么也不问，需要用的家具，回自家屋里拿。

康田生闲得坐不住，心里也总是稳不住。老汉走出街门，没有走村子东边的大路，而是绕过村南坡梁，悄悄来到村东山坡间的一条腰带式的条田上。那块紧紧缠绕着山坡的条田里，长眠着他的亡妻——苦命人哪！

坟堆躺在上一台条田的塄根下，太阳晒不到，有一层表面变成黑色的积雪，马鞭草、苍耳、芨芨草、蒿子……枯干的枝叶仍然保护着坟堆。丛生的枳树枝条也已长得胳膊粗了——快二十年了呀！

康田生在条田边的麦苗上坐下来，面对亡妻的坟墓，嗫嚅了半天，说："我给你说，咱勤娃明日要娶亲了……"

他想告诉亲爱的亡妻，他受了多少磨难，才把他们的勤娃养育大了。他给人家打下的土坯，能绕西安城墙垒一匝；他流下的汗水，能浇灌一分稻子地。他在兵荒马乱、疫疠蔓生的乡村，把一个两岁离母的勤娃抓养成小伙子，够多艰难！他算对得住她，现在该当放心了……

他想告诉她，没有她的日月，多么难过。他打土坯归来的路上，不觉得是独独儿一个人，好像她就在他身旁走着，一双忧郁温存的眼睛盯着他。夜里，他梦见她，大声惊喜地呼叫；临醒来，炕上还是他一个人……

四野悄悄静静，太阳的余晖还残留在塬坡和蓝天相接的天空，暮霭已经从南塬和北岭朝河川围聚。河川的土路上，来来往往着新年佳节时月走亲访友姗姗归来的男女。

康田生坐着，其实再没说出什么来。这个和世界上任何有文化教养的人一样，有着丰富的内心感情活动的庄稼汉子，常年四季出笨力打土坯，不善于使用舌头表达心里的感情了。

再想想，康田生有一句话非说不可："你放心，现在世事好了，解放了……"

他想告诉她，康家村发生了许多亘古闻所未闻的吓人的事。村里来了穿灰制服的官人，而且不叫官人，叫干部，叫同志，还有不绾发髻散披着头发的女干部。财东康老九家的房产、田地、牲畜和粮食，分给康家村的穷人了。用柳木棍打过他屁股的联保所那一伙子恶人，三个被五花大绑着押到台子上，收了监。他和勤娃打土坯挣钱，挣一个落一个，再不用缴给联保所了……

他叹息着："你要是活着，现时该多好啊！"

康田生发觉鼻腔有异样的酸溃溃的感觉，不堪回想了，仰起头来。

仰起头来，康田生就瞅见了站在身旁的儿子勤娃，不知他来了多久了。

"我舅妈叫我来，给我妈……烧纸。"勤娃说，"我给我爷和我婆已经烧过了，现在来给我妈……”

唔！真是人到事中迷！晚辈人结婚的前一天后晌，要给逝去的祖先烧纸告祷，既是告知先祖的在天之灵，又是祈求祖先神灵佑护。他居然忘记了让勤娃来给生母烧纸，而自个却悄悄到这里来了。

勤娃在墓堆前跪下了，点着了一对小小的漆蜡，插在坟堆前的虚土里；又点燃了五根紫红色的香，香烟袅袅，在野草和枳树的枯枝间缭绕；阴纸也点燃了，火光扑闪着。

勤娃做完这一切，静静地等待阴纸烧完。他并不显得明显地难受，像办普通的一件事一样，虽然认真，却不动情。康田生心里立即蹿起一股憎恶的情绪，想想，又原谅自己的儿子了。勤娃两岁离娘，根本记不得娘是什么模样，娘——就是舅母！

康田生看着闪闪的蜡烛、缭绕的香烟、阴纸蹿起的火光，心里涌动着。不管儿子动情不动情，他想大声告慰黄泉之下的亡灵：世道变了。康家的烟火不会断绝了。康田生真正活人的日子开始啰！祖先诸神，尽皆放宽心啊！

四

勤娃脸上泛着红光，处处显得拘束。因为乡村里对未婚男女间接触的严格限制，直到今天，结婚的双方连看对方一眼的机会也没有过，使人生这件本来就带着神秘色彩的喜事，愈加增添了神秘的色彩。平常寡言少语甚至显得逆愣的勤娃，农历正月初三日，似乎一下子变得随和了，连那双老是像恨着什么人的眼睛，也闪射出一缕缕羞涩而又柔和的光芒。

长辈人用手拍打他剃得干干净净的脑袋，表示亲昵的祝贺；同辈兄弟们放肆地跟他开玩笑，说出酸溜溜的粗鲁话，他都一概羞涩地笑笑，不还嘴也不介意。

舅母叫他换上礼帽、黑色细布长袍。他顺情地把借来的礼帽戴在终年光着而只有冬季包一条帕子的头上；黑细布长袍不合身，下摆直扫到脚面。无论借来的这身衣着怎么不合身，勤娃毕竟变成一副新郎的装扮了。

按照乡村流行下来的古老的结婚礼仪，勤娃的婚事进行得十分顺利。

勤娃完全晕头昏脑了。他被舅家表哥牵着，跟着花轿和“呜哇呜哇”的吹鼓手，走进吴庄，到吴三家去迎亲。吴三还算本顺，没有惯常轿到家门口时的讲价还价。当勤娃再跟着伴陪的表哥起身走出吴三家门的时候，唢呐和喇叭声中忽闪忽闪行进的轿子，已经走到村口了。那轿子里，装着从今往后就要和他过日月的媳妇。

回到康家村，女人和娃娃把勤娃和蒙着脸的新媳妇一同拥进小小的厦屋。勤娃一把揭去媳妇脸上蒙着的红布，就被小伙子们挤到门外去了，没有看清楚，只看见一副红扑扑的圆脸膛。他的心当时忽地猛跳一下，自己已经眼花了。

媳妇娶到屋了，现时就坐在小厦房里，那里不时传出小伙子和女人们嘻嘻哈哈的笑闹。所有亲戚友人，坐过午席，提上提盒笼儿，告别上路了。一切顺顺当当。只是在晚间闹新房要新娘的时候，出了一点不快的风波。

勤娃和新娘被大伙拥在院子里，小伙子们围在他俩周围，女人们挤在外围，小院里被拥挤得水泄不通。新婚三天里不论大小，不管辈分，任何人有任何怪点子瞎招数儿，尽都可以提出来，要新娘新郎当众表演。这些不断翻新花样、几乎带有恶作剧性质的招数儿，不文明，甚至可以说野蛮，可是，乡村里自古流传不衰，家家如此，人人皆然。老人们知道，对于两个从来未见过面的男女，闹新房有一层不便道破的意思——启发挑逗两个陌生的男女之间的情欲。

勤娃还不是了知这层道理的年龄的人。人家要他给新娘子灌酒，他做了；人家要新娘子给他点烟，他接受了；人家叫他“糊顶棚”，他迟疑了。

勤娃知道，所谓“糊顶棚”，就是在舌尖上粘一块纸，再贴到媳妇的口腔上腭里。他看过别人家要新娘时这么玩过，临到自己，他慌了。

有人打他的戴礼帽的头。谁把礼帽一把摘掉了，他的光头皮上不断挨打。哄哄闹闹的吼声，把小院吵得要抬起来了。有人把纸拿来了，有人扭他的胳膊了。他把纸粘在舌尖上，只挨到媳妇的嘴唇上……总算一回事了。

一个新花样又提出来——“掏雀儿”。要勤娃把一条手帕儿从新娘的右边袖口塞进去，从左边袖筒拉出来。他觉得，这比“糊顶棚”好办多了。他刚动手，新娘眼里闪出一缕怨恨他的眼光。勤娃愣愣地想，这有什么关系呢？于是就有人挟住新娘的两条胳膊……勤娃的两只手在新娘胸前交接手帕的时候，他触到了乳房，脸上腾地一热，同时看见新娘羞得流出眼泪了。勤娃难受了，他此刻才意识到自己太傻了。

“掏着雀儿没？”

“雀大雀小啊？”

勤娃低下头，羞愧得抬不起头来；哄闹声似乎很遥远，他听不见了。

他猛地抬起头，掼下手帕儿，挤出人堆去了……

忽地一下，人们“哗”的一声走散了，拥挤着朝门外走了，小伙子们骂着，打着呼哨。院子里只留下新娘，呆呆地站在那里……

“啊呀，勤娃！你真傻！”舅母怨他，“闹新房要媳妇，都是这样！你怎的就给众人个搅不起？”

“这娃娃！愣得很！”父亲也惶惶不安，“咱小家小户，怎敢得罪这么多乡党？人家来闹房,全是耍哩嘛！你就当真起来？”

“去！快去！把乡党叫回来，赔情！”舅母说，“把酒提上去请！”

“算咧。”舅父说，“夸不过三日，笑不过三日。只要往后待乡党好，没啥！明日，勤娃把酒提上，走一走，串串门，赔个情完事。”

……

勤娃进了自己的新房。父亲已经在小灶房里的火炕上安息了，舅父和舅母也安睡了。小院的街门和后门早已关严，喧闹了一天的小院此刻显得异常静寂。

媳妇坐在炕沿上，低眉颔首，脸颊上红扑扑的；散乱的两绺鬓发垂吊在耳边，新挽起的发髻上，插着一支绿色的发针，露出做姑娘时被头发覆盖着的白皙而细腻的脖颈。勤娃早已把闹房引起的不快情绪驱逐干净了。他不像舅母和父亲那样担心失掉乡党情谊，他要保护他的媳妇不受难堪。乡党情谊能比媳妇还要紧吗？屁！

他坐在椅子上。说什么呢？他找不到一个可以和她搭讪的话茬儿，而心里却想和她说说话儿。久久，他问："你……冷不？"

她头没抬，只摇一摇。

"饿不饿？"

她仍然摇摇头。

他又没词儿了。他想过去和她坐在一块，搂住她的肩膀，却没有勇气。

"你怎么……刚才就躁了呢？"

她仍然没有抬头。

"我……我看他们，太不像话！"他说，"怕你难受。"

"你……傻！"她抬起头来，爱抚地挖了他一眼，"你该当和他们……磨。你傻！"

他似乎一下子醒悟了。他在村里也看过别人家闹新房的场景，好多都是软磨硬拖，并不按别人出的瞎点子做，就滑过去了。他没有招架众人哄闹的能力……直杠人啊！"你傻！"新娘这样说他，他心里却觉得怪舒服的。男人跟女人怎样好呀？他猛地把媳妇搂到怀里。

"啊哟！"媳妇低低地一声叫，压抑着的痛苦。

他放开手。媳妇的左臂吊着，一动不动。他把她的胳臂握断了吗？天哪，她是泥捏的呢，还是他打土坯练出了超凡出众的臂力？他吓坏了。

"一拉一送。"媳妇把胳膊递给他，"我这胳膊有毛病，不要紧的，安上就好。拉啊——"

胳膊又安上了。他站在一边，不敢动了。

她却在他眉心戳了一指头："你……傻瓜……"

五

农历正月里的太阳，似乎比以往千百年来所有正月里的热量都要充足，照耀着秦岭山下南塬坡根的小小的康家村的每一座院落。勤娃家的小院——康家村里最阴冷荒凉的死角，如今也和康家村大大小小的庄稼院一样，沐浴在和煦温暖的早春的阳光下了。

新婚之夜过去了。微明中，勤娃没有贪恋温适的被窝，爬起来，动手去打扫茅厕和猪圈了。笼罩在两性间的所有神秘色彩化为泡影，消逝了。昨天结婚的冗繁的仪式中，自己的拘束和迷乱，现在想起来，甚至觉得好笑了。他把茅厕铲除干净，垫上干土，又跳进猪圈，把“嗷嗷”叫着的黑克郎赶到一边，把粪便挖起，堆到圈角，然后再盖上干黄土，这样使粪便窝制成上等肥料，不致让粪便的气息漫散到小院里去。

做着这一切，他的心里踏实极了。站在前院里，他顿时意识到：过去，父亲主宰着这间小院，而今天呢？他是这座庄稼院的当然支柱了。不能事事让父亲操持，而应该让父亲吃一碗省心饭啰！他的媳妇，舅母给起下一个新的名字叫“玉贤”；夫“勤”妻“贤”，组成一个和睦美满的农家。他要把屋外屋内一切繁重的劳动挑起来，让玉贤做缝补浆洗和锅碗瓢勺间的家事。他要把这个小院的日子过好，让他的玉贤活得舒心，让他的老父亲安度晚年。为老人为妻子，他不怕出力吃苦。庄稼人凭啥过日月？一个字——勤！

他拄着铁锨，站在猪圈旁边，欣赏着那头体壮毛光的黑克郎，心里正在盘算：今日去丈人家回门，明天就该给小麦追施土粪了，把积攒下的粪土送到地里，该当解冻了，也是他扛上石夯打土坯的最好的时月了。

他回到院里，玉贤正在捉着稻黍笤帚扫院子，花袄，绿裤，头顶一块印花蓝帕子。他的心里好舒服啊，呆呆地看着这个已经并不陌生的女人扫地的优美动作。怪得很啊！她一进这小院，小院变得如此地温暖和生机勃勃！

“勤娃！”

听见父亲叫他，勤娃走进父亲住的屋子。舅父和舅母也都坐在当面，他问候过后，就等待他们有什么指教的话。

“勤娃，”父亲掂着烟袋，说，“你给人家娃说，早晨……甭来给我……倒尿盆……”

勤娃笑了。

“这是应该的。”舅母说，“你爸……”

“咱不讲究。咱穷家小院，讲究啥哩！”父亲说，“我自个倒了，倒畅快。我又不是瘫痪……”

勤娃仍然笑笑。能说什么呢，爸是太好了。

……

太阳冒红了，勤娃和玉贤相跟着，提着礼物，到丈人吴三家去回门。

走出康家村，田野里的麦苗，渐渐变了色，温暖的阳光照耀着坡岭、河川，阴坡里成片成片的积雪只留下点点残迹，柳条上的叶苞日渐肥大了。

“玉贤——”

“哎——”

“给你……说句话……”

“你说呀！”

“咱爸说……”

“说啥呀？”她有点急，老公公对她到来的第一天有什么不好的印象吗？

“咱爸说……”

“说啥呀？你好难场！”

“咱爸说，你往后……甭给他……倒尿盆了！”

“噢呀！”玉贤释然嘘出一口气，笑了，“怎哩？”

“不怎。”勤娃说，“他说他自个倒。”

“俺娘家妈给俺叮嘱再三，要侍奉老人，早晨倒盆子，三顿饭端到老人手上，要双手递，要扫院扫屋，要……”玉贤说，“俺妈家法可严哩！”

“俺爸受苦一辈子，没受过人服侍。”勤娃说，“他倒不习惯别人服侍他。”

“咱爸好。”玉贤说。

两人朝前走着，可以看见吴庄村里高大的树木的光秃秃的枝梢了。

六

平静的和谐的生活开始了。院子里的榆树枝上，绣织着一串串翡翠般的榆钱，一只花喜鹊在枝间叫着。玉贤坐在东院根西斜的阳光里，纳着鞋底。后门关着，前门闭着，公公和丈夫，一人一把石夯，天不明就到什么村里打土坯去了，晚上才回来。

她一个人在小院里，静得只能听见麻绳拉过布鞋鞋底的“嗞嗞”声。有点寂寞，她想和人说说闲话；不好，过门没几天的新媳妇，走东家串西家，那是会引起非议的。她就坐着，纳着，翻来覆去地想着到这个新的家庭里的变化。感觉顶明显的，是阿公比亲生父亲的脾气好。父亲吴三，一见她有不顺眼的地方，就骂。阿公可是随和极了。他从来不要求儿媳妇对自己的照顾和服侍，打土坯晚上回来，锅里端出什么就吃什么。平时在家，她请示阿公该做啥饭、宽面还是细面、干的还是汤的，阿公总是笑笑，说：“甭问了，你们爱吃啥做啥。”她在这个庄稼院里，似乎比在亲生娘老子跟前更畅快些。人说新媳妇难熬，给勤娃做媳妇，畅快哩！

勤娃也好，勤快、诚实、俭省，真正地道的好庄稼人。她相信在结婚前，母亲给她打听来的关于勤娃的人品，没有哄她。他早晨出门去，晚间回来；有时到十几里以外的村里去打土坯，仍然要赶回来。他在她的耳边说悄悄话：“要是屋里没有你，我才不想跑这冤枉路哩！”

昨天晚上发生的事，很不寻常。

勤娃打土坯回来，照例，把当日挣的钱交给老人。老人接住钱，放在桌上，叫勤娃把媳妇唤来。玉贤跟着勤娃，来到阿公的住屋。

阿公坐在炕上，看一眼勤娃，又看一眼玉贤，磕掉烟灰，说：“从今往后，勤娃挣下钱，甭给我交了，交给贤娃。”

老人不叫“玉贤”，叫“贤娃”，倒像是叫自己的女儿一样的口吻。玉贤心里忽然感动了，连忙说：“爸，那不行！您老是一家之主……”

“一家人不说生分话。”老人诚恳地解释，“我五十岁了，啥也不图，只图得和和气气，吃一碗热饭。这日月，是你们的日月，好了坏了，穷了富了，都是你们的。日子怎么过，家事怎样安排，你们要思量哩！勤娃前日说，想盖三间瓦房，好，就该有这个派势！三间房，难也不难。爸一辈子打土坯挣下的钱，盖十间瓦房也用不完，临到而今还是这两间烂厦房。怎哩？挣得多，国军收税要款要得多。现时好了，咱爷儿俩闲时打土坯，不过三年，撑起三间瓦房！”

“爸，还是把钱搁到你跟前……”勤娃说。

“你俩都是明白娃嘛！爸要钱做啥？还不是给你们攒着？干脆放你们箱子里，省得我操心。”老人把亡妻留下的那只梳妆匣儿——一家人的金库，一下子塞到勤娃怀里，作为权力的象征，毫不迟疑地移交给儿子了，“小子，日月过不好，甭怪你爸噢！”

勤娃流泪了，说：“爸，你迟早要用钱，你说话，上会、赶集……”

“嗨！你还不知道吗？”老人爽快地笑着，“爸一辈子只会打土坯，挣汗水钱，不会花钱。”

……

现在，那只装着爷儿俩打土坯挣来的钱的梳妆匣儿，锁在箱子里的角落里。玉贤觉得，这个家，真是自己的家了。她在娘家时，村里的媳妇们，要用一块钱，先得给女婿说，再得给阿公阿婆说，一家人常常为花钱闹仗；她刚过门两个月，老阿公一下子就把财权交给她手上了，是老人过于老好呢，还是……

玉贤看看太阳已经上了东墙墙头，小院里有点冷了，也该当去做晚饭了。勤娃和阿公晚间回来，都想喝一碗包谷糁糁暖胃肠的。

街门“吱”的一响，妇女主任金嫂探进头来。

“玉贤，政府号召妇女认字学习哩。乡上派先生来扫除文盲，办冬学，你上不上？”

玉贤早就听人说要办冬学扫除文盲的传言，今天证实了。她觉得新鲜，人要是能认识字，该多有意思哟！她心里虽然这样想，嘴里却说：“这事……我得问一下俺爸。”

“你爸不挡将，勤娃也不挡。”金嫂说话办事都是干脆利落，“人民政府的号召，哪个封建脑瓜敢拉后腿？”

“挡不挡，也得给老人说一下。”玉贤矜持而又自谦地说，“咱不能把老人不当人敬。”

“好媳妇，真个好媳妇。”金嫂笑说，“我先给你报上名，谁要是拉后腿，你寻我！”

金嫂像旋风一样卷出门去了。

……

“好事嘛！认字念书，好事咯！”康田生老汉吃着儿媳双手递上前来的包谷糁糁，对站在桌边提出识字要求的玉贤说，“我不识字，勤娃小时也没念成书，有一个人会认字了，谁哄咱也哄不过了。”

阿公虽然不识字，却并不像村里特别顽固的那些老汉们封建。玉贤并不立刻表现出迫不及待的样子，故意装出对上冬学的冷漠，免得老人说她不安分在小庄稼院过生活了，心野了：“要上让他去上。我一个女人家，认不认得字，没关系……”

“啥话！新社会，把妇女往高看哩！”老公公大声说，“我和勤娃忙得不沾家，想学也学不成。”

玉贤达到目的了。她服侍阿公吃饭，给勤娃把饭温在锅里。勤娃得到天黑才能回来。春三月，正是翻了身的庄稼人修屋盖房的季节，打土坯的活儿稠，勤娃把远处村庄里的活儿干了，临近村庄的活儿，让老阿公去干。真的学会了读书识字，那该多有意思啊……

康田生喝着热乎乎的包谷糁糁，伴就着酸凉可口的酸黄菜，心里很满意。通过对新媳妇过门两三个月的实地观察，他庆幸给儿子娶下了一个好媳妇——知礼识体、勤勤快快，正是本分的庄稼人过日月所难得的内掌柜的。通过日常的细微观察，他看出，媳妇比儿子更灵醒些。这样一个心性灵聪的女人，对于他的直性子勤娃，真是太好了。他心甘情愿地把财权过早地交给下辈人，那不言自明的意思是：你们的家当，你们的日月，你们鼓起劲来干吧！他爽快地同意儿媳去上冬学，也是出于这样的考虑：让聪明的玉贤学些文化，日后谁也甭想捣哄勤娃了；保证在他过世以后，勤娃有一个精明的管家。俗话说：男人是耙耙，管挣；女人是匣匣，管攒；不怕耙耙没刺儿，单怕匣匣没底儿。庄稼人过日月，不容易哩！

七

在一个陌生的村庄外边的土壕里，勤娃丢剥了棉衣，连长袖衫也脱掉了，在阳春三月的阳光下，提着二三十斤重的青石夯，一下重砸，又一下轻间，青石夯捶击潮湿的土坯的有节奏的响声，在黄土崖上发出回响。打土坯，这是乡村里最沉重的劳动项目之一。对于二十出头的康勤娃，那石夯在他手中，简直是一件轻巧自如的玩具。他打起土坯来，动作轻巧，节奏明快；打出的土坯，四棱饱满，平整而又结实。在他打土坯的土壕塄坎上，常常围蹲着一些春闲无事的农民，说着闲话，欣赏他打土坯的优美的动作。

勤娃整天笑眯眯，对打土坯的主人笑眯眯，对围观的庄稼人笑眯眯；不管主人管待他的饭食是好是糟，他一概笑眯眯。活儿干得出奇地好，生活上不讲究，人又和气好说话，他的活儿特别稠，常常是给这家还没打够数，那一家就来相约了。

他心里舒畅。在喝水歇息的时候，他常常奇怪地想：人有了媳妇，和没有媳妇的时光大不一样了。身上格外有劲，心里格外有劲，说话处事，似乎都觉得不该莽撞冒失了，该当和人和和气气。人生的许多道理，要亲身经历之后，才能自然地醒悟；没有亲身经历的时光，别人再说，总觉得蒙着一层纸。

打完土坯，他吃罢晚饭，抹一把嘴，起身告辞。

“明天还要打哩，隔七八里路，你甭跑冤枉路了。”主人诚心相劝，实意挽留，“咱家有住处。你苦累一天，早早歇下。”

“不咧！”他笑着谢绝，“七八里路，脚腿一伸就到了。你放心，明日不误时。”

他走了，心想：我睡在你家的冷炕上，有我屋的暖和被窝舒服吗？

他在河川土路上走着。夜色是迷人的，坡岭上的杏花，在朦朦月光里像一片白雪，夜风送来幽微的香味。人活着多么有意思！

“你吃饭没有？”玉贤招呼说。

“吃过了。”他说。

“今日怎么回来得这样迟？”玉贤问。

他笑而不答，从贴身的衬衣口袋里掏出一摞纸币来，交到玉贤手上。

玉贤数一数，惊奇地问：“这么多？”

“我两天打了三摞。”他自豪地笑着，“这下你明白我回来迟的原因了吧！”

“甭这么卖命！甭！”她爱怜地说。一般人一天打一摞（五百块），已经够累了，他却居然两天打了三摞。“当心挣下病！”

“没事，我跟耍一样。”他轻松地说。她愈心疼他，体贴他，他愈觉得劲头足了。“春天一过，没活儿了。再说，我是想早点撑起三间瓦房来。”

春季夜短，两口子睡下了。

勤娃忽然听到里屋传来父亲的咳嗽声、磕烟锅的声音。回来晚了，父亲已经躺下，他没有进里屋去。他问：“你给咱爸烧炕了没？”

“天热了，爸不让烧了。”她说，“你怎么天天问？”

“我怕你忘了。”

“怎么能忘呢？”

“老人受了一辈子苦。”他说，“咱家没有外人，你要多操心爸。”

“还用你再叮嘱吗？”玉贤说，“我想用钱给老人扯一件洋布衫子。六月天出门走亲戚，不能老穿着黑粗布……”

“该。你扯布去。”他心里十分感动。

静静的春夜，温暖的农家小院，和美的新婚夫妻。

“给你说件事。”玉贤说，“金嫂叫我上冬学哩。我不想去，女人家认那些字做啥！村长统计男人哩，叫你也上冬学，说是赶收麦大忙以前，要扫除青年文盲哩！”

“我能顾得坐在那儿认字吗？哈呀！好消闲呀！”他嘲笑地说，“要是一家非去一个人不可，你去吧。认俩字也好，认不下也没啥，权当应付差事哩！”

八

吴玉贤锁上围墙上的木栅栏门，走在康家村的街道里了。自结婚进了勤娃家的小院，她很少到村子中间的稠人广众中走动过。地里的活儿，父子俩不够收拾，用不上她插手；缸里的水不等完，勤娃又担满了。她恪守着母亲临将她嫁出前的嘱咐：甭串门，少说是非话；女人家到一个村子，名声倒了，一辈子也挽不回来；在娘家长人哩，在婆家活人哩！

她到康家村两三个月来，渐渐已经获得了“乖媳妇”的评价。她走在仍然有些陌生的街道里，似乎觉得每一座新的或旧的门楼里，都有窥视自己的眼光——做媳妇难。她缓缓地大大方方地走过去，总不可避免拘谨；总算走到村庄中心的祠堂门前了，这是冬学的校址。门口三人一堆，五个一伙，围着姑娘和媳妇们，全是女人的世界。

她走进祠堂的黑漆剥落的大门了。听勤娃给她介绍康家村的人事状况的时候说，这是财东康老九家的祠堂，历来是财东迎接联保官人的地方。康家村的穷庄稼人路过门口，连正眼瞧一眼的勇气也没有；一旦被传喝进这里，就该倒霉了。这是一个神秘而阴森的所在，那些她至今记不住名字的康家村的老庄稼人，好多缴不起税款和丁捐，整夜整夜被反吊在院中那棵大槐树上……现在，男人和女人在这儿上冬学了；男人集中在晚上，女人集中在后晌。

祠堂里摆着几张方桌和条桌，这是临时从这家那家借来的。玉贤在最后边一张条桌前坐下了。听着妇女们叽叽喳喳地说笑，她笑笑，并不插嘴。

金嫂和村长领着一位先生进来了。玉贤从坐在前边的两个女人的肩头看过去，看见一个年轻小伙儿白净的脸膛，略略一惊。印象里乡村私塾里的先生，都是穿长袍戴礼帽的老头子，这却是个二十左右的年轻娃娃——新社会的先生是这样年轻！只听村长介绍说先生姓杨，并且叫妇女们以后一律称呼“杨老师”。

村长说他有事，告辞了。金嫂也在一张方桌边坐下来。杨老师讲课了。

玉贤坐在后面，她有一种难以克服的羞怯心理，不敢像左右那些女人们仰着头，白眨白眨着眼睛仔细观看新来的老师的穿着举动，窃窃议论他的长相。她一眼就看见，这是一张很惹人喜欢的小白脸，五官端正，眼睛喜气，头上留着的文明头发有一绺老是扑到眼睛上头来，他一说话，就往后甩一甩，惹得少见多怪的乡村女人们“哧哧”地笑。玉贤只记得爷爷后脑勺上有一排齐刷刷的头发，父亲这一辈男人一律是剃光头；文明人蓄留一头黑发，比剃得光光亮亮的头是好看多了。

老师讲话了，和和气气，嘴角和眼梢总带着微笑。他讲着新社会妇女翻身平等的道理，说没有文化是万万不行的，然后就点起名字来了。

他在点名册上低头看一眼，仰头叫出一个名字。那被叫着的女人往往痴愣愣地坐着不应，经别人在她腰里捅一拳，她才不好意思地忸怩着站起——她们压根没听人叫过自己的名字，倒是听惯了“牛儿妈”“六婶”“八嫂”的称呼，自己也记不得自己的名字了——引起一阵哗笑。

在等待中，听到了一个陌生的而又柔声细气的男子的呼叫“吴玉贤”的声音，玉贤的心忽地一跳，低着头站起来，旋即又坐下。

点过名之后，杨老师在黑板上写下“妇女解放，男女平等”八个字，转过身来领读的时候，那一双和气的眼睛越过祠堂里前排的女人的头顶，端直瞅到玉贤的脸上。对视的一瞬，玉贤忽地一下心跳，迅即避开了。她承受不了那双眼里令人说不出的感觉……教的什么字啊，她连一个也没记住！

……

不过十天，杨老师和康家村冬学妇女班上的女人们，已经熟悉得像一个村子的人一样了。除了教字认字，常常在课前课后坐在一起拉家常，说笑话。几个年龄稍大点的婶子，居然问起人家有媳妇没有，想给他拉亲做媒了。

杨老师笑笑，说他没有爱人，但拒绝任何人为他提媒。他大声给妇女们教歌——“妇女翻身”啦，“志愿军战歌”啦；课前讲一些远离康家村的甚至外国的故事，说苏联妇女怎样和男人一样上大学，在政府里当官，集体农庄搭伙儿做庄稼……简直跟天上的神话一样。

玉贤仍然远远地坐在后排的那张条桌旁，她不挤到杨老师当面去，顶多站在外围，默默地听杨老师回答女人们问长问短的话，笑也尽量不笑出声音来。她知道，除了自己年纪轻、又是个新媳妇这些原因以外，还有什么迷迷离离的一种感觉，都限制着她不能和其他女人一样畅快地和杨老师说话。

杨老师教认字完毕，就让妇女们自己在本本上练习写字，他在课桌间的走道里转，给忘了某个字的读音的人个别教读，给把汉字笔画写错了的人纠正错处。玉贤怎么也不能把“翻身”的“翻”字写到一起，想问问杨老师，却没有开口的勇气。一次又一次，杨老师从她身边走过去了。

“这个字写错了。”

杨老师的声音在她旁边响起，随之他俯下身来，抓住她捉着笔的手，把“翻”字重写了一遍。她的手被一只白皙而柔软的手紧紧攥着，机械地被动地移动着；杨老师的下腭擦着她耳朵旁边的鬓发，她可以嗅着陌生男人的鼻息。

“看见了吗？这一笔不能连在一起！”

杨老师走开了，随之就在一个长得最丑的婆娘跟前弯下身，用同样的口气说：“你把这字的一边写丢了，是卖给谁了吗？”

婆娘女子们哄笑起来。玉贤在这种笑声中，觉得自己仿佛也从紧张的窘境里解脱了。

……

年轻的杨老师的可爱形象，闯进十八岁的新媳妇吴玉贤的心里来了……

她坐在小院里的槐树下，怀里抱着夹板纳鞋底，两只唧唧鸟儿在树枝间追逐嬉戏。杨老师似乎就站在她的面前，嘤嘤地多情地笑着。他在黑板上写字的潇洒的姿势，说话那样入耳中听，中国的外国的事情知道得那么多，歌儿唱得好听极了，穿戴干净，态度和蔼，乡村里哪能见到这样高雅的年轻人呢！

相比之下，她的男人勤娃……唉，简直就显得暗淡无光了。结婚的时候，她虽然没有反感，可也没有惊喜。他勤劳，诚实，俭省；可他也显得笨拙，粗鲁，生硬；女人爱听的几句体贴的话，他也不会说……唉，真如俗话说的，人比人，难活人哪！

新社会提倡婚姻自由，坚决反对买卖包办——这是杨老师在冬学祠堂里讲的话。她长了十八岁，现在才听到这样新鲜的话，先是吃惊，随之就有一种懊悔心情。嫁人出门，那自古都是父母给女儿办的；临到她知道婚姻自主的好政策的时候，已经是康勤娃的媳妇了。要是由自己去选择女婿的话，该多好哇……那她肯定要选择一个比勤娃更灵醒的人。可惜！可惜她已经结婚了，没有这样自由选择的可能了……

杨老师为啥要用那样的眼神看她呢？他握着她的手帮她写“翻”字的印象是难忘的，似乎手背上至今仍然有余温。唔！昨日后晌，杨老师教完课，要回桑树镇中心小学去，路过她家门口，探头朝里一望，她正在院子的柴火堆前扯麦秸，准备给公公做晚饭。杨老师一笑，在门口站住。她想礼让杨老师到屋里坐，却没有说出口。公公和勤娃不在家，把这样年轻的一个生人叫到屋里，会让左邻右舍的人说什么呢？她看见杨老师站住，断定是有事，就走到门口，招呼一声说：“杨老师，你回去呀？”“回呀。”杨老师畅快地应诺一声，在他的手提紧口布兜里翻着，一把拉出一个硬皮本子来，随之瞧瞧左右，就塞到她的怀里，说：“给你用吧！”她一惊，刚想推辞，杨老师已经转身走了。那行动举止，就像他替别人给她捎来一件什么东西，即令旁人看见，也无可置疑。她不敢追上去退还，那样的活，结果可能更糟。她当即转过身，抱起柴火进屋去了。应该把本本还给人家，这样不明不白的东西,她怎么能拿到上冬学的祠堂里去写字呢?

他对她有意思，玉贤判断。康家村那么多女人去上冬学，他为啥独独送给她一个本本呢？他看她的眼神跟看别的妇女的眼神不一样；他帮她写字之后，立即又抓住那个长得最丑的媳妇的手写字，不过是做做样子，打个掩护罢了。

已经有了几个月婚后生活的十八岁的新媳妇吴玉贤，尽管才刚刚开始会认会写自己的名字，可是分析杨老师的行为和心理，却是细致而又严密的。她又反问自己，人家杨老师那样高雅的人，怎么会对她一个粗笨的乡村女人有意思呢？况且，自己已经结过婚了……蠢想！纯粹是胡猜乱想！

肯定和否定都是困难的。她隐隐感到这种紊乱思想下所潜伏的危险性，就警告自己：不要胡乱猜想，自己已经是康家小院里的人了，怎么能想另一个男人呢？婚姻自由，杨老师嘴巴上讲得有劲，可在乡村里实行起来，不容易……

事情的发展，很快把农家小媳妇吴玉贤推向一个可怕而又欣喜的地步——

轮着玉贤家给杨老师管饭了。她的丈夫勤娃给二十里远的关家村应承下二十摞土坯，说他不能天天往回赶，路太远了。公公在临近的村庄里打土坯，晚上才能回来。他早晨出门时，叮嘱说："把饭做好。人家公家同志，几年才能在咱屋吃一回饭，甭吝啬！"她尽家里有的，烙了发面锅盔，擀下了细长的面条；辣子用熟油浇了，葱花也用铁勺炒了，和盐面、酱醋一起摆在院中的小桌上。

杨老师走进来，笑笑，坐在院中的小桌旁边，环顾一眼简陋而又整洁的小院，问她屋里都有什么人，怎么一个也不见。她如实回答了公公和丈夫的去处，发觉杨老师顿时变得坦然了，眼里闪射出活泼的光彩，盯着她笑说："那你就是掌柜的了。"她似乎接受不了那样明显地挑逗的眼光，低头走进灶房里，捞起勺子舀饭。这时候，她的心在夹袄下"怦怦怦"地跳，无法平静下来。

她端着饭碗走到小院里，双手递到杨老师面前。杨老师急忙站起，双手接碗的时候，连同她的手指一起捏住了。她的脸一阵发热，抽回手来，惊觉地盯一眼虚掩着的木栅门，好在门口没有什么人走动。杨老师不在意地笑笑，似乎是无意间的过失；坐在小凳上，用筷子挑起细长的面条，大声夸奖她擀面的手艺真是太高了，说他平生第一次吃到这样又薄又韧的细面。

"杨老师，你自个吃。俺到外屋，没人陪你。"玉贤说着，就转过身走去了。

"你把饭也端来，咱们一块吃。"杨老师说，"男女平等嘛！怕啥？"

"不……"玉贤停住脚。他居然说"咱们"……

"哈呀！咱们成天讲妇女要解放，还是把你从灶房里解放不出来！"杨老师感慨地说，"落后势力太严重了……"

她已经走进自己的小房里，从箱子的包袱里取出那天傍晚杨老师塞给她的硬皮本本。现在是归还它的最好时机了。她接受这样一件物品意味着什么呢？她走到杨老师跟前，把那光滑的硬皮本放到杨老师面前的小桌上，说："俺用不上……"

"唔……"杨老师一愣，仰起头看她，眼里现出一缕尴尬的神色，脸也红了，愧了，解释说，"我看你的作业本快用完了……就买了这；你不……喜欢的话……”

“俺用不上。”玉贤看见杨老师尴尬的样子，意识到自己的行为太唐突了。她不想回答自己究竟喜欢不喜欢这个硬皮本本，只是把交还它的动机说成是用不上，“你们文化人……才当用。”

“哈呀！好咧好咧！”杨老师听罢，已经完全体察到一个自尊的农家女人的心理，脸上和眼里恢复了活泼的神态，“没有关系……”

玉贤走进小灶房，坐在木墩上，等待着杨老师吃完饭，她再去舀。在娘家的时候，屋里来了客人，总是由父亲和哥哥陪着吃饭，她和母亲待在灶房里，这是习惯，家家都是这样。

她坐着，心里忐忑不安，浑身感到压抑和紧张。当她愈来愈明晰地觉察出杨老师一系列的举动的真实含意时，她倒有些怕了，警告自己：拿稳！可是，心里却慌得很，总是稳不住……

这当儿，小灶房里一暗。玉贤一抬头，杨老师走进小灶房窄小的门道，手里端着吃光喝净了面条的空碗，自己舀饭来了。

“咦呀！让客人自己舀饭，失礼了！”玉贤慌忙从灶锅下的木墩上站起，伸手接碗，“你去坐下，我给你送来。”

“新社会，不兴剥削人嘛！”杨老师抓着碗不放，笑着，盯着她的眼睛笑着，“自己动手，吃饱喝足。”

“使不得……让我舀……”

“行啦行啦……自己舀……”

两只手在争夺一个碗，拉来扯去。

玉贤的腰部被一只胳膊搂住了。“不……”声音太柔弱了，没有任何震慑力量。忽地一下涌到脸上来的热血，憋得她眼花了；她想喊，却没有力气，也没有勇气，嘴唇很快也被紧紧地挤压得张不开了……她的一双戴着石镯的手，不由自主地勾到陌生男子的肩膀上……

九

又是一钩弯镰似的月牙。田野迷迷蒙蒙，灰白的土路，隐没在齐膝高的麦田里。远处秦岭的群峰现出黑幢幢的巍峨的轮廓。早来的布谷鸟的动情的叫声，在静寂的田地和村庄的上空倏然消失了。岭坡的沟畔上，偶尔传来两声难听的狐狸的叫声。

勤娃甩着手，在春夜温馨空气的包围中跨着步子。他谢绝了打土坯的主人诚心实意的挽留，吃罢夜饭，撂下饭碗，往家赶路了。他有说不出口的一句话——因为路远，三四天没有回家，他想见玉贤了。二十里平路，在小伙子脚下，算得什么艰难呢！屋里有新媳妇的热炕，主人家给他临时搭排的窝铺，就显得太冷清了。他走着，充满信心地划算着：自开春以来，已经打过近百摞土坯了，父亲交给玉贤掌管的那只小梳妆匣儿里，有一厚扎人民币了。这样干下去，只要一家三口人不生疮害病，三年时光，勤娃保准撑起三间大瓦屋来。那时光，父亲就绝对应该放下石夯，只管管家里和田里的轻活儿了，或者，替他们管管孩子……新社会不纳捐，不缴壮丁款，挣下钱、打下粮食全归自己，只要不怕吃苦，庄稼人的日月红火得快哩！

勤娃走进康家村熟悉的村巷。月牙儿沉落到山岭的背后去了，村庄笼罩在黑夜的幕帐之中了。惊动了谁家的狗，干吠了几声。

他站在自家小木栅栏门外。一把黑铁锁上凝结着湿溜溜的露水，钥匙在父亲的口袋里。他老人家大约刚刚睡下，要是起来开门，受了夜气感冒了，就糟咧。不必惊动老人……勤娃一纵身，从矮矮的土围墙上，跳进自己的小院里了。

他轻轻地拍击着小厦屋门板上的铁栓儿。深更半夜叫门，不能重叩猛砸，当心吓惊了女人——勤娃心细着哩！

“来咧……”女人玉贤在“窸窸窣窣”地穿衣服，好久，才开了门。

“怎么不点灯？”勤娃走进屋，随口说。

“省点……煤油……”玉贤颤颤地说。

“嗨呀！”勤娃笑了，“黑咕隆咚，省啥油嘛！”随之“啪”的一声划着了火柴。

屋里亮了。勤娃坐在炕边，嘘出一口气，他觉得累了。

“你还吃饭不？”玉贤坐在炕上，问。

“吃过了。”勤娃说，盯着玉贤的煞白的脸，惊得睁大眼睛，“你……病咧？”

“没……”玉贤低下头，“有些不舒服……”

他伸手摸摸她的额头，说：“不见得烧……”

“不怎……”

他略为放心。脱鞋上炕的当儿，他一低头——脚地上有一双皮鞋。他一把抓起，问：“这是谁的？”

玉贤躲避着他的眼睛，还未来得及回答，装衣服的红漆板柜的盖儿“哗”的一声自动掀起，冒出一个蓄留着文明头发的脑袋。

“啊……”

勤娃倒抽一口气，迅即明白了这间屋里发生过什么事情了。

他一步冲到板柜跟前，揪住浓密的头发，把冬学教员从柜子里拉出来。“啪——”一记耳光，“啪——”又一记耳光，鼻血顿时把那张小白脸涂抹成猪肝了；“咚——”当胸一拳，“咚——”当胸再一拳，冬学教员软软地躺倒在脚地，连呻吟的声息都没有；勤娃又抬起脚来。

冬学教员挣扎着爬起来，“扑通”一声，双膝跪倒在勤娃脚下了。

勤娃已经失去控制，抬起脚，把刚刚跪倒的冬学教员踢翻了，转身从门后捞起一把劈柴的斧头，牙缝里迸出几个字来：“老子今黑放你的血！”

猛然，勤娃的后腰连同双臂，死死地被人从后边抱住了。他一回头，是父亲。

老土坯客听到厦房里不寻常的响动，惊惊吓吓地跑来了。不用问，老汉就看出发生了什么事了。他抱住儿子提着斧头的胳膊，一句话也不说，狠劲掰开勤娃的手指，把斧头抽出来，“咣当”一声扔到院子的角落里去了。他累得喘着气，把癫狂状态的儿子连拽带拖，拉出了房子，推进自己住的小灶屋。

“你狗日杀了人，要犯法！”

“我豁上了！”

“你嚷嚷得隔壁两邻知道了，你有脸活在世上，我没脸活了！”老汉抓着儿子胸前敞开的衣襟，“你只图当时出气，日后咋收场哩？”

这是一声很结实也很厉害的警告。勤娃从本能的疯狂报复的情绪中恢复理智，愣愣地站住，不再往门外扑跳了。

“把狗日收拾一顿，放走！”老土坯客说，“再甭高喉咙大嗓子吼叫！”

“我跟那婊子不得毕！”勤娃记起另一个来。

“那是后话！”

父子二人走到屋子的时候，冬学教员已经不见踪影，玉贤也不见了。临街的木栅门敞开着——两人私奔了吗？勤娃窝火地“嗯”了一声，怨愤地瞅着父亲。他没有出足气，一下子跌坐在炕边上。

老汉转身走到前院，一眼瞅见槐树上吊着一个人。他惊呼一声，一把把那软软的身子托起，揪断草绳，抱回厦屋，放到炕上。忽闪忽闪的煤油灯光下，映出玉贤一张被草绳勒拘得紫黑的脸；她的嘴角涌出一串串白色的泡沫，不省人事了。

勤娃看见，立时煞白了脸，“唉——”的一声怨叹，跌倒在厦屋脚地，也昏死过去了。

“我的天哪……”康田生看着炕上和脚地的媳妇和儿子，不知该当咋办了。他绝望地扑到儿子身上，泪水纵横了。

十

勤娃躺在炕上，瞪着眼珠，一声连一声出着粗气。父亲已经给打土坯的主人捎过话去，说儿子病了，让人家另寻人打土坯。

勤娃没有病，只是烦躁，心胸里源源不断积聚起恶气；一声吁叹，放出来，又很快地积聚起来。

真正的病人现在强打起身子，倒不敢沾一沾炕边。玉贤头疼，恶心，走一步心就跳得“噔噔噔”。她用一条黑布帕子围着脖子，遮盖着被草绳勒出一圈血印的脖颈，默默地扫院，悄悄地在前院柴火堆前撕扯麦秸，默默地坐在灶锅前烧火拉风箱。

她红润润的脸膛变得灰白，低眉耷眼地走到公公跟前，递上饭碗，声音从喉咙里挤不出来；她又端起一碗饭，送到勤娃跟前："吃饭……"

勤娃翻过身，一拳把碗打翻了，破碎的碗片、细长的面条，汤汤水水在脚地上泼溅。

他恨她恨得咬牙，打她的耳光，撕扯她的头发。晚上，脱了衣服，他在她的身上乱打。打得好狠，那双自幼打土坯练得很有功力的胳膊，在她的身上留下一坨坨黑疤和红伤。他不心疼，觉得一阵疯狂的发泄之后，心里才稍稍畅缓一些。她不躲避，忍受着应该忍受的一切报复。这是应该的。她只是捂着脸，不让那双铁锨一样梆硬的手给她脸上留下伤痕；身上任何地方，有衣服遮着，让他打好了。

康田生坐在自己的小屋里，听着前边屋里儿子抽打媳妇的响声，坐不住了，那每一声，就像敲在他的心口。他走出门，蹲在门前的小碌碡上，躲避那不堪卒听的响声。可是，一袋烟没有抽完，他又跳下碌碡，走进小院了。他不敢离远，万一闹出意外的事来就更怕人了。

春光是明媚的，阳光是灿烂的，房屋上空的榆树和椿树的叶子绿得发青，岭坡上的桃花又接着败落的杏花开得灿红了；而这个岭坡下的庄稼小院里，空气清冷，阳光惨淡，春风不至。

整整三天过去了。

儿子和媳妇都失了脸形，康田生本人也因焦虑和减食而虚火上升，眼睛又黏又红，像胶锅一样睁巴不开了。他愈加想到这个破裂的家庭里，自己所负的支撑者的责任了。怎么劝儿子，又怎么劝媳妇呢？他一看见儿子痛不欲生的脸相，自己已经难受得撑挂不住，哪里还有话说得出来呢？他知道儿子遇到的不幸，在人生中有多重的分量！对于儿媳——那张他曾经十分喜欢的红润的脸膛，如今他连正眼瞧一瞧的心情也没有——看了叫人恶心！老汉抽着烟，睁巴着黏糊糊的眼睛，寻思怎么办。对儿媳再恨再厌，他不能像儿子那样不顾后果地做下去。他想和什么人讨讨对策，然而不能，即使村长也不能商量，这样的丑事，能说给人听吗？他终于想到了表兄和表嫂，那是自己顶亲的亲戚，勤娃的养身父母，最可信赖的人了。

他仍然觉得不敢离开这个时刻都可能出事的家，让顺路上岭去的人把话捎给表兄：无论如何，要下岭来一趟；勤娃病了，病中想念舅父……

十一

"就这。"康田生把家中发生的不幸从头至尾叙说一遍，盯着表兄长眉毛下明智的眼睛，问，"你说现时咋办呀？"

"好办。"表兄一仰头，"把勤娃叫来。"

勤娃走进来了，眼睛跌到坑里了，一见舅父，扑到当面，"呜"的一声哭了。康田生老汉把头拧到一边，不忍心看儿子丧魂落魄的颓废样子。

"头仰起来！甭哭！"舅父严厉地说，"二十岁的大人了，哭哭溜溜，啥样式嘛！"

"我……我不活了……"勤娃一见舅父，心里的酸水就涌流不止，用拳头砸着自己的脑袋，"我……唉……"

舅父伸开手，“啪啪”，两记耳光，抽到勤娃鼻涕眼泪交流着的扭曲的脸上，厉声骂：“指望我来给你说好话吗？等着！”

勤娃哭不出来了，呆呆地低着头站着。

康田生吃惊了，瞅着表兄下巴上一撅一撅的花白胡须——没见过表兄这样厉害呀！他忙把勤娃拉开，按坐在小木墩上。

“你妈死得早，你爸咋样把你拉扯这大？亲戚友人为你操了多少心？你长得成人了，人高马大了，不说成家立业，倒想死！”舅父训斥起来，“死还不容易吗？眼一闭，跳到河里就完了！值得吗？”

父子二人默声静息，不敢插言。

“那——算个屁事！”舅父把那件丑事根本不当一回事，“大将军也娶娼门之妻！我在河北财东家杂货铺当相公，掌柜的婆娘就和人私通，掌柜的理也不理，只忙着做生意赚钱！咱一个乡村庄稼汉，比人家杂货铺掌柜还要脸吗？”

勤娃似乎一下子才醒悟，这样的丑事绝不是他康勤娃一个人遇到了，比他更体面的人也遇到了。他讷讷地说：“我心里恶心……像吃了老鼠……”

“事情……当然不是好事。”舅父把话转回来，“这号丑事，张扬出去，于你有啥光彩？庄稼人，娶个媳妇容易吗？那不是一头牛，不听使唤，拉去街上卖了，换一头好使唤的回来。现时政府里提倡婚姻自由，允许离婚，你离了她，咋办？再娶吗？你一个后婚男人，哪儿有合适的寡妇等着你娶？即使有，你的钱在人家土壕里，一时三刻能挣来吗？啊？遇到事了，也该前后左右想想；二十岁的人啦，哭着腔儿要寻死，你算啥男子汉……”

“对对对！实实在在的话！”康田生老汉叹服表兄一席切身

实际的道理，自愧自己这几天来也是糊涂混乱了，劝儿子说，“听着，你舅的话，对对的！”

“吃了饭，出去转一转，心眼就开畅了。”舅父说，“明天把石夯扛上，出去打土坯！舅不死，就是想看见你把瓦房撑起来！”

勤娃苦笑一下。这是他近日来露出的头一张笑脸，尽管勉强又苦楚，仍然使老父亲心里一亮啊！

“记住——”舅父瞅瞅勤娃，又瞅一眼康田生，压低声音叮嘱，“再甭跟任何人提起这事。你祖祖辈辈子子孙孙都在康家村，门面敢倒吗？”

康田生连连点头。

“勤娃，”舅父叫他的名字，悄声郑重地说，“在外人面前概不提起，在屋里可不敢松手！女人得下这号瞎毛病，头一回就要挖根！此病不除，后祸无穷！”

听着舅父前后不大统一的话，勤娃这阵儿才真正感服了。他睁着苦涩的眼睛，盯着舅父花白胡须包围中的薄嘴唇，等待他说出什么拯救自己拔出苦海的好法子来。

“你——再甭打她了；你打得失手，她寻了短见，咋办？再说，打得狠了，她记恨在心，往后怎样过日子？”舅父说，“你去找她娘家人，让她爹娘老子收拾她，治她的瞎毛病。省得……”

“唔唔唔，好好好！”康田生老汉对于表兄的所有谈话都钦服，一生只会摔汗水出笨力的老土坯客，对于精明一世的表兄一直尊为开明的生活的指导者，“我当初想过这一招儿，又怕伤了亲戚间的和气……”

“他女子做下伤风败俗的事，他还敢嘴硬！”舅父说着，特别叮嘱勤娃，“这件事，不能松饶了她；可跟人家爹娘说话，话甭伤人……”

勤娃点点头，感激地盯着舅父。这个养育他长大、至今还为他的不幸费心劳神的长辈人，似乎比粗笨的亲生父亲更可亲近了。

舅父站起来，在门口朝前院喊：“玉贤——”

玉贤轻手轻脚走到舅父面前，低头站住，声音柔弱得像蚊子：“舅——您老……来咧！”

“快去给舅做饭。”他像什么事也不知道，也或者是什么都知道了而毫不介意，倚老卖老地说，“吃罢饭，你爸和勤娃还要劳动哩！”

十二

半缺的月亮挂在河湾柳林的上空，河滩稻田秧圃里，蛙声此起彼伏，更显出川道里夜晚的幽静。勤娃迈开大步，跳过一道道灌溉水渠，沿着河堤走着。他避开土路，专门选择行人罕至的河滩；要是碰见熟人，问他夜晚出村做啥，可能要引起猜疑的。

他憋着一口闷气，想着见了丈人和丈母娘，该如何开口说出他们的女儿所做下的不体面的丑事。舅父教给他的处理此事的具体措施，似乎是一种束缚；按他的性儿，该是当着她家老人的面，狠狠骂一顿他们的女儿辱没了自家家风。他走进熟悉的吴庄了。

这样的夜晚赶到亲戚家里去，本身就是一种不祥的征兆。丈人吴三、丈母娘和丈人家哥，一齐围住他，六只眼睛在他脸上转，搜寻和猜测着什么，几乎一齐开口问：屋里出了什么事？

这么晚赶来，脸色也不好……

勤娃看着老人担惊受怕的样子，心里忽地难受了。因为给吴三打土坯而订下了他的女儿，婚前婚后，两位老人对他这个女婿是很疼爱的，常常在他面前说，玉贤要是有不到处，你要管她，打她骂她都成。他们是正直的庄稼人，喜欢勤娃父子的勤劳和本顺，很满意地把自己的小女儿嫁给他了。往常里，丈母娘时不时地用竹条笼提来自己做下的好吃食……现在，事情却弄到这样的地步，他们听了该会怎样伤心！

勤娃看着两位老人惊恐的眼色，说不出口了；路上在心里聚起的闷气，跑光了。他猛地双手抱住头，长长地唉叹一声，几乎哭了。

“有啥难处，说呀！”丈母娘急切地催促。

“唉——”勤娃又叹出一声，实在太难出口了。

丈人吴三坐在一边，不再催问。他从勤娃的神色和举动上，判断出了什么，就吩咐站在一边的儿子说：“你去，把你妹叫回来！”

丈人家哥走出门，勤娃觉得话好说了，这才哽哽巴巴，把玉贤和冬学教员的事说了。丈母娘羞惭得骂起来；老丈人吴三也气得浑身颤抖，跌坐在椅子上，说不出话了。

“我回呀！”勤娃告辞，“女儿出门，怪不了老人；我不怪您二老，你们对我好……”

“甭走！”丈人拉住他，“等那不要脸的回来再说！”

勤娃坐下了。

……

“你狗日做下好事了！”吴三一看见走进门来的女儿，火暴性子就发作了，“你说……”

玉贤站在当面，勾着头，不吭声。

这种不吭声的行为本身，就证明了勤娃说出的那件丑事的可靠性。吴三火起，两个巴掌就把女儿打倒了。

“甭打！爸……”勤娃拉住丈人爸的胳膊。

“不争气的东西！”丈母娘在一旁狠着心骂，“在娘家时，我给你说的话，权当刮风……”

“狗日至死再甭进俺家的门！”丈人哥骂。

玉贤没有同情者。在这样的家庭里，她不指望任何人会替她解脱。她的父母，都是要脸面的正经庄稼人。她做下辱没他们门庭的丑事，挨打受骂是当然的。她躺在地上，又挣扎站起。

“跪下！”吴三吼着。

玉贤太屈辱了。当着勤娃和父母哥哥的面，怎么跪得下去呢？这当儿，父亲吴三一脚把她踢倒，她的腿腕疼得站不起来了。

吴三从墙上取下一条皮绳，塞到勤娃手里：“勤娃，你打——”

勤娃接住皮绳，毫不迟疑地重新挂到墙上的钉子上，劝慰吴三：“算咧……”

丈母娘向勤娃暗暗投来受了感动的眼光。

吴三又取下皮绳，一扬手，抽得只穿件夹衣的玉贤在地上滚翻起来，惨痛而压抑的叫声颤抖着。

勤娃自己在打玉贤的时候，似乎只是被一股无法平息的恶火鼓动着；当他看着丈人挥舞皮绳时，他的心发抖了——看着别人打人，似乎比自己动手更觉残忍。他抱住吴三的手。

“甭拉！让我把这丢人丧德的东西打死！”吴三愈加上火，扑跳得更凶，“你不要脸，我还要！”

勤娃猛然想到，他刚才不该留在这儿。丈人留他，就是要当着他的面，教训女儿，以便在女婿面前，用最结实的行为，洗刷父母的羞耻。他要是不在当面，吴三也许不至于这样手狠。他劝劝吴三，就硬性告别了。

十三

玉贤吹了昏黄的煤油灯，脱完衣服，就钻进被窝里了。她怕母亲看见她身上的不体面的伤痕。母亲似乎察觉了她的行为的用心，从炕的那一头爬起来，“嘣”的一声划着了火柴，煤油灯冒着一柱黑烟的黄焰，把屋子里照亮了。

母亲揭开玉贤盖的被子，“哎哟”一声，就抱住她的浑身四处都疼痛的身子，哭了。她的身上、腿上，有勤娃的拳头留下的乌蓝青紫的瘀血凝固的伤迹，又摞上了父亲用皮绳刚刚抽打过的印痕，渗着血。她是母亲身上掉下来的肉，母亲心疼自己的骨肉，哭得很伤心。

玉贤没有想流眼泪的心情。疼是难以忍受的疼啊！凡是被拳头或皮绳抽击过的皮肉，一挨着褥子，就疼得想翻身；翻过去，那边仍然疼得不能支撑身体的重压。可她没有哭。那天晚上勤娃突然敲门，她吓蒙了；此后所发生的一切，似乎是在梦中；直到她的阿公粗手笨脚地把一根生锈的大号钢针从她鼻根下直插进牙缝，她才从另一个世界回到她觉得已经不那么令人留恋的庄稼小院。现在，母亲的胸部紧紧贴着她的肥实的臂膀，眼泪在她的脖根上流着。而她不想再听母亲给她什么安慰。她想静静地躺着，静静地想想她该怎么办。在和勤娃住了几个月的新房里，她不能冷静地想，时时提心那铁块一样硬的拳头砸过来，甚至在夜晚睡熟之际，他心里怄气，会突然跳起，揭开被子，把她从梦中打醒。现在，她的父亲吴三当着勤娃的面，打了她，也骂了她，给娘家挽回脸面了，她应该承受的惩罚已经过去，她想静静地想一想，往后怎么办？

“唉……嗨嗨嗨嗨嗨……”母亲低声饮泣，胸脯颤动着。她生下这个女儿，用奶水把她养得长出了牙齿，就和大人一样啃嚼又硬又涩的包谷面馍馍了。她和吴三虽则都疼爱女儿，却没有惯养。自幼，她教女儿不要和男娃娃在一起耍；长大了，她教女儿做针线，讲女人所应遵从的一切乡俗和家风。一当她和吴三决定以三石麦子的礼价（当时顶小的价格），约定把女儿嫁给土坯客的儿子的时候，她开始教给女儿应该怎样服侍公婆，特别是在没有婆婆的家里，应该怎样和阿公说话、端饭、倒尿盆，应该怎样服侍丈夫，应该怎样和隔壁邻居的长辈相处，甚至，平辈兄弟们少不了的玩笑和戏闹，该当怎样对付……家内家外，内务外事，她都叮嘱到了，而且不止一次。“教女不到娘有错”，她教到了，玉贤也做到了。玉贤婚后几次回娘家来，她都盘问过，很满意。从康家村的熟人那里打听来的消息，也充分证明土坯客家的新媳妇是一个贤惠的好媳妇。可是，怎么搞的，突然间冒出来了这样最糟不过的丑事……母亲流完了眼泪，就数落起来：“你明明白白的灵醒娃嘛，怎的就自己往泥坑屎坑里跳？”

已经跳下去了，后悔顶啥用呢？玉贤躺在母亲身边，心里说：我死都死过一回了，现在还想用什么后悔药治病吗？

“你上冬学的事，为啥不给我说？”母亲追根盘底，“你个女人家，上学做啥？认得俩字，能顶饭吃，能当衣穿？人自古说，戏房学堂——教娃学瞎的地方……你上冬学上出好名堂来咧！”

玉贤仍然不吭声。她需要自己想想，别人谁也不了解她的心情和处境。

“给你订亲的时光，我托你姨家大姑在康家村打听了，说勤娃父子都是好人。老汉老好，过不了十年八载，过世了，全是你和勤娃的家当；勤娃老实勤谨，家事还不是由你？这新社会，不怕孬人恶鬼，政府爱护老实庄稼人。你哪一样不满意，胡成精？”母亲开始从心疼女儿的口气转换为训诫了，“人嘛！图得模样好看，能当饭吃？我跟你爸过活的时候，总看他崩豆性子不顺心，一会儿躁了，一会儿笑了，我想，咋样跟这号人过日月？时间长了，我揣摸出来，你爸人心好，又不胡乱耍赌纳宝，为穷日子卖命。我觉得这人好哩！娃家，你甭眼花，听妈说，妈经的世事……”

玉贤不分辩，也不应诺，静静地躺着。

“在咱屋养上十天半月，高高兴兴回家去，给你阿公赔个不是，给勤娃说说好话。”母亲说，“往后，安安生生过日子，一年过去，也就没事了。人心都是肉长的嘛！”

母亲不再说话，唉叹着，久久，才响起鼾息声。

玉贤轻轻爬起，移睡到炕的那一头。

屋里很黑，很静，风儿吹得后院里的树叶“嚓嚓”地响。

当她被蒙着眼脸抬到一个陌生的地方，被陌生的女人搀进一个陌生的新的住屋，揭去盖脸红布，她第一眼看见了将要和她过一辈子日月的陌生的男人；她心跳了，却没有激动。这是一个长得普普通通的男人，不好看也不难看，不过高也不过矮。几个月来的夫妻生活，她看出，他不灵也不傻。她对他不是十分满意，却也不伤心命苦；对给她找下这样的女婿的父母，她不感激也不憎恶。他跟麦子地里一根普通的麦子一样，不是零星地高出所有麦子的少数几棵，也不是夹在稠密的麦棵中间那少数的几枝矮穗儿。他像康家村和吴庄众多的乡村青年一样普普通通；她也将和那许多普普通通的青年的媳妇一样，和勤娃过生活。自古都是这样，长辈和平辈人都是这样订亲，这样被撮合在一起，这样在一个炕上睡觉，生孩子……

她第一眼看见杨老师的时候，心里就惊奇了——世上有穿戴得这样合体而又干净的男人！牙齿怎么那样白啊！知道的事情好多好多啊！完全不像乡村青年小伙们在一起，除了说庄稼经，就是说粗俗的男人和女人之间的酸话。杨老师留着文明头发的扁圆脑袋里，装着多少玉贤从来也没听说过的新鲜事啊！苏联用铁牛犁地，用机器割麦，蒸馍擀面都是机器，那是说笑话吗？烂嘴七婶当面笑问："生娃也用机器吗？"杨老师就把那些机器犁地割麦的照片摊给大家看，并不计较七婶烂嘴说出的冒犯的话。他总是笑眯眯的，笑脸儿，笑眼儿，讲话时老带着笑，唱歌时也像在笑。

她对他没有邪心。她根本不敢想象，这样高雅的文明人，怎么会对她一个乡村女人有"意思"呢？她第一次感受到他的不寻常的目光时，他捉着她的手写"翻身"的"翻"字时，她都没有敢往那件事上去想；甚至他接饭碗时连她的手指一起捏住，她也只想到他是无意的；直到他一把搂住她的腰，她瞬息间就把这些事统一到一起了。她没有拒绝，因为突然到来的连想也不敢想的欢愉，使她几乎昏厥了。

"我爱你，妹妹……"

他说了这句话，就把嘴唇压到她的嘴唇上。那声音是那样动人的心，她颤抖着，本能地把自己戴着石镯的手勾到他的肩头上。

她从来没有听一个男人这样亲昵地把她叫“妹妹”，也没人对她说过“爱”这个字；勤娃只说过“我跟你好”这样的话，没有叫过她“妹妹”。勤娃抚摸她身体的手指，那么生硬；杨老师啊……

她挨勤娃的拳头，咬牙忍受了；她是他的女人，他打她是应该的。父亲打她，她也咬牙忍受了；她给他和母亲丢了脸，打她也是应该的。可是，她虽然浑身青痕红斑，却不能把自己再和勤娃连到一起。她为可亲的杨老师挨打，她没有眼泪可流。

如果能和勤娃离婚，和杨老师结婚的话，她才不考虑丢脸不丢脸。婚姻法喊得乡村里到处都响了，宣传婚姻法的大体黑字写在庄稼院房屋的临街墙壁上，好些村子里都有被包办婚姻的男女离婚的事在传说。她和杨老师一旦正式结合，那么还怕谁笑话什么呢？如果不能和杨老师结婚，继续和勤娃当夫妻，那就一辈子要背着不能见人的黑锅了。

她得想办法和杨老师再见一面，把话说准，之后她就到乡政府去提出离婚。现在无法再上冬学了，和杨老师见一面太难了，但总得见一面。不然，她心里没准儿，怎么办呢？

在康家村要找到和杨老师见面的机会，是不可能的。在娘家，比在阿公和勤娃的监视下要自由得多。杨老师是行政村的中心小学教员，在桑树镇上。她想，该找个借口到镇上去，越早越好……

十四

爷儿俩几个月来又第一次自造伙食了。老土坯客看着儿子蹲在灶锅前点火烧锅，炠出满屋满院的青烟，重手重脚绊磕得碗瓢水桶“乒乓”响，心里好难受。昨晚，他坐在炕头上，等见勤娃从丈人家告状回来，叙说了经过。他对吴二的仗义的行为很敬佩，心里又暗暗难过。相亲相敬的亲家，以后见了面，怎么说话呢？他痛恨那个外表看来腼腆、内里不实在的媳妇，给两个安生本顺的庄稼院平生出一场祸事。他更恨那个总是见人笑着的杨先生：你狗日为人师表，嘴里讲什么“男女平等”“婚姻自由”，难道就是让你“自由”地去霸占老实庄稼人的女人吗？他恨得咬牙！三五天来家庭剧烈的变化，给饱经孤苦的老土坯客的刺激太大了。他一生命运不济，性情却硬得近乎麻木，对于一切不幸和打击，不哭也不哀叹；可是，当生活已经充满希望而完全不应出现的祸事却出现了的时候，老汉简直气得饭量大减，几天之间，白发增多了。他恨那个给他们家庭带来灾难的白脸书生！他后悔那天晚上拦阻勤娃太早了！虽然不敢打死，至少应该砸断狗日一条腿！

他活到五十岁上了，不图什么，只图得有吃有穿，儿辈可靠；可是，如今却成了这样不酸不甜的苦涩局面了。

勤娃烧好开水，把两个蒸馏得热透的馍馍送到老汉面前，老汉忽然想到自己在刚刚死了女人以后，不习惯地烧锅做饭的情景。难道儿子勤娃又要钻厨房拉一辈子“二尺五”了吗？啊啊！老汉看见儿子愁苦的面容，几乎流下泪来。

勤娃拿了一个馍馍，夹了辣椒，远远地蹲在门外的台阶上，有滋没味地慢腾腾地嚼着。

老汉担心勤娃，比自己要紧。他迅即抑制住自己的感情波动，用五十岁老人的理智和儿子说话：

“勤娃——”

“嗯！”勤娃应着。

“明天出门打土坯去。”老汉说，“她爸她妈指教过她了，算咧！只要日后好好过日月，算咧。”

“……”

“人么，错了要能改错，甭老记恨在心。”他劝慰，“咱的家当还要过。你舅的话是明理。”

勤娃没有吭声。老汉从屋里走出来，想告诉儿子，他已经给儿子在南围墙村应承下打土坯的活路了。这时村长走进门来，后面跟着一位穿制服的女干部，胸膛上两排大纽扣。

“老哥，这是县文教局程同志，想跟你拉一拉家常。”村长说，“你们谈，我走了。”

“我叫程素梅。”程同志笑着介绍自己，很大方地坐到老汉的炕边上，态度和蔼，和蔼得教见惯了旧社会官人们凶相的老土坯客反倒不知如何是好了。她说，“我想来和您老坐坐。”

老汉心里开始在猜摸，程同志究竟来找他做啥？一般乡上县上的干部来了，总是和村长接手；和他一个只会打土坯的老汉，有啥家常好拉的呢？

她问他家里都有什么人，分了几亩地，和谁家互助；老汉都答了。最后，程同志把弯儿绕到老汉最担心的那件事上来了——果然。

“没有啥！” 老汉的嘴很有劲地回答，“杨先生教妇女识字有没有啥问题，咱不知道喀！咱一天掮上石夯打土坯，谁给管饭就给谁家卖力，咱没见过杨先生的面，光脸麻子都不知……”

“勤娃同志，你没听人说什么吗？” 程干部转脸问，“甭怕。”

勤娃摇摇头。

“康大叔，您老心放开。” 程同志说，“新社会，咱们把恶霸地主打倒了，穷人翻了身，可不能允许坏人再欺侮庄稼人，糟蹋党的名誉。咱们的干部，有纪律，不准胡作非为……”

这些话说得和老汉的心思刚刚吻合，他觉得这个清素淡雅的女干部完全是可以信赖的，可以倾诉自己一生的不幸和意料不到的祸事。可是，他的话出口的时候，完全是另外的意思——

“杨先生胡作非为不胡作非为，咱不知道嘛！他在哪里胡作来，在哪里非为来，你到哪里去查问。咱不知情喀！”

老汉忽然瞧见，勤娃的脸憋得紫红，咬着嘴唇。他担心儿子受不住程同志诚恳的劝导，一下子说出那件丑事，就糟了！新社会共产党的纪律虽然容不得杨先生胡作非为，可自己一家的名声也就彻底臭了！他急中居然不顾礼仪，要把儿子支使开——

“南围墙侯七等你去打土坯。快去，再迟就要误工了！”

勤娃猛地站起，恨恨地瞅了父亲一眼，走出门去，撞得旧木板门“咣啷”一声响。

“这娃性子倔……”老汉不自然地掩饰说，盼程同志快点走。横在老汉心头的这一块伤疤，无论是恶意地撞击，抑或是好心地抚慰，都令人反感，任何触及都是难以忍受的痛苦。

“没关系，回头我再来。”程同志很耐心地说。

“甭来了。”老汉很不客气地拒绝，心里说，你一个穿戴和庄稼院女人明显不同的公家干部，三天两头往我屋跑，那还不等于告诉康家村人，康田生屋里出了啥事啊？老汉今天一见到她，心里的负担又添了一层，意识到这件丑事，尽管尽力掩盖，还是闹出去了；要不，县上的这位女干部怎么会来到他的小院呢？但即使外面有风传，他们一家也要坚决捂住。“咱庄稼人忙。实在是……我跟勤娃，啥也不知道喀！”

程同志脸上明显现出失望的神色，失望归失望，却不见反感或厌恶。她是做党的干部纪律的监督工作的，严肃的职业使她年龄轻轻儿就已经养成严肃而又和蔼的禀性。此类问题在她的工作中，不是第一次；不说庄稼人吧，即使觉悟和文化水平都要高一些的工人和干部，在这样的丑事临头的心理矛盾中，往往也是同样首先顾及自己和儿女的名声，这样，就把造成他们家庭不幸的人掩蔽起来了。

十五

紧张的体力劳动，给心里痛苦痉挛着的庄稼汉勤娃以精神上极大的解脱。他走进侯七家打土坯的土壕时，胳膊无力，腿脚懒散，浑身的劲儿叫不起来。侯七在一旁给木模装土，不断投来怀疑的不太满意的眼光。勤娃像受了侮辱——勤劳人的自尊！他暗暗骂自己一声，提起石夯，砸了下去，一切烦恼暂时都被连珠炮似的石夯撞击声冲散了。

劳动完了，烦恼的烟云又从四面八方朝勤娃的心里围聚。吃罢晚饭，他怏怏地告诉侯七，自个有病了，让侯七另找别人来打土坯吧！侯七盯着面色郁闷的勤娃，没有强留。他扛着木模和石夯走出村来。

勤娃懒散地移着步子，第一次不那么急迫地往家赶了。赶回家去干什么呢？甭说玉贤不在家，即使在，那间小厦屋也没有温暖的诱惑力了。

浪去！勤娃鼓励自己。想想自己，除了种庄稼，农闲时出门打土坯，早晨匆匆去，晚上急忙回，挣那么几块钱，从来舍不得买一个糖疙瘩，一五一十全都交到她手里，让她积攒着，想撑三间瓦房……太可笑了！你为人家一分一文挣钱，人家却搂着野汉睡觉……去他妈的吧！

勤娃已经岔开通康家村的小路，走上官路了。

这样恼人的丑事，骂不能骂，说不敢说；和玉贤的关系好不能好，断又断不了，这往后的日月怎么过？既然程同志赶到家里来查问，证明他的父亲和舅父要他包住丑事的办法已经失败，索性一兜子倒出来，让公家治一治那个瞎熊教员，也能出口气，可是，父亲却一下把他支使开了。

勤娃开始厌恶父亲那一副总是窝窝囊囊的脸色和眼神——窝囊了一辈子，而今解放了，还是那么窝囊！他啥事都首先是害怕。他不敢高声说话，不敢跟明显欺侮自己的人干仗；自幼就教勤娃学会忍耐，虽然不识字，还要说“忍”字是“心上能插刀刃”！勤娃现在有些忍不住了！

勤娃沿着官路，踽踽走来，到了桑树镇了。

夜晚的乡村小镇，街道两边的铺店的门板全插得严严的，窗户上亮着灯光，街上行人稀少。勤娃终于找到了可以站一站的地方，那是客栈了。

门里的大梁上吊着一盏大马灯，屋里摆着脚客们的货包。大炕上，坐着或躺着一堆操着山里口音的肩挑脚客。

“啊呀！这是勤娃呀？”客栈掌柜丁串串吃惊地睁大着灵活的小眼睛，“来一碗牛肉泡，还是荤油臊子面？”

“二两酒。”勤娃说，“晚饭吃过了。再来一碟花生豆儿。”

“啊呀，勤娃兄弟！”丁串串愈加吃惊了，“好啊！我知道，这二年庄稼人翻身了，村村盖房的人多了，你打土坯挣钱的路数宽了！好啊！庄稼人不该老没出息，攒钱呀，聚宝呀！临死时，一个麻钱、一页瓦片也带不到阴间！吃到肚里，香在嘴里，实实在在……掌柜的，给康家勤娃兄弟看酒……”

丁串串长得矮小、精瘦，声音却干脆响亮，说话像爆豆儿，没得旁人插言的缝隙。他唤出来的，是他的婆娘——一个胖墩墩的中年女人，同样笑容满面地把酒壶和花生摆到勤娃的面前了：“兄弟，还要啥？”

“吃罢再说。”勤娃坐下来。

花生米是油炸的，金红、酥脆，吃到嘴里，比自家屋里的粗粮淡饭味儿好多了。酒也真是好东西，喝到口里，辣刺刺的；进入肚里以后，心里热乎乎的。接连灌了三大盅，勤娃觉得心里轻松多了。怪道有钱人喜时喝酒，闷时也喝酒！他觉得那股热劲从心里蹿起，进入脑袋了，什么野汉家汉、丑事不丑事，全都模糊了，也不显得那么重要了。

“再来二两！”勤娃的声音高扬起来，学着丁串串的声调，呼唤女掌柜，“掌柜的，买酒！”

女掌柜扭动着肥大的臀部，送上酒来，紧绷绷的胖脸上总是笑着。勤娃从腰里掏出一卷票子，抽出两张来，摔到桌上——好大的气派！女掌柜伸手接住钱，眼睛却直勾勾地盯着他把那一卷票子塞到腰里去。

“还有床位么？”勤娃干脆捉住白瓷细脖酒壶，直接倒进喉咙，咂咂嘴，问还站在旁边的女掌柜。

“有啊！”女掌柜满脸开花，“要通铺大炕，还是单间？兄弟倒是该住单间——舒服！”

“好啊！我住单间！”勤娃满口大话，一壶酒又所剩不多了，支使女掌柜，“给我开门去！”

他妈的，我康勤娃也会享福嘛！酒也会喝，花生豆儿也会吃，往常里倒是太傻了哩！

“勤娃兄弟，床铺好了——”女掌柜在很深的宅院里头喊。

“来了——”勤娃手里攥着酒壶，朝院里走去。他脚下有些飘，总是踩踏不稳，又撞到什么挡路的东西上头了，胳膊也不觉得疼。那些坐着或躺在通铺大炕上的山里脚客，在挤眉弄眼说什么，勤娃不屑一顾地撇撇嘴角。这些山地客，可怜巴巴地肩挑山货到山外来卖钱，只舍得花三毛票儿躺大炕，节省下钱来交给山里的婆娘；可他们的婆娘，说不定这阵也和谁家男人睡觉哩……

“在哪儿？”勤娃走进昏黑的狭窄的院道，看着一方一方相同的黑门板。

“在这儿。”女掌柜走到门口，“我给你铺好被子了。”

勤娃走到跟前，女掌柜站在窄小的门口，勤娃晃荡着膀臂进门的时候，胳膊碰到一堆软囊囊的东西——那大概是女掌柜的胸脯。

女掌柜并不介意，跟脚走进来：“新被新床单，你看……”

勤娃一看——女掌柜穿着一件对门开襟的月白色衫子，交近农历四月的夜晚，已经很热，她半裸开胸脯上的纽扣，毫不在乎地站在当面。勤娃一笑：“好大的奶子！”

“想吃不？”女掌柜嘻嘻一笑，一把扯开胸脯，露出两只猪尿泡一样肥大的奶头，“管你一顿吃得饱！”一下子搂住了勤娃。

勤娃本能地把脸贴到那张嘻笑着的脸上。

“瞎熊！”女掌柜又嘻嘻一笑，嗔声骂着，转过身，走出门去。

丁串串正好走到当面，站住脚。

“勤娃喝多了，在老嫂子跟前耍骚哩！”女掌柜说。丁串串哈哈一笑，忙他的事情去了。

勤娃往腰里一摸——啊，那一卷票子呢？啊呀！他脑子里轰然一响，一瞬间的惊恐之后，就完全麻木了，糊涂了！

“哈哈哈……啊哈哈哈哈！”勤娃从门里蹦出，站在院子里，“一把票子——几十块！只摸了一把奶！太划不来了……哈哈哈哈……”

他豁脚扬手，笑着喊着，从后院蹦到前房，又冲到门外。

“这瓜熊醉咧！”女掌柜也哈哈笑着说。

“大概屋里闹仗，生闷气。”男掌柜丁串串给那些山地脚客说，“这是方圆十多里有名的土坯客，一个麻钱舍不得花的人。今日一进门就不对窍嘛，大半是家事不和，看起来闹得很凶……”

丁串串说着，吩咐女掌柜：“你去倒一碗醋来，给灌下去……”

十六

月亮半圆了，村外的田地里明亮亮的，似乎天总是没有黑严。玉贤匆匆沿着宽敞的官路走着，希望有一块云彩把月亮遮住，免得偶尔从官路上过往的熟人认出自己来。

经过一夜一天的独自闷想，她终于拿定主意——要找杨老师。在娘家屋，她比在勤娃家里稍微畅快些；喝毕汤，帮母亲收拾了夜饭的锅灶，她下定决心，今晚就去。

父亲一看见她就皱眉瞪眼，扔下碗就出门去了，母亲说到隔壁去借鞋样儿，她趁机出了门。至于回去以后怎样搪塞，她顾不得了。

桑树镇的西头，是行政村的中心小学，杨老师在那儿教书。月光下，一圈高高的土打围墙，没有大门；门里是一块宽大的操场，孤零零立起一副篮球架；操场边上长着软茸茸的青草。夜露已经潮起，她的脸面上有凉凉的感觉。

一排教室，又一排教室；这儿那儿，有一间一间亮着的窗户。杨老师住在哪里呢？问一问人，会不会引起怀疑呢？黑夜里一个年轻女人来找男教员，会不会引起人们议论呢？

左近的一间房门开了，走出一位女教员，臂下挟着本本，绕下台阶过来了。玉贤顾不得更多的考虑，走前两步，问："杨老师住哪里？"女教员指指右旁边一个亮着的窗户，就匆匆走了。

走过小院，踏上台阶，站在紧闭着的木门板外边，玉贤的心"腾腾"跳起来。她知道，她的不大光明的行动，潜藏着怎样不堪设想的危险结局；没有办法，她不走这一步是不行的。

她压一压自己的胸膛，稳稳神儿，轻轻敲响了门板。

"谁？"杨老师漫不经心的声音，"进。"

玉贤轻轻推开门，走进去，站在门口。杨老师坐在玻璃罩灯前，一下跳起来，三步两步走过来，把门闭上，压低声音问："你怎么这时候来了？"

他怎么吓成这样了呢？脸色都变了！

“见谁来没有？”杨老师惊疑不定地问。

“见一个女先生来。”玉贤说，“我问你的住处。”

“她没问你是谁吗？”

“问了。”

“你怎样说的？”

“我说……你是我哥……”

“啊呀！瞎咧！人家都知道，我就没有妹子嘛！”杨老师的眼睛里满是惊恐不安，“唔！那么，要是再有人撞见问时，你就说是表妹——姨家表妹……”

玉贤看见杨老师这样胆小，心里不舒服，反倒镇静了，问：“杨老师，我明白，这会儿来你这儿不合适——我没办法了。我是来跟你商量，咱俩的事情咋办呀？”

“你说……咋办呢？”杨老师坐下来了。

“你要是能给我一句靠得住的话……”玉贤靠在一架手风琴上，盯着杨老师，认真地说，“我就和勤娃离婚！”

“那怎么行呢！”杨老师胡乱拨拉一把头上的文明头发，恐惧地说，“县上文教局这几天正查我的问题哩！”

“我知道。”玉贤说，“今日后晌一位女干部找到我娘家，问我……”

“你咋样回答的？”杨老师打断她的话。

“我又不是碎娃，掂不来轻重……”

“噢！”杨老师稍微放心地吁叹一声，刚坐下，又急忙问，“不知到勤娃那里调查过没有？”

“问了。”玉贤说，“听她跟我说话的口气，他也没给她供出来……”

“好好好！”杨老师宽解地又舒一口气，眼里恢复了那种好看的光彩，走到她面前来，“真该感谢你了……好妹妹……”

“要是目下查得紧，咱先不要举动。”玉贤说，“过半年，这事情过去了，我再跟他离！”

“你今黑来，就是跟我商量这事吗？”

“我跟他离了，咱们经过政府领了结婚证，正式结婚了，那就不怕人说闲话了，政府也不会查问了。”玉贤说，“我想来想去，只有这条路。”

“使不得，使不得！”杨老师又变得惊慌地摇摇手，“那成什么话呢！”

“只要咱们一心一意过生活，你把工作搞好，谁说啥呢？”玉贤给他宽心，“笑，不过三日；骂，不过三天！”

“你……你这人死心眼！”杨老师烦躁地盯她一眼，转过头去说，“我不过……和你玩玩……”

“你说啥？”玉贤腾地红了脸，几乎不相信自己的耳朵，“这是你说的话？”

“玩一下，你却当真了。”杨老师仍然重复一句，没有转过头来，甚至以可笑的口吻说，“怎么能谈到结婚呢！”

玉贤的脑子里轰然一响，麻木了。她觉得自己已经站立不住，一句话也说不出来，嘴唇和牙齿紧紧咬在一起，舌头僵硬了。

“甭胡思乱想！回去和勤娃好好过日月！他打土坯你花钱——好日月嘛！”杨老师用十分明显的哄骗的口气说着，又悄悄地告诉她，“我今年国庆就要结婚了，我爱人也是教员……”

他和她“不过是玩玩”！她成了什么人了？她至今身上背

着丈夫勤娃和父亲吴三抽击过的青伤紫迹，难道就是仅仅想和他“玩一玩”吗？她硬着头皮，含着羞耻的心，顶过了县文教局女干部的查问，就是要把他包庇下来，再“玩一玩”吗？玉贤清清楚楚地看见那张曾经使她动心的小白脸，此刻变得十分丑陋和恶心了。

“我不会忘记你的好处，特别是你没有给调查人说出来……”杨老师这几句话是真诚的，“我……给你一点钱……你去买件衣衫……”

玉贤再也忍受不住这样的侮辱，将一口咬破嘴唇的血水，喷吐到那张小白脸上，转身出了门……

十七

月亮正南，银光满地，田野悄悄静静。

玉贤坐在一棵大柳树下，缀满柳叶的柔软的枝条垂吊下来，在她头上和肩上摆拂。面前是一口装着木斗框架的水井——应该结束自己的生命了！一低头，一纵身，什么都不要想了！

也许明天早晨，菜园的主人套上牲畜车水的时候，立即就会发现她……十里八村的男人女人，就该有闲话好说了。啊啊！她将作为一个坏女人永远留在村民们的印象里……

她忽然想到了阿公——那个在她过门不到两个月时光就把“金库”交给儿媳掌管的老人，小河一川能数出几个这样老好的老人呢！多少家庭里娶下媳妇，父子、兄弟、妯娌闹仗分家，不都是为着家产和金钱吗？她太对不住阿公了，如果能见一面，她会当面跪下，请求老人打她；那样，她死了，会轻松一些。

她想到勤娃了。他笨手笨脚，可搂起她的双臂是那样结实。他讷口拙舌，可说出的话没有一句是空的。他从外村打土坯回来，嘿嘿笑着，从粗布衫子的大口袋里掏出钱来，很放心地交到她手上，看着她再装到阿公交给她的那只梳妆匣子里……

她对不起阿公和勤娃。她没脸面再去盯一眼这样诚心实意待她的人。她应该立即跳进井里去！

她对不住阿公和勤娃。她应该在离开阳世的时候，对自己已经觉悟到的错事悔过，补一补心，再死也不迟啊！

她站起来，冷漠地盯一眼透着月光的井水，离开了。她从田间的小路重新走上官路，从桑树镇上穿过去，直接回家，免得回到娘家，父亲没完没了地责问——死了也该是康家的鬼！

玉贤走到桑树镇上了，街上已经空无人迹。经过客栈门前的时候，门口围着一堆人，嘻嘻哈哈，哄哄闹闹。她不想转过头去。这个客栈，早听人说过，是个乌七八糟的地方——丁串串开栈挣钱，婆娘卖身子挣钱。

“哎呀！喝了醋就醒酒了！”

“灌！”

“把鼻子捏住！”

又是什么人喝醉了。玉贤走过去了。

“我——不——喝！”

玉贤听到被灌着醋的喝醉了的人的吼声，猛然刹住脚——怎么像是勤娃的声音呢？

“毒——药——”

这回听真切了，是勤娃。天哪！他怎么跑到这个鬼栈里来了？玉贤的心紧紧地收缩下沉，她意识到自己害得勤娃变成什么人了！

玉贤折回身，跑到人堆前，拨开围观的人堆；从门里射出的马灯的亮光里，她看见勤娃被一个人紧紧挟住，丁串串正给他嘴里灌醋。勤娃咬着牙，闭着眼，醋水洒了一脸一胸膛，满身泥土。玉贤一下扑上去，抱住勤娃，哭喊出来："我的你呀……"

丁串串和众人停住手，议论纷纷。

玉贤扯起衣襟，擦了勤娃的脸，抓住一只胳膊，架在她的脖子上，另一只手紧紧搂住勤娃的腰，几乎把那沉重的身躯背在身上，拽着拖着，离开丁家栈子，走上了官路……

1982年9月18日至11月3日

写改于灞桥

十八岁的哥哥

一

“唰——唰——唰——”

一张粗铁丝编织的双层罗网，用三角木架支撑在沙滩上。他手握一把被砂石蹭磨得明光锃亮的钢皮锨，前弓后踮着腿，从沙梁上铲起饱饱的一锨砂石，一扬手，就抛甩到罗网上。于是，就发出这种连续不断的既富于节奏而又沉闷单调的响声。

经过规格不同的双层罗网的过滤，砂石顺着隔板，分路滚落到两只同样用粗铁丝编制的笼筐里；细沙透过双层罗网的网眼，丢落在沙地上。笼筐里的石头装满了，他把铁锨插在沙堆上，一猫腰，提起笼筐，跨开长腿，甩着左臂，扭着犍牛犊一般强健的身躯，走上沙梁，“哗啦”一声把石头倒在石头堆子上，直起腰，从脖子上扯下毛巾，擦拭脸颊上的汗水。

太阳即将出山的这一瞬间，秦岭的群峰沉浮在玫瑰色的霞光里，山峰的陡峭挺拔的雄姿顿然变得模糊了，线条柔和了，面目朦胧了，和玫瑰色的天空融合在一起了。蓝莹莹的细细的流水、冬季里裸露的沙滩、落光了叶子的杨柳林带、霜花蒙蒙的麦田，也都沐浴在瞬息万变的霞光里。整个河滩宽阔的沙地上，罗网林立，铁锨闪光，砂石撞击罗网的“唰啦”声响，杂乱而又刺耳，和这样瑰丽的初冬清晨的美景极不协调地统一在一起。

他把倒掉了石头的笼筐重新搁稳到罗网下面，往掌心喷一喷口水，双手搓一搓，掌心里发出“嚓嚓嚓”的响声。茧痂和茧痂搓磨，竟有这样粗糙的声响，铁锨木把儿在他手掌上开始留下劳动的印记了。他有趣地笑笑，捞起铁锨，低头铲起一锨砂石，扬手抛甩到罗网上。

一切都显得十分简单——抛沙取石，卖石头挣钱。只需给手心喷上唾液，攥紧锨把儿，使足劲儿，出力流汗，就解决一切问题了；不要精心地谋划，也不必过细地算计，只要一天三顿塞饱肚子，胳膊上有源源不断的力气产生出来就行啰……绕口的数学公式、冗长的政治名词的概念、堆积如山的数理化习题、令人惶惶不安的频繁的考试……都像脚印一样留在身后，遥远而又冷寂了。他——十八九岁的高中毕业生曹润生，作为一个年轻的庄稼汉，加入到曹村庄稼汉们庞大的劳动大军中来了。

一切既显得简单，也很自然。

他背着书包，车架上捆绑着被褥卷儿，网袋里装着脸盆、牙具和杂物，涉过小河，从五里镇中学回到曹村来了。

父亲在门口的槐树下，正用一把铁梳子给黄牛梳刮着皮毛，抬起头，淡淡地问：“念完了？”

“完了。”他说，也是淡淡的口气，“毕业了。”

“大学……考得咋样？”

“不咋样。”

父亲就不再问了，继续用铁梳子梳刮黄牛卧圈时粘在臀部和肚皮上的粪痂和土屑。他只精通作务庄稼和养育牲畜，是连自己的名字也写不到一块的粗笨庄稼汉，对于儿子念书和考学的事，大约连问询的话题也找不出来……

一月后，他接到一封信，那是高等学校统考成绩通知单。他看了一眼，就塞到裤兜里去了。结果是羞于让人再看一眼，或者告诉他人的。

“润娃，心放开！”父亲显然猜透了信的内容，不用询问，就朗声宽慰儿子，“而今考大学跟中状元一样，太难咧！听人说，咱小河一川几十个村子，只考中了一个女子；人说那女子连着考了三年才得中……”

“嗯……”他不置可否地应着。

“你要是不死心，再念一年，明年再考一回，爸供给你。”父亲说，“爸做那几亩庄稼，还成哩！”

“不咧！”润生苦笑着摇摇头，口气却是坚定的。他的高考成绩离那个录取的分数杠儿，距离太远了。他看着父亲皱皱巴巴的脸颊上的笑纹，反倒难受了。是啊！父亲供给他念到高中毕业，花了多少钱哪！而他却把好多时间抛洒在五里镇中学的篮球场上了！他断然说，“不用补习了，爸。”

“那也好！而今做庄稼，日子也好过了。”父亲轻松地笑着，仍然在替儿子宽解。在他看来，年轻人都想通过念书考试而进入城市，达不到目的的就三心二意，连做庄稼也觉得没意思了。他说，“你看看，天底下的庄稼人有多少……甭在心！”

润生和父亲在自家的责任田里秋收——掰包谷，掐谷子，随后就在收获过庄稼的田地里播种下麦子。当秋收秋播的忙季一过，父子俩闲下了。

“得寻个活儿干呀！庄稼人怎能闲吃闲坐呢？”父亲在灯下抽着旱烟，“整整一个冬天，整整一个春天，到搭镰割麦，地里没活儿。润娃，你得搞个营生呀！”

润生靠在炕边，他早就想着自己该干的营生了。五六亩责任田，不够父亲一双手收拾。家里那三十多只母鸡，属于母亲的宝贝，用不着他经营。黄牛生下一头母牛犊，母猪产下十二只小崽，那是父亲的爱物，更不必他插手抚弄。鸡呀、猪呀、牛呀，这些东西，他全无兴趣，见着都觉得烦！他喜欢蜜蜂，早就想着有一群蜜蜂，春天到南方，夏天到北方，搭火车，乘汽车，天南海北去放蜂，去赶花。那些“嘎嘎嘎”叫着的笨拙的母鸡，那肮脏的丑陋的老母猪，那行动迟缓的老黄牛，有什么意思呢！那金色的蜜蜂，“嗡嗡嗡”的，酿出雪白的或金黄的蜜来，够多有趣啊！

“我早想好了——”润生看父亲一眼，胸有成竹地说，“我要养蜂。爸，我把一本《养蜂学》看得快要背过了。”

“哪来的本钱呢？”父亲总是切实地想问题，“一箱蜂要七八十块，咱能买起几箱呢？养得少，划不着；养多，又没那么大的本钱……”

“给我买一张罗网。”润生早有打算，“我下河滩捞石头，挣下钱来买蜂。东杨村俺同学家养了十箱意大利蜜蜂，他爸不会管理，没赚着利，不想养了。我想把他家那些蜜蜂连窝端过来。我今年捞一冬石头，挣的钱差不多就够了。”

“你爱弄，就去弄那蜂儿去。”父亲从来不违拗儿子，总是顺着儿子的兴趣。他生过六个女子，五十大关上才得到这么一个宝贝儿子，爱子之心可以想见了。况且，曹村的曹安勤就养着一群蜂，走南闯北，赚得一把好钱，儿子养蜂是正经营生，不是玩狗耍鸽子的二流子行径嘛。他说，“你去捞石头吧！挣下钱你自个攒着，给你买蜂去！要是不够，爸卖了这窝猪娃，给你添补……”

润生扛上铁锨和罗网，走出自家小院低矮的门楼，下了场塄，下河滩来了。河滩里刚刚落下头一场小雪，冬小麦嫩绿的叶尖翘在薄雪上头。像河岸两边的庄稼人一样，他在宽阔的沙滩上，选择一道石头多的沙梁，用三角木架支撑起罗网，用铁锨抛起第一锨砂石。石头撞击崭新的铁丝罗网的第一声响亮的声音，新奇而又陌生，长久地留在他的记忆里。

沙滩上拥挤着多少人啊，男人女人，壮汉青年，有的是一人一张罗网，有的父子、夫妻合着一张罗网，摆开架势，抛沙取石。整个河滩上，都是石头撞击罗网的杂乱的“唰啦”声。土地下户了，冬闲了，多数找不到挣钱门路的人都下滩来了。这种劳动平稳，不需要四处奔波，一天三顿可以吃到自家锅里的热饭，晚上能在自家的热炕上歇息；不要投资，不要底本钱，只需花十几块钱买一张机器轧制的罗网就行了。不用任何人号召、动员，秋播一毕，庄稼人挂了犁、卸了铧，扛上罗网走下村前的河滩里来了。这儿是一个取之不尽、掏挖不竭的天然采石场，可以容纳一切人。

润生没有烦恼，倒是很踏实地在曹村门前的沙滩上撑起了自己的罗网。他学业平平，只是个中等生，对于参加高考，本来就缺乏一定要考中的狠劲，结果自然是早可预料的。因为所望不高，失败时也就减轻了痛苦的程度。他喜欢蜜蜂，那个神秘的王国比什么大学现在都令他动心；他喜欢养蜂人的生活，天南海北去赶花采蜜……为了尽快地把东杨村那十箱蜜蜂买过来，他现在必须埋头苦干，拼命抡动铁锨，从一锨一锨抛起的砂石中，挣下买蜂的钱来！东杨村那个同学他爸，简直是个大笨熊，把二十多箱可爱的金黄色的意大利纯种蜜蜂，弄死了大半，太可惜了……到他攒下千元款项的时候，就要把那十箱蜜蜂连窝端过来。那时候，他就扔下铁锨和罗网，离开这冬季奇冷而夏天特热的沙滩了……

"唰——"

曹润生抛着沙子。他穿一件蓝色秋衣，短短的运动员式平头上，热气蒸腾，红润润的脸膛上流着汗水，可胳膊上并不困乏。下河滩近一月来，最初的不适应重体力劳动的时期已经过去了，双手已经磨出厚硬的茧痂；无论速度还是耐力，乃至捉锨扬沙的姿势，他都完全可以与任何一位庄稼汉相抗衡了。在篮球场上训练出来的四肢，灵活而轻便；膀阔腰细，行动敏捷，连抛沙提笼倒石头的动作，都带着投篮时的优美的姿势。

他抹一把汗，欣赏着不断增高的石头堆子，嘴角露出得意的而又不满足的微笑，像球赛时瞥一眼记分牌上的积分数字的神气。这时候，一辆天蓝色的大卡车"呜呜"吼叫着，从河滩麦田间的白杨甬道上开到河岸边来了，这是今天早晨头一辆到曹村河滩来的装载砂石的汽车。他扔下铁锨，迎着汽车奔去。有好多人已经从河滩的各个角落蹦起来，朝着汽车开来的方向奔跑。激烈的竞争出现了……

二

沙滩虽然远离村庄，却不是世外桃源，竞争比在责任田里表现得更表面化、尖锐化。一家一户的责任田里，谁家的麦子长得好，谁家的棉苗齐壮，那得凭作务技术，默默地进行比赛和竞争。沙滩上不一样啰！谁的石头捞得多或捞得少，那只能是成功的一半，甚至是少一半，关键的关键是能不能及时地将汗水换来的石头卖掉。只有把石头装进大卡车或拖拉机的车厢，从驾驶员手里接过那一张盖着公社砂石管理站紫色条章的发票，那时才能心地踏实地说：汗水洗出来的人民币，切实地装进腰包了！石头捞得再多，堆在沙滩上不能卖掉，那只是一堆石头，不是票子！而一旦赶春节前后不能出手，小河在阳历四月就进入汛期，倘若一场洪水漫下来，汗水就算白流了。

每有一辆绿色或蓝色的卡车拐进河湾，就有一伙年轻的或年老的捞石头的庄稼人丢下铁锨，奔跑过去，汗渍斑驳的脸上做出巴结乞求的笑颜；捷足先登的小伙子一步跃上踏板，把早已点燃的香烟塞进司机的嘴巴，几乎千篇一律地重复着一句话："师傅，咱的石头，干净得跟水里淘过一样……"

曹润生跑着，跑着，沙地上软绵绵的，跨出一步，软绵的沙子又把人滑回半步，全不像又硬又光的篮球场跑起来舒服。他也要卖石头，他必须参加这种竞争。他气喘吁吁地跑着，跑着，终于在半道上收住了脚步。晚了！已经有三四个人先后拦住汽车了，把汽车驾驶楼两边的窗口挤满了，自己起动得太晚了！他扭身返回自己的沙梁，却听到粗壮的嗓音在吵闹，在对骂，竟而动起拳脚了。好多人纷纷朝汽车跑去看热闹。润生也缓缓地跑过去，想看看究竟——谁和谁打架呢？

呀！五十多岁的长才大叔，鼻孔和嘴巴全给鲜红的血浆黏糊住了，怪怕人的！他坐在沙地上，双手死死地抱住一个名叫曹占孙的青年的右腿，嘴里叫骂着。曹占孙根本不在乎，嘴角叼着纸烟，眼睛瞟瞅着天空，一副傲慢而又蛮横的神气。

问题并不复杂。长才大叔和占孙大约同时奔到汽车跟前，占孙腿脚灵活，一跃就跳上汽车的踏板，肩膀把笨手笨脚的长才大叔撞倒了，跌扑在汽车旁边，差点给车轱辘压住腿脚；长才大叔慌忙爬起来，照着占孙的屁股踢了一脚，占孙反手一拳，打得他鼻血如注……奇怪的是，好多人围在汽车周围看热闹，却没有人动手拉架。长才大叔自知不是小伙子占孙的对手，没有敢再还手，就抱住他的腿脚不放，僵持着。为了出售自家的石头，争争吵吵的事时有发生，谁也不愿意介入到与自己关系不大的纠纷中去，冷漠地看一看，纷纷走散了。有几个人竟然围住司机，在缠磨，全然不顾这两个因为争执而发生冲突的人。司机坐在驾驶楼里，咂着烟卷，谁也不瞅，漫不经心地瞅着前头的沙滩，嘴里放出烟雾来。看着司机那副冷漠的样子，润生心里憎恶起来：瞧你那个样子！你下车来劝解一句，会劳你多少神呢？

润生看看长才大叔血糊糊的嘴巴，走上前，拉扯他的手臂，用一种自己也莫名其妙的大人们的口吻劝解："算咧！算咧！乡里乡亲，甭失了和气……"是啊，在学校里，班主任常常给他们讲文明道德，说要尊重别人的人格，要尊老爱幼，要有礼貌……可是在这河滩野洼的地方，谁讲这些道理呢！

“叫他狗日的把我打死！我早就活得烦咧……”长才大叔喊着骂着。

“打死你？我划不着账哩……”占孙仍然傲慢地说。

长才大叔双手死死地扣在一起，掰也掰不开。润生一时找不到更有用的话劝解，作难了。他想对占孙说：你占了便宜，少说几句气话吧！或者道歉几句，长才大叔也就有脸从地上爬起来了呀！偏偏是占孙不买账，打了人还不松口。润生在心里憎恨那张蛮横的脸了。

“谁个叫曹润生？”

润生放开手，转过身，看见司机从驾驶楼的窗口探出头来，正在呼喊自己的名字。怪！这位满脸络腮胡须的司机，从来没见过面，他怎么知道自己的名字呢？润生愣愣地瞅着司机，说：“我就是。你找我……”

司机喷出一口烟，盯着他，问：“你的石头在哪儿？”

“下边……”润生愣愣地指着自己的石头堆子所在的方向。

“装你的石头。”司机缩回脑袋，“走，引路。”

这是怎么回事呢？润生看见，围在汽车跟前纠缠司机的几位乡亲，全用一种探询的眼光一齐瞅住他了。润生明白众人那眼神里包含着什么意思——只有暗中行贿买通了什么人，才有这种指名道姓要装你的石头的美事。可是，他没有给任何司机送过礼，也根本不认识公社砂石管理站的任何一位干部。这是怎么回事呢？

在这样的场合，遇见这种不期而遇的事，润生觉得众人的眼光像蒺藜狗子粘在脊背上，甚至觉得自己劝解长才大叔的举动似乎都是虚伪的了。嗬！别人为拦车打得头破血流，你却不费口舌卖石头，还装模作样来劝架……

润生忽然灵机一动，对长才大叔说："快起来，装你的石头吧！"

长才大叔一惊，忽地从地上爬起，对占孙骂道："狗日的，走着看，我跟你不得完……"

润生已经跳上汽车踏板，手抓着驾驶楼上的窗边儿，引着司机，一直开到长才大叔的石头堆子跟前。

车门打开，中年司机从驾驶楼里走出来，跳到沙滩上。这个头发稀疏而胡须茂盛的中年汉子，挺着胸，凸着肚，帆布工作服的纽扣只扣住最下面一只，圆滚滚的肚子把毛衣撑得变了形。他走到石堆前，用脚拨拉一下石头，看看成色，随口问："这是你的石头吗？"

"是我大叔的。"润生说。

"别人指派我来拉你的石头！"司机说。

"我大叔的石头……"润生急忙说，"跟我的一码事。"

"装吧！"司机一摇手，车厢里的几个装卸工，纷纷跳下车来。

长才大叔已经在河水里洗过脸上的血污，用衣衫的下摆襟乱擦着水渍渍的脸颊，捞起铁锨，帮着陌生的装卸工们装起石头来，和占孙打架的事已经抛到脑后去了。刚撩拨了两锨，长才大叔停住手，从棉袄里掏出一包"金丝猴"香烟，一一塞给装卸工们。司机瞅一眼揉得皱皱巴巴的烟盒，不屑地推开了。长才大叔把烟盒又塞到润生手里："润娃，你陪着师傅抽烟！"

司机在沙地上坐下来，点燃了自己的黑色雪茄，用怪异的眼光盯着润生，说："小兄弟，你给公社砂石管理站进过多少贡啦？"

“进贡”这个词，是润生下到河滩以后常常听到的话，含义是行贿。在学校里，老师讲到过“贿赂”；乡村人过去说“塞黑食”，真是形象而又确切。不过，捞石头的庄稼人，既不习惯说高雅的“贿赂”，也丢弃了太直太露的俗语“塞黑食”，现在通用含蓄而又通俗的“进贡”这个词了。

可是，平心而论，简单而年轻的高中毕业生曹润生没有通过此道，砂石管理站的前门或后门他也一概没有进去过。他压根儿不认识管理站任何一个人，即使想进点什么贡品，也是求告无门哪！他宁可去追拦卡车，和那些司机们纠缠软磨，而这种乞求在河滩里没有人笑话。他追拦汽车的速度之快是无与伦比的，轻巧地跳上正在行驶中的汽车踏板的动作，也是无与伦比的。他曾经是本县中学生篮球代表队的主力中锋，那些笨拙的庄稼汉怎能相比呢！他的石头没有过多的囤积而及时卖掉了。

“有贡品我自个早享用了！”润生斜眼瞅着司机，感到了侮辱。他想：你自个那么贪吃，以致把肚皮吃得连纽扣都扣不上了，却怀疑别人去进贡。他不屑地一扭头，“我还没学会哪！”

“那么……是你舅还是你姨父在管理站？”司机恶毒地嘲笑说，“那么一个狗屁管理站！”

“我儿子也不在那儿！”润生反唇还击，“谁要是进过管理站的大门——咱俩，谁是儿子！”润生解气地说，报复似的瞧着司机那张气得鼓鼓的脸颊。

“既然你没进贡，既然没有你舅你姨父在管理站，那——”司机紧盯着润生，两只鼓出的眼珠不怀好意地瞅着他，“那么我问你，砂石管理站那个开票的女子，为啥把我调拨到曹村这个鬼地方来？为啥指名道姓叫我要拉你的石头？害得我多跑几十里路，多烧两公斤汽油……”

润生纳闷了。砂石管理站开票的女子姓甚名甚，他也不知道，真是摸不着头绪。看看司机忿忿不平的神气，不像说谎诓诈嘛！这到底是怎么一回事呢？

“那个长得怪疼人的女子，再三叮咛我，‘你到曹村去装石头，找一个叫曹润生的青年……’”络腮胡须司机压细嗓门，愚蠢地模仿着那个女子的嗓门音调儿，随之脸一变，戏谑地说，“那个女子是你媳妇吗？我看八九不离十……”

“胡说……”润生臊红了脸，心里忽然一动：会不会是她呢？她什么时候到砂石管理站去工作了？他可一点也不知晓。

“我说准了吧？脸红了哇！”司机开心地哈哈大笑，更加放肆地取笑说，“那女子长得好漂亮！小兄弟有艳福……哈哈哈……”

润生的脸一阵阵发热，心在胸脯里不安地跳弹起来。他的同班同学刘晓兰，什么时候到砂石管理站工作了，暗中给他行着方便？他无法抵挡络腮胡须司机那锥子一样尖锐的眼光，惶惑地避开了。

“有这样疼人的妞儿暗中保佑你……”司机站起来，友好地拍拍润生的肩背，得意地笑着说，“你该当蹦起来才对呀！”

石头装满了。装卸工们先后爬上车厢，裹紧衣襟坐下来。司机钻进驾驶楼，发动了汽车，从车窗里探出头来，狡猾地笑着：“小兄弟，日后甭忘了老哥给你搭过一回桥哪……”汽车开走了。

长才大叔一边抹着脖子上的汗水，一边把一张卡片递过来：“润娃，你看，这上头写着几吨？”

“四吨半。”润生说。

长才大叔小心翼翼地把那张盖着紫红印章的卡片装进棉袄里头的口袋里，舒悦地笑着。他诚恳地拍着润生的肩膀，大嘴长舌头溅出唾沫星子，动情地说："俺润娃到底念过高中，懂得礼行，跟那混蛋孙子不一样……"

润生听不进去长才大叔啰啰唆唆的话了，心里正在想着砂石管理站那个开票的女子……"叔急着用钱哩！"长才大叔还在啰唆，"旁人给你小青哥说的那个媳妇，这月初六见面哩！正愁礼钱凑不够数儿……"

润生点点头，表示理会了。乡村里订婚结婚，那是庄稼人的头宗大事。他说："你要是急用，我再给你拦车……咱们干活吧！"

长才大叔感激地点点头，夸赞着他，转过身走了。润生走回到自己的罗网前，捞起锨把儿，抛甩起砂石来。铁丝罗网上发出连续不断的"唰啦唰啦"的响声，刘晓兰的好看的脸蛋和眼睛，在他的眼前闪动着……

三

公共汽车在五里镇停下，他和她走下车门，暮色苍茫了。

他们一块在县上参加中学生篮球联赛回来。她是本届女篮冠军获得者五里镇中学代表队的替补队员，他是男子季军五里镇中学男队的主力中锋。季军虽然不大显赫，而八号中锋的出色球技，却令县城居民中的球迷倾倒——这个秦岭山下的偏远的县城，有一种根深蒂固的传统性的篮球狂热。赛后，他被选拔为县中学生篮球队队员，不久将到市里去征战。现在，他和她穿着球衣，走过暮色苍茫的五里镇，朝河滩走去。他们的家同住在小河北岸。

“到学校去一下。”她说。

“暑假里，学校没人，去干什么呢？”他说。

“去拿我订的报纸。”她说。

“那得快点。”他随和地说，“天要黑了。”

“夏天怕啥？”她说，“有月亮。”

他和她一起走进熟悉的学校大门。砖铺的甬道上，散落着梧桐树的花边大叶子，青草从砖缝里也长出来了。看门的老头儿，光着上身，只穿一件宽大的短裤，在传达室门口的躺椅上摇着芭蕉扇。老头看见有女生进来，急忙套上短袖汗衫，接着就大加赞扬这两位为五里镇中学争得荣誉的运动员，热情地把一缸子酽茶也递上来了。润生听着，憨憨地笑着。忽然，他瞅见传达室的墙上贴着一张红纸捷报，上面恭恭正正地写着本校男女篮球队取得的战绩。有意思！暑假里没有学生，也没有教师，老校工还是要写这样一张捷报，他是为了抒发内心的欢愉之情吧！老校工这样重视五里镇中学的荣誉，这样喜欢体育运动，润生心里一下子缩短了和老校工之间年龄上的距离，热乎起来了。是的，一个对任何体育活动都毫无兴趣的人，内心一定是很单调很枯燥的。

刘晓兰拿到什么人给她的一封信，坐在门口的灯光下拆看起来；看完了，又翻着报纸看起来。这人真是性凉呢！他们要过河，还有五六里路才能到家，天黑了呀！他催促起她来。

晓兰不在乎地“咯咯咯”地笑着，站起来，把报纸塞进背兜，和老校工告别一声，和润生走进五里镇狭窄的街巷。

小镇夏天的夜晚，比白天似乎更富于生气，一幢一幢店铺的门口，坐着或躺着乘凉的男女，电视机搬到室外的街道上，什么武打片子惊起一阵阵大呼长叹……

走过五里镇短浅的街道，走下场塄了。河滩里，抽穗的稻秧散发着沁人心脾的清香；水渠里透着星光，闪闪发亮；青蛙从路边的草丛里蹦起来，“扑通扑通”跳到稻田里去。夜风从河川上游吹下来，挟裹着瓜果成熟的丝丝香味，灌进人的鼻孔，令人心神清爽。

一只青蛙撞到晓兰的腿脚上，吓得她尖叫一声，跳起来，差点摔倒，双手扑抓住润生的肩头。润生站住脚，哈哈笑着，笑晓兰的胆子太小了。青蛙有什么好害怕的呢？他说，小时候，他和小伙伴们在稻田塄坎上割草，把麦秸秆儿塞进青蛙的屁眼儿，吹得小青蛙肚子圆滚滚的，眼睛都翻鼓出来了。

她捂住耳朵，不要听他讲这样残忍的游戏。

“你投篮的时候，连看篮环儿也不看，怎么投得那么准！”

“怎么能不看篮环儿呢？看。”

“我发现你就不看，跳起来就投，‘唰——’进了！我在场子外头看过好几次了。”

“当然，主要凭手劲儿……”

“我怎么越认真越是投不准呢？”

“不能太认真，越认真越投不进去。”

“哈呀！没听说过，随随便便倒能投中？”

“就是要随随便便地投……”

“教练老师可没讲过你这理论，总是要我们认真。”

“越认真越紧张，紧张了就投偏了。我就是随随便便。我一跳起来,就不管啥啥了,球场上好像只有我一个人,不必紧张……"

夜风轻柔，沙滩绵软，星光在河水里闪烁……河滩夏夜的安谧和清爽，简直使人无法回想晌午时分那令人燥热不安的阳光。旱季里，河滩裸露着沙子和石砾，只有窄窄的一道清流，“哗哗哗”地淌着，水声像金链条发出的脆响。

他脱掉鞋，把蓝色的运动裤往上拉一拉，裤脚的松紧带儿就卡在膝盖上头。河水很浅，他拎起鞋就下了水，清凉的流水，“嗖嗖嗖”地从脚面上流过去。他走过几步，没有听见她下水的声响，就转过身，发现她仍然站在岸边。

“水浅得很，过呀，没事儿！”

她站在水边，歪一下头，没有吭声。

“你在篮球场上拼得多凶呀！这点点水，倒怕咧？过吧，没一点危险……”

她又歪一下头，仍然没有吭声。

“咋回事呀？”他无可奈何地朝南岸折转回去，“你家也住在河边上嘛！河边的娃娃谁没耍过水……”他不在意地嘟囔着，走到她跟前，“你倒怕水。”

“我……不能……”她勾下头，羞怯地支吾着，“……不能……下水。”

他不懂，她怎么不能下水呢？又没有病嘛！他又不好意思细问，却又作难地说：“那咋办？夏天，木板桥早拆掉了。”

“你……”她微微仰起头，不好意思地说，“你不会背我过河吗？”

“那……”他口吃了，脸上先热了，他可从来没有背着一个大姑娘过过河。迟疑间，他忽然想，其实也没有什么大惊小怪的，河边上的庄稼人，男人背女人过河，是平平常常的事情。他给自己鼓劲，从不必要的拘谨里解脱出来，做出随随便便的样子，蹲下身来了。

她哈哈笑着，伏到他的背上。真好！她笑得恰到好处，天真的纯洁的笑声，不仅解除了她自己的窘态，也使他顿然觉得舒展自如了！他站起来，她可真轻，几乎感觉不到什么负载的分量。

她的手轻轻地扶着他的肩膀。他的双手背向身后，拘着她的两只膝盖，走到水里了。她仍然开心地在他背上“嘎嘎嘎”地笑着。

“你的肩膀多宽呀！”

“男子娃嘛，都是粗胳膊壮腿……”

走到河心了，水没过他的膝盖，“哗哗哗”响着。她的两只手从他的肩头上伸过来，搂住了他的脖子。他当是她害怕了，给她壮胆说：“甭怕！深水槽只有三五步，马上就过去了……”

她的嘴巴却凑到他的耳边：“你真傻，还要问人家为啥不能下水……”

“我……没有问。”他分辩说。

“问来……”她撒娇地说。

“没……”他还没有说完，她却把头伸过来，猛然在他脸颊上亲了一口。他的心“怦”的一跳，眼花了，双手松开了。糟了！“扑通”一声，她从他的后背上跌落下来，落到水里了！他愣愣地站在水中，不知该怎么办。

她“嘎嘎嘎”地笑着，扬着甩着手臂，从河水里跑过去，站在岸边，笑得前俯后仰。

他从河里走上岸，为难地说：“怎么办？你的衣服弄湿了。”

“你走吧！在河堤上等我。”她认真地说，“一直朝前走，不准回头。”

他老老实实朝前走，没有回头，脖子连拧歪一下都没有。走上河堤，在杨柳林带里坐下，他看见她蹦着跳着从沙滩上跑过来，走上堤岸，在他旁边的沙堤上坐下来——她早已换上一条干净的运动裤了。

他的心在胸膛里按捺不住了，平生第一次想伸开手臂，拥抱身旁的姑娘。

“好呀润生！不背人家你就说不背，为啥把人扔到河里？”她故作生气地噘着嘴。

“不是你在我脸上……”他鼓起勇气，终于还是没有说清楚，“倒怪我！”

“那是……不小心碰的！”她低下头，羞怯地说，“真的……不小心……”

“那我也……碰你一下！”他无法抑制心里涌起的强大冲动，伸开手臂，猛然把她搂到怀里。

她蹦起来，“嘎嘎嘎”地笑着，站在河堤上，向他招手。

他三步两步跷过去，站在她的跟前。

“坐下。”她按着他的肩膀，“咱们说说话儿。月亮多好！”

“我不想说话……”他坐下来了。

“那……我给你唱歌。”她说。

他轻轻地点点头，把一只胳膊搭在她的肩膀上。她没有动。

她凝视着星光闪烁的河水，轻轻唱起来：

九九那个艳阳天
十八岁的哥哥坐在小河边
……

他不敢再鲁莽了，把一只手臂轻轻地搭在她的肩上。夜风轻柔，歌声婉转。李谷一相形见绌了，从来没有什么人的歌声能这样一丝不漏地融汇进他的胸膛、他的心、他浑身的血液；什么流行的轻音乐，什么校园歌曲，也都相形见绌而销声匿迹了。整个世界就只荡漾着这样一曲歌儿……

四

“唰——”

十八岁的哥哥曹润生，现在双手攥紧锨把儿，前弓后踮着双腿，从沙梁上铲起一饱锨混合着沙子和石头的砂石，抛向双层铁丝罗网。太阳已经托上秦岭群峰的上空，温暖的阳光羞怯地洒在沙滩上，严寒开始消退，河水闪闪发光。

他有意无意地瞅一眼对岸的河堤。落光了叶子的杨柳枝，伫立在天空中；树下的河堤的沙地上，留下他和她相依相偎的足迹。人生第一次接触异性，第一次拥抱和亲吻，第一次听一个心爱的人儿专为你唱歌，永远烙进心上，难以忘怀了。他每天走下河滩，不由得瞅一眼他和她坐过的那一段河堤、他背她涉水过河的那一段河口，天天如此。

他后来就明白了，她说她不能下水，完全是一种托词。她说到学校去拿报纸，无非是想把时间拖得更晚一些，好使那些在河滩稻田里贪恋干活的庄稼人走光去尽。由此可以追溯得更远一些。在县上篮球联赛期间，女队员常常帮助男队员洗衣服，晓兰总是及时地从他的床头把汗渍斑驳的衣裤搜走，洗得干干净净，叠得平平整整，放到他的床头；别的女同学根本插不上手。她常常在他上场的时候，在场外观看，给他递毛巾、桔子水……看来晓兰对自己早已有心了，而自己却糊里糊涂，只觉得她和自己既是同班，又同是小河北岸的同乡，自然更熟悉更亲近一些。没有料到，她忽然在他脸上亲了一口，令他不知所措，慌慌乱乱中把她从背上撂到河水里了……真是不期而遇！

在学校的篮球场上，他一跃而起，空中揽月似的抢到对方的篮板球，冲过层层堵截，可以一气把篮球带过中场，那球似乎粘在他的手掌里，难得脱掉；然后跳起，单手托球，往下一扣，篮网上“唰”的一声响，球儿连篮环儿的边也不撞，动作简捷，姿势优美。在他的身旁，常常围随着一伙崇拜者。可是一坐在教室里，他的魔力、他的风韵，完全失去了光彩，他又只是一个平平常常的学生。他没有想到过恋爱，更没有瞅瞄过班里哪一个女生可以成为他的追求对象。尽管已经有传闻散布，说他们班里已经形成了“四对”，可是没有包括他和刘晓兰。平心而论，他就是没有想过嘛！

没有想过的事一旦发生，不期而遇的事一当遇到，曹润生的心再也安稳不住了。他坐在教室的最后一排桌子上，眼睛不由得从书本上移开，越过一排排男生和女生的脑袋，停留在刘晓兰蓬蓬散散的头发上。那头发的颜色有点黄，下梢甚至有点发红，却是那样蓬松，那么柔软，随着她写字的动作一抖一抖的。

班际之间的篮球赛时常举行。他活跃在自己的自由王国里，不由得搜索扫瞄场外围观的观众。一旦在人丛中发现了刘晓兰，他抓篮板球的成功率更加提高，带球越过中场的速度更加迅疾，跃起投篮几乎是百发百中，当然，姿势是更加优美而简捷；相形之下，如果发现刘晓兰不在场外观看，无论抢接篮板球，还是跃起投篮，都往往发挥失常，令班主任叹惋。他在心里骂自己：你这是怎么了？依然不顶用。

紧张的毕业考试迫在眉睫，接着就是决定人生去向的关系重大的高等学校统一考试。教室里的灯光彻夜不熄。几个家在农村的老师的老婆利用两间废弃的勤工俭学的工房，办起了小饭馆，专售凉皮和红豆稀饭，昼夜开门营业，挣那些开夜车的学生的夜餐费。其实，真正在酷暑季节里苦熬苦斗的，不过是班级里的为数甚少的几个尖子学生，因为有考则必中的信心，所以他们苦攻的劲头愈足；而对于绝大多数学生来说，仍然是按时就寝，如时起床。有一些同学已经打定主意：一当毕业考试完毕，就自动回乡务农了。曹润生只是打算碰一碰，碰不上了，自然回家去务农。教室里、校园中的树荫下、五里镇旁边的小河边，全是应届毕业生的天地。在河边的柳荫下，他和刘晓兰在背英语词汇。

“晓兰。”他叫。

“嗯。”她头也不扭，在念着单词。

“休息一会儿吧！我念得嘴唇都麻木了。”

“你休息吧！我不……”

“要是考不上大学，学英语有啥用？”润生说，“我那天回家，在后院里咕哝咕哝背英语，俺妈养的小鸡一下子扑棱着跑到我跟前，以为我叫它们哩！我刚明白过来，俺爸养的十多只小猪娃，也从猪圈的缝隙里钻出来，拱我的脚，当是我给它们喂食哩……”

刘晓兰早已忍俊不禁，笑得前俯后仰，眼泪都流出来了。她一手捂着笑得酸疼的肚子，一手拿着书本，在他头上打。

“真的！”润生说，“那些小鸡小猪……”

“你尽出洋相哩！”晓兰莫可奈何地说，“复习功课这样紧张，你尽出洋相……”

“反正我考不中，你也悬乎！”润生说，“白费劲儿！”

“总得争取争取嘛！”晓兰说，“你……”

“我心里没劲儿，思想老是抛锚……”

“甭胡思乱想！”

“自从那天晚上背你过河以后……”

“背我过河又怎么了呢？”

“谁要你在我脸上亲一口哩！”

“啊呀！你……”

“谁要你给我唱‘十八岁的哥哥’哩！”

“啊呀……”晓兰飞红了脸，瞧瞧左右，用书捂住了脸颊，“快甭说了，羞死人了……”

“我现在看书看不进去，老是想瞅你；听课也总是听不进去，耳朵里老是响着‘九九那个……’”

“你权当没有那回事儿。”晓兰仰起脸，“集中精力，准备考试。”

“我试过，不行嘛！”

“那怎么办？”她也莫可奈何地叹一口气，放下书，双手抱着膝头，坐在沙堤上，有点茫然地说，“我们都考不上学，回农村干啥呀？一想到很快就要离开学校了，我心里真难受！回家干啥？喂猪养鸡？做小买卖？烦死了！”

“养猪养鸡，那是老婆婆们干的事，乏味无聊没意思！”润生说，“我已经瞅准了一桩事儿——”

“做啥？”晓兰不以为然地说。

“养蜂。”润生眉飞色舞，“带上蜜蜂，春天走南方，夏天赶北方，走南闯北，自由自在。你跟我搭伴，咱们的生活多有意思……”

“想得真美！”晓兰笑笑，“那些动物家禽，我全无兴趣。那蜜蜂整天‘嗡嗡嗡’叫，烦死人了……”

“那叫声才好听哪！”润生说，“蜜蜂的叫声可不是苍蝇……”

“比百灵子叫得好我也不喜欢。”晓兰淡淡地说，“我不喜欢嘛！怎么办？”

“那当然……”润生兴味索然了。

“我一看见那蜜蜂窝，身上就起鸡皮疙瘩。”晓兰说，“我看都不敢看！”

“噢！”润生叹口气，“我可简直入迷了。”

“你爱蜜蜂，你就养吧！”为了不使润生扫兴，晓兰调皮地说，“我可是爱吃蜂蜜呀……”

“我给你管饱。”润生也笑着，“能吃多少嘛！一箱蜂能酿……”

“好了，现在还是复习功课吧！”晓兰从草地上捡起英语课本，“我等着吃你的蜂蜜——未来的养蜂专家……”

……

曹润生抛着砂石，回味着离开学校前的那一段生活，自己也觉得好笑。当他和她以及十之八九的男女同学各自回到自己的村庄以后，那熟悉而又亲切的五里镇中学，立时就变得陌生而又遥远了，似乎不是刚刚离开了三四个月，倒像是三四年前的事了。一切不切实际的想入非非的幻想，全都沉淀到大脑后头去了。有的同学进城做临时工去了，有的在自行车后边拴上两只竹筐贩卖爪果蔬菜去了，有的买下小四轮拖拉机跑起运输了，有的进社办工业单位当工人去了……他喜欢养蜂，为了把东杨村的那十箱蜜蜂尽早买到手，他现在正聚足力气，从早到晚，在沙滩上翻捣砂石。冷，不怕；累，咬咬牙忍下去。他被自己未来的养蜂事业鼓舞着，埋头在沙滩上，几乎与世隔绝了。

和晓兰见一面也不那么方便了。曹村和刘庄相隔六七里路，虽然不远，他也不能频频去找她——她的父母对她管得严，对女儿与异性的接触尤为敏感。乡村间没有电话，通信十分困难。他埋头苦干在沙滩上，没有想到晓兰已经进入社办企业，而且是砂石管理站管开票的工作人员了。

她依然对他好。润生肯定地想。她一坐进砂石管理站的办公室，就指派毛胡须的司机到曹村来装运他的石头。可爱的晓兰，心里疼着他哩！后晌得去找找她，为了祝贺她有这样一份又干净又省力的工作，为了她给他指派汽车来拉石头的好心，为了他又有一月多没有和她见面……他现在十分想见她。

他抛甩起砂石，胳膊上格外有劲——必须把后晌找她要耽误的工夫加出来。

“润娃哎——”

听见一声亲切的女人的呼唤，他一抬头，看见长才大叔正在朝他招手哩，旁边站着的长才婶子正在叫自己。她给长才大叔送饭来了，老两口正在热情地招呼他过去一起吃饭哩……

五

乡村人习惯早晨起来先下地干活，八九点钟才回家吃早饭。冬季里，天明得迟，早饭就推迟到十点多钟了。沙滩翻捣砂石的活儿太重了，人一般很难支撑到饭时，就又渴又饿了。于是，就在天明和早饭之间，给干重活的人吃一顿加餐，乡村叫“贴晌”。现在，正是吃贴晌的时间，不断地有女人或娃娃，提着竹条笼儿，笼上盖着花格毛巾，端着热水瓶，从河堤上走下河滩里来。

长才大叔见润生没有动静，急急忙忙走过来，不由分说，从他手里夺下铁锨，扔到地上，拉他的胳膊，推他的脊背，长舌头在大嘴里笨拙地搅动着：“歇一会儿嘛！人是铁饭是钢嘛！我一个老汉都饿得慌慌哩，甭说你年轻小伙……”

润生抬头看看河堤，母亲还没有给他送饭来。拗不过长才大叔实心诚意的相邀，他从沙地上拎起棉袄，披在身上，跟着去了。

竹条笼里装着烙得焦黄的发面锅盔，白瓷壶里装着茶水，全部摆置在沙地上。润生刚蹲下，长才大婶就把一块锅盔塞到他手里，又把盛有拌着辣子的绿白萝卜丝的菜盘挪到他脚下。长才大叔双手把茶壶递过来，不无遗憾地说：“先喝口水。没有茶碗，就对着壶嘴喝吧！咱庄稼汉讲不了卫生……人家城里人讲究，茶碗也不乱用……”

“上山打柴，过河脱鞋——走到哪儿说哪儿的话！”长才婶子畅快地说，“润娃，你尽吃尽喝！咱农民不讲卫生，倒是黑瓷圪垯地结实。”

润生笑笑，没有吭声。不管长才婶子的话有多偏狭，那锅盔的味儿可是真香！皮薄，酥脆，瓤儿绵软，就着清凉的萝卜丝儿，真是惬意极了。她虽然不懂得讲卫生的道理，烙制锅盔的手艺真是高超哩！

“润娃，嗬呀！好润娃——”长才大叔嘴里嚼着萝卜丝儿，“咔嚓咔嚓”地响着，口齿不清地叫着他的名字，大声感慨着，亲热诚挚地说着感激话，“你老侄儿，风格真高！嗬呀！”

“不就是帮你卖了一车石头吗？”润生不在乎地说，“我缓几天卖，又不急着用钱；你急着用钱，先卖了。有啥关系！”

“哈呀！看你说得轻松！”长才大叔瞪着眼，摇摇头，更加感慨地说，“你看看这沙滩上，为了卖石头，争得儿子不认老子！谁肯把到手的票子塞到旁人兜里去？所以说，你老侄儿真是……”

“主要是我目下不急用钱。”润生淡淡地说。

“照润娃这样的好思想儿，搁在河滩捞石头，真是屈才了哇！”长才大叔盯着老婆说，目的在于争取附和者，“我说，润娃该到公社去当干部——准是好干部！”

润生听罢，不由得哈哈大笑起来。一车石头，他没有卖，把出售的机会转让给了长才大叔，竟然感动得长才大叔给他吃锅盔、喝茶，喋喋不休地当面夸奖他，还居然说出应该让他到乡里去当干部的梦话……真诚得令人好笑呀！

“你笑啥？实话嘛！”长才大叔更加认真起来，“至少……你不该跟叔这号笨佬儿一般捞石头……”

“我不捞石头，挣不下钱嘛！”润生说。

“你不该挣这号出笨力的钱，真个；你该去贩羊肉，又轻快又挣得多。”长才大叔说，“咱村那一帮贩羊肉的，今日到山根去买下羊，后晌杀了，明日一早带到西安，卖了，天黑又赶回来。两天一趟，挣这个数儿——”他伸出食指和中指，“两天挣二十多块,一月挣多少？我都眼红了,只怪咱不会骑自行车……”

“我干过一回。”润生笑着说。

“为啥不再干咧？”长才大叔问。

“烂包了！”润生自嘲地说，“咱不识货，买羊时捏不出肥瘦,杀的肉少,差点连本钱都烂掉了……咱手头上的功夫不行！”

“那倒是。”长才大叔点头颔首，“那得凭眼看哩，凭手指头捏膘哩，没那功夫不行……”

润生转过头，看见整个沙滩上，几乎都闲歇下来，此起彼落的嘈杂的“唰啦”声停止了，像秦腔戏里紧锣密鼓的响击骤然中断，河滩里现出素有的自然的安静。这儿那儿捞石头的庄稼人，都坐着或蹲着吃起贴晌来；他们的女人或女儿，在给他们递馍、倒水，款款地说着话。只有少数几个蛮命干活的家伙，仍然没有停手，连吃一顿贴晌、抽一锅旱烟的时间也不放过。

“润娃，叔跟你说句结实话——”长才大叔神秘地眨眨眼，压低了声音，“你是有文化的人，能断书识字，你说，而今这政策还会不会变卦？”

“大喇叭上成天喊，这是基本国策嘛！”看着长才大叔细声细气的神秘的神色，润生觉得好笑，故意提高嗓门，大声粗气地说，“都什么时候了，你还问‘变不变’！”

长才大婶撇撇嘴，不屑地瞅着男人，对润生说：“甭看你叔说话声大，胆子可小得不像个男人。他见人就问‘变不变’，成了毛病了。我说嘛！咱又没做犯法的事，凭出笨力捞石头挣钱，就是政策变了，能问出啥罪来……”

“你甭嘴犟！”长才大叔脖子一拧，声音又大了，“那年人家没收了你的鸡蛋，你咋不嘴硬？那该是你劳神养下的鸡嘛！人家说润娃他爸养的老母猪是‘自发’，你说，润娃，你爸敢犟不敢犟……”

“老皇历了！”润生不自觉地现出老学究的神气来，“现在的政策，都写进宪法里头了……”

“只要不变就好！”长才大叔点点头，“咱一不会长途贩运——出了远门连火车站也寻不见哩！二不会弄鬼捣蛋——寻不着门路哩！只要允许咱捞石头，这沙滩就是咱曹长才的摇钱树、金盆子！拿时兴话说，是咱的存折！”

长才大婶宽厚地笑了：“他这号笨人，打的笨主意，说的笨话……”

“实话！”长才大叔无端地兴奋起来，抑制不住了，对一个年龄相去甚远的晚辈后生，掏出知心话来了，“在这儿捞石头，不贴大本钱，不操心行情跌涨，不用东跑西颠，日有热饭吃，夜有热炕睡，沙滩的石头，十年八年捞不完，一天捞一方石头——五六块，到哪儿去找这么好的营生？累当然是累些，咱笨庄稼人还怕出力流汗吗？”

“对对儿的。”润生点点头。长才大叔说的是实话，这也是沙滩吸引来这么多的庄稼人的全部缘由。那些少数敢于走南闯北搞长途贩运的人，钱虽然挣得多，一月里可能成千上万地挣，但总带有某种冒险性、某种不太稳实的因素。习惯于小农经济的长才大叔一类农民，现在还不敢放开手脚，一天能捞到一方石头，挣得五六块钱，已经很满足了。润生没有打算在这沙滩上把罗网永远支下去。顶多干一年，捞够了能把东杨村那十箱意大利蜜蜂买到手的钱，他就要挂罗收摊了，走南闯北去放蜂，那无论如何是捞石头这种单调的劳作无法比拟的。

“润娃，你听说过吗？”长才大叔兴致勃勃地说，“刚解放那一年，穿灰制服的一排子军人从咱河滩走过去，赶到南塬上去，过河的时候，有个人说，‘嗬！一河滩银元，一河滩洋面！’叫在河边割草的曹二老汉听见了，传说开来。人都不解，明明是满河滩的沙子、石头，解放军咋会说是银元、洋面呢？而今，大伙才解开这话！你说神不神？”

润生听着这个传奇色彩甚浓的故事，笑着，打着饱嗝，拍一拍手，准备站起身走了。这时候，一个女孩把一疙瘩用毛巾包着的吃食塞给他，说是他的母亲给他捎来的，母亲忙得脱不开身。润生解开毛巾，是三个烤得焦黄的馍馍，夹着辣椒。他一抖毛巾，把三个馍馍倒进长才婶子的竹条笼里。

“这算做啥？”长才婶子问。

“你不要还的话，顺便捎给我妈。”润生说，“我已经吃饱了。”

长才大叔咂着旱烟，美滋滋地抽着，把一支“金丝猴”牌香烟塞到润生手里。润生推辞不过，点着了，一口烟抽进去，呛得他咳嗽起来，赶忙捏灭了。

“润娃，叔还想跟你说句话，你甭急走。”长才大叔有点难为情地说，“叔给你说过，给那个碎货订媳妇，急着用钱，还得你帮叔卖石头哩！”

“没麻达。”润生豪爽地说，“我拦住汽车，先给你卖。”

“你不是有个同学……在管理站吗？”长才大叔终于说出他

的用心，“你去找她，让她给咱放几趟车来，啥问题都解决了！”

“嗯……”润生沉吟一下，有点为难。他原打算后晌去找晓兰，可不是为了让她多放几趟车来。

“叔两眼墨黑，在管理站没有一个熟人。”长才大叔叹惋着，“管理站那些人，尽给他们的熟人办事。咱提上烧酒拿上烟，挨不上边儿喀！冒冒失失地送去，反倒给摔出来。其实，谁不知他们暗地里做啥！好了！你的同学在管理站开票，有咱们的人咧……”

“给她送礼吗？”润生笑问。

“当然。”长才大叔悄声说，“给我办事，礼物由我买；叔弄得合适的礼物，你拿给人家也体面……”

“快算了，快算了！”润生有点烦，“真的找她去，我啥礼物也不会拿的。”

“憨娃！而今兴得这一套！”长才大叔说，“你刚从学校回来，不懂人情！没有这办法，没有路走！”

“你甭管！”润生说，“我去找她就是了。”

“空荡荡两手去求人，不成哇！”

“你就……甭管了！”

六

三岔路口，是从城里展伸到乡下来的公路的分岔处。曹润生骑着自行车来到三岔口了。正是一天里公路上最拥挤的时候，大卡车和手扶拖拉机、单套马车和自行车，一齐在三岔路口汇集。天色已晚，远途和近程的司机和驭手，都在急不可待地赶路。冬天北方白天短，五点不到，已经暮色昏暗了。这儿没有交通警察，司机们在拼命按喇叭，自行车铃儿摇得山响，三岔口仍然拥塞得水泄不通。润生跳下车子，离开公路，从麦子地里绕过去，就上了另一条岔道儿。

在三岔路口的三角地带，修建着一幢三层楼房，铁栅门旁的水泥门柱上，挂着一块显赫的白底黑字的木牌——河湾乡砂石管理站。任何一辆要进入河湾乡装运石头的汽车，必须到此登记开票，领取“通行证”。这个管理站的地址，真是选择得太适宜了。

润生扶着车子，停在大门侧旁。他过去多少次从这个三岔路口过往，似乎从来没有留意这个砂石管理站的存在，更没有想过他有朝一日会走进这个铁栅大门。现在，他要第一次踏进这个水泥铺面的大门了，要去找他的同学刘晓兰了，而她又哪里是一般的同学呢！他有点心跳，停一停，稳定一下情绪，拨拉一下头发，拍打拍打在路上落下的尘土，推着车子进去了。

刚走进院子，润生就看见了晓兰。她推着一辆小轮自行车，从楼房的门洞里走下台阶来。他几乎认不出她了——一件黑底红花的罩衫紧紧裹着腰身，脖子上露出高高的米黄色的羊毛衫的高领，披散在脊背上的头发，迎着寒风在飘动，模样更俊了。他忽然想到《追捕》电影中那位勇敢而又纯真的日本姑娘，就是这样的装束，而她和她的模样也真像得神。

“啊呀！润生——”她也看见他了，紧走几走，停住车子，喜笑眉开地问，“你刚来吗？”

“我找你有点事。”他的心在不安地跳动，努力做出无所谓的样子，似乎真是要来办什么公事似的，“你……忙吗？”

“下班了。”

未及晓兰说话，一个小伙子走到跟前，抢先说，显出腻烦的口气。润生一看，那小伙倒是长得细皮嫩肉，一张女人似的秀气的脸膛，白白净净，只是那眼里露出的一缕超然的优越的神色，叫润生感到不舒服。他像排除什么累赘一样的口气继续说："下班了。有啥事，明天上班来办吧！"

"这是我同学。"晓兰连忙回过头，对那青年介绍，"他没来过这儿。屋里坐坐吧！"

润生有点迟疑，看晓兰和那青年同时推车的架势，大约是同路回家的。他忽然蹿起一股反感的情绪：我找刘晓兰，关你什么事！你怕下班回家晚了，你就骑上车子滚吧！我又没有找你嘛！

"你……"晓兰有点不大自然，对那青年说，"你先走呢，还是等一会儿呢？"

"我等你。"那青年毫不犹豫，"甭忘了，七点一刻的电影。"

润生心里一动。她和他去看电影？他看一眼晓兰，晓兰的眉毛轻轻弹动了一下，似乎现出某些不大明显的尴尬。他似乎敏感到一点什么，就说："算了，不到屋里去了！"

"你不是有事吗？"晓兰说，"还没说啥事，怎么能走呢？"

"没什么……大事。"润生结巴了。离她看电影的时间，不过一两个小时了，他和她能说什么话呢？他今天来，原本打算晚上畅畅快快和她聊一聊，一月多没见面，他十分想念她；现在，他只好拿出长才大叔托办的卖石头的事情来搪塞，好像他专门是来求情走后门的，"我想……你给多调几辆车过俺曹村那边去。我一个老叔，人老实，捞下石头，总是卖不掉，家里有急事要办，需要钱用……"

“给他调过去几辆车吧！”那青年在旁边插言，急不可待的样子，对晓兰说，“我们还没吃饭哩！”

“好吧！”晓兰这回明显地现出尴尬的神色了。那青年的口气和态度，大约泄露出一种他们之间微妙的关系，她窘了，随口说，“我明天给你调车过去，让司机找你，放心吧！”

“那么……我走了！”润生再无话说。那个文静而超然的青年就站在他和她旁边，他一句话也不想说了，“你……去看……电影吧。”

“咱们一起走吧！”晓兰说。

“不……我还要……”润生本能地推辞着，“去办……另一件事……”

“走吧！”青年已经推动自行车，催促着晓兰。

三个人走出大门，润生谎说他要到三岔口的另一条路上去，晓兰和那青年就先后跨上车子，消失在已经很浓的暮色里。

十八岁的哥哥曹润生，心里顿然涌起一股醋意了。她和他并排骑车走了，去吃饭，再到五里镇电影放映站去看什么有趣的电影了。他一个人站在三岔路口，平生第一次感到了从未有过的孤独。拥塞的车辆已经走空，偶尔有一辆汽车从三岔路口开过去，明亮的车灯在田野里推开一片扇形的光亮。初冬的夜晚的风开始施威，电线在“呜呜呜呜”地叫着。他的胸膛里十分憋闷厌烦，脚腿无力，怏怏地推着自行车走上公路，却不想跨上去，沿着公路慢腾腾地踯躅着。

那是一个什么人呢？白白净净的秀气的脸上，架着一副紫红色的眼镜，像是很有教养的大学生的派头，眼里射出的那一缕超然物上的优越的神色，完全把捞石头的曹润生视若草芥了！妈的，是将军的儿子吗？瞧那副神气！他和晓兰是什么关系呢？晓兰好像一点儿也不违拗他，是怕得罪他呢，还是……

润生跨上车子，尽管骑得慢，仍然感到了北风的寒冷。这可能吗？晓兰从来也没告诉过他有什么新的变化呀！而仅仅在两个月以前，他去找她，说他想买蜜蜂，却没有足够的资本，想到信用社去贷款；她兴冲冲地推出自行车，和他一起奔信用社去。

"信用社贷不贷给咱们呢？"他担心。

"报上和广播上都说要支持专业户嘛！"她说，"怎么能不贷呢？"

"我也这样想。"

俩人骑车在公路上飞驰，说着笑着。成熟的秋庄稼从眼旁闪过，包谷棒子吊垂着，谷穗压弯了谷秆，满眼金黄；一小块一小块萝卜或白菜，在黄色的田野里点缀着绿色。

"刚从学校回来俩月，我都烦死了！"晓兰说，"出门下地，跟俺妈俺爸干活，连一句话也说不到一起。回到家里，后院母鸡前院牛，'嘎嘎''哞哞'地叫，我都烦……"

"我也一样。"润生附和说，"俺妈俺爸把那些鸡呀猪呀，看得宝贝儿一样。老人们就爱抚弄那些东西。年轻人心里捉弄不住那些……"

"你倒好，买下蜜蜂，到处放蜂，多畅快。"晓兰难受地说，"我怎么办呢？没事好干……"

"跟我去放蜂呀！"润生笑着说。

"不害羞……"晓兰莞尔一笑。

走进信用社的办公大房间，俩人站在高可及胸的水泥柜台前，看见三五张桌子上，一人一把算盘，各忙各的财务，谁也不抬头。这里似乎自然形成一种严肃细密的气氛——从早到晚与大宗的人民币打交道的特殊工作呀。润生不知该找谁，晓兰倒大方地叫了一声："同志！"

"什么事？"一个中年男人头也不抬，问了一声，手指头还压在算盘上。

"我想贷款。"润生忙说。

"贷啥款？"中年男人仍然不抬头。

"就是贷钱款嘛！"润生朦朦胧胧地搞不清贷啥款——不就是钱吗？

"唔！有贫寒贷款，有投资贷款，有私人贷款，有单位公用贷款……你倒好，贷钱款！"中年人终于抬起头，冷冷地嘲笑着说，"我在这儿干了十多年，倒没听过谁说'贷钱款'！钱和款子是一个东西呀！"

旁边桌子上的两位年轻女同志"哧哧"地笑起来。

晓兰看润生一眼，也忍不住笑了。

"我想买蜜蜂。"润生顾不得说话中的漏洞，忙说，"需得一千块！"

"他要做养蜂专业户，"晓兰也递上话，"发展养蜂事业哩！"

"那当然好啊！"中年男人双手支着下巴，从柜台里的桌子上，朝上瞅着他们，"正当家庭副业，我们完全支持。"

"那好哇！"润生高兴地说，"现在能拿钱吗？"

"你的申请书呢？"中年男人说着，伸出一只手。

润生恍然大悟，一拍脑瓜——自己居然不知道贷款要先交申请书！瞧一眼晓兰，俩人为自己的冒失行为不好意思地笑了。

润生忙补救说："我可不知道还要写申请书的手续。那好办，我现在写行吗？"

"这是贷款，不是你朝你家里要学费！"中年人有趣地揶揄说，"冒失鬼！"

柜台里的人全都哄笑起来。

"交了申请书，还有啥手续呢？"润生这回用心了，问道。

"交了申请书，先经过我审查，再经过领导审批，大约就成了。"中年男人说。

"得等多久？"润生忙问。

"过了春节再来吧！"中年男人说，"今年的贷款已经用完了，节后就是明年的任务了。"

"啊呀……"润生心凉了，猛然意识到这位不阴不阳的中年人，大约在柜台里闲坐得无聊，故意拿他开心哩！既然没有钱可供贷款，为啥不早说呢？他怎么能等到明年春天呢！他懊丧地说，"噢，那算咧……"

润生和晓兰一走出信用社的大门，俩人相对一看，哈哈大笑起来，笑自己的无知——贷款来居然不知道要写申请书！俩人笑毕，骑上车子。

"怎么办？"晓兰问。

"算咧！不贷了！"润生说。

"你怎么买蜂呢？"

"我去杀羊卖羊肉！要是不行，我就下河滩捞石头！"

"杀羊多残忍！捞石头太苦咧！"晓兰不赞成他去干这些营生，"找我姑父一趟吧！他在乡工业办公室当主任，我已经托他给我找事干了。咱们一起去找他，让他给你在乡办工厂找个差事。"

“乡办厂的差事，我不干。”

“咋咧？”

“挣钱少。”润生说，“杀羊卖肉，甭看不好听，挣出钱哪！捞石头虽然苦些，也挣出钱哪！我现在不管干啥脏活累活，只要挣钱多，我不怕。我要在年前攒一笔钱，赶过年把东杨村那十箱蜜蜂端过来……”

“咱们都在乡办厂干工作，多好！”晓兰柔情地说，“免得东颠西跑……”

“我不喜欢老待在一个地方——乏味！”润生说，“带上蜜蜂，走南闯北——多美！我有好几夜都做梦，梦见我成了养蜂大王了！哈……”

……

初冬的小河川道的夜晚，风愈来愈冷。润生在河川公路上骑车前进，心里渐渐平静下来了。也许，是砂石管理站给职工发了电影票，那位男青年和晓兰一块去看电影，自己有什么好忌妒的呢？晓兰没有给他介绍他是谁，自己怎么好无端地猜疑呢？既然和自己有过那么一次不期而遇的事，她决不会……

他这样想想，又那样想想，之所以想不透，就是没有机会和她谈谈，谈谈以后就会把一切疑惑搞清了。他得再和她见一次面，好好谈谈。他喜欢清清楚楚，不能忍受黏黏糊糊……

七

第二天早晨，当润生坐在自己的罗网前，吃着母亲让人捎来的贴晌饭的时候，他脑子里还萦绕着昨日晚夕在管理站与晓兰见面时的情景。他意识到他和晓兰的关系变得复杂化了，虽然还没有更充足的证据和事实，仅仅是一种预感吧！她和他好，他也喜欢她；她亲了他一下，又给他唱那动情的歌儿，他喜欢她开朗的性格、漂亮的模样；他们俩就好上了。事情简简单单，恋爱不就是这样简单——你有情我有意嘛！哪儿又夹挤进来那位戴眼镜的大学生派头的小伙子呢？是他们的关系确实已经变得复杂化了，还是自己太敏感，甚至心胸狭窄，把问题看得复杂化了呢？

不管怎样，从昨晚到现在，过多的思虑，已经使润生的脑子隐隐作痛了。他向来心里不搁事，考试分数差了点，别人愁得晚上失眠，他照样打呼噜；篮球比赛失利，战友们垂头丧气，他依然哼着小曲儿。世界上尚没有能使他发愁，或者愁得睡不着觉的事。现在，自有记忆以来，昨天晚上是他第一次失眠。十八岁的哥哥睡不着觉，脑子里黏黏糊糊，分不清眉目，一直睁眼到天明，扛着铁锨下河滩来了。

他四肢酸软，施展不开，心胸郁闷，馍馍嚼在嘴里，像嚼着一团泥巴，没有香味。他觉得自己的简单的脑袋，盛不下这么多复杂的事情……这当儿，两辆汽车从河湾里开过来了。沙滩上，正在吃贴晌的人，丢下筷子和茶壶，跃起身来，纷纷朝汽车开来的方向追去。他懒洋洋地坐着没动，又低头想着自己的心事。

两辆汽车拐进沙滩，戛然停住，司机甩开层层包围纠缠的庄稼人，站在石头堆子上，扯开嗓门呼叫一声“曹润生”，又呼叫一声“曹长才”。未等润生动静，长才大叔已经笑着，摇着细长的胳膊，歪扭着挑担推车累得变形的罗圈腿，奔上前去，把司机领下来了。润生心头忽然轻松了——晓兰尊重他的请求，如期调拨来汽车，自己大约是……确实是太敏感了吧？

润生动手帮那些装卸工装车，一片倒腾石头的“哗啦”声响。车装好了，长才大婶恰到好处地提着竹条笼儿送贴晌来了。

“同志，尝一块。”长才大叔拉住司机的胳膊，声大，心也诚，“你尝一块嘛！烫面油旋饼子，城里人不常吃的。”

长才大婶的烫面饼子烙得真好，焦黄的外皮，令人嘴馋，可惜拿得少了点儿。她大约只考虑到给男人长才一个人饱餐一顿，没有想到会遇见拉石头来的司机，而且有五六个装卸工人。润生替长才大叔作难——那么几块饼子，够谁吃呢？

“饼子少人多，俩师傅先吃。”长才大叔倒不作难，以实相告，安抚坐在汽车上的装卸工们，“下趟来时，管大家一饱。没办法，我不知道来这么多同志……”他的坦白的态度，倒惹得那些装卸工宽厚地笑了。

两位司机只是谦让着，不就座。

“认不得，是生人；认得了，一家人嘛！工人还是咱农民的老大哥嘛！”长才大叔居然表现出外交家的风度，尽管语言有点拉三扯四，态度却大方，“而今农民不缺粮了！你们吃公粮的月月有定量，俺庄稼人没定量——海吃！润娃，你站那么远做啥？来陪师傅吃饭。”

那位年长的司机盛情难却，吃起饼子来了，赞扬饼子烙得好，说农家的面食新鲜，吃来特香，而在粮店购买的面粉，总是吃不出粮食自身的香味……

那位年轻司机，看上去不过二十四五岁，嚼着饼子，自然地把头转向润生一边，问：“看你的架势，像是喜欢体育运动？”

未及润生答话，长才大叔就插言介绍说：“俺润生打篮球全县第一名，到省城里也得过奖！”为了讨得司机（财神爷啊）的欢心，他显得对一切话题都感兴趣，全不顾自己对篮球运动的知识一无所知。篮球是个集体的对抗比赛，哪里有个人得第一的名次呢？

“喜欢足球吗？”年轻司机问。

“球类我都喜欢。”润生的神经兴奋起来了。回家几个月来，先是秋收，接着秋播，秋收秋播的大忙季节一过，他就扛着罗网扎进沙滩上来了，连篮球摸都没有摸过。曹村的那一副篮球架，早已倒掉了，乡民在球场上种下了不怕猪拱鸡刨的芥菜儿。乡村里的小伙子，都忙着弄自己的营生，没有人对篮球感兴趣了。他没有伙伴，没有知音——谁现在舍得把大好时机消磨在篮球场上呢！现在，他遇到了陌生的司机，单是他喜欢看球赛这一点兴趣，就使润生感到亲近起来了——他和他有共同的兴趣，有共同的语言。他说，“乡下的学校，只重视篮球……”

“你看过亚太区足球分组赛了吗？”年轻司机问，又带着深重的懊丧的口气说，“国家队输得多窝囊啊！”

“技术差劲。”润生也表示惋惜，“那没办法。当然，有时候也凭运气……”

“希望渺茫哟！”年轻司机苦笑着，“中国的足球，跟中国的工业一样落后；要跟世界列强争雄，看本世纪末吧！等我儿子一辈人……”

“冲出亚洲，时日不会太久。”润生点点头，表示同意司机的估计，“要跟欧美强队争雄，真是要等下一代人；球场期待有明星出世……”

“我把我儿子一定要培养成一名球星！”年轻司机得意地笑着，“三岁了，我什么玩具也不给他玩，只给他玩小皮球。每天下班，我教他练球。南美国家从六七岁开始训练儿童，我从儿子会跑就开始……”

司机看来不像是开玩笑，狠着劲儿说得很认真。润生倒是动了情，附和说：“十亿大国，足球输给泰国，真是叫人憋气……”

老点儿的师傅吃完饼子，不屑地噘噘嘴，嘲笑说：“瞧瞧他俩，倒是说得投机。操那些闲心做啥？什么足球，输了赢了，管屁用！”

“你只要能塞饱油饼就满意了！”年轻司机不恭地说，也是嘲笑的口气。一边回过头，摇摇手，对润生说，“咱们和这些老皮，没有共同语言……”

润生很有节制地笑笑，不介入他们两位司机之间的争议。

“交个朋友吧！”年轻司机站起来，很义气地伸出手，“你捞石头吧，我包了！你捞多少，我拉多少；不说别的，单是为了足球……”

润生握着年轻司机的手，高兴地点点头。

两辆汽车“呜呜”吼着，开出沙滩，拐上河岸了；河滩的临时车道上空，卷起浓厚的黄尘。

“你交了个好朋友，润娃。”长才大叔高兴地说，“人家有这样朋友、那样朋友，你呀，可是交了个‘球朋友’……哈！不管咋样，交这个朋友好得很！咱们的石头不愁卖了……”

润生也笑着，没有料到因为对球类运动的爱好，交上了有利于卖石头的朋友，真是不期而遇的事。运气不错！他心想，真是运气不错哩！刚刚十八岁，一个可爱的姑娘在他连想也没敢想过的情景下，猛然亲了他一次，钟情地给他唱《九九艳阳天》……这个年轻的司机头一次和他结识，既没吃他的烫面油旋饼子，也没抽他一支烟，却要包销他的石头，运气还不好吗？生活里处处都向他微笑，十八岁的哥哥心里美滋滋儿的，瞧着长才大叔憨憨地笑着。

“抽烟！”长才大叔大声豪气地往润生手里塞烟，同时装起旱烟袋，笨拙地把一支带滤嘴的香烟叼在宽厚的嘴唇上，“不抽，怕啥？”

润生笑着摇摇头。他没有接受烟熏火烤的那种刺激的需求，辣刺刺的烟味只使嗓子眼异常难受。他瞧着长才大叔的脸，那脸上布满一条条又粗又深的皱纹，这些皱纹里，以往总是蕴藏着焦急和愁苦，使人一眼便可看出他的家境的紧迫和拮据，人都说这是副苦命相。是的，困苦的忧愁在这张脸上表现得十分显露。

现在，长才大叔脸上的每一条粗的或浅的、横的或纵的皱褶里，都溢出欢悦的浪花来了。同样，心里的欢乐表现在这张脸上的时候，也是十分显露的。他不会像有些城府很深的庄稼人那样，不但会隐藏苦衷，也会隐藏喜悦。他的一切都时时表现在那张黑红色的皱皱巴巴的脸上。有两辆汽车同时来装他的石头，而且是指名道姓地要装他曹长才的石头，而且说好要把他堆积在沙滩上的那一堆石头全部买走、拉完，不仅解决了他给儿子订婚的彩礼钱，更有一层不便说破的隐情，那就是——他感到脸上有光彩了！

他既没有门路疏通任何可以卖掉石头的渠道，又是笨手笨脚无法追拦汽车，捞下的石头就堆积在沙滩上。在这远离曹村村庄的沙滩上，捞石头的庄稼人，既嫉妒又眼红那些有门道找来汽车卖石头的人，还既嫉妒又眼红那些手脚灵便而能拦住汽车的人。无法卖掉石头的曹长才，太无能了，被人瞧不起了。

现在看吧！曹长才的石头有人指名道姓来买啰！同时有两辆汽车，而且说定全部买走呢！曹长才被冷落在沙滩上的无人问津的局面打破啰！他咂着过滤嘴纸烟，把一只手叉在瘦细的腰里，挺起胸瞅着沙滩上下的庄稼人，瞅一瞅升上山顶的太阳，像是一位有学问的人在欣赏小河川道初冬清晨的自然景致哩！

现在，三三两两的庄稼人，手里掂着馍馍，利用吃贴晌的歇息时间，悠闲地转到长才大叔的罗网跟前来了，很关心地询问卖掉了多少立方、那两位司机是什么单位云云。

“哈呀！你看我这号瓷锤愣种！”长才大叔恍然大悟，拍着自己落满尘土的脑袋，“居然忘记了问问人家是啥单位……”不管怎样，有这么多曹村的乡党到他的罗网前来拉话，是一种荣耀。他连忙掏出招待司机时吸剩的过滤嘴“金丝猴”香烟，一次抽出五六根，硬塞给众人，不接也不行。

润生坐在旁边的沙滩上，看着长才大叔的举动，觉得未免有点可笑，却也终究使人高兴。作为一个庄稼人，长才大叔在这里，可以挺起腰和那些庄稼人说话了……

一连三天里，两部国产的“黄河”大卡车，往返十余次，把长才大叔和润生的所有积压的石货，装完揽净了。三天里，长才大婶把糯米酿制的米酒坛子，搬到沙滩上来了，红壳或绿壳的热水瓶摆下四五个，给那些司机和装卸工们冲米酒喝，如同过喜庆的大事一样。这种热气腾腾的场面，震住了沙滩上所有的捞石头的庄稼人——谁能有幸一次卖掉七八十立方石头呢？

曹长才真是洪福洪财一齐发！那些或多或少都积压着存货的庄稼人，终于弄明白了缘由，把馋急的眼睛从长才的苦相脸上，移到十八岁的哥哥曹润生的紫红光亮的椭圆形脸上来了……

年轻的司机和曹润生已经成为很要好的朋友了。这是最后一次到曹村的沙滩上来拉石头，车装好以后，他给润生留下了单位的地址，热情地邀请润生到西安去的时候，一定要去找他。润生感动地点点头，送他上车。年轻司机刚一坐进驾驶楼，就大呼小叫着伸出头来："啊呀！润生，你的信——我差点给忘了！"

润生接过信来，一看信封上的笔迹，心里一热。信是晓兰托司机捎过来的。他当即撕开，只有一张纸条，写了短短的一行小字，约他今晚到管理站去。他把信塞进裤兜，跳上踏板，钻进汽车，坐在年轻的司机旁边说："捎我到三岔路口。"

"赴约会呀？"年轻的司机笑问。

"对。"润生第一次公开了自己的秘密，又从窗孔探出头，"长才大叔，把我的铁锨捎回家去……"

汽车从曹村的河滩里开过去，落完了叶子的一排排白杨从窗前闪过，灰色的雾霭从地上升腾起来，朝树梢上弥漫。润生的心在胸膛里，随着飞驰的汽车在狂跳。

"开得真快！"

"你着急，我也着急嘛！"

"急着回家训练儿子踢足球吗？"

"今晚电视转播国际足球比赛录像。"

"唔……"

润生也是第一次觉得，迷人的足球比赛现在失去吸引力了……

八

“你没有吃晚饭吧？”

“我从河滩直接来的，铁锨让别人捎回去了。”

润生坐在床沿上，老老实实地告诉晓兰，他没有吃晚饭。晓兰揭开火炉上的小铝锅，热气蒸腾中，端出一盘菜，又端出一碗包子，放在桌上，问：“你吃面条不？挂面是现成的……”

润生摇摇头，已经抓起一个包子：“有肉包子吃，面条就省下吧！”他想说得调皮点儿，却不见晓兰笑；他也不管，大嚼起来。

“我记得在县上赛球时，你爱吃甜食。”晓兰说着，又从五斗桌的下边，取出一包蛋糕来，解开，摊在润生面前，“你随便吃吧！”

“还有什么好东西呀？全拿出来吧！”润生畅快地吃着，故意逗晓兰，“我可真是饿……”

润生还没说完，看见晓兰取出一瓶啤酒，揭掉盖子，正要往玻璃杯里倒，他抢上一步，一把抓住瓶子，说：“你忘了？我喜欢对着瓶口喝……”

晓兰爱抚地瞅着他：“怎样喝，还不都是酒味吗？”

“你可不知道哇，对着瓶口喝来才解馋。”润生说，“你也吃呀！”

“我吃过了。”晓兰说，“这是给你预备下的。”

“你该是陪着我吃。”润生逗她说，“那才像是……一家人。”他想说“夫妻”，终于有点羞，没有说出口。

晓兰腾地红了脸，低了头，没有吭声。

润生发觉，晓兰变得腼腆了，说话声音低了，不像过去和他说话时的那种爽朗的声调了，也没有那高八度的“嘎嘎嘎”的笑声了。她现在在他面前，完全表现出似乎贤惠的妻子那样的温柔和娴静。他倒觉得别扭，干嘛要那么压低声儿说话呢？干嘛笑的时候只抿一抿嘴角而不出声呢？什么时候学会了这样的规矩？

晓兰却在炉子上给他熬茶了。

“晓兰，你不吃也罢，你坐在我跟前。”润生说，“我在沙滩捞石头，总不由得瞧瞧咱俩坐过的河堤……”

“我把茶冲好，就来。”晓兰依然不为他的挑逗而动心，说，“就好。”

他吃着，喝着，一碗包子吃光了，一瓶啤酒喝净了，打着饱嗝，双手接住了晓兰递上的酽红的茶。

“你吃饱了没？”她深情地瞅着他问。

“这样好的招待，我还不吃饱吗？”他笑着说，同样深情地瞅着她；她却把眼睛避开了，装着收拾碗碟，转过身去。这一瞬间，他发觉她好看的眼睛里隐藏着忧郁的神色。他说，“你坐下，让我好好看看你，忙着收拾那些碗碟做啥？”

她却从床头的箱子里，取出一只包袱，解开，把一件新衣服送到润生面前：“你试试，看看合身不？”

“这……”润生有点不好意思。

“‘这’啥哩！试试！”她声音仍然不高，却很执拗，“穿上让我看看。”

润生穿上了。她拽拽前襟，抻抻后摆，用手熨熨平，欣赏一番，慰藉地笑着，完全像他的妻子要打发他出门走亲戚一样，那神态令他感动。他一把把她搂到怀里，动情地叫着："晓兰……你真好……"

她偏过头，挣脱开他的手臂："再试试裤子。"

"刚好。"他拎起裤腰，和自己的腿比了比长短，"你真有心啊！"

她把衣服重新折叠整齐，用报纸包好，装进一只网袋里，说："我第一次领工资，给你买一身衣服，算是纪念。"

"那……好，你等着……"润生感情的潮水在心里翻腾，激动得声音都颤抖了，"等我养起蜂来，我要把……我的蜜蜂……酿下的第一罐蜂蜜……送给你……"

晓兰听着，眼眶里扑下一行热泪来，似乎那泪水早就准备好了似的。润生以为他的真情打动了晓兰，又伸开双臂。晓兰结结巴巴地说："咱们出去……走走……"

他和她避开公路，走上田坎，冻僵了的麦叶儿在脚下"沙沙沙"响。他把一只胳膊搭到她肩上，她却抖索了一下。这是怎么了？他轻轻地问："晓兰，你冷吗？"

"不。"她说，"你呢？"

"我都要出汗了！"他故意夸张地说，"你刚才打了个冷战……"

她没有吭声，走着，站住了。

没有月亮，星星在灰黑的天空闪着冷光；西北风掠过，虽然很小，却是够冷的。

"润生……"她站了片刻，轻轻地叫他。

"你的性格像是大变了！"润生说，"我可真是爱听你过去那利索的说话……"

她又闭口不说了。

“给我再唱一回《九九艳阳天》吧，晓兰！”润生动情地说，“听了你那天晚上的歌声，我再不听广播上唱歌了！”

“呜……”晓兰却哭了。

润生一惊，扶住晓兰的肩头：“你咋咧？谁欺侮你了吗？”

“我……对不起……你……”她终于说出话来，一头扑跌进润生的怀抱，“你……骂……我吧……”

润生大吃一惊，急切地问：“快说，到底怎么了？”

“我……姑父……给我……介绍下……”十分为难的声音。

“是不是那天和你看电影的那个人？”润生推开晓兰，抓着她的肩膀，急问。

“就……是。”

“唔……”

俩人都垂下手，静静地站立着。

“那个男的是干什么的？”润生问。

“管理站的会计。”晓兰说，“他爸跟俺姑父是朋友，才给我说这人……”

“他爸干啥哩？”

“县上干部……”

润生醒悟似的“噢”了一声，骤然就明白了。她姑父在乡里，他父亲在县上，既是上下级关系，又是老朋友，他们的儿子和亲属就可以在砂石管理站工作，还要联婚，正好门当户对……想到这层说来复杂实际简单的关系，曹润生——十八岁的哥哥啊，几乎本能地想到自己的父亲——自己的父亲只是一个养猪养牛的能手。润生的自卑里，冒出一股强烈的厌恶情绪，他负气地摆摆手："那好！那好！我走了……"

晓兰一把拉住他，怨怨艾艾地说："你……听人说完嘛……"

他站住了，双手塞进裤兜，直立在麦田里，忽然想到，她还没说清楚她对那个会计的态度哩！自己怎么就要走掉呢？他问："你到底愿意不愿意？一句话就说清了，问题很简单！"

"俺爸俺妈逼得我……"晓兰诉说着，"我原先到管理站来工作时，一点不知道俺姑父有这意思……"

"你现在知道了，咋办呢？"润生耐着性子听着，"我不强迫你，只想听你一句截断的话。"

"你说……我咋办呢？"晓兰问。

"你的终身大事，我咋敢掺言呢？"润生直率地说，"而今的年轻人，各人主各人的事。"

"我想听听你的意见……"晓兰坚持说。

"要叫我说……"润生毫不含糊，"辞了管理站的工作，回家另寻营生去！而今农村里，饿不死人了！"

"我也这么想过……"她低下头，"好容易找到这个工作……"

"那就算咧！算咧！"润生说，"你按你的主意办，我不干涉你……"

"润生……"晓兰拉住他的胳膊，又哭了，喃喃地诉说，"我刚刚领下头一回工资，我就给你买下礼物，侍候你吃一顿饭，好不好，算我补一回心……"

"……"润生忽然觉得鼻腔里也酸溃溃的。他听明白了她的话，这一切又都显得没有必要了。他说，"好！就这样……我走了。"

"你甭急嘛！"她又抓住他的胳膊，"我对不起你！你骂我吧……”

“没啥对不起的地方！没有！”润生忽然觉得自己长高了，豪爽地说，“我骂你做啥？你没伤害我嘛！你的事由你定嘛！”

“我心里还是忘不了你……”

“甭把事情故意弄复杂！快点忘干净吧……”

“我知道你在河滩捞石头，苦累重……”晓兰动情地说，“你捞下石头，甭愁卖，我给你调车……”

“不不不！再不要了！”润生固执地说，“你给长才叔卖掉那么多石头，算是帮了大忙；我的石头不愁卖，我追车拦车可有经验了……”

“我隔十天八天，给你放一趟车过去。”晓兰多情地说，“算我一点心吧！”

“不要。晓兰，我走了。”他这回下决心走了。

“回管理站，把衣服拿上。”晓兰又挡住他，“你把我的车子骑上，这么晚了……”

“不要！”润生甩开手，扯开步子；刚走开两三步，却听见背后传来压抑着的哭声。他想回过头，安慰她几句，略一踌躇之后，他终于没有转过头去，似乎后颈上别着一根棍子，脖颈梗得梆硬了。他大步走过麦田，冻僵了的麦叶在脚下“嚓嚓嚓”响……

结束了，他和她的初恋！那么令人心魄震颤的初恋，就这样完结了！他在平整的柏油公路上走着，现在才感到西北风的刺骨之寒了。他的脑子里混沌一片，乱糟糟的，只顾机械地扯开长腿走路；似乎懊丧，似乎伤心，又似乎是傲视一切，说不清是一股什么滋味……

润生终于走进曹村了。村巷静寂，一幢幢房屋的黑乎乎的轮廓，静静地隐蔽在冬夜的黑暗中。他走到自家门楼下，木板门虚掩着，推开门，从里屋就传出母亲的问询声。他不回家，门是不上关子的，母亲就坐在灯下做针线，等待他回来——这已经是习惯了。走进院子，左边的猪舍里，传出老母猪睡下时的“呼噜”声和小猪崽的梦呓一般的“吱吱”声；右边的牛栏里，老黄牛倒嚼的声音很有节奏地响着。他从空旷的原野回到熟悉的现实世界来了，心里顿然稳实了。

“润娃，你到管理站去咧？”母亲从针线上抬起头，“我听你长才叔说的。你吃饭了没？我给你在锅里留着。”

“吃过了。”他坐在椅子上，低下头，想到吃她的那顿饭，心里又不自在了，“我去联系……卖石头的事。”他不得不撒谎。

“哼！你联系得怎样？”父亲并没睡着，坐起来，披上棉衣，不满意地说，“你看看柜子上——”

润生转过头。装着粮食的长板柜上，搁着一堆油渍渍的纸包、一堆未曾开启的酒瓶……这是怎么回事呢？

“村里人看着你给长才卖了石头，知道你有熟好的同学在管理站开票，这下倒好——”母亲不知是讨厌呢，还是欣赏这种事情，“都求你帮他们卖石头哩！”

“嘿呀！我怎么能……”润生说不出话来。这无疑又是一件不期而遇的事。他从报上看见过一些不正之风的报道，也从旁人的口中听到过诸多的行贿受贿的丑恶行为，而他自己亲身经历，却是有生以来的第一次。是啊，没有什么人会给他的父亲行贿——父亲只会喂猪养牛，给别人帮不了什么大忙；他过去一直念书，也不会遇见什么人来求他帮什么忙的。现在，他第一次看见了在沙滩上被人谑称为“进贡”的“贡品”了——一包包糕点、纸烟、一瓶瓶贴着各种装饰图案的酒瓶，供奉在柜盖上了。甭说他受不受这些“贡品”吧，想到晓兰和他的不堪回想的初恋，他连看一眼那些“贡品”都觉得讨厌！

“你收人家这些东西做啥？”他朝母亲使性子，“你收下了，你去给人家卖石头吧！”

“啊呀！俺娃——”母亲不恼，亲热地叫着，“那些人一进门，挡都挡不住，不信你问你爸……”

“我一辈子没有白吃白喝过人家的东西。”父亲没有直接替母亲作证，却讲起家规来了。作为父亲，他比老伴更疼爱独生的儿子，却不忘时时处处给儿子以实际的影响。他把这件事，看得远远比老伴严重，“即就是咱能给人家帮忙，也不能收受这些黑天黑地里送来的东西！啥味呀？”

“谁收下谁送走。”润生怨母亲。

“话虽这样说，理虽这样讲，甭忙——”父亲完全显示出他的一家之长的主事人的深谋远虑，“给人帮不了忙，也甭得罪乡亲……”

“你说咋办？”母亲也急了，“怎么还给人家？一还，就准定得罪人咧！”

“我想想……”父亲沉思起来。

“我还！”润生站起身，“谁送来的还给谁。简简单单的事，偏想得那么复杂！”

润生烦躁地走出里屋的小门，走进自己的小厦屋去了。他需要一个人静静地躺下，想想他和她究竟经历了一场什么。简直跟做梦一样呀……

九

神秘的动人心魄的初恋，竟是这样来去匆匆地结束了。在人毫无精神准备的时候突然发生，又在人毫无精神准备的时候突然中止，真是不期而遇，来去匆匆！

黎明时分的河滩里好冷啊！秦岭东山的群峰的上空，透出一抹亮光。田野里一片昏暗。河堤上落光了叶子的杨柳林带，像一堵雄浑的城墙，齐刷刷排列在河岸上，露出高高矮矮参差不齐的锯齿一样的树梢。小溜子北风在黑暗里溜过来，像挟裹着无数的钢针，扎刺人的脸颊，钻进脖颈和袖口，手指麻木得握不住铁锨的木把了。

沙滩上空寂无人，河水也像冻结了似的发出不大连贯的颤颤的响声；白日里熙熙攘攘的沙滩，现在显得空旷和广漠。黎明前的这一刻分外黑暗，伸手不见五指，即使顶勤快的庄稼人，也要等这一刻过去，大地和村庄露出黎明的端倪的时候，才扛着铁锨和担笼下到河滩来。

十八岁的哥哥曹润生鸡叫三遍的时候，就在沙滩上撑起罗网了。他昨晚一宿未曾合眼，翻来覆去，那被窝里像是有石子和柴枝，蹭得他睡不着觉。他和晓兰就这样断了！刚刚热乎了起来，骤然又凉咧！唉……怎么处理这种事？老师在课堂上只教给他作文和计算，从来没有讲过怎么恋爱。有一次，老师严厉地批评两个偷偷谈情说爱的同学，凛然无情，直到那两个倒霉的家伙抬不起头来，老师干脆宣布：中学生不准谈恋爱……他却在心里说，晚了，老师警诫得太晚了！他和晓兰在河边上已经亲过嘴了！抹也抹不掉这样的记忆了……老师要是能给他们讲讲怎样恋爱，失恋了又该怎么办，现在对他来说就有很大的参考作用了；老师却只是一味地警告不许谈。父母亲只是教他好好念书，供给他吃的和穿的，训示他要尊敬先生、和同学友好相处、出远门念书一切得谨慎，从来没有告诉儿子，当一个姑娘突然亲他一口，给他唱歌的时候，他应该怎么办？没有，从来没有。因为政府提倡晚婚，已成定律，庄稼人虽然不大满意，却逐渐地推迟了给儿女们订婚的年龄，一般都在二十岁以后才张罗；订得早而不能婚嫁，倒惹得好多麻烦。他才十八九岁，尚不见任何一位热心的婶娘或嫂子来提亲说媒，父母也没有因缘提及此事，他更不好意思告知父亲和母亲，说他和一个女同学如何如何了。

没有谁能帮助他，怎么办？他和晓兰在三岔口旁边的麦田里分手了，头也不回地走了。他拒绝了她要送给他的那一身合尺合码的衣服，走回曹村来了。他说不准他对她的这种态度合适不合适，以这样的方式结束他和她的关系好不好，只是……完全是凭着一种不可逆转的心性，就这样告别了。当他躺在小厦屋的被窝里，静静地回想和她在麦田里的谈话的时候，他不觉得自己有什么过错。既然她要和那位县上干部的儿子……又何必给他送一身衣服呢？他穿上这一身衣服会是一种什么滋味呢？保持那样一种不明不白的关系干什么呢？要么就好，好得无遮无掩，像他们那晚过河时的情景一样；要么就断，断得一丝不连，各人奔各人的前程。她能找下一位大学生派头的管理站的会计做女婿，他也绝不至于打光棍一辈子！他头脑简单，喜欢干干脆脆，小葱拌豆腐——一青二白，脑子里盛不下缠缠络络的丝麻……尽管这样，他还是睡不着。

令人哭笑不得的是，乡亲们悄悄送来了那么多糕点和烟酒，指望求他通过她卖掉石头，却不知他正打算再不和她交往了呢！睡不着，躺着特难受；上房里传来父亲沉重的舒悦的鼾声，更叫人感到心胸里憋闷。他悄悄爬起来，扛上铁锨，挑上铁笼，出了街门……

包谷秆子燃烧起来，“噼啪”乱响，火光在沙滩上辟开一个小小的温暖而明亮的空间。他抓起一捆干透的包谷秆子扔到火堆上，被黑夜收缩了的空间，又随着蹿起的火光而扩大了。他铲起一锨砂石，抛到罗网上，“唰”的一声刚落，又一锨砂石接着抛上去了。他发疯似的干着，像是和谁赌气似的干着，不让双手有一瞬间的停歇。忽而蹿起的火光，照出他一副红扑扑的脸膛，眉毛拧到鼻梁上头的凹坑里，嘴里轻轻喘着气。

要是晓兰现在坐在包谷秆燃起的火光里，“嘎嘎嘎”地笑着拢火，歪着脑袋唱《九九艳阳天》，那他就会……啊呀！胡乱想到哪儿去了！他揪一把自己的头发，眉头又紧紧地拧扭在一起了。用劲挖砂石吧！

用劲挖，使劲抛，一天争取增加一半收入，早点攒够钱数儿，把东杨村那十箱意大利蜜蜂买到手，早点离开这无聊的曹村的河滩，满世界赶着花开放养蜜蜂去。把晓兰和他的关系彻底割断，把她在他心里的影子彻底抹掉，一身轻松，无牵无虑，满世界去逛呀！

他将押运着自己的蜂箱，乘着火车，风驰电掣般驰过平原和丛山、村庄和河流，春天到南方，夏天回北方，哪儿的花儿开了就赶往哪儿；在平原上的某个陌生的小镇旁，或者在山区的某个小村庄里，摆开蜂箱，撑起一顶绿色的小帆布帐篷，戴上面罩，抚弄那些“嗡嗡”叫着的金黄色的蜜蜂……晚上呢？最好能带一台电视机，可以看球赛……问题是要钱！钱！他要挣钱，拼命地刨砂石，拼命地挣钱！

不知什么时候，南塬那刀裁一样的平顶现出清晰的轮廓，从夜幕黑沉沉的罩衣下分离出来；杨柳林带的梢头也从夜幕里摆脱出来，现出青色的枝丫；包谷秆燃起的火光暗淡了。黎明来到了。

村子里有了响动，河滩里有人在大声咳嗽，白杨甬道上，有人影晃动，车轱辘在冻结的土地上撞出“噔噔”的响声……终于，有人走到沙滩上来了。

今天，润生是第一个迎接黎明的人。往昔里，他总是睡得醒不来，即使偶尔被尿憋醒了，仍是舍不得离开暖烘烘的被窝；现在，他站在沙滩上的罗网跟前，看着黑夜的暗影怎样一层一层被黎明的光亮所驱逐，看着从曹村通河滩的大路上走来一个一个庄稼人，心里顿然萌生起一股豪气——我是第一个起得早的人啰！

“哎呀！润娃！哈呀呀呀！”长才大叔人未来而声先至，大声吁叹着走来了，“真是个勤快的娃娃，起得多早！真是发了狠心咧……”

润娃拄着锨把儿，没有吭声，瞧着长才大叔在沙滩上急急忙忙走过来，罗圈腿上裹着厚重的棉裤，在沙地上一踩一溜地走着，笨拙的样子，活像一只扑棱着翅膀的老母鸡。

“你昨晚啥时候回来的？让我老等！”长才大叔走到当面，喘着气，“刚才我去寻你，一摸被窝都凉咧！你大概一宿没挨炕面儿……”

“有啥紧事吗？”润生问。刚刚给他卖掉积存了几个月的石头，还有什么急事一天两头寻自己呢？

“紧事，当然是紧火事，还是不小的个大事哩！”长才大叔语言重复紊乱，这是他的一贯性的特点，不过口气听来却是乐悠悠的，“你咋日后晌走了以后，好些乡亲来盘问我，问你跟砂石管理站有啥样的熟人。我说，你的一个女同学在那儿开票。你看，我不说不成嘛！有人已经扫风咧……”

“这算啥紧火的大事呢？”润生笑笑。

“甭急。你坐下，烤会儿火，该当歇气咧！”长才大叔在火堆旁坐下，两个指头从火堆里捏起一块火星，轻轻按在烟锅上，在棉裤上擦擦被火烫烧的指头，说，“你听我说。”

润生蹲在火堆旁，把双手伸到火堆上烤着，头侧着，听长才大叔说什么“紧火的大事”。他料就他不会有什么大不了的事——长才大叔一向说话声高，有点虚张声势，大伙背地里叫他“刮大风”。

“润娃，你常看报不？”长才大叔问。

“大队的报纸全给队长他婆娘擦了屁股，谁捞得到手呢！”润生笑着说。

“收音机你该有吧？”长才大叔依然认真地问，“念书人都爱看报听广播。”

“你到底要说啥事？还说‘紧火’，真要是‘紧火事’，早叫你给啰啰唆唆地耽搁得冰凉了。”

“你要是常听广播，我问你——听没听到过，人家说西安城北啥村子，农民自己成立了‘养鸡协作会’？”

“听到过。那是个养鸡专业村。我在《对农业广播》节目里听过。那村子叫什么名字，记不得了。听是听过。”

“看看看！”长才大叔磕着烟锅，“昨日后晌，你不在，好些人说他们在广播上听到了。听到了就想学那样子，成立咱曹村的‘捞石头协作会’哩！”

“那就成立吧！”润生淡淡地说。他的心没有安在这沙滩上。不过是临时干几个月，捞够了足以买回十箱蜜蜂的钱，他就要撤罗拔脚了。他从来也没想过把自己的一生交给这沙滩，两年也不曾想过。至于成立不成立什么“协作会”，与他关系不大；要是成立养蜂人协作会，他倒会感兴趣。他说，“那就成立吧！”

“‘那就成立吧’，你倒像不粘事一样。”长才大叔很不满意地说，“大伙挡你……当会长哩！”

“那哪儿使得嘛！”润生急了，万万没有料到，他要当什么“会长”了，“我不干！”

“大伙瞅见你和管理站的那层关系啰！”长才大叔说，“当然……主要是大伙看你公道实在，肯帮助像我这号笨佬儿……”

“我不干……”润生说，一点也不含糊，“我干到春节，过罢年，再不下河滩咧……”

这当儿，从滩地里通到河岸边来的大路口，拥挤着一堆人，嘻嘻哈哈，高声阔谈着什么，像是围观耍猴的游戏一样有趣。

“那些人围在那儿看啥西洋景哩？”长才大叔问。

“你去看看吧！”润生笑着说。

长才大叔站起来，又把一粒火星捏到烟锅上，喷着蓝色的烟雾，扭着丑陋的罗圈腿，赶去看热闹了；走出五六步远，又回过头来，叮嘱说：“众人托我先给你透透风，你甭一口回绝嘛！逢事多想想，甭违拗众人……”

十

润生拨拉着火堆，使没有燃尽的柴火重新冒烟起火——完全是一种下意识的动作。他已经没有勇气再次走进乡砂石管理站的大门了，好多乡亲却不明底细，给他送礼，又要成立什么捞石头的组织，企图通过他和晓兰的同学关系图得卖石头的方便，真是叫人哭笑不得。不过，所有这一切令人难堪的局面，马上就要结束了，他已经完全摆脱了。那边——好多人围观的现场，正是他别出心裁制造出来的。他把昨晚收到的糕点、瓶装酒、香烟，全部装在一只竹编提笼里，搁到下沙滩的河岸边的路口，挂着一绺纸条——请认领自己的东西。

听见从那儿传来的嘻嘻哈哈的议论，润生现在很得意。他很欣赏自己处理这件事的光明磊落而又奇特的方式。他虽然一直念书，没有经过世事，却耳闻过不少丑恶的社会现象，庄稼人对于有权而谋私的干部，表现出深恶痛绝的情绪，深深地震动过十八岁的哥哥的纯洁心灵；老师在政治课上讲到的不正之风对于党的战斗力的严重危害，深深地引起了他的担忧。他曾经想：我要做一个正直的人！如果我当县长的话，就把那些赃官统统开销回家……把那些送给他的礼物全部摆到大路口，表示他对此类事情的态度，这是他昨晚最后想到的办法。

“嗨呀！润娃，你咋弄下这号没名堂的事？”

润生转过头，见长才大叔从背后走来，脸色都变了，非常懊恼的样子，压着声儿抱怨他。未等他开口，长才大叔蹲到面前，火烧火燎的样子，说：“你这不是故意给人难看吗？”

“那有啥难看的！”润生不以为然，“是谁送的东西，谁领走好咧——简简单单的事嘛！”

“谁现时当着一河滩的人，好意思领走那些东西呢？唵？”长才大叔的声音又压不住，高了，“那里头也有我送给你的两样东西，你叫我怎好伸手取出来呢？我这老脸搁哪儿去？”

润生看着长才大叔扭歪了的脸，没有说话。是啊，这种办法虽然表白了自己，却使长才大叔这样老实巴交的人感到难堪了。

“你不愿意收受这些东西，也行嘛！你悄悄给人家送回去，两方面都好看嘛！这样——”长才大叔叹口气，惋惜地说，“你要得罪人了……”

“我想过悄悄送还的办法，又怕有人再送来；这样一搞，就没人再添麻烦了。”润生也有点惋惜地说，“这么办可能要得罪乡亲……”

“你说你不‘受贡’，人家可要怨你高傲，不肯给乡亲帮忙。”长才大叔更加深入地释阐他的见解，“乡村里的庄稼人，虽是痛恨旁人走后门，临到自己有急事要办，还要寻情钻眼儿找门路。咋哩？正路走不通喀！只有走后门……”

“骂就让人骂吧！反正咱没做不明不白的事。”润生硬着头皮说，“天长日久，乡亲会明白的……”

“净说傻话！天长日久，人都叫你得罪完咧！”长才大叔开导他说，“农村里，人老八辈住一搭，得罪不起人哩！你娃正年轻，要活人，叔是替你担心哩！”

“唔呀！这事倒弄瞎塌咧！”润生悻悻地说，“世事真个复杂……”

“乡城里外一个样儿，哪儿也不是简简单单！”长才大叔得胜了，“走，快去把那些东西提回来，免得……”

“这……”润生犹豫不决。

“你不去我去，我去给你提回来。”长才大叔说着，竟然照直走去了。

那双丑陋的罗圈腿，在沙地上扭着移着，越来越远。倒像是有一根无形的绳子，一头牵着那双腿，一头牵着润生的心，那双罗圈腿朝前跨出一步，润生的心就被扯动一下。让长才大叔把那只竹编的提笼拿回来，就等于在曹村众多的庄稼人面前，承认自己做错了。可是，错了吗？错在哪条理儿上了？得罪人并不一定都是做错了嘛！润生的心在痛苦地扭动，头上竟然冒出汗水来了。长才大叔一旦把那些东西提回来，就等于自己唾到自己脸上，就会给曹村人留下一个谈笑的好话题……

长才大叔已经走近那个路口了。润生的心被揪得透不过气来，他终于忍不住，从火堆旁跳起来，像争抢篮球一样奔跑过去，在长才大叔刚刚弯腰的时候，抢先一步把竹编笼儿提起来了。长才大叔惊愕地瞪起眼睛，不知所措。

太阳已经升起来，微弱的却又温暖的冬日的阳光洒在沙滩上。已经有女人和娃娃提着装着吃食的笼儿罐儿走到沙滩上来了，好多人丢下铁锨，手里拿着馍馍，赶过来看热闹了。对于从早到晚抓摸石头的庄稼人，这无疑具有吸引力；对于沉闷而又沉重的劳动，这无疑更使人开心，算是一个插曲。大伙瞅着那装满瓶儿包儿的竹编笼儿，嘻嘻哈哈，议论纷纷，说着损话刺儿话，从沉重的劳动下得以解脱了。即使那些最贪活儿的汉子，也经不住一阵阵笑声的诱惑，丢了家具跑来凑热闹了。

“叔伯爷们！”润生自然地成为这场活报剧的中心人物，他仰起头，红着脸，诚恳地说，声音都颤了，“我是晚辈娃娃，咋敢吃大叔大爷送给我的东西……”

众人骤然闭了口，齐刷刷静下来了。这些庄稼人也不是没经见过世面的人，他们经过怕人的“四清”和“文革”运动；平常时月里，也常有县上和公社的干部到曹村来开会作报告，县委一位副书记还来过一回哩！他们听过一套又一套的理论，开过数不清的会议。现在，在沙滩上，这个十八九岁的小伙儿的一句开场白，把他们震住了，乱七八糟的喧笑全部销声匿迹了。这是怎么了？绰号“牛王爷”的曹老大的独生儿子润娃子，要干什么呢？

“我确实没办法给这么多人卖掉石头。真的，没有办法。管理站倒是有个同学，可是……这么多人……”润生说到这儿，忽然心底一沉，有种十分难受的感觉袭来。他想到了她。她和他好过；她已经明白地告诉他，她和他的关系完结了。他努力抑制住自己的冲动，不使眼泪忍不住而流出眼眶，“即就是我能替谁卖一些石头，我也不敢收受叔伯爷们的礼物。我是个娃娃呀！哪有长辈人给晚辈人送礼的……”

诚能感动天地。好多人投来赞赏的目光，窃窃私议着。长才大叔突然从蹲着的人后蹿到中间，溅着唾沫星儿，大声感叹着：“好娃好娃！乡亲们，大家甭为难润娃了。有事找他，他肯定帮忙，我敢保证！千万甭乱送东西，人家娃娃不受‘贡品’……”他的愚鲁的憨态和实话，引得庄稼人善意地笑起来。

“这包点心是我送的，这瓶‘雁塔大曲’也是我送的，我现在领走了。”长才大叔把他的东西从竹编笼里拿出来，也不怕当众丢脸了。他高高地举起点心包和瓶装酒，像显示什么一样，坦诚地当众招认说，“大家看见，润娃帮我卖掉了囤货（石头），我心里过意不去，就送了这两样东西；润娃不收，我心里也畅快。这东西大家享受吧！点心大家吃，酒大家喝……”

几个小伙子“嗷嗷”叫着，拍着手起哄，有谁竟然高声笑喊：“曹长才大叔——万岁！”点心包早被青年们撕破了，酒瓶不断地被抢来抓去，笑闹声遮掩了一切。

尽管气氛已经十分活跃，仍然没有人前来认领礼物。润生记得的两个人，也躲在背后，不肯拿去他们送来的礼物。庄稼人好面子啊！

有个中年汉子挤进人窝里，在润生的笼里翻腾。他一看，认出是村子东头的曹五龙，忙说：“五龙叔，原谅我……”曹五龙看也不看他一眼，铁青着脸，转过身，走出人窝去。只听“哗啦”一声响，酒瓶在石头上摔得粉碎了。曹五龙头也不回，背抄着双手，走到他的罗网跟前去了。众人一齐盯着润生，润生难堪地低下头来。那帮青年却故意起哄似的在地上抢夺曹五龙摔下的点心。

长才大叔明显地斜瞅着那个不通人性的家伙，同情地盯一眼润生，忽然提高嗓门，对众人说：“大家昨日后晌说要成立‘协作会’，我刚才跟润娃说了，问题不太大！借这个机会，大家商量商量吧！当着润娃的面更好……”

润生很感激地盯了长才大叔一眼。他把自己从五龙示威的难堪中解救了出来。话题一引到捞石头的庄稼人的切身利益上，没有谁再去盯那个短见识的家伙了，大家七嘴八舌地议论起成立“捞石头协作会”的事了。

“咱们整天操心拦车，不是办法！你追车追得越紧，那些司机越品麻！”

“一个村子的乡亲，为拦车弄得红鼻绿眼，失了和气，实在难看！”

“咱们都是下苦人，下苦人跟下苦人为卖石头吵架闹仗，倒是给人家司机净赔笑脸，说骚情话，低三下四……”

“我说——”长才大叔完全是主持者的角色，“要是咱的‘协作会’成立了，统一安排，一家卖了一家卖，咱们何苦要追车拦车呢？何苦要给人家递烟赔笑说骚情话呢？咱有笑脸，给咱老婆看；把骚情话节省下，晚上给咱婆娘说……”

长才婶子送饭来了，早已站在男人背后，听到此，捶了大嘴长舌头男人一拳，嗔骂道：“你那猪脸，笑起来能把人吓死！”

“长才的话丑，理端着哩！”曹七伯在众人的笑声中，郑重地说，“队长只顾挣补贴款，不理民事咯；这样，大家才想到举出一个人来。有个公道人出面，大家按顺序卖石头……”

润生瞅瞅长才大叔，他倒蹲在地上不吭声，只顾抽烟。他把话题引出来，自己就不出头了，免得旁人说他让润生主事。看上去粗笨的长才大叔，心数儿一个也不比旁人少。果然，有好几个人先后喊起来：“让润娃给咱当会长！”

“大家看咋样？润娃行不行？”长才大叔忽地站起，扫视一周，“有屁放出声来！”

“行！”众人一哇声喊起来。

“我……不行！”润生像被洪水卷着，身不由己了，他勉强地说，“我这人脑子简单……”

“事情本来就简单！”长才大叔大声说，“只要你娃子公公道道办事，我看啥事都不难办！脑瓜太复杂的人，倒是光给自家往怀里刨！‘公道’俩字，本来就简单嘛！”

又是一件不期而遇的事！润生可真是没有想到自己会当什么“捞石头协作会”的会长。既然遇到了，而且无法躲避，无法推卸，他怀着不安的心情应承下来了。他说：“大家得订出几条规矩来，我才好办理这事……”

“你提几条出来，大家商量。”长才大叔像早有准备，“众人七嘴八舌，乱口纷纷。”

“我拟几条，大家再补充。”润生说，“关键是卖石头的次序。我说，咱们抓阄。大家同意了，立马就抓，说不定一会儿就有汽车来。其余的规矩，缓后再立。”

“抓阄最公道！”

“抓啊！”

……

润生低头编制纸阄的时候，那些青年们已经把笼里的糕点和纸烟哄抢一空了，酒瓶也在大伙的手里传来抢去。有人把一块点心放到润生的膝盖上，他不由得笑了，一口咬去了半个。

长才大叔从他老伴手里夺过一只空碗，放进纸阄，伸到众人面前。一只只被河滩上的北风吹得皴皴的黑手，伸进碗里去了……

“二号，谁？”润生喊着，记下了名字。依次记完之后，他站起来，面对着那么多乡亲说，“一号我留下了，请大家原谅。”

众人一愣。

润生没有解释，走出人窝，径直朝沙滩上边走去。曹五龙现在独自一人，挥锨抛沙，没有参加抓阄的活动。润生坚定地朝他走去，手心里捏着那个留下来的一号的纸阄……

十一

一家三口，围在老祖宗传留下来的方桌上吃早饭。

润生着实饿了。母亲托人捎到沙滩上去的馍馍，因为忙于让众人抓阄的事而没有顾上吃，早已冻成一块块冰疙瘩，没法吃了；昨晚一宿未眠，从鸡叫三遍起来下河滩直到现在，肚子里“咕咕咕”响，肚皮已经紧紧贴着脊梁骨了。他大口吞咬着又软又韧的发面馍馍，“咔嚓咔嚓”咀嚼着清脆脆水津津的萝卜丝儿，“呼噜呼噜”喝着甜腻腻油丝丝的包谷糁儿，真香啊！重体力劳动造成的饥饿是这样难以忍耐，而大嚼大咽五谷饭食简直是一种至高无上的享受了。

母亲不时停下筷子，爱怜地端详着儿子狼吞虎咽的样子，似乎说，吃饭也像个男子汉了。

父亲的牙齿掉光了，两边脸颊的松弛的肌肉紧张地运动着，仍然吃得很慢，拿在手里的一个馍馍，总不见减少，而润生已经吃掉三个了。他瞥一眼父亲艰难地咀嚼食物的样子，忽然意识到，父亲老了。他的因为牙齿脱落而深深陷进去的脸颊，他的被粗大的和细密的皱纹所网罗着的皮肤，他的昏暗而又板滞的眼睛，都标志着他衰老了。看着父亲的神态，润生忽然想到一条橡皮绳——一条失掉了弹性的疲惫不堪的橡皮绳。是的，出尽了力气的老父亲，正像一条被不停地扯拉着的橡皮绳，终于失掉了弹性，失去了活力，现在变得松弛而又疲惫了，很难承受重力的牵引拉扯了。

润生忽然记起，从早到晚，父亲从屋里忙到地里，又从地头忙到槽头，一天里很少能看见他有闲闲散散的一刻。他很少到人窝里去扯闲话，也很少赶集上会；牛棚和猪圈是他陶醉的游艺宫。他最大的乐趣，就是咬着旱烟袋，蹲在黄牛后腿跟前，欣赏乳毛未换的小牛犊撑开四蹄，仰起嘴巴，在黄牛肥大的乳头上一拱一顶地吸吮奶汁……润生过去熟知这一切，却从来没有在意，似乎本来就是这样，没有什么好想好说的。现在，突然之间，润生强烈地意识到父亲竟是如此地苍老，那松弛的肌肤和疲惫的身体里，再也爆发不出强劲的力量了。

润生的心里翻腾起来，有一股什么冲动在翻腾——应该接替父亲了，凭那样衰老的身体，不可能再有什么大的作为了。他是这个家庭里的最小的也是唯一的男孩子；六个姐姐，像硬了翅膀的燕子，一个接一个离开了这个老窝儿，只在年下和节日来看望父母，留下一袋礼物又匆匆回她们的村子、忙她们的日月去了。他才是这个小院的真正的主人。房子太破太旧了，被烟火熏成黑色的屋梁和椽子，不断地有虫蛀的粉末飘落下来，阴雨天常常“滴滴答答”地漏下黑红色的水珠。四方木桌、直背靠椅，有的断腿，有的缺角，都像父亲一样出尽了力气，古旧而衰老了。应该有新的住房和新式的家具，彻底改换这一切了。村子里已经有不少人家盖起了新房，添置了新式衣柜和台桌，年轻人已经拆除了土炕，换成钢筋弹簧床了。改换和更新这个小院的房屋和设备，舒舒坦坦地生活，已经不能指靠父亲了，得由他来干。

“润娃，听说你当了啥‘会长’咧？”父亲已经点着烟锅，慢腾腾地问，“有没有这事？”

“嗯。”润生点点头。

“嚯！咱们祖辈三代没人当过官，你当了，改了咱的门风啰！”父亲半是喜悦半是揶揄地说，“咱们润娃有才魄哩！”

“那是民间劳动组合，不算官。”润生给父亲解释，“责任制实行以后，农户之间发生了多种形式的联合，以便适应生产的发展……”

“不管算不算官，总带着个‘长’字嘛！”父亲蔫不拉唧地说，“我这辈子也挂过一回‘长’字……倒给吓得……”

润生笑笑，没有吭声。父亲当过一回队长，已经是他的老生常谈了。润生尚未出生的时候，父亲当了农业社的一个生产队长，到乡上去开去，要“放卫星”，别人都“放”了，他却从会场吓得逃跑了，躲到姨妈家，不敢回曹村来。待他心惊胆战回到家里的时候，曹村农业社已经有新任队长执政了。他进了饲养场，直到前年牲畜下户，他才挟着那一卷铺盖回到自家屋里。他的胆小，因此而出名；他的当队长的轶闻，长久地留在曹村人的记忆中，他自己当然也不能忘记。润生早就听说过这档子事了，他也觉得父亲太胆小太老实了，居然吓成那样……

“你想干不想干？”父亲问。

“众人……硬推举我……”润生答。

“那当然，是众人瞅中了你。我问你一句话——”父亲认真地说，“和村长相比，谁领导谁？”

“当然……村长领导我……”

“要是这话，你趁早甭干。”

“咋哩？”润娃急忙问，“怕啥哩？”

“你干不出好下场。”

“为啥？”

“一句话——那人不是个正路货。再甭多问了。”父亲说，“我跟他在一个队里三十年了，还看不清一个人吗？你信爸的话，就趁早撒手；不信了，你干着试试。”

“他当他的村长，我捞我的石头，只要按国法交税，跟他没啥关系嘛！”润生无法想象村长究竟是怎么一个歪路货，“你怕他暗中使绊子？”

“那人呀……”父亲摇摇花白的脑袋，撇着缺牙的嘴。他的担忧是根深蒂固的，一切苦衷都在那无言的摇头叹息之中了。似乎很不愿意提及村长这个人，父亲迅即把话题转换了，“再说，这政策还变不变，也是难得料定……”

“放心，允许农民发家致富，中央有红头文件。”润生早已听惯了那些担心的话，不在乎地说，“老人们全都得下一号病——怕变！”

“你娃娃没经过世事。没经过‘四清’和‘文化大革命’，你就不懂得世事。”父亲深深地叹惋，“那阵儿来曹村的工作组，拿的也是红头文件……”

润生张不开口了。瞅着父亲皱皱巴巴的脸，他无法探知，父亲那一道道横的竖的深的浅的皱纹里，究竟隐藏着多少忧虑？他既无法估计，也无法说服父亲。他仅仅只有十八九岁，“四清”运动在曹村轰轰烈烈进行的时候，他还没有来至这个偏僻的小河川道的村子里呢！“文化大革命”，对于他来说也是一片空白；对于电影上和人们口头上传说的“文化大革命”的种种奇闻异事，在他看来，和《西游记》里的故事一样荒诞不经。怎么可能有那样荒唐的事情在我们的生活里发生呢？人们怎么全都变得神经质了呢？他不理解。没有办法，他没有经见过嘛！没有亲身经见过的事情，总是很难体味其历史的和现实的、主观的和客观的诸种因素的。在他这样的年龄，是最容易用今天自己正在经历着的生活去想象已经过去了的未曾经见过的生活的。他不在意地说："没啥。爸，这个'会长'不算啥官衔；能干我就干，干不了拉倒。你甭担心害怕。"

"你能给大家把石头卖完吗？"父亲过问起最具体的问题，"捞石头的人多，石头不好出手，现时又兴得走后门，你凭啥呢？"

"润娃，妈听你长才婶子说，你的一个同学，在管理站开票。"母亲突然插上话，"说是人家给你派来汽车……"

"嗯。"润生不由一悸，低头喝饭。

"你长才婶子给我叨叨，想给你联扯婚姻……"母亲装出不在意的口气，探问着，"我说咱娃是农民，怕不行……"

"没那回事！"润生立时臊红了脸，一口说死，避开母亲探询的目光，和父亲说，"走后门卖石头的人有，不凭后门卖石头的人也有。咱们成立'捞石头协作会'，就是要跟砂石管理站建立组织联系，合理安排，不走后门走正路。"

"众人信服你，你就干吧。"父亲已经站起身，走到门口，又转过头，"凡事甭叫人指脊背骂祖先，你已经长大了。就是这话！"

润生放下筷子，看着父亲走出屋子，心里涌涌波动。他已经长大成人了！是啊，十八九岁了！众人已经向他委以"会长"的重任了！今天无论如何是一个重要的日子，他在众人眼里不再是一个不懂事的毛娃娃了，而是一百多个捞石头的庄稼人所寄托着希望的青年了。从不懂事到懂事，从昨天到今天，他第一次在生活中担负起责任来，而且是众人的责任。他第一次明显地意识到父亲老了，强烈地感到他在这个小院里的责任。人生的旅途中的第一个重要的驿站，他就要驭马奔驰了。

润生走出屋门，心里第一次有沉重的责任感了。人生的多么奇妙、多么重要的第一次觉醒！

十二

人需要别人的信任。被别人尤其是被众多的一群人所信任、所拥戴，会产生一股强大的心理力量，催发人为了公众的某种要求、某种愿望、某种事业而不辞艰辛地奔走，忍受许多难以忍受的苦难，甚至作出以生命为代价的牺牲，也在所不惜，心甘情愿。他们的这种英雄行为，往往使那些极端利己的人迷惑莫解。

十八岁的哥哥曹润生，此刻就被这种强大的心理力量支配着。他骑着自行车，驶过沿着坡根伸展开去的坑坑洼洼的土石大路，穿过一个个大的或小的村庄，忍受着尖利的下山风的刺骨的寒冷，意气勃发地转上了平整光滑的柏油公路，更加快速地踩动着自行车的踏板，到设置在三岔路口的乡砂石管理站去，代表曹村所有捞石头的庄稼人，交涉出售砂石的公务。

为了刚刚成立的捞石头的劳动者联合体，润生要耽搁一整晌时光了。一整晌时间里，他可以捞出半立方米石头，价值两三块钱。他心里明白这笔账，毅然作出牺牲了。为了众人有秩序地出售石头，也使自己日后再不为出售石头而追拦汽车、低三下四地讨好司机，牺牲一晌乃至一天的时间是不足计较的。他第一次受到那么多曹村父老兄弟的委托和信赖，心里简直承受不住了；那些比他高过一辈两辈的叔叔和爷爷，那些和他平辈的老哥或兄弟，竟然对他——一个刚刚从五里镇中学下到沙滩上来的青年，寄予厚望和重任，他感到充实，感到有力，感到自己骤然间成为一个大人了。

这种强烈的心理力量，帮助他克服了隐藏在心底的重大障碍。他曾经暗暗下定决心，再也不进砂石管理站的铁栅大门了；既然晓兰已经另有选择，他就要狠心割断和她的一切来往及感情上的联系。现在，他必须再次走进那个宽大的水泥立柱的铁栅大门，说不定还要撞见晓兰，撞见了也就必得说话打招呼……他是为曹村一百多个捞石头的庄稼人的切身利益来造访管理站的，理直而又气壮；不是找她走后门卖石头，也不是死乞白赖地纠缠她和他的那种关系的。他飞一般踩动自行车。冬日的冷风，即使在晌午，也仍然是尖利的，他的脸颊和耳朵冻得麻辣辣地疼。

刚到三岔路口，他跳下车子。尽管有那样强大的心理力量推动着，他还是感到心跳了，而且跳得越来越厉害。现在见了晓兰，该怎么说话才合适呢？他略停一会儿，稳一稳心情，硬着头皮走进铁栅大门了。碰得真巧，晓兰正在院子里打羽毛球，对手是那个戴眼镜的青年。她打得很开心，又很专注，没有发现润生。她穿一件红色的羽绒服，蓬松的头发从后颈上束住，尾梢披散在肩上和背上，跳起击球的时候，头发被风张起来，落地时又像潮水一样跌落在肩背上。她的动作优美，跳起而又落下，蹲下而又跃起，进前退后，像是一种刚健的舞蹈。一个好球打完，她的“嘎嘎嘎”的笑声响起来。

润生突然觉得心里很别扭。看见她和他那么快活地玩着，听见她那动人心魄的爽朗的笑声，润生妒恨起那个戴眼镜的砂石管理站的会计了——他凭他的老子谋得这样一份不晒太阳也不挨风冻的职业，把润生的晓兰轻易地夺走了。润生不愿意看见她和他玩羽毛球的样子，更不想在这种场合里和她照面，他想退出门去，过一阵子再来。然而，已经为时过晚，晓兰已经瞧见了他，握着球拍跑过来，毫不在乎地和他打招呼："润生，到屋里坐。午饭吃了吗？"

"我来找你们站长。"润生立即说明来意，企图向她暗示，他不是来找她的。他用一种自己也觉得陌生的事务式的口气说，"和站长联系一下俺们曹村村民卖石头的事。"

"站长回家吃饭去了。你等一会儿吧！"那位青年用不耐烦的口吻说，"晓兰，快！现在是十比七……"

"到我屋里烤烤火，等会儿，站长两点来上班。"晓兰有点为难地说。

"不去了，我到外面转转。"润生已经推动车子，"我不打扰你了。"

"外头好冷！你到哪儿去？"晓兰说着，把球拍往润生怀里一推，"你来玩玩吧！"

润生的心里一动，撑起车子，接过长柄球拍，站到球网的一边，从球网的网眼里盯着那位站在对面的情敌。他大约不太乐意润生换下了晓兰，有点明显的扫兴的神气，没精打采地把白色的羽毛球掷了过来。

"开始计数！"润生看见对方懒洋洋的样子，不由火起，从地上挑起球，以一种挑战的姿态说，"你开球吧。"他又回过头，对晓兰说，"你做裁判。"

眼镜青年一震，愣了片刻，不在乎地笑笑，把球开过网来。

润生忽然跃起，一记重扣，那白色的羽毛球像从绷紧的弓弦上怒射出的一支羽箭，栽死在对方脚下，而眼镜青年的拍子还没有挥动起来。他脸色略略一红，迅即捡起球来，发了一个刁钻的旋转球，直飘到润生背后；润生灵巧地转身，背对着球网，把羽毛球捞起来，送过网去；对方又一个轻吊，球儿落在网前；润生跃进两步，长臂猿似的从地皮上又把球儿挑过网去，落在底线旁；眼镜青年转身补救的时候，脚下绊了一下，摔倒了。

晓兰“嘎嘎嘎”地笑起来，报着数：二比〇。

眼镜青年从地上爬起来的时候，面孔气得煞白煞白了——他的笨拙的动作出了丑，又在她的面前。他扶正眼镜，咬着嘴角，谋算着第三个球怎么开法。

润生随随便便地站在场地上，一副漫不经心的样子。他的心里，却凝聚着一股强烈的报复的火气。他要彻底打掉他的那种优越的干部公子的神气；他要打得他措手不及，疲于奔命，一败涂地；他要他在她面前出丑亮拙；他要把他彻底地击溃……即使在地区的中学生篮球联赛的时候，润生的求胜的迫切心理也不过如此吧！

第一局结束，晓兰也不好意思再笑了，大约怕那位同样十分自尊的青年太难堪——比分悬殊：十五比三。

“再来？”眼镜青年喊，企图挽回面子。

“来吧。”润生随随便便地应着。

一开局，又是五比〇。眼镜青年愈急愈输，愈输愈急，简直是一副气恼的神气，脸颊上淌下汗水来了。润生愈打愈熟练，挥洒自如，左右逢源。看看对方狼狈不堪的架势，瞥一眼晓兰也显出难堪的神色，他不忍心再使对方输下去。恰在这时，晓兰喊："站长来了。"

润生停下球拍，歉意地笑笑："站长来了，我该办事去了。你们玩吧！"他把球拍递给晓兰。

眼镜青年扫兴地说："甘拜下风……"

"不！你是实际的胜利者……"润生拍拍他的肩膀，苦笑一下说。

眼镜青年悻悻地笑笑，以为润生在安慰他。只有晓兰体味出润生那句话里的真实含意，脸上掠过一丝难堪的神情，转过头，掩饰地说："站长，有人找你。"

润生也借此机会跟站长走进他的办公室。

站长是个瘦老头，虽则是砂石管理站的脱产站长，其实从头到脚都是一个纯粹的农民的装束——那种精明强干的农民。听说他原来是塬上一个大队的党支部书记，因为上了年纪，被年轻的新干部所代替，乡政府安排他到这个只有七八名职工的管理站来主事。他仍然习惯抽旱烟，仍然习惯蹲在条凳上和人交谈。听完润生的述说，他很爽快地说："那好嘛！咱们有计划地给曹村调拨汽车过去拉石头，你们在那边有秩序地卖货，免得曹村社员白天黑夜到管理站来找熟人、要汽车。这是好事嘛！"

"那就这样，站长。"润生听了站长的话，十分受鼓舞。一切都顺顺当当，简简单单。从这位老站长的直言直语中，他感到了老干部秉公办事的品德，很钦佩这位干练的老站长了，"我等您派汽车到曹村……感谢您。"

"回去给你们村长谈谈，让他知道你们有了劳动组合。"老站长提醒他说，"免得村长说他不知道……"

"应该应该。"润生感激地盯着老站长，"应该尊重村长的领导……”事情已经谈妥，他就告辞出门，临走时叮嘱站长，顶好能派足够的汽车到曹村来……

第一次出门交涉公务，竟然这样顺利，十八岁的哥哥心里十分畅快，加之他略施球技，把那位优越感十足的情敌打得溃不成军，心里更觉解气，一路顺风，回到曹村来。

……

村长曹子怀，年近五十，坐在自家的简易沙发上，接待登门请示工作的小青年曹润生。他嘴角咂着黑色的卷烟，只用半个嘴角说话："你去乡政府请示吧！我吃不准，你们成立的'捞石头协作会'，究竟算个啥性质的组织……"

瞧着村长嘴角里上下闪动的卷烟，听着他慢腾腾的声音，润生不由得发急，忙说："民间劳动组合。城北一个村子是养鸡专业村，村民成立了养鸡协会，电台广播了，说是新事物……"

"报纸和电台，一天换一种说法，咱撵不上哇！"村长蔫不拉唧地说，"我得靠上级的正式文件行事。广播和报纸，只能参考一下。你说你那是新事物，旁人要说那是非法组织，咋办？现时要肃清'文化大革命'的无政府主义哩！"

"这是劳动组合嘛！"润生莫名其妙，"不是'文化大革命'那种搞派性斗争的组织嘛！"

"我吃不准，刚才就说了。"村长仍不起性儿，"我保守脑瓜跟不上形势，你去问乡政府吧！乡政府批准了，我照乡政府的批示办。"

润生不再解释了，村长的冷淡态度令人难以忍受。他走出门来，推起自行车，又奔乡政府去了。

乡政府一位主管乡镇企业的吴副主任回答了润生的问询，也十分简单："你们成立这样一个协会，不能算是'文革'中的派性组织。可是，你们搞得迟了，曹村村长今晌午刚报来一份申请，大队里已经建立了砂石管理机构，大队统一管理就行了，再搞一个什么'协会'，成了重叠机构了，势必加重群众负担。现在的政策精神是，要减少干部，要减轻农民负担……"

"我不是要抢着当干部。"润生忽地红了脸，向吴副主任解释，"我说过不要报酬。"

"算咧算咧！小伙子——"吴副主任拍拍他的肩膀，"我不是那个意思。"

润生没有信心再谈下去了，越谈可能越造成他要抢当干部的印象。他退出门来，懊丧地转上回曹村的路。

刚走到村口，他听到广播上正响着村长慢腾腾的声音："经村民委员会和大队委员会开会研究，决定成立本村砂石管理站，统一经销……"

后面的话，他听不清了……

傍晚的下山风吹下来，润生觉得从后背到前心，全凉透了。

"润娃！唉——"

润生木然地转过头。长才大叔垂头丧气地摇着头，摆着手，气哼哼地说："村长的儿媳妇已经下到河滩，经营曹村砂石管理站的事咧！你还为大伙空张罗哩！唉，去他妈的黑脚……"

十三

十八岁的哥哥躺倒了！

他躺在自己单身独居的小屋的土炕上，没有开灯，插死了木门栓，用被子蒙住头，静静地躺着。

“润生，吃了再睡。”母亲在窗外劝。

“不饿。”他一口回绝。

“世事就是这样子。”父亲并不惊慌，世故地说，“不跌跤长不大，不碰钉子就认不得人、不懂得世事。”

长才大叔“哐当哐当”摇门板，大嘴长舌头乱嚷嚷：“润娃！你开门，叔有话跟你说，要紧弦弦的话……”

他不吭声，也不开门。长才大叔大声叹息着咕哝着，走出院子去了。

他的心里烦得很，乱得很，想静一静，想一想，他的简单的脑袋被搅得晕乎乎的了。

如果长才大叔说的话是实情，那么事情就可以捋顺了，廓清了——

当他饥肠辘辘地吃早饭的时候，村长曹子怀已经坐在砂石管理站站长的火炉旁边了。

当他报复似的用羽毛球拍打得他的情敌大显其丑的时候，村长曹子怀已经把曹村大队设立砂石管理分站的简单的书面报告，递交给乡政府分管乡镇企业的吴副主任了。

他完全听信了管理站站长要他向村长打招呼的话，实际上，一经和村长接头，一切就一目了然，用不着站长来否定你的什么“协会”。于是，他就开始钻进预备好了的圈套——像诸葛亮在陆逊尚未出生时就为其摆下了乱石阵一样，早已等着娃娃来钻呢！

他向村长曹子怀汇报的时候，曹子怀并不推翻他的意见，只说自己对当今的政策“吃不准”，把他推到吴副主任那里去了。

吴副主任用“不增设重叠机构”“减轻农民负担”的绝对符合政策的话，就把他搁到冰箱里冷冻起来了；而当他满含委屈向吴副主任表白自己不是为了抢当干部的时候，村长曹子怀的儿媳妇已经在腋下挟着合页夹子下了河滩，走马上任了。

他钻完了“乱石阵”，得到的是“想抢当干部”甚至“加重捞石头的庄稼人的负担”的嫌疑。

村长曹子怀不声不响，连个社员会也没开，就把儿媳妇派到沙滩上去，统管曹村捞石头的庄稼人的出售石头的业务了。当然，她不会在三九寒冬的沙滩上白挨冷冻的——抽取石头销售总款的百分之八，作为曹村大队的扣留，其中当然包括她的报酬。

曹子怀叼着黑色卷烟的嘴，现在异常清晰地映现在润生的眼前：那说话时上下闪着的卷烟，轻轻地就把他弹到干沟里去了；曹子怀只用半边嘴和他说话，已经使他里里外外说不清楚了！

润生现在才强烈地意识到自己的头脑太简单了，简单得令自个憎恨！一切都不简单，只是自己把一切都看得简单了，看不透才觉得简单。他第一次为自己的口头禅——“事情很简单”——懊悔了。

和晓兰的关系，也不像自己以往想的那么简单吧？

第一次萌动的爱情结束了！

他被曹村的庄稼人推举为“会长”，还不曾执行过一次协会“会长”的使命，就被村长不动声色地排斥到一边去了……他却毫无办法。

现在，曹润生躺在小屋的单人床上，努力回味这一切的细微末梢。毛病究竟出在哪里？他搜肠刮肚，寻找自己的过失。平心而论，他觉得无愧，既无愧于晓兰，也无愧于曹村那一百多个在沙滩上捞石头的庄稼人。他终于归结到一点——自己头脑太简单了！

他心里有点冷，却不空虚。他仅仅只有十八九岁，而生活的路还很长……

一声雄壮的公鸡的啼叫声，惊醒了他；翻身坐起的时候，窗户已经大亮——起得晚了。他急急忙忙穿上衣服，拉开门栓，嗬！雪！夜里落了一场大雪，院子里和屋瓦上全是一片白。

他扛起铁锨，走出街门，走下场塄，朝河滩走去。

大雪覆盖了塬坡和河川。雪止风息，树枝上落着一层绵茸茸的白雪。太阳还没有出，雪地上闪动着一缕缕蓝莹莹的光彩。通河岸去的白杨甬道上，白雪已经被踩踏得稀烂了。

沙滩上，罗网林立，铁锨起落，"唰啦唰啦"的翻捣砂石的声音响成一片，偶尔传出一声沉闷的咳嗽。

润生突然看见，在河岸和沙滩的交接路口，站着一个披着军绿色大衣的人，头上包着红头巾，腋下挟着一本活页夹子，在路口踱步，大约是活动被冻疼了的双脚。那是村长的儿媳妇。他不想从她跟前走过去，就岔开大路，从积着厚雪的麦田里斜插过去，跳下河岸，走到沙滩上来了。

他的罗网已经被雪埋住了。他把三角木架支起来，用铁锨刮积雪，却不想把锨扎到砌石里去了。他一侧过头，穿着军绿大衣的村长的儿媳妇，正在河岸边远远地瞅着他。

他用铁锨的木柄穿过罗网的网眼儿，背起罗网，转身朝河岸走去。

"润生——"长才大叔从雪地上奔过来，嘴角呼出大股大股的白气，"你——"

“不干了。”他的沉静的口气，连自己也暗暗吃惊。

“你干啥去呀？”长才大叔伤心地摇摇头。

“而今卡不死人了！”他淡淡一笑，“哪儿挣不到钱呢？路数多咧！”

他走了，背着罗网。雪把石子和沙子全遮住了，他被雪下的石头绊得一滑一拐。忽然间，一种奇异的感觉在润生脑海里产生了——那“唰啦唰啦”的翻捣石头的杂乱的声音没有了，河滩里倒显得空旷而寂寞，耳朵边骤然清静下来。他停住脚，一回头，见散落在沙滩上的庄稼人，手拄铁锨，一齐停住了劳作，正目送着他走出沙滩去。他忽然动情了，没有力量再看那自然形成的肃穆的场面，急忙掉转头，继续大步朝前走。

“润娃——”

他听见呼叫，又站住脚，喊他的竟是五龙叔。五龙叔人正中年，穿一件紫红绒衣，粗壮的身坯像个碾场的碌碡在雪地上滚过来——

“润娃，你发给叔的这个一号的号码，还算数不算数？”

五龙叔站在他的面前，手里捏着那张写着一号号码的小纸片。他忽然想，五龙大叔在要笑捉弄他吗？他给他送了点心和瓶装烧酒，他把这些东西提到沙滩上来公开招领，他把自己的东西取出来，示威似的摔碎了。润生没有说话，瞅着五龙大叔煞有介事的脸色，不像是专门来烧骚他的呀！

“叔知道，这个号码没用了……”他大声说，大约不是说给润生听，又忽然意味深长地说，“虽然没用了，叔还是舍不得扔了。叔留下作个记物儿……”

他居然解开对门开襟的绒衣的纽扣，把那写着号码的纸条塞进衬衫的口袋，压了压，又结上纽扣，像藏进万元存折一样认真谨慎。

河滩里突然爆发出一阵哄笑，有人打起了呼哨，像山洪突然从河的上游奔泻下来的呼啸。

润生一转过身，看见站在只有三五步远处的那穿军绿大衣的村长的儿媳妇，他明白五龙大叔的举动的含意和那哄笑声中所包含的怨愤了。

润生背起罗网，扯开长腿，从村长儿媳的身旁走过去，头也没有拧一下。

太阳从秦岭东山群峰的巅尖冒出来，雪地上闪射出五彩缤纷的花环，令人眼花缭乱。十八岁的哥哥走上河岸，再没有回头……

1984 年 6 月至 7 月

草改于西安东郊

夭 折

——献给一位文学的殉道者

一

他坐在桌子顶头，给我念他刚刚写完的一篇小说。

他每写完一篇小说，都要念给我听，从来不让我亲自去看，说是草稿字迹乱，不大看得清楚。我却相信我能看得清楚，因为我有时看见他念的作品，实际是已经抄写得很整齐的修改稿了，然而又不好意思执意要过来看。我要是写出一篇习作，要征询他的意见，刚从桌斗或口袋里拿出来，他就伸过手来，说："让我看看。"于是，他就用指尖在嘴唇上抹上一点口水，翻揭着纸页看起来。我多少觉得我们之间有点不平等。

我坐在炕边上，胳膊肘搭在炕头搁放油灯的土台上，用手撑着下巴，静心屏息地听他朗读那万余字的短篇小说。有时坐得累了，有时听得烦了，我就打量一下这间熟悉的小屋。一间窄小的老式厦屋。土炕占去了大半空间。靠墙放着一张同样是老式的带抽屉的条桌，条桌的拉把儿是一只黄铜铸成的树叶，闪闪发亮。门和桌子之间的空当掐尺等寸可以安置一把椅子，他就坐在这把直背老式椅子上，就着门口照到桌面上的亮光，读书或者写稿。靠着后墙的那一步之宽的空间，放着一个大红色的条形板柜；柜子上方，架着两只同样是大红色的木箱，那是他的新媳妇的陪嫁品。他的新媳妇坐在炕的那一头，低头捉着剪刀，在一张褙纸上比画着、裁剪着鞋底儿。

每当我思想抛锚、神志不专的时候，他的朗读声就提高半度，而且侧过头看我一眼。我立即抖擞精神，做出专心致志听着的神态。他的声音又舒畅地继续下去。

每当读到有趣的情节或细节，他的声调里就泛出一种得意的色彩，惹得我和他同时笑起来。他的新媳妇也低头抿嘴在笑，却不出声。我特别注意她的反应，凡是她有明显的反应的地方，我就觉得大抵是他写得最成功的段落。

一篇稿子读完，他放下稿纸，笑着侧过头，爽快地说："感觉如何？随便说。"一边说着，一边用手在一个旧罐头盒子里捏起一撮旱烟末儿，撒在一绺用废弃稿纸裁成的纸条上，在手心三拧两转，就制造出一根喇叭形状的纸烟了。我也如法炮制，两人就对抽起来。我们没有固定工资，生产队要等农历年底才决分，通常是见不到什么钱的；我们谁也没有发表过一个字，自然没有稿费，谁也买不起一盒最廉价的纸烟，却又不习惯使用老庄稼汉们那种笨拙而又难看的黄铜或白铁铸成的旱烟锅子。

不足十平方米的小厦屋里，有两支又粗又长的烟卷在冒烟，他的新媳妇轻轻咳嗽起来，呛得眯起眼睛。我们俩毫不理会，早在烟雾升腾里，为他的小说中的一个人物、一个情节或细节的合理性与必要性，争吵得一塌糊涂了。

他所极力维护着的某一得意之笔，我却毫不客气地说那一段应该彻底干净地删除掉，于是，争论就不可避免了。对于他看过的我的习作，类似的争议似乎更为激烈。我和他尚未养成高雅的涵养，譬如说，应该谦逊地听取对方的意见，不应该当面眼对眼牙对牙地驳斥；应该斟酌给对方谈意见的方式方法，尤应以鼓励为主，先谈优点，再说不足，然后再提出修改补救的措施，使对方于心理和感情上易于接受。没有。我们之间从一开始好像就没有这种文质彬彬的习惯，一当讨论起来，就争就吵。开始时，他的新媳妇曾经劝过我们，不要失了和气；后来习以为常了，就只顾剪她的鞋底或者纳扎鞋帮，一任我们去吵。如果是在冬天的夜晚，吵得夜深了，她会从锅里端来一盘刚刚蒸熟的红苕，送到条桌上——那是十分惬意的夜餐了……

看着他的新媳妇又一次捂着嘴打着呵欠，悄悄抹着困倦的泪水，我就起身告辞。他送我到村外，兴犹未尽，于是我们就站在小沟的水渠旁继续高谈阔论，丝毫也不担心谁听了去。

这个时候，刚刚进入六十年代的乡村里，正经历着解放十多年来最普遍、最严重的第一次饥馑。我和他——惠畅，两个一前一后从县城一中毕业的高中毕业生，都在疯狂地追求着同一个目标，我们都需要这种推心置腹的毫不隐讳的直率的争吵。我们将在这种争吵声中，走向生活，走向世界，走向未来的中国文坛；争吵声中，也许会诞生并不亚于《静静的顿河》那样的史诗……

二

天傍晚，惠畅到我家来，约我去看电影。

对河的五里镇上，大约一月里演出一场电影。这一晚，是五里镇方圆十余里几十个村庄青年们的节日。尽管是已经被城里人看腻了的过时的旧片子，但无论好坏优劣，我们都有耐心看到最后，甚至觉得听一听电影音乐，也是一种难得的享受。村子里没有通电，收音机见不到一台，精神生活的贫乏和物质生活的贫乏一样使人感到饥肠辘辘。每当五里镇一月一次的“电影节”到来的时候，我们俩必定不能或缺。

月色柔媚。知了和纺织娘在河岸边的杨柳林带里叫成一片。从各个村庄通五里镇的好多条河川土路上，手电的光柱忽闪明灭，抽烟的火光瞬息即逝，男孩子们的呼哨、女娃娃尖利响亮的笑声、此呼彼应的欢愉的嗓门、轻狂放浪的哄闹嬉笑的声浪，充塞了往日里静谧的河川的夜空。

我们涉过浅浅的河水，急急赶到五里镇。小学校的门口，人头攒动，灰尘在明亮的电灯光里浮动，广播在大树杈上播出诱惑力极强的乐曲。我们俩不约而同地翻起裤兜，掏出零碎的天蓝色和黄色的二分、一分的纸币，数起来。两人的钱，合在一起，真是万幸，竟有二毛多了；买过两张票，花去二毛整，竟然还有五六分宽余，我们就盘算该怎样挥霍享受这一笔余款了。

“买糖还是买烟？”我征询他的意见。

“买烟。”他总是比我更有主见。

我真想吃糖。我大约有一年多没有尝过糖的那种美好的滋味了。站在露天的电影场上，瞅着银幕上的惊险的反特故事片的画面，手插在裤兜里，嘴里含一颗水果糖，那该是一种多么舒心的享受哇！不过，买烟的主意也不错，我们平时用纸条儿卷旱烟末儿的手艺，在黑暗的电影场上就有诸多不便之处了。

“好！”我立即表示赞同。我们俩走到一个卖烟的小摊前了。

“买哪种烟呢？” 我问。

“‘航运’。” 他说，一点也不犹豫。

白纸盒上印着一艘形状简陋而又画技拙劣的轮船，此烟牌号叫“航运”，售价一角二分钱一包。我递上六分钱去，巧极了，正好可以买到半包。我们每人装下五支，转过身去了。

在一根火柴上，我们点着了两支烟。多么奇妙的香味啊！我真舍不得将那令人沉醉的香味喷吐出来——实在比老旱烟末儿又辣又苦的味道好过千万倍了。嘴里咂着一支雪白的纸烟卷，昂首从小学校的门道里走进操场，真是自觉神气而又排场，比在嘴里含一颗糖有声有色得多了。

看过电影，就不那么急着回家了。我们散漫地走着，品评着刚刚看过的电影，悠哉游哉走回到小河边上来。那些大帮大伙的男女青年放浪的声息，此时已经远远地流动到村庄里去了，河川里已经恢复了夏夜素有的静寂。

我们俩脱光衣服，在清凉的河水里躺下来，头枕着一块光滑的河石，把全身都浸泡在河水里。蚊虫无法下口，团团飞旋踅摸在头顶，我们一人抓一把臭蒿子，悠悠拂打着蚊子。河水从胸膛上流过去，身子下边的沙子被掏空了，我就挪一挪位置。星星在蓝天上眨着眼睛，深邃无垠的天际神秘莫测，一缕缕轻纱蝉翼似的云丝在月亮的脸上飘过去，河滩又明亮起来。

“胡万春起初是个半文盲，现在是第一流作家了，真厉害。”我说。

“我们比他基础好多了——正牌高中毕业。”惠畅说，“自学起来更快。”

“胡万春投过二百次稿，才发表了百把字的一篇通讯。” 我深感钦佩，对于我们俩都已知晓的这件轶事，总是兴趣不衰，“啊呀！我真是缺乏这样的恒心和耐心！”

“我相信，我们发表第一篇作品，绝对不需要用二百篇作铺垫。”他十分自信，用蒿草在水里狠狠抽打一下，扬起来，“我要是写过五十万字还不能发表一篇作品，那我就自杀！”

我缺乏他那样的自信，也就没有他那样的狠心，我说：“搞不了创作，当不成作家，也不必自杀呀！”

“玩笑一个。”惠畅不在乎地说，轻轻笑了。笑毕，却深富感情地说，“我他妈的不知怎么从小就迷上文学创作了！说真的，如果真的搞不出一点名堂，我不知道这辈子该怎么活着好！”

“咱们就拿出胡万春那股傻劲干吧！”我说，“埋下头，干它十年再说。”

这样的内容的扯谈，不知重复过多少次了。上海的工人作家胡万春正活跃于当时的中国文坛，《家庭问题》那篇小说使我们十分钦佩，从思想到艺术，甚至情节的铺展和细节的选择，都不厌其烦地讨论过三五次了。这种讨论，到后来往往就离开作品本身，延伸到作家的成长道路上来了。何止一个胡万春，中国的或外国的，当代的或古代的，所有能搜寻到手的作家文人们的传记和轶事，无疑是我们最感兴趣的交谈的话题。

蝉鸣已经止歇，偶尔有零星的青蛙叫声从河岸边的稻田里传出。夏夜里虽然静寂，却使我们感到了潜伏着的生命的跃动。无边的包谷林里，传来“飒飒飒”的绿叶摆动的响声；小叶白杨在夜风中欢乐地歌唱。我们躺在南塬和北岭之间的小河川道里，热烈地又是忧伤地谈着文学，谈着追求。谈到胡万春，我们就信心十足；可是一谈到神童刘绍棠，就黯然神伤了。

刘绍棠这个神秘的神童带给我们的，不是鼓舞而是悲哀。他怎么能在戴着红领巾的年龄就发表小说呢？我俩戴红领巾念完小的时光，只是对娃娃书兴趣十足，连“小说”这个名词压根都没听说过。刘绍棠上中学的时候，已经是出了名的作家；我们已经高中毕业，至今还躺在黄土山中的这一道小河里胡拉乱扯，一个字也没上过报纸或杂志哩！我们猜测他的宗室一定是文墨瀚海，祖荫厚极，自幼熏陶；然而，从一些零星的资料透露出的事实却是他和我们完全相似，出之乡野，世代农耕。我很丧气，惠畅也不大乐观。从刘绍棠看来，文学创作需要天才，我们都暗自怀疑自己是否具备这份天资。我们对批判“右派”刘绍棠的文章无暇一顾，却对那个神童的“神”字感到神秘莫测。

“唉！没劲了！”我不由得叹气，“说起这个人，我就冒气了。”

“甭忘了，中国虽然有‘自古英雄出少年’的古训，也有‘大器晚成’的成语，可见什么都不尽然。”惠畅是很富于思辨的，“少年时代能成起事的，到底是个别人，多数人是青年和中年时候才露头。”

“我们若是‘大器’，迟成早成关系不大。”我心里仍然不踏实，“我们要是‘小器’呢？或者根本就不会成器呢？”

“契诃夫说，‘大狗小狗都要叫，就按上帝给它的嗓门叫好了’。”惠畅反而气更壮了，他忽地从水里翻起身来，站在水中，大声说着，像是和谁吵架，亦像是对河川和塬坡宣言似的，慷慨激昂起来，“我不是天才。我不是大狗。我是小狗；不，连小狗也不是！我是蛐蛐；不，连蛐蛐也不够格！我是醋蛛儿；虽然上帝只给了我一个破尿罐似的嗓门，我也要叫！多一个人的叫声，世界就多一份声音！醋蛛儿的叫声虽然难听，它还是拼命地叫着！它没有因为有百灵子而抿嘴不响！如果只有百灵子而没有醋蛛儿，世界也就单调了……”

惠畅赤裸全身，他慷慨激越的思辨，使我大受鼓舞。我为自己的怯弱而难堪，忽地也从水里蹦起来，和他站在一起，狠声说：“我也权当自己是一只醋蛛儿……”

“咱们往后谁也不许再说泄气话。”惠畅说，“人家是人家，我们是我们！”

夜深了。当我们又鼓起劲头的时候，肚里却饿了。许久以来，我已经没有吃过馍馍了，晚饭通常是一锅绿乎乎的野菜，点缀着几粒黄灿灿的包谷糁子。现在回到家里，自然无法找到任何可以充饥的食物。他家的状况和我家不相上下，也不会有什么可以指望填充肚皮的东西。于是，他去扒拉柴火，我就悄悄溜进早熟的包谷地里去摸几穗嫩棒子。没有办法，未来的两位文豪，现在不得不屈身丧德去……

三

火苗在柴枝上跳跃，从这一枝上又蹿到那一枝上，“呼呼呼”烧燃起来。高高的堤坝挡住了火光，蹿起的柴烟与朦朦胧胧的夜空搅和在一起，不大分辨得出来，河滩里的守田人不太会发现我们的踪迹的。

我和惠畅坐在火边，再没有劲头谈论其他什么事——肚子太饿了。我们目不转睛地盯着绿皮的嫩包谷棒子，看它们在火焰烘烤中逐渐变成白色，继而变成黄色，接着就烧成黑色的了；随着“吱吱吱”的细微的响声，一股奇异的香味飘散开来，刺激人的鼻膜，撩拨人的食欲，肚子里受到这样美味的食物的诱惑，翻江倒海似的蠕动起来，发出“咕咕咕”的叫声，嘴里也溢满了口水。我简直忍耐不住，等待不及了。

“听说巴尔扎克一度也很穷……”

“天将降大任于斯人也，必先苦其心志，劳其筋骨……”

一声很重的咳嗽，从堤坝顶上传下来，震得自命为受大任于天地的我俩，同时惊恐地仰起头来，就看见了堤坝上兀然站着一个人，半截铁塔似的，右手里攥着一柄梭镖。我一眼看出，这是看守庄稼的马罗。

惠畅有点慌，似乎忘记了自己是将受大任的伟人，怯生生地悄声问：“这是谁？怎么办？”

我与马罗已经有过一次交往，半月前，他曾经邀请我到他在河滩看守庄稼的庵棚里，亲自给我犒赏过一顿烧烤包谷棒子。被他抓住严惩不贷的，是那些用麻袋偷下棒子到城里去卖钱的真正的贼；对我他好像比较客气，知道我不过是烧几个充饥罢了，他不会过分计较的。

马罗依然站在那里，瞅着我们问：“谁？”

“马罗大叔，‘阿克西尼亚’今晚没来吗？”

他嘿嘿一笑，把直竖着的梭镖放倒了：“是你个崽娃子，我当是贼伙哩！”河堤是用水泥和河石浆砌的直面，又光又滑，他下不来，绕那边的小路去了。

惠畅嘘出一口气，释然了，坐下来。

我给惠畅介绍，马罗是我们村一个老光棍，终年四季，给生产队看守庄稼：夏收看守麦子；秋天守护包谷和棉花；冬春两季，吆撵拔食麦苗的大雁。他在河那边的村子里有个情人，常常在夜静时涉过小河来，在他的小庵棚里幽会，那几乎是公开的秘密，我称她为“阿克西尼亚”。马罗虽然没读过《静静的顿河》，却知道我说的是谁，指的是哪一档子事。

马罗已经走到火堆跟前，扔下梭镖，准备找一块地方坐下来。

“‘葛利高里’大叔，欢迎你。”惠畅抓住马罗的胳膊，“你真是个浪漫的人儿哩！”

“你可甭听他胡糟践我！”马罗哈哈一笑，佯装斥禁的口气，对我说，“你净给我造谎！”

“咋能是我造谎呢？”我故意逗他，“马罗叔，你对月亮发誓，有没有一个‘阿克西尼亚’？”

马罗从火堆里捏起一粒火星，按到烟锅上，喉咙里发出“咯咯咯”的憨笑，得意地仰起头，淡淡地说：“那是牛年马月的陈事了。而今那个可怜人，日月恓惶哩！我可怜她，周济她一升半斗……人家娃儿大了，咱还不自觉行吗？”

“马罗叔哎！”惠畅亲热地叫。他对马罗十分感兴趣，眼里闪出生动的光芒，“你一年四季给队里守护庄稼，辛苦了。”

“不苦。”马罗头一摆。

“真不容易哩！秋天下阴雨，冬天下雪……”

“人家队长给咱工分哩！”

马罗吐不出一句更崇高的话，惠畅有点失望地闭了嘴。他大约想听到马罗说出诸如“为集体咱不怕冷”之类的话，然而他只能失望。

“你们俩说你们俩的话吧！”马罗自动拨着火，翻捣着已经烧得黑乎乎的包谷棒子，义务为我们服务，“有文化的人说话——中听！乡村人尽说粗话。”

“我们说话有啥好听的？”惠畅问。

“好听。一样的话，你们文化人一说出口，味儿不一样啰！”马罗笑说，“比方我跟那个可怜人儿的事，我其实也不怕谁说。你们说成‘阿’啥子‘亚’，我就知道说的是那个可怜人儿；乡村那些粗庄稼哥们，一开口就是，‘马罗伙计，这几天跟野婆娘弄了几回？’你说难听不难听？”

我和惠畅已经忍不住，哈哈大笑。惠畅猛然扑到马罗的背上，抱住他的脖子，用自己的脸颊在马罗的脑袋上磨搓，亲昵地喊着：“马罗大叔，我的真正的‘葛利高里’……”

马罗从火堆里捡出一个黑炭棒子，甩到惠畅的怀里，接着又甩给我一个，那熟悉的动作，使人感到豪爽而又亲切。我撕开一层烧焦的外皮，又一层层撕开冒着热气的内皮，就咬着了软乎乎甜腻腻的包谷粒儿了。惠畅动作更麻利，已经啃得满嘴响起“咔嚓咔嚓”的声音。

“你俩谁有戏本呢？”马罗问。

“你要啥戏本？”惠畅口齿不清地问。

“《铡美案》《五典坡》都行。”马罗说，“《周仁回府》也嫽哇！啥戏本我都爱看。”

“你识得字吗？”惠畅好奇地问。

“识得几个。”马罗说，“我一边认，一边前后揣摸，也就碰出意思来了。”

“你上过学吗？”惠畅似乎才找到话头了。

“上学上了四年哪！”马罗沉吟着，自己也有趣地笑着，“那时候的学堂，先生爱打娃娃。怪得很哪！我在下边背书背得溜溜熟，一叫到先生跟前，瞧见那根二尺长的竹板子，背熟的书全忘光了;先生就捞起竹板子,抽得我的手心连碗也端不住了……"

"你要是不伸出手呢?"

"不行啊!那时候念书就兴打板子!"马罗莫可奈何地说,"有一回,先生的板子刚抽下来,我的手往回一缩,糟了,先生抽在自个的膝盖上,这下了得!先生左手掐住我的指头,咬着牙,在我的手心打。我闭上眼睛,手心疼到后来,倒是不知道疼了,也不知他打谁的手哩!"

"噢哟!马罗大叔,你认得的几个字,代价不低呀!"惠畅半是玩笑半是认真地说,"为了你好不容易认得的那些字不致忘记,我无论如何也要给你搞来两本戏本子!"

我心里知底,马罗大叔的嗓门是很不错的,有"铁嗓子"的美誉。在夏天傍晚的余晖里,晚霞给郁郁葱葱的青纱帐涂一片赤红,从河渠边的杨柳林带里,常常传出马罗粗壮而雄浑的声音。白雪蒙地的冬夜,在广漠的河滩上,他吆雁吆得烦了,就放开喉咙吼唱。他爱唱戏,更爱看戏,每逢县剧团下乡,他常常追到一二十里远的岱峪口去看戏;要是五里镇有戏,他是一晚也不会空缺的。看得多了,那些最流行的秦腔剧,他不仅能背唱大板大板的唱词,连人物的对白也能大段大段地道出来。他唱起"乱弹"来,嗓门难免跑调,词句也很难让别人听清,但人一听都能猜出是某一本剧里某某人的唱词,而味道则是纯粹不过的秦腔的戏味——关键是体味那种不易说清的味道,而戏文和唱词不清倒在其次了。

"马罗大叔,唱一板'乱弹'吧?"我怂恿他,"拣你最拿手的来一段。"

"要唱'乱弹',还数《牧羊》里苏武那一板唱腔好。"马罗一经触及，戏瘾就来了。他盯盯我，又瞅瞅惠畅，“你俩谁会唱不会？苏武和李陵，两人对唱才崭劲！”

十分遗憾，我对我们的秦腔听来虽也顺耳，却从来没能学会唱腔；惠畅虽是文娱活动的活跃分子，在学校里上过台，演过戏，可惜他在演过的几折小戏里，总是扮演着小生的角色，大都是和姑娘小姐对唱，苏武在《牧羊》中的唱词他一句也唱不下来。马罗也不勉强我们，干咳几声，清清嗓子，猛然仰起头来，就爆发出一声天崩地裂般的声音：“汉苏武在北海……”

他的脸在火光中更显得红了，脖颈上的筋络暴突起来；慷慨激昂的剧情和戏词，大约正适宜他的嗓门。我从来没有这样近距离地听人唱戏，此时才觉得体味到了真正的秦腔。他一人身兼苏武和李陵两角，放开嗓门吼出苏武威武凛然的戏词，接着压细嗓子唱出李陵哀婉曲折的心声，在紧密激烈的对唱中，把苏武以死报效汉廷和李陵变节屈膝的两种气质活活地表白出来了。

我已经多次听过马罗大叔的嗓门，不足为奇。惠畅听完，已经激动得满脸喜悦，热烈地说：“马罗叔，我下回把板胡拿来，我拉你唱，咱们搞个自乐班。”

马罗却笑笑说：“我跟弦唢唱不到一块。”

惠畅甩掉一根啃完了的包谷棒子，又从火堆里捡起一个来，撕开了，玩笑似的说：“马罗大叔，我将来要是当了县长，首先接你去享福——吃烤包谷听‘乱弹’，皇帝怕也享不到这样的福分！”

“那也说不定。”马罗笑着，“兴许你还当省长哩！”

他挺认真地举出实例来。他说他在山里的一个远门表哥，在山坡上看守庄稼——山里狗熊特多，夜里出来啃包谷。有天半夜，他表哥刚轰走狗熊回来，窝棚里滚进一个人来。他表哥打着火镰引着火，一看，那人腿上淌着血，就把那人救了。伤好了，那人夜里又走了，他表哥也没敢问人家是啥人，倒忘了。解放了，乡上来了三个人，要接他表哥出山，不由分说，就用抬杆轿把他表哥抬到乡政府去了。爷！乡政府门口停着一辆卧车，那个伤员从车里走出来，抱住他表哥……人家是北京一个部长！

“马罗大叔，等着吧！”惠畅笑着，煞有介事地说，“我将来用直升飞机接你！”

马罗哈哈笑着：“我可害怕坐飞机。你说，那东西要是在天上正飞着，像马一样惊了咋办？”

惠畅给马罗大叔开下空头支票，马罗大叔也畅快地吼喊了一阵“乱弹”，而主要是我和惠畅的肚里都装满了真正的粮食……在月亮已经溜下西塬的黑下来的夜色里，我们三个人沿着三条路，各自回家去了。

第二天后晌，惠畅兴冲冲地跑到我屋里，喜不自胜地说：“昨黑我回到屋，写下一篇小说，用马罗作模特。你坐下，听我给你念……”

四

县文化馆的浦老师给我和惠畅寄来两张蓝色的门票卡片——市里的文化馆为文学爱好者举办一次文学讲座，特邀省报文艺副刊的一位肖编辑主讲，讲题是《散文散谈》。接到信时，已是讲座前两日傍晚，我们约定第二天后晌动身，晚上宿在城边，等天亮一早赶进城去，正好跟得上听讲。母亲特意破费给我用包谷面烙了五个小烧饼，没有给里头掺进豆渣或者菜叶——那是真正的纯粹的粮食烙制的烧饼了。我焦急地等待着，却不见惠畅来。我忍耐不住，又赶到他家去。想不到，他正跟新媳妇拌嘴吵架。

新媳妇秀花，鼻子和嘴巴全都因为生气鼓劲而挪位；那秀气的鼻子，因为脸腮变色而显得又小又扁；平素荡漾着温情的眼睛笼罩着污气浊水，显得难看了；嘴唇噘着，更使得脸型愈加不协调。我看见她的这副模样，暗暗一惊。她也有点不好意思，立时扭转身，坐在炕边上，把微微颤抖着的背脊朝向门口。

“你咋这样狭隘！”惠畅气呼呼地说，“真是莫名其妙！”

我看看惠畅气憋憋的脸色，劝他冷静一下。好在那秀花见有人来，也不再开口，我就拉着惠畅出门——回避也许是最好的办法。

上路以后，惠畅的情绪逐渐恢复正常。我不好问他们两口子因为什么发生口角，只是劝他不要和她一般计较，那毕竟是一个只读过小学四年级的乡村女子，长这样大只进过两次西安，还都是和他订婚、结婚时，由他引着她去买衣服、去照相、去登临大雁塔的。

“嗨！为什么正经事来呢？”惠畅丧气地说，“全是小心眼！看来……农村女子的心眼更狭隘！我总以为乡下姑娘朴实敦厚……”

“天下的女人，无论白种或黄种，都有一个不可克服的先天性的通病——”我记不清在哪本书上看见过这样的话，统统搬出来，故作高深地说，似乎我对女人有专门研究似的，“这就是疑神疑鬼，对丈夫尤其如此。”

“为了一封信，跟我憋了三天气。”惠畅说，“我的一个女同学给我来了一封信，问候了我几句，有几个赞美我的词儿。她读得半懂不懂，居然说那个女同学是我的‘野婆娘’。我今日后晌正准备走，她可有话了，说我要去寻‘野婆娘’，所以才急得愁得……你看看，遇见这号女人，我咋办？”

在县中念书时，惠畅比我高一级，自然也早一年毕业回乡。我那时已经影影绰绰听到过他在恋爱的传闻，传闻中的那个女生，是一位细高挑个儿的圆脸姑娘，有一双不大却柔情脉脉的眼睛。当我毕业回乡之后，第一次到他家里去拜访他的时候，他的新媳妇秀花，已经坐在小厦屋的土炕上给他缝衣做鞋了。据我所知，他的那位细高挑个儿的女朋友，毕业后考上医学院了。他是个农民，这之间的差别有多远，我是完全可以体味得到的，所以从来也没有问过他——也许我听到的传闻不过是捕风捉影。既然这个细高挑个儿的医学院学生已经使农家女子感到了威胁，而且使我的朋友惠畅陷入苦恼，我就有责任尤其有兴趣问问究竟了。我直言不讳："是医学院杨琴茹来信了吗？"

"是她来了一封信，惹起了内乱。"惠畅也直言不讳地承认，"杨琴茹现在是大学生，我一个老农民怎能般配！这个蠢婆娘净瞎猜！"

"也许你和杨琴茹有不检点的行为，给秀花察觉了？"

"没有啊……唔！我结婚后的第三天，她来了，气色不好。秀花看出一点意思……"

"也许你心里还忘不了杨琴茹，对秀花热情不足，她敏感了！"我继续胡诌我从外国小说中看到的关于女人的议论，运用到惠畅的爱情矛盾中来，"人家说，女人对男人的敏感，并不受文化程度的限制。你可甭把秀花当傻瓜……"

“这话很有道理！”惠畅说，“秀花虽然文化程度低，心眼可不少……”

乡村的土路贴着南塬坡根向西伸展。河川里即将成熟的包谷和谷子，叶子开始衰败了；好些田块里的包谷，棒子刚泛黄，饥饿的社员已经等不及熟透而提早掰掉了，留下空空的青秆还栽在地里；棉花的叶子紫红乌青，斑斑驳驳；田野里呈现出晚秋时节一片纷杂斑斓的色彩。乡村土路上不通汽车，来往着推车挑担的农民或小贩。我和惠畅走着，长途步行的寂寞，完全被他动人的爱情的自白消解了——

“我跟杨琴茹的关系，打个比方说，就是梁山伯与祝英台，一点也不过分。

“我俩在高一时是同桌，她是化学科代表，我是语文科代表；高二时排座位分开坐了，开始有书信传递。传递书信的形式五花八门，多种多样。她给我发化学作业本时，必定夹着一封信；我给她把回信又夹在她的作文本里送过去，如此这般。杨琴茹写给我的情书，有三十万字；我回给她的，有五十多万字；其中有许多抒情诗，她的诗写得比我更细腻，属婉约派。如果有可能，譬如我将来成了世界著名作家，我就准备把我俩的信按时间编排下来，稍作整理，就是一部两卷本的长篇小说。我敢打赌，那将会是一部引起轰动的畅销书……

“你甭打岔，亲吻的问题我后头再说。老师不准学生谈恋爱，怕影响学习，好多人偷偷地谈着哩！我们俩可真是没有因为恋爱影响学习，反倒是促进了学习的劲头。要是稍长时间不给她唱一段赞美诗，我就心慌意乱，心里捉不住学习；看了她的信，我就心地踏实，劲头倍增了。所以说，老师虽然动机很好，方法却不妥。我们都是二十左右的人了，够婚姻法规定的结婚年龄了。我可不像梁山伯那么傻，同窗几年还认不出祝英台属雌属雄，我可是一下子就从她的眼睛里发现了——她喜欢我，而且十分喜欢我，我就大胆地写给她一封长信，专门描写她的眼睛，头一句就叫她心灵震颤：你的细眯的眼睛（恕我客观）令我难忘，似乎是一个地下湖的缝隙，蕴藏着无限深情……她被我打动了，给我很快送来回信。每一次通信的末尾，都缀着俩字——吻您。可是，我们实际上只是纸上接吻，没有……唔！毕业离校的那一晚……

“开完毕业联欢晚会，我们俩就走出校门了，沿着学校后边的河岸朝下游走着。月亮很亮，空气清爽。她没有洗去上台唱歌时涂在脸上的胭脂，我也没有擦掉饰演秦腔《游龟山》里田玉川时涂在眉毛上的墨汁。我们俩走着，瞅着对方化了妆的脸相，她笑我，我也笑她，笑着笑着就……接吻了，胭脂和墨汁抹得俩人的眉眼一塌糊涂！我们立即跑到河边洗掉了……这是我俩第一次接吻，也是最后一次……

“她接到被录取到医学院的通知书，立马跑到我家来看我。我名落孙山了。她鼓励我第二年再考，我假装同意，怕她失望呀！她走后，我睡了三天，就同意了家里给我订婚的主张，跟媒人引来的秀花见面了；见秀花模样挺俊，不比杨琴茹差多少，看来也腼腆，就订下了！仨月没过，秀花就过门了，枕着我的胳膊睡觉了！杨琴茹得知消息，跑到俺家，怎么也掩饰不住，让秀花从她的痴痴呆呆的神色上看出破绽来了。我送杨琴茹到村西的大路上，她哭着跳上车子走了……

“你不理解我的行动？其实很简单。我现在是个农民，和她一个大学生要生活在一起，你想想这实际吗？你说我结婚太早，这对。我也想过，等我在文学上取得成绩，功成名遂，再去花好月圆；可是，我如果永远也奋斗不出一点名堂呢？我这人，你可能觉得浪漫，切身问题我却很实际。我和秀花结婚，就是把自己定在一个终身农民的基点上，如果能有所成就，当然十分好了；如果一事无成，秀花也不会嫌弃我是个农民。这样，我心里无所牵挂，我死心塌地自学文学，连再次参加高考也放弃了……

“我努力将杨琴茹忘记。我把一个丈夫应该给予妻子的一切都给予秀花，为此，我和杨琴茹不通信了。我也给秀花如实坦白交代过这一切，企图使她理解我、帮助我。她听时倒能同情我，可是，前日一见杨琴茹的来信，心里又起疑雾了，我才觉得给她坦白得太彻底是失策……”

听完惠畅的叙述，不仅他自己动情了，我也动情了。我也出身于低微的贫穷的农村，在同类问题上完全能体味他的苦衷。纯真的浪漫的爱情，和极度贫穷的家庭经济状况的矛盾，无法统一，也无法回避。我深深地钦佩他的抉择的干脆利落，更钦佩他在文学事业的追求上所作的如此长远的打算，以及下了这样重大的注头。可以说，他对婚姻问题的处理，完全是出于对事业的服从，这需要怎样的理智和残酷的感情割舍？

夏日的夜色缓缓来迟，我们不知不觉中已经走进水沟村了。我们已商定好，在这儿过夜，明天一早赶往城郊汽车站。听说水沟村有两家农民偷偷开的黑店，每晚每人只收三角钱，正好适宜我们的经济基础——晚上本可以赶进城里，可城里旅馆的住宿费是无法支付的。我们已经忘掉了那位痴情的医学院的女生，开始向一位村民打问，谁家开着店子……

五

水沟村真是名副其实，由两条沟组成。东南边那条沟里流着混浊的泉水，沟底落积着污黑的树叶，因为容纳了半个村子里居民的排泄物，水已变成黑乎乎的臭流了；从西边伸展过来的是一条干沟，晴天里没有流水，已经变成一条自然的通道。两条沟在塬坡下交叉在一起，有一座小小的土桥，跨上这土桥便是进入水沟村的第一步。

我俩站在土桥边，同时在猜度：黑店在哪条沟里开着？往干沟里瞅瞅，再往流水的南沟里瞧瞧，沟里全是倚着崖壁而凿成的一孔孔窑洞，窑院前的平场上，零零散散地竖起一座座后墙特高而檐墙甚矮的厦屋。经一位老者指点，我们就沿着干沟走进去。

沿着干沟走上去，惠畅巡查左边，我睃巡右路。走到沟腰里，我终于在一座厦屋的土坯山墙上，看到一块小得有点贼头贼脑的招牌——大约只有锨板那么大一块木牌，挂在一根木橛子上；走近一看，木牌上写着两个畏畏缩缩的黑字——客店。我猜想，既然是黑店，当然不敢明目张胆地张罗出一张醒目而体面的牌匾；这块小牌，大约只是在日暮天黑时挂出，给急于投宿的行人指一指所在，白天就要摘掉了。

惠畅已经叩响了土垒门楼下的黑色门板。

小院里有轻快的脚步声；门开了，一个彪形大汉站在门口。

"请问，这儿歇客吗？"

"歇。"

“住一宿多少钱？”

“五毛。”

“有便宜点儿的铺位吗？”

“一律五毛。”

我和惠畅对看一眼，大约都在心里盘算能不能支付这一笔住宿的开销。我身上只装着一张红色票面的一元币，住宿花去五毛，坐公共汽车进城票价要二毛，来回四毛，那么剩下一毛票儿，只够喝开水了。我正在为难，惠畅已经转身走了，转过头来招呼我说：“走吧！我已经瞅好一个地方了——火车站候车室，挺宽敞！”

我和惠畅刚走下沟底，那位彪形大汉却站在沟塄上叫：“喂！四毛住不住？”

“三毛。”惠畅很嘎气地说，“我不会啰啰唆唆地讨价还价。”一边做出不耐烦的高傲神气，立马要走的架势。

“三毛就三毛吧！”彪形大汉口气软下来。

两间厦屋，一铺用土坯盘垒的土炕，铺着一页篾条很粗的苇席，叠垒着几条补疤连着补疤的被子。我立即看出，这厦屋其实并不是职业性的店房，而是地地道道的农家住屋，不过在光席上多搁了几条破被子罢了。脚地上放着一条长板凳，凳面横竖着的沟沟道道，使人产生一种百年古物的直感。

彪形大汉用黑釉瓷盆端来半盆已经凉透的开水，放在靠墙根的白色板柜上，冷着面孔说：“现在交了房钱，明早迟走早走请便。”

我和惠畅又对视一眼。彪形大汉大约怕我们天不明起来溜掉。我俩每人就立即交出了三毛票。我们明早起得早，倒是省去了麻烦。

彪形大汉收了钱，装在短袖蓝布衫的口袋里，没有走出门去，却在长板凳上坐下来，点着旱烟袋后，随口问："二位从哪儿来？没有行李？"

他大概把我们看成肩挑山货进城的脚夫了，却不见行李。惠畅很爽快地说："我俩到城里去开会。"

"唔！你们是队干部？"他仰起头，重新打量我们一眼，"既是干部，你们该是懂政策的，敢问这'瓜菜代'年馑还得多久？"

"快了！相信党和人民，困难很快就会过去的！今年比去年不就强一大截吗？"惠畅给他宣传鼓励，"今年的秋田比去年好，生产队分的粮食肯定多些……"

"嗬呀！人真是饿得撑不住了哇！"彪形大汉叹着气，"盼得明年雨水好……"

煤油灯盏昏暗的光亮里，我打量着这个彪形大汉。他敞开着短袖衫儿的前襟，露出肌肉崚嶒的紫红的胸脯，卧蚕眉，条形大眼，直通通的鼻梁，阔大的嘴巴，真乃一条关中大汉的体魄。从这样强悍的体魄里发出哀婉的叹息，使人感到如此别扭，真亏他长着这一架派势！照我推想，这样强悍的躯体该当有英雄的豪言如雷轰击，才显得与他的体魄相协调。我不由得问："你做啥营生？"

"种地嘛！叼空到长乐坡'拽偏套'。"他淡淡地说，"队里去年没决分，今年也悬乎。干一年白干了，没个指望。我到长乐坡去给人力车挂偏套，从坡下拽到坡顶，二毛钱，一天能弄两三块，买点高价包谷，就这……"

我忽然意识到，我和惠畅虽然也免不了挨饿，却不觉得绝望和悲哀，是因为有那么一个虽然遥远而总是存在着的理想的目标，在诱惑我们、鼓舞我们，苦也不觉得太苦了。而眼前的这位彪形大汉呢？他自然没有想入非非的念头，也不会有将受大任于天的自我安慰吧？他的悲苦可能就双倍地沉重了。

“你该是在队里好好干，发展集体生产，困难就克服了。”惠畅不忘记自己是党的宣传员的责任，宣传群众，“光靠‘拽偏套’顾眼前不是办法……”

“要是队里换了队长，换上好人，我就有指望了。”彪形大汉摇摇头，“你们不知，我们现在的队长哇，一把能抠出六道渠儿……他不会长了，社员联名到公社告状了，党委杨书记说今冬整队，俺水沟五队是重点。我等着……”

彪形大汉又叹息一声，捏着烟袋出门去了；沉重的脚步声，响到后院的窑洞口去了。

彪形大汉回窑睡觉去了，却把沉闷的气氛留在我们住的厦屋里。

“会有的。一切都会有的。”惠畅模仿瓦西里安慰妻子的声调和神态，顿时把厦屋的气氛烘托得轻松了，“粮食会有的，面包也会有的……”

我们脱光衣服，只穿条短裤头，把棉被拉开一角，透出一股酸臭的汗腥，没有办法，盖住肚子睡吧；炕头横竖扔着几个木头做成的条形六面体——这是枕头，上面渗着黑紫色的油渍，也许有无数的脑袋享过它的清福了。

我们躺下来，依然兴致勃勃地讨论着托尔斯泰和《安娜·卡列尼娜》……

我刚迷糊入睡，就被惠畅的惊叫吵醒。

“第三次世界大战爆发了——”

我睁开眼，惠畅穿着短裤站在脚地，早已点燃油灯。我莫名其妙，他又在恶作剧吧？

“飞机、坦克、装甲车，全面进攻！”

他说着，哈哈笑着，掌起油灯，在炕边上寻着、搜着，忽然大叫一声，脸色都黄了，尖声悲哀地喊：“我的妈呀——”

我跳下炕来，接过他手中的煤油灯，在他看过的地方查看。老天爷！臭虫从墙缝里爬出来，排成一条军用地图上的箭头似的长线，一直连到炕席上！整个三面墙壁上，有这样七八条由臭虫组成的浩浩荡荡的大军，长驱直入，向炕上睡熟的活物偷袭！一见灯光和人的声息，那些大的小的臭虫大军，立即溃散，纷纷逃匿隐蔽到墙缝里去了。我浑身冒起一层鸡皮疙瘩，直想呕吐；坐在长条凳上，又蹦起来，似乎那百年古物的缝隙里，也埋藏着这样的甲兵。

“话说托尔斯泰和曹雪芹，一路走来，已觉腹饥腿沉，就在水沟一家客店投宿。盖的鸭绒薄缎被，枕的落凤软枕，正睡到好处，忽闻飞机轰鸣，震耳欲聋，睁眼一瞧，万千饿蚊翻腾俯冲，扑面而来。两人正在惊慌，忽见四面山野里，摆出六七条长龙阵，装甲车和坦克铺天盖地，如同潮水般围卷过来……托尔斯泰丢了安娜，曹雪芹甩掉红楼里的小姐丫头，夺门而逃……”惠畅站在脚地，即兴演讲出顺口胡诌的评书，已经笑得前俯后仰；我也捂着肚子，只觉笑得疼痛难受了。

我取来衣裤，在门外的院子里摔打抖索，只怕衣缝里暗藏下一个贼兵，摔拍得衣衫“噼啪”乱响，才疑虑重重地穿到身上。我拉惠畅快走，已走到门外，他又返身进去，从炕洞里取出一块烧炕时未燃烧尽的黑棒，在墙上写道：

还我血来！

惠畅写罢，摔掉黑棒，吹灭了煤油灯，我们就走出街门了。其时，星斗满天，深秋的夜半时分，湿漉漉的夜气透着一阵阵寒意。

翻上干沟的顶端，远远可以眺见城市的灯火了。赶天明，可以步行到市区，倒是节约下二毛钱的车费。我们俩扯开步子，在乡村和城市的边沿上赶路。

我俩大步走着，心里反倒畅快——走夜路有其独特的韵味。我们心里一阵阵激动，像是乡村那些七老八十的老婆老汉去朝拜古庙神寺，愈接近目的地，脚下劲头愈足了，心里凝结的信仰的力量简直是无可比拟的……

六

我拉着惠畅在剧院后排的连背椅上坐下来。舞台上吊垂着紫红色的帷幕，一只麦克风孤零零地立在舞台前沿。舞台上挂着一幅“向雷锋同志学习诗歌朗诵会”的红色横标，可能前几天在这儿举办过朗诵会，横标尚未来得及卸掉。

我们步行六七十华里，几乎一宿未睡，现在坐在靠背木椅上，腿脚首先感觉舒服了，浑身尽管有一种紧巴巴的疲倦的感受，却仍然精神兴奋。剧场前头已经坐得黑压压一片，门里仍然拥进一伙伙青年男女，也有中年人和老年人。从服饰和举止上判断，可以看出听讲者中有青年工人、教师和其他角色，唯独没有农民装束的人。只有我和惠畅，一眼就可以看出是从乡下赶来的农民。我和他都是家织粗布衫儿，头发上落一层黄色的尘上，这是在乡村土路上长途跋涉的结果。我们没有穿袜子，脚背也已被尘灰污脏了。我感到拘束，又感到孤独。过往的穿戴干净的青年男女，冷漠甚至鄙夷地瞅一眼我俩两边空着的座位，走开了，挤到干净人窝里去了。

我的心里聚着的劲头，渐渐撒漏了，简直悲凉起来了。老天爷！在这个城市里，竟然有这样多的人赶来听文学讲座，可以断定尚不是全部爱好文学的人！在这个可以容纳千人的大剧院里坐着的，肯定有一大部分人都在做着作家的美梦并进行着实际的努力，而最终能成为作家的，又有千分之几呢？那千分之几的幸运儿，绝对不会是我这个一身家织土布的乡下佬哇！我简直由自卑而愧悔了。真是，腰里揣着几个硬得像石头一样的包谷面饼子，居然跑了几十里路来听文学讲座！

“甭看这儿坐的那些人，一个个神气十足，好大派头，好像他们就是马克西姆！”惠畅撇着嘴角，斜眼很傲慢地扫视着会场，以一种嘲笑的口吻说，“其实比我们强不到哪儿去！”

我不知他说这话的依据是什么，不敢全信，可是却很愿意接受这种意思的话，以及说着这种话时的情绪。

铃声响过，帷幕推开，会场渐渐静下来，一位中年人笑容可掬地走到麦克风跟前，宣布报告会开始。

令人惊异的是，舞台左边走进一位风度翩翩的青年，腋下挟着一只黑色皮夹，站到讲桌前，恰到好处地点头鞠躬之后，就坐下来，也不寒暄客气，一开口就讲起散文的概念来。他中等个头，乌黑的头发，白皙的脸庞，两只聪灵的眼睛，一看就是一个博学多才的书生。

坐在我前排的两位中年人交头接耳，说报告人不过二十三岁，大学文科毕业，现在已经是省报文艺副刊的编辑了。我仅仅比他小不过两岁，现在却还正愣头呆脑地坐在台下听他讲文学的基本知识哩！

我侧过头，见惠畅正聚精会神地在小本上作记录，全然没有我这样的自卑。年轻的编辑口齿伶俐，语言准确，感情丰富，手势潇洒，讲得真是好极了。讲解举例中，他居然大段大段地背诵起俄国一篇有名的散文来……

……

我和惠畅重又走在来时的南塬坡根的乡村土路上了。午后的太阳，仍有热力。在一架水车前，一头骡子被蒙着眼，拽着木棍转圈圈；木棍转动齿轮，“叮叮当当”，清水“哗哗哗”地从筒管里冒出来。我们在水槽里洗了脸，喝了几口清凉凉的井水，又赶路了。

“这个人讲得好！”惠畅很钦佩地说，“散文是‘形散而神不散’，一句话就概括了散文的艺术特质……我看你听讲时，好像总不踏实？”

“我总是怀疑自己。”我如实相诉，“我看在座的那千把人的派头，一百个中有九十九个都更像作家的派头，只有我不像！”

“哈呀！我和你刚好看得相反，完全相反！”惠畅仰着头，挥着手，“我看那一百个人中，有九十八个都不像作家的派头，只有你和我像。”

“有点妄自尊大吧？”

“我敢和你打赌——”

“打啥赌？”

“十年，顶多十年，我要以作家的名义，踏上这个剧院的舞台讲创作！”惠畅突然站住，紧紧盯着我，不是开玩笑，“请你记住今天这个日子，我说过这个话！”

到此为止，我平素体会已深的他的自信的气魄，现在发展到顶峰了，完全可以说是狂妄了。我倒是觉得，对于我心里不知怎么形成的几乎是根深蒂固的自卑，应该接受他的一部分虎气。我掏出笔记本，当真记下了他的狂言，而且记下了时间和地点，双方签字为证。这也许可以逼他更加努力地去奋斗，我同时也觉得紧迫起来了……

七

我走进惠畅的熟悉的小厦屋，煤油灯光里，我发觉他神色不正，出气也粗了。又是和秀花憋气吗？我暗自猜想，不由得瞅一眼秀花。她脸色有点抑郁，却不像和他存心怄气的样子。她平和地说：“你就专心看书写字，少染人家团支部那些事……”我心里释然了；既然不是他们两口子之间闹矛盾，我就可以在小厦屋里坐下去了。

“怎么了？”我问，“出了啥事？”

“嗨——妈的！”惠畅气恨地骂。

他那样乐观，又那样自负，总是在任何艰难困境中能够找到幽默的话题，我几乎没有看见过他憋气难言的样子。看来，任何乐天派都不可能从早乐到晚，从生乐到死，总有纷繁的俗事缠得他皱眉的时候。

“你说，我该怎么办？”他瞅着我，像是征求我的意见，要作出什么非同小可的决断，“我简直不能忍受这种污辱！这个无赖！”

“到底出了啥事？”我意识到事态严重。

他一开口，就说到他们村的团支书；他和他有矛盾，而且不可调和……

惠畅是惠家庄第一位高中毕业生，又多才多艺，很自然地成为惠家庄青年崇拜的核心人物。原任团支书用尽一切几乎是可笑而又愚蠢的手段，限制他，打击他，以至毁谤他，他全不在意,暗自好笑——团支书怕他取代他在团支部的领导地位哩!他想，真要取代他，也许并不难，问题恰恰在于，他无心窃取团支书的位置,他有自己追求的理想和生活的至高无上的目标。他诚心诚意协助文化程度不高的团支书做好工作，给青年们编排小型文艺节目，居然在公社团委举行的纪念“五四”青年节的文艺演出中获得第一。他在村里办的墙报，在全县团支部的墙报评比中名列前茅,市上的团的宣传干部在晚报上写了报道。他的宣传工作越出色，团支书越忌妒他，竟然悄悄向公社团委书记汇报，说他骄傲自大，自恃有文化，瞧不起农村青年云云。因为公社团委已有用他的意思，想让他做团支部宣传委员，团支书反而说下一大堆不是。

所有这些，他都忍了，不予计较。前日发生了一件事，才惹起一连串的不愉快。他晚上睡得迟，常常到半夜，而临睡前必要送去一次“皇上”。他照例走下塄坎，在河沟的白杨树下去大解，猛然一阵响动，看见两个黑影蹿向河沟。困难年月里，乡村常有小偷小绺的人，夜里翻墙入院，牵羊捉鸡。他断定那是两个歹徒了，拔脚追去。直追到河沟的土桥边，那两人分头先后爬上小桥边的土路，光线稍亮一些，他才辨出后头那一位是个女的；前头撒开长腿仓皇逃窜的，竟然是团支书，那双八字拐腿的姿势，即使在夜里，也很清楚……他立即收住脚，自认晦气，长嘘一口气，解开裤带，送他的“皇上”了。

团支书已经娶过媳妇，而且在秋天已经有一个儿子出世，却偷偷摸摸干这种风流勾当。惠畅已早有所闻，说团支书利用青年们要求入团的迫切心理，干些不干不净的苟且之事。这事发生后，昨天晚上，那位女青年哭着向惠畅叙述了那件不光彩的事，临了却要他替她保存脸面；不然，她就活不成人了……他完全答应了她的要求，请她放心，让她心地踏实地出了门。

万万没有料到，那位团支书今天后晌登门来找惠畅了，好像任何丑事都不曾发生。团支书满腔热情地来和他商量如何响应县团委的号召，对青年进行阶级和阶级斗争的教育。团支书一条一条说着自己开展这项工作的设想，慷慨激昂，信心十足，说一定要把这项工作搞得轰轰烈烈，有声有色……为了达到这样的目的，需要他帮助团支书做好宣传鼓动工作，他想将他增添为团支部宣传委员……

惠畅忍着满肚子的火儿送团支书出门，回到小厦屋里就憋不住了……

“这个流氓！”惠畅站起，以一种居高临下的藐视的口吻说，“居然用团支部宣传委员的头衔来收买我！”

“这么个坏东西！”我忍不住说。

“公社团委书记有点官僚，不了解实际，还以为我和他不团结，是互不服气哩！”惠畅无可奈何地摆摆头，“不揭露这个坏东西，心里憋气；揭露他，又要耗费我的精力和时间，再说，受害的女青年也受不了……”

“久走黑路，总有碰见鬼的时候。”秀花劝她的男人，“咱们犯不着。让他胡闹去！总有事烂的时候，免得咱伤神……”

“我眼见这个败类胡作非为……实在忍不下！”惠畅在桌子上捶了一拳，“我主要考虑的是受害的女方……”

“等等再看吧！”我劝他，“总有水落石出的时候，他能蒙混多久呢？”

“要不是考虑女方的脸皮，我那晚追上他，非砸扁他的嘴脸不可！”惠畅攥着拳头，“这家伙二十六七岁了，早已超龄，还不退团，赖在团支书这个位置上，尽干坏事！这家伙也是穷家出身，可懒得哼哼，凭一张油嘴，吹天擂地，真是他妈的一个标准的流氓无产者形象……”

“在作品里刻画吧！”我说。

“要在作品中写他，我真有把握！”惠畅也松了一口气，笑了，“怕是这样的作品不好发表呢……”

他的情绪终于缓和下来了。

他的新媳妇秀花，又坐在炕的那一头，动起剪刀和线板儿……

我和惠畅的话题，渐渐归入我们的一贯的爱好上来。惠畅说他前几天进了一趟城，是他的一个表弟订婚，表弟引着女方到西安扯布，作为订婚的象征。整个买布料的过程中，表弟傻乎乎地跟着介绍人和姑娘转，给人家摆布得晕头转向，女方还一个劲弹嫌他太吝啬，几乎为买布花钱闹得崩了婚事！惠畅感慨万端：“真正的纯洁的爱情，只能在电影和小说里看到；实际生活中，尤其在我们农村，票子就是爱情！票子多，敢花钱，媳妇眉开眼笑；要是缺钱，媳妇就歪鼻子斜眼了……”

“一生就这一回，人家谁不想多买两件好衣服？”秀花在一边插上话，“人家谁像我那么好说话，由你凭良心买了几件……”

“噢哟！对了——”惠畅哈哈笑了，“对了，只有咱俩是真正的不以金钱为基础的爱情！”

秀花妩媚地斜瞟丈夫一眼，又不说话了。

“扯完布，办完事，我就逛书店去了。”惠畅说，“过省报门口时，我踅摸了几匝，到底没敢进去。我的用马罗作模特的小说，寄给他们三四个月了，总也不见回音，不用也不见退稿——这些编辑老爷，架子好大啊！我想进去问问，又怕人家瞧不起，说这样差劲的东西，也值得专门跑来问！看着报社大门里出出进进的那些人，个个神气十足，我踅摸了一周八匝，还是没敢进去……”

他也有自卑的一面呀！我想。我总以为他是自信的，很少见到过他有畏缩自卑的时候；想不到，在神秘的省报报社的大门口，他也自惭形秽，不敢贸然迈步，踌躇踅摸。看来，即使很强的人，也不能摆脱其卑微的社会地位给他心上长期投注的阴影和影响……

八

一场丰厚的瑞雪，彻底划清了渭河平原的秋天和冬天的界限。如果没有从西伯利亚南下的寒潮的入侵，渭河平原的秋季似乎就会无限期地拖延下去。冬小麦在温暖如春的适宜气候里蹿得好高，有些贪长的品种竟然拔节了，整得庄稼人用黄牛拽上碌碡到麦田里去碾压，把它们忽忽忽扬起来的叶秆镇压下去，抑制它们的生长，节约土壤里的肥力。农谚说，麦无二旺哇！现在旺起来，明年春里连穗儿都不结了呢！庄稼人仰头望着湛蓝的天空，再望望绿意葱茏的田野，盼望有一场大雪降至，对疯长的麦苗实行自然的不可反抗的镇压，或者起码应该刮一场西北风，降下几场浓霜，尽早结束这种“十月小阳春”的并不美妙的气象。

这场雪下得太神了，没有往常里降雪前的先兆——呼啸而来的西北风作先导，搅得昏天暗地，然后把雪花愤怒地抛甩到田野上和庄稼人的房上、院里、猪圈羊栏里。这场雪是和平进入，文文雅雅，温柔而又娴静地降落下来，使庄稼人喜滋滋地感受到大自然的恩情了。不过，善于动脑筋而又有点文化的农民，已经预测到这场雪的至期。雪前的两天，刮了一天一夜东风，那是海洋性气候进入的标志。东风带来了大量的水汽，一当风息，便有雪至。人们已经明白了“长安自古西风雨”的实质——西北风仅仅起了点降温以促进东风带来的水汽凝结为雨雪的作用。

我站在河堤上，欣赏第一场大雪带给小河川道的迷人的景致。大自然真是神奇啊！昨天以前的整整一周时间里，我牵一条牛缰绳，手里掂一根断了半截皮子的短鞭，在河川的麦田里悠悠地转过来再转过去，看那黄牛屁股后头拽着的小石碌碡在绿汪汪的麦苗上碾过去……整个河川里和塬坡上的梯田里，黄牛悠悠，青骡匆匆，鞭鞘闪闪，庄稼人吆喝牲畜的粗壮的喊声，互相呼应；那声音并不像播种时节那么急切，而是一种悠悠然自得的音调儿，显示着庄稼人对牲畜的宽容和抚爱。我第一次真切地体味到了在大自然的怀抱里劳动的乐趣。

一场大雪，把农历十月里这种并不是年年都有的景象淹没了。田野里一片雪白。河滩里也是一片雪白。终年裸露的沙滩现在也闪着白雪的柔和色调。一道细流，在雪地里辟开一条曲曲弯弯的水道，把雪的原野割裂开来了。

田野是这样静谧，即使是最勤劳的那一部分庄稼人，也不能利用下雪的休闲时间到沙滩上割枯蒿了。他们聚集在村头扫过积雪的场院里扯闲篇，没有人到白雪覆盖着的田地里去转悠。我感觉到自己与庄稼人有不同的情致——喜欢在空漠的河滩里的河堤上散步；我怀疑是不是十二年的学校生活，染给自己小资产阶级气味了……

纷纷扬扬的大雪是黎明时分开始降落的，静静地下了大半天，午后停息了。现在，灰白色的云层已经扯开，露出一条条或一块块蓝天；云层在缩小，蓝天在扩大，遥远的西方，河与天相接的地方，灿红的云霞已经把天地浑为一体，难以分辨其界限了。我拂去一块河卵石上的绒雪，坐下来，静静地沉浸在大自然的静谧的气氛里。水边有两只玲珑精致的无名小鸟，飞起又落下，那叫声像是从颤动的金链上弹出来的，更衬托出了河川的恬然静气。

我听到谁在叫喊我的名字。

我站起身，看见村庄通河滩的黑色大路上，正急急地晃动着一个人的身躯。那干练的走路姿势，以及那冬天也不戴帽子的脑袋上闪动的头发，使我一眼看出，他是惠畅。他大约到我家里去了，又找到河滩上来。雪天不能干活，正是他写东西的天赐良机，许是一天来写得闷了，要找我闲聊？或许又有得意之作草成，按捺不住喜悦之情，要追来给我念他的小说了？

“《小河秋高》——发……”他手里扬着一张报纸，从河堤下爬上来，话没说完，不料被脚下的石头绊了个跟头。他哈哈笑着爬起来，腿上和胳膊肘上沾着雪，也顾不得拍打，把手中的报纸递给我，“发表了——我的《小河秋高》！”

我惊呆了，久久盯着他眉飞色舞的憋红了的脸膛，猛然醒悟过来，打开了报纸。文艺副刊的头条标题，是四个笔锋遒劲的大字——小河秋高；标题的下方，是作者的名字——惠畅。我的眼花了！

惠畅从我手里夺过报纸，扔在雪地上，双手抱住我的肩膀，用他的滚烫的脸颊死死地挤挨着我的脸，竟然哭了。他的动作太猛而又使我始料不及，脚下一绊，俩人都跌倒在雪窝里了。

“乌——拉——”他爬起来，扬着双手，对着河滩，可着嗓子吼喊。“乌拉”，这是一个极易记住的俄语单词。

“乌拉——”我也高声呼喊起来。

我首先从惊喜中镇静下来，捡起报纸，坐在河石上，端详起来。真怪，同样是“惠畅”两个字，一经铅字在报纸上印出来，顿然神气多了！

“总算——开始了！”惠畅一手叉在腰间，一手在空中用力一挥，“开始了哇，我的声音！”

我一看报纸角上的日期——已经出版一周了。真是遗憾，我们俩谁也订不起一份报纸。再说，书信和报纸，没有人直接送到村里来，只送到八里远的那所小学，由本村走读的学生捎带回来。他给我看的这张报纸，是报社寄来的，学生刚刚捎回给他。

“稿费二十块。”他告诉我，他的弟弟已经从邮递员手里领回稿费交给他了，“你说，我们该怎样享受这一笔巨款？”

“买点稿纸吧！”我说，“这是我们的基本物资。”

“那当然！不过——”他意犹未尽，“无论如何，我们得庆祝一番……”

其实，庆祝方案他早已想好了。他要我此刻跟他过河去。五里镇那个公私合营的小铺里，有烟有酒又有糕点，而且营业时间不作严格限制；即使关了门板，谁有急事，只需拍拍门板，那个善眉善眼的老头就会不厌其烦地拔开插扇门板，迎你进去。

我们沿着河堤往上走，那儿有一架用木板搭成的便桥，可以跨过河水。

“看来哪，还是有个模特儿好！”惠畅兴奋地说，“那天晚上，咱俩跟马罗在河滩闲谝，回去后，我以他为模特儿，写下《小河秋高》。”

这无疑是他获得第一次成功的深切体会，也可以看成是经验性的启示了。他有了第一次成功，也就有了第一次获得成功的经验；不管谈这个经验用怎样的口吻，神气的或者是谦逊的，都不能改变成功本身所具有的权威性。我现在还没有这种体验，对于从书上看到的作家们谈创作经验的文章，我都信，也都不可避免地存在着隔膜。至于人物创造中的“模特儿说”，我也早已知道，虽不新奇，却有他——我的朋友切身的体会为佐证。我就附和说：“好多作家谈经验时，都有这一条——如何从生活中受到了启发……”

“马罗本人的性格就很特别……”惠畅说。

“我也许和他太熟悉，反倒屡见不鲜……”

……

惠畅拍敲着小店铺的黑色门板。

“咣当”一声，门板拔除了一页，我和惠畅侧身挤进去。眉目和善的老头儿问：“买啥？”

“烧酒一瓶。”惠畅说，“顶好的是啥酒？”

“‘太白’。”老头说。

“买一瓶。”惠畅的口气很大，俨然一位百万富翁，只买自己需要的东西，而价格是不屑于过问的，“两斤点心，两斤蛋糕……”

老头儿在煤油灯的昏暗灯光里，眯着眼，把秤杆伸到灯下去辨认秤星儿，然后包了糕点，用纸带捆好，拨拉一下算盘，轻轻地说了钱数。

“甭急！我还要烟呢！”惠畅说，“最好的烟买五包；还有茶叶，也要好的……”

我和惠畅拎着包着糕点的纸包，走出小铺。老头殷勤地送我们到街道上。他大约看惯了庄稼人买东西时犹豫不定、盘算再三的神情，以为我们是腰缠万贯的富翁的魄势了。我们和老头道谢一声，老头笑着，哈腰点头，进门去了，“咣当”一声插上了木板。

“找马罗去！”走出五里镇短浅的街道，我们下了场塄，隔河遥见马罗庵棚上的马灯，像一点鬼火，在雪地上闪亮。惠畅感慨万端，又像报复似的说，“为了我们两人合抽一支‘航运’烟的困境，为了我们在水沟黑店里给臭虫吸去的血浆，为了马罗给我们烧烤的包谷棒子，我们得犒劳一下，庆祝一番，热闹热闹……”

惠畅神采飞扬地说着，走着，兴奋之情难抑：“要是‘阿克西尼亚’恰好也在庵棚里，那就更加罗曼蒂克了……”

九

马灯挂在庵棚立柱的杈枝上，昏黄的灯光在地上投下一片花花拉拉的光道和黑影。庵棚周围的积雪清除掉了，有一块小小的干净的场地，倒像是庄稼院门前的场院。积雪在田野里透着一层亮光。马罗不在，大约又去吆雁了；河滩的下方，隐隐传来他的斥喊声。

瑞雪初霁的晚上，寒气逼人。我划着火柴，点着麦草，惠畅已经从渠岸上抱来一捆干透的包谷秆子，火焰冒起来，包谷秆节爆裂出一声声沉闷的响声。老光棍在三块石头上支着一只小铁锅，锅沿边生着一层锈斑。我们给锅里添上水，架在火上烧起来；等到马罗一会儿吆雁回来，正好沏茶——真正的茶叶！

我和惠畅对面坐下，中间隔着火堆。火焰从三块石头的空隙冒起来，锅边上发出“吱吱吱”的叫声。我们就着火苗，点燃了纸烟——“海河”牌香烟，天蓝色的封皮，天津出品，六十年代享有盛誉的一种高级烟哪！我们可以连着抽掉三根五根了。

“我明年要发表十万字的小说。”惠畅说，“天哪！《小河秋高》一发表，我的劲头像火山爆发了，我觉得要写的东西太多了！”

我觉得他的狂劲又上来了，胜利带给他巨大的欢乐，也使他的自信的本色发酵而膨胀起来了，正冲向疯狂的顶峰。我想，苦斗中忍受过太多艰辛乃至屈辱的人，一旦仰起头来，长嘘一口气、呼喊一声“乌拉”的心情，大约人皆难免吧？我想，某一日，如果我也有这种幸运出现的时候，我也会狂一下子的。我说：“对的，应该趁热打铁！第一级台阶总算跨上去了……”

“啊！理想的追求，苦难的历程，成功的狂欢……啊！”惠畅手撑下腮，感慨着，“你从我可以期望你的明天，坚定不移地埋头奋斗！”

“是的……”我心里热乎乎的，劲头也更足了。

“我已做好五年的苦斗期准备……”

马罗的粗壮浑厚的调门在近处响起，是十分激扬昂壮的乱弹；虽然我一个字也听不懂，那古老的剧种的激越人心的旋律却是令人心驰神荡的，尤其是在这样静寂的雪野里……

“哈呀！是你俩……”马罗声到人到，手里提着一杆火铳，靠放在庵棚上，“现在没有包谷棒子了……”

“啊呀！我亲爱的‘葛利高里’！”惠畅一跃跳起，搂住马罗的肩膀，“你跑到哪儿去了？让我们老等！”

“我吆雁去了。”

“我还当是你到河那边，找‘阿克西尼亚’……”

“去你妈的脚！净逗老叔……”

马罗又侧过头嘿嘿笑着说：“你俩……今日像是……有喜事？”

“你猜！”惠畅说，“猜中了犒劳你。”

“你媳妇要下白娃子了？”马罗说。

“那不算啥！”惠畅摇摇头。

“你俩——有一个在外头找下工作了？”

“那更不算啥！”

马罗猜不着了——还能有什么事比得娃子和参加工作更令年轻人高兴呢？他憨憨地笑着，老实承认，自己猜不透了。

我告诉他：惠畅的文章在省报上发表了！

马罗似乎一下子理解不开这件事究竟有多么重要，傻愣愣地笑着。

“我今日来犒劳你——”惠畅从庵棚里取出大包小包，摆在包谷秆子上，解开了，“马罗大叔，感谢你给我们招待过一顿包谷棒子……”

“嗬呀——”

马罗瞪大眼睛，惊叹一声，往后倒退了一步；可以想见，这种豪华的吃食——蛋糕和点心，会使他多么吃惊了。甭说整个乡村里都在忍饥挨饿度荒年，即使在过去的正常年景里，庄稼人也只是在走亲戚或看望病人时，才忍心花费块把钱买一斤饼干或蛋糕送去，平时哪能这样浪吃海喝呢！他瞅瞅我，又瞅瞅惠畅，大约终于明白了发表一篇文章确乎不是一件寻常的事。他忽然转过身，从庵棚跟前捞起火铳，扛起来，对着星斗满天的寒冷的夜空，用纸烟头上的火点燃了导火引线；导火线儿“吱吱”响着，爆出一串斑斓的火星，接着是一声沉重的响声，冲上天空，震得星星也抖动起来。远处栖息在杨柳林带里的什么水鸟，仓皇惊叫着逃飞了。

“咱们小河川道出下能人了……”马罗放下火铳，一扬手，高兴地说，“我给你放炮！”

“动手抓啊——”惠畅喊。

马罗伸出左手，粗黑的指头小心翼翼地捏起一块点心，送到嘴里；右手随即就接在下巴底下，使咬碎点心时掉下的渣儿皮儿不致撒到地上去。

点心、蛋糕，这些食品的滋味，真是太好了，对于装多了南瓜、野菜和豆渣的胃腔，具有无法抗拒的诱惑力量。

“喝呀！”惠畅一口咬掉了酒瓶上的铁皮盖子，喝下一口，交给马罗。没有酒盅和酒杯，只好对着瓶口喝了。惠畅大声笑着，“世界多好！生活多好！”

“多多写……文章！”马罗口齿不清地说，“叔跟你们……沾光，吃点心……喝烧酒……”

“亏得你给我们吃烧烤包谷棒子！”惠畅粗声豪气地说，“你是个好大叔哇……”

“我早看出……你们都不是……平常之人！”马罗不自觉地用秦腔道白的腔调说，“从古戏看，状元郎都有不得志的时光……”

点心和蛋糕，统共四斤，我们三人吃光的时候，似乎肚里还有很大的空间。马罗满意地咂着舌头，掏出烟包来：“噢！算我今日过生日！”

惠畅早已把茶叶撒在小铁锅里，用马罗唯一的一只大海碗从锅里舀出半碗殷红的茶水，喝了两口，递给我。他说：“马罗叔呀！我给你念一篇文章，你听了，谈谈意见！”

“那——我可不懂！”马罗摇摇头。

“没关系！你听听以后再说！”惠畅已经展开报纸，就着马灯的灯光，念起来了。

我和马罗香喷喷地抽着“海河”牌香烟，坐在火堆旁，静静地听惠畅念《小河秋高》。马罗很不自然，大约是受宠若惊，格外用心地支棱着脑袋，连咳嗽也压低了声音。

惠畅敢于给马罗念自己写下的小说，也令我钦佩，我一直没有这样的勇气。我的那些稿子，在整个人口开始出现膨胀趋势的中国，只有一位读者，这就是惠畅；寄出去的稿子，我一直怀疑报纸或杂志的编辑是否有耐心将其读完，他们充其量只能算半个读者吧。我虽知道许多作家都把稿子读给工人、士兵或农民听，征求意见，再修改提高，可我连给我父亲看一眼的勇气也没有，更甭说别人了。我觉得这种勇气需得有一个产生的基础，那就是作品有了一定的水平。惠畅的作品已经发表，无疑已经具备了这个水平。我离这样的水平还差得不知有多远呢！

惠畅在昏暗的灯光下，困难而专注地辨别着报纸上的字迹。我回过头看时，马罗刚才支棱得又端又直的脖颈歪下去了，脑袋低垂着。这个吃饱了点心、蛋糕又喝足了烧酒的马罗，已经响起舒悦的鼾声……

十

我得到一个消息，说公社里要办一个民办中学，教员将从全社历届高中毕业生中选择，选择将通过考试的办法。我跑到公社一问，果然属实，而且已经到了报名的最后一个限日，真是侥幸。我不假思索，在报名册上依次填下自己的姓名、家庭成分、学历、年龄和籍贯等，又接着填上了惠畅。

公社文教干部姓仲，戴着一副黄腿黄框的近视眼镜，瞅着我填过的表格。这是一位黑大汉，黑油油的脸皮，透着红光；厚厚的嘴唇朝外噘突出来，真像一位来自非洲大陆的异族人。他瞪着一双黑仁少而白仁多的眼珠，瞅着我，并不严厉，倒有点奇怪地问："你咋填了两个人？"

"我给他捎带报名，他忙着哩！"

"不准捎带，要本人亲自来。"

"他有急事，他爸……病了！"我不得不撒谎，"他才托我来给他报名。"

“不成。”老仲摇摇头，直率地说，“报名时顺带目测体型。他要是跛子腿、背锅腰咋办？”

不准捎带报名的原因，不过如此，我释然放心了，就给他吹：“你知道惠畅是谁吗？”

老仲仰起他的黑脸，眨眨眼。

“惠畅在省报上发表过小说！给民办中学做语文教师，谁能敌过他呢？”我说。

“噢呀！是他！”老仲眼里滑过一道不胜惊喜的光后，对我也热情起来，此时才想到让我坐下，问我喝不喝水，“我早都听说惠家庄有个回乡高中生，会写文章，没记住名字……”

我和老仲的第一次接触，就从此开始，而且喜欢他了。他对能发表一篇稿子的人所表示的热情和器重，使我自觉消除了心里诸多的界碑。

“没有问题，你报的两人都有效。”他送我出门，在公社院子分手时，恳切地叮咛，“你和惠畅都来参加考试，后日早晨八点，在小学校里。甭迟到了……”

……

“我不去。”惠畅淡淡地笑笑，口气却不容置疑，固执地摇摇头，“我不喜欢教学这工作。”

我很丧气，又不死心，给他解释：“生产队里劳动太累了，干一天活儿，晚上就很难再熬夜，读书和写作的时间太少了；再说，学校里有收音机，有报纸，能听到新闻、时事……”

“所有工作中，我最烦教书。”他说，“那些鼻涕娃娃，无法交流思想和感情。打铃上课，下课又开会，晚上还得备写教案、批改作业。啰唆！太啰唆！使人无法集中心思……”

“当然……是啰唆一些，可也有好的一面哩！”我说，“有礼拜，又有寒暑假……”

“我宁愿在生产队里劳动，也不想干我不喜欢的工作。”他不为我说的那些教学的优惠待遇而动心，“生产队里，其实也自由着哩！我急着要写一篇稿子，就不出工了；反正生产队的工分不愁没人挣，队长才不计较哩！学校就不行了，缺一节课也得请假……关键是生产队里没人管我，学校对教员管得太死太严；我这个人哪……就怕有人整天在我屁股后头嗡嗡！”

“据说给民办中学的教员定下三十块工资。”我说，“有这点收入，我们可以买点书，买点稿纸，也能……买一盒烟抽了……”

“哈呀！我可不为五斗米折腰……”

我这时就说不出话了。我的家境，似乎比他的已经很困难的经济状况还要糟，我得折腰去挣那三十块钱的月薪。我不能忘记，为了去市里听那一场文学讲座，我怎样难为情地向父亲提出了要一块钱的盘费；我已经二十出头了，我不能再为一块钱向父亲张口，我宁愿去做那种其实我也不大喜欢的教师的工作。

“你愿意教学，你就考去。”他说，“我要在农村扎根一辈子！当然，我不是像邢燕子那样扎根农村，我是为了文学；为了我追求的文学事业，同样要扎根。”

“民办中学是公社办的，也没脱离农村嘛！”我听到关于“扎根”的话，忍不住申辩我的见解，“在农村的民办中学工作，接触的生活面更宽了，比在自家门口能更多地见识世面……”

“柳青在皇甫村住下快十年了，写下了史诗；王汶石在渭北，听说在一个村子里，挨家挨户座谈访问，你看他写的那些短篇，绝了！我现在下定决心，有三个规划——”惠畅最近的思想活动，显然已经因为《小河秋高》的发表而大大地受到鼓舞，有了更大更远的考虑，“第一，我今年冬天，对我们村的社员，挨家挨户调查研究，给每一个家庭都写一部家史，一来配合团支部的阶级教育活动，二来我可以深刻了解农民和农村。说真的，我虽然生在这个村，人都认识，可不大了解他们，尤其是解放前的生活……”

不管他不愿意教学多么使我丧气，也不管他不为五斗米折腰的说法使我多少有点不愉快，他的这种为进一步发展创作的扎实的打算，却不能不使我佩服。是啊，我和他一样，解放那年进学堂，直到毕业返乡回到家中，对农村的实际有多少了解呢？对生活在一个村子里的百余户农家里的种种人，过去和现在，能知道多少一点呢？在读了《创业史》和王汶石的短篇小说之后，我已经深切地知道自己对农村的所知所感是多么浮皮潦草！而惠畅的这种打算也正切合我的思索，我就深表赞成：“这当然……非常好了！非常有必要！”

“第二，培养我的夫人。”他笑着说，“从长远考虑，光叫她缝衣做饭不行呀！我已经给她制订了三年学习计划：从认字开始，三年内阅读五十至一百本小说；每天写一页大字、一页小楷，练习书法，将来好给我帮忙。计划已经开始实行，秀花，把你写的大字拿出来，让我们欣赏……”

秀花从针线上抬起头，红了脸，嗔爱地噘着嘴，腼腆地又是幸福地笑笑，说：“见不得人……我才学，你胡吹啥嘛！”

他却不以为然，从桌上翻出一本用黑麻纸装订的本子，那上面布满秀花的歪歪扭扭的墨迹。

我知道那是一个只读过小学四年级的农家媳妇的笔迹，鼓励是自然的。我从这两项计划里，已经感觉到惠畅的那种强大的心劲了；一个月薪三十元的民办教师的工作，怎么能与这样强大的心劲去抗衡呢?

“昨天接到《春雨》杂志一封信，我的那个《播种记》，他们准备采用。”惠畅说得很平静，像是司空见惯，不足为奇，更没有第一次发表《小河秋高》时的狂热了。他笑着，像是鼓励我，“他们让我修改一下，提出的意见基本跟你相同。我倒佩服你的欣赏能力。那回你对《小河秋高》的意见，我没采纳，结果省报发表时，把那一段删了！你看毛病看得很准……”

他的创作上的顺利进展，倒促使我想尽早地离开村子，希望到那个民办中学去教学。他已经跨上第一级台阶，正信心百倍地向前阔步进发。我依然信心不足，我不知我这一辈子能否发出一篇作品来。我并不惧怕农村里的沉重的体力劳动，我的比惠畅还要强壮的体格完全可以适应农村里最繁重的农活。我盘算在教学之余，一定会有更多的剩余精力，从事读书和写作……我决计去投考民办教师。

他送我到村口，水泉边是我们分手的老地方。似乎同行已久而终于走到一个岔道口了，我们都有一种分手的感觉。

“杨琴茹不久前来了一封信——她也在省报上看见我的小说了。她说她剪贴了那篇小说，由不得每天晚修课后拿出来看看……”惠畅动情地说着，随之一挥手，“我们要干的事业，路还长哪！我不能让她把我的思想搅得纷纷乱乱，我要集中心力，走我的路，所以我要把她彻底排除，下决心培养秀花。秀花不错——这女子真是不错！我发觉我对她的感情日渐深厚了。她前几天回娘家去了，我一个人坐在屋里看书，感到孤单了！我突然想她了，第一次——结婚一年多来，我第一次感觉到离不开这个女人了！黑天半夜，我赶到她娘家，造谎说我妈有病，把她给叫回来了。一出她娘家村子，我就笑着说其实屋里谁也没病，是我想她了。她高兴死了，抱住我的脖子直叫‘哥’，说我想她，她都要高兴死了……你看看，人的感情原是可以培养的！”

我的直接感觉是，他已经做好了一切准备，包括爱情上的割舍，以集中全身心的力气去走自己的路，这无疑给我以强大的冲击。

我参加了民办教师的考试；在百余名应考者中，我是被录用的四个幸运儿中的一个。

我背上念书时用过的那一卷简单的被褥，到社办中学去任教了。临走时，我和他作了告别，约定每周六我回家时，晚上聚面。话虽这样说定了，后来的生活实际却无法保证。作为先行者，他的新作一告完成，就急于送进邮箱，等不及听我的意见了。另外，我所去的民办中学，简直无法预料它的简陋。仲同志只交给我们两座古庙里的房屋，说是暂且“艰苦奋斗”；至于学生必需的桌凳，他说也要“自力更生”。于是我们就用土坯垒泥台阶，上面搭上木板，算是桌子；凳子只好让学生“自力更生”，从家里自带……无论如何，民办中学还是开张了；破旧而荒凉的古庙里，传出读书的声音了。

我也无法保证每周六晚上去找他，民办中学太忙乱了。我们常常没有休息日，礼拜天用来做义务性劳动——整修学校。加上我刚刚走上讲台，业务生疏，需要更多的时间熟悉教学。这样，我们见面的机会日趋减少，甚至一月两月也难得聚面一次。我常常回忆和他在一起的情景：躺在水里，仅剩的一支“航运”

牌纸烟，换着口抽；坐在马罗的庵棚前，胡说浪谝……那种生活结束了，我做了为人师表的教师！

谢天谢地！第二年春天，当绿色溢满河川的时候，我终于有一篇两千字的散文在市里的晚报上发表了！有例在先，我和惠畅再次找到马罗的庵棚，吃了一顿野餐，谝了半夜闲话。虽是久别重逢，却不能再现当年的气氛。马罗没有为我放一声火铳；惠畅也没有惊羡之情，他已经发表过大大小小七八篇作品了，早已没有新鲜的感觉，但他热情地表示了祝贺，说我能及早发出作品,他心里也更舒坦——我们毕竟是共同患难过的……

谁也无法预知，就在我们欢乐的时刻，头顶正有乌云在悄悄地聚集——“四清”运动即将开火，首当其冲的，我们的惠畅应声趴下了，再也无力昂起他自信得有点高傲的脑袋……

十一

下课了，我挟着教案本走回自己的住屋，不禁一愣——秀花惴惴地坐在我的那把唯一的办公椅子上，怀里抱着个正在哺乳的娃娃。这是实在料想不到的事。她看见我进门，慌慌地从椅子上站起，移坐到床沿上，把椅子给我腾出来。民办中学一切都很困难，给教员连第二把椅子也无法配备，任何人来访，也只有一把椅子可坐。

她说孩子闹肚子，十多天了，总不见好，实在抗不过去，今天才抱到公社卫生院来就医；看完病了，想立马给孩子喂下药去，因此找到我这里来讨开水，好给孩子喂药。

这是她来找我的正当理由，显然又是很勉强的措辞，我料就她来找我一定是经过深思熟虑之后的举动，肯定是有关惠畅的情况。我已经从她说话时偷偷扫瞄和我同室而居的乔老师的眼光中看到了这一点，那简直是贼一样惊慌不定的眼光。我就和她先拉一拉闲话，把开水倒给她，好让她给孩子喂药。

她给孩子喂药，孩子哭起来，把头往她的腋下钻，企图藏躲起来。她两声委婉的哄劝，又两声严厉的禁斥，软硬兼施，还是把一小半白色的药面儿撒在孩子的胸膛上了。

她的变化之大，真是令人惊异。印象中的蕴含在眼睛里的羞怯和妩媚，全然褪尽了。如果形象地比喻一下这种变化，她过去留给我的印象，像是水汽和薄雾弥漫的小河川道早春二月的田野；现在呢？恰如收获净尽的秋风萧瑟的晚秋了。她瘦了，许是哺乳的原因，脸颊上的丰腴的红晕消失了，黄色中透着青色。最使我感到变化明显的，仍然是那双眼睛，那眼睛里有一缕明显的惊疑不安的慌乱的神色。

最后一节课的上课铃声响了，乔老师又挟着课本走出屋子去了。秀花问我上不上课，我说早上的两节课已经上完，她释然坐下来，又不放心地扫瞄了屋内，再瞅瞅窗外，看看没有什么危险，就压低声儿，说："你哪天闲下了，到我屋去一下……"她的声音哽咽了。

"到底咋回事？"我也急忙问。

"他……"她难过极了，压抑着哭声，"他要走绝路……"

我的脑子里"嗡"的一声，顿然麻木了。我已经知道，"四清"运动中，他家的成分变了，由"中农"一下子升格为"地主"，他的父亲戴上"地主分子"的帽子了。我早就担心着他难以承受这样的打击，他的梦想当作家的强烈愿望自然要彻底破灭了，而他那种自信和浪漫的气质，又怎能够委屈得下！我早已盘算着去看看他，给他一点虽然于事无补，却也能得到安慰的劝解。可是，“四清”一开始，就向全县所有机关、学校、商店和工厂，传达下严格的禁律：在“四清”进行的整个半年时间里，不许干部和职工走亲访友，暗地串通……正常的礼拜休假也宣布取消了，有事须得向工作组请假。我已清楚地知道，一旦被划入敌对阶级的阵营，他的屋前屋后，日夜有民兵放哨，我是无法进入他的那间小厦屋的。大约一周前，“四清”运动宣布结束，从城里来的大批下乡干部，背着被卷，从各个村庄出来了，在公社集中，然后分乘卡车回城里去了，只留下少数干部做运动之后的善后工作，主要是防止刮起翻案风来。禁令解除了，我们也将享受半年来的第一个休假日，我原来就打算周六晚上回家去看惠畅，谁料秀花反而找我来了，可见问题是很严重的。

“他从早到晚不说一句话！”秀花说，“一天三晌去出工，回到家里，不抱娃也不担水，坐在门槛上，两眼死瞪瞪地老是盯着一个地方。我劝他，他根本听不进去；我想狠声骂，又不敢！晚上，他不睡觉，在院子里走过来，走过去；我把他拉回屋，停不了一会儿，他又出去了，在院子里来回走……”

我并不惊奇，几乎是我预料中的事。

“有天晚上，半夜了，他在院子转来转去，我也睡不下，他一下子奔回屋，把我从炕上拉下来，叫我给他寻一本书，说他要看书！我说哪里有书嘛，他叫我到你屋去，随便借一本啥书都行。我说黑天半夜，让民兵知道了，了得！”秀花抹着眼泪说，“他不敢逼我去借书了，在院子里扯自个的头发，抠自己的胸膛。我抱住他，叫他打我；我说你想看书想急了，没处出气，你在我身上出吧……”

我有点忍不住，鼻腔里酸酸的。这个只上过四年小学的农村女子，真是太伟大了。她所能给予他的一切，还有什么没有给予呢？没有了。

“工作组撤走那天，组长专门找他训话，要他好好劳动改造，说和反动老汉划清界限才是活路；要是翻案的话，就要收拾他！”秀花说，“他一回来，跟狂了一样，在屋里喊，‘你定的案要是实事求是，为啥怕人翻呀？哈哈，做贼心虚！我就是要翻！你不训我，我还担心；你越训我，我翻案的劲头越大！我要是翻不过来，我活着还有啥意思？翻！翻翻翻！’吓得我捂住他的嘴……”

我立即提醒她，务必要劝他稳定情绪，不要轻举妄动。据我所知，运动结束前，已布置下严厉的打击翻案活动的条例；为着保卫这场运动的成果，是绝对不许翻案的。惠畅的行动，无疑会招致更惨的结果——怎么能硬撞墙呢？我再三叮咛她，一定要惠畅先沉住气……

“昨日晚上，他又逼我跟他离婚……”

“这家伙……打的啥主意啊？”

“他说，我娘家是贫农，我不必跟他背一辈子黑锅！我说我一不当官，二不写文章，三不想入党，任啥成分都一样。他又说孩子太可怜，跟他注定要受罪，长大了连个媳妇也难找！”秀花说，“他说要我跟他离了婚，把娃儿带走，进谁家贫农的门做后代去……”

“唔呀……”我的感情又承受不住了。

“他说……俺娘儿俩一走，他就……满世界逛去呀！再不回……惠家庄来咧！”秀花哭了，哽哽咽咽，“我今日哄他说我来公社离婚，稳住他……”

“闹成这样……”我坐不住了，“我这个星期六——后天晚上去劝他，你放心……”

“我实在没办法……才来找你。”秀花抹着眼泪，“我也知道，你到俺地主屋去，说不定要给你抹黑……实在没法子了！”

“后天晚上，我一定去，你放心。”我给她再次肯定地说，“你要耐心，甭急，甭烦。他在难中，免不了胡思乱想……”

“我说他，咱当不了作家当农民，也一样活着。咱劳动挣工分，养咱的娃娃；只要我不嫌弃你是地主成分，咱就过咱的日月。”秀花委婉地说，“他这人……心眼太直，写不成文章，看不成书了，就不想活了……你去时，好好劝他，骂他，他不恼你……”

我的心情十分沉重，再也找不出什么安慰她的话来。是的，她对他已经做到了一个贤明的妻子所能做到的一切，我还能给她说什么呢？她没有多少文化，与惠畅在思想上和知识上差着相当远的一大截；她和他吵过架，怄过气，因为惠畅与那个医学院的女同学的往来而生过疑窦，吃过醋。可是在惠畅遇到灭顶之灾的严重困境里，她却如此主意坚定，支撑着这个濒临破毁的家庭。

她抱着孩子告别了。走出古庙改修成的民办中学的大门，下了土台阶，走到公路上，我叮嘱她慢走，她却悄声问：“我到你这儿来，对你有啥妨碍么？我背黑锅，挨谁谁染黑……”

我又能说什么呢？似乎她是特务，和我密谋颠覆共和国政权似的……

她抱着孩子走了，脚下匆匆；因为抱着孩子，腰部朝一边歪扭着，往前走去，渐渐远了。我忽然想流泪。我记起在她家的小厦屋里，听惠畅读他新创作的小说的情景：在惠畅的自鸣得意的读稿声中，伴奏着她在炕头纳扎鞋底时麻绳穿过布底儿的"嗞嗞嗞"的声音，那么和谐，那么安详；而今已经恍若隔世了……

十二

他简直像一条被囚笼关锁着的……狼！

我不无胆怯地走进他家的街门，又走进他的那间熟悉的小厦屋，看见他的第一眼时所产生的强烈印象，就是这样——他像一条被关在笼子里的狼。

他的浓密的头发蓬乱而肮脏，粘着灰尘，大约两三个月没有剪剃了，几乎盖住了耳朵；他的胡须从两鬓直到下巴上，浑成一体，芜杂无章；最可怕的是那双眼睛，布满了红丝，呆滞而又冷漠，盯一眼令人心里打战。

他没有和我打招呼，坐在门槛上，朝我翻了一眼，就低下头去了，两只手的指头叉在一起，胳膊肘搭在膝盖上，竟是那样一种颓败的样子。

秀花急忙招呼我坐，却找不到一个可供人坐的椅子或板凳；等她从灶间取来一个小凳的时候，我已经在炕边上坐下了。变化太明显了。他支在墙根的抽屉条桌没有了，他往常坐的那把椅子也没有了，背墙根的装粮食的红漆板柜也不见了。不用问，都属于被没收的财产而已经易换主人了。只有背墙的半墙上，凌空吊着的那两只红色木箱，还依样吊着。那是秀花娘家的陪嫁嫁妆，按政策条文不予没收的。这间小小的厦屋，现在变得空荡荡的了，只留下那个土炕，占去了厦屋的一半地盘。进门来找不到一只可以落座的东西。惠畅总是坐在门槛上。

我感到一种从未体验过的凄凉，不知该说什么了。是的，是“凄凉”，这个词儿准确不过，而且是我从未体验过的。我虽然熬过了从未经历过的三年困难时期，忍受过饥饿的种种滋味，却没有感受过什么叫凄凉。我没有什么可以安慰他的话能够说出口，不由自主地把一支烟塞到他手上。

他接住烟，翻着红丝斑斑的大眼盯我一下，就擦着了火柴，点燃烟，猛吸一口，吐出一股又粗又长的烟柱，仰起头来，怪笑一声，摊开双手：“全完了！顷刻间天塌地裂，土崩瓦解，落得个白茫茫一片大地真……真干净！”他随口胡诌着，忽然两手抱住脑袋，“哇”的一声哭起来。

我意识到他的精神上的绝望，已经濒临崩溃的边缘。我说：“惠畅，你冷静一下，有话咱们好好说说。你需要我帮忙的话，我尽力而为，你甭……”说完，自己也觉得贫乏而又无力。

“你……可惜只是个民办教师，你能帮啥忙嘛！”他摇摇头，痛苦而又绝望，“我现在需要包文拯来给我明冤……”

“你又胡说了！”秀花在旁边提醒他，“冤已经冤下了，你白说，不顶啥！现时咱只说低头过咱的日月……”

“低头？”他冷笑着，盯住媳妇，“低多久？这要我低一辈子哇！我给谁低头？要是我家里真正是地主，旧社会欺压过群众，那我向人民低头，低到死我也活该！问题在于我家根本不是地主，我纯粹是给那个流氓低头！我受不下这口气……”

“即使是地主家庭，子女也无罪嘛！根本不存在向谁低头的问题。”我给他劝解，“暂时先稳定情绪，以后再向县上申诉……”

“你知道吗？那个团支书——那个流氓，现在就任大队长了！”惠畅说，“他早已说过，他在惠家庄有两个对手，这回全扳倒了！整垮了我，扫清了绊脚石；打倒了原大队长，他登极了！原人队长是个实干家，从来不尿他。老支书是个老好人……”

他说开话以后，情绪稍微稳定了。他告诉我，把他们家从“中农”变成“地主”的全部材料，都是那位团支书一手包揽的。团支书是工作组利用的积极分子中的头号种子，他有了报一箭之仇的极好机会。构成地主成分的关键一条是解放前三年的雇工剥削总量占有多大比例，惠畅家没有雇过长工，只在夏收秋收时雇过短工，于是，用短工总数抵当长工，仍不够比例，团支书在私下哄劝威胁几个社员，干脆……

“俺家的地主成分晌午一宣布，后晌，五老汉的儿媳妇在水潭边洗衣服时，给秀花悄悄说，她阿公晌午参加完斗争会，午饭也没吃，躺下起不来了。”惠畅说，“五老汉把儿子叫到跟前，说他一辈子没说过假话，就说下这一回——全是让团支书吓昏了脑袋。他要儿子甭斗争俺爸！说他已经作下孽，后悔跟不上了……”

“有这号事？”我完全迷乱了。

“实事求是……实事求是……”惠畅悲哀地说，“我总相信工作组会实事求是的……谁料想他们也有不实事求是的时候……”

“那个五老汉的话可靠吗？”我已经不自觉地卷入了，“怎样取得这个活证呢？”

“没门了！”惠畅依然悲哀地说，“老汉刚吐出一点话头儿，团支书便扫见风了，在贫下中农内部把五老汉连批三会，老汉再不敢说话了……”

我参加过关于“四清”的所有必读文件的学习，自觉地遵守运动中的全部纪律。从理论上，我接受了这场运动必要性的全部论述；从行动上，我积极拥护运动的开展。现在，我开始意识到运动中有偏差，惠畅算一个极大的不幸，而那位团支书，该是一个投机而且成功了的“奇迹”。

“还是要相信党……相信群众……”我把这句早已呼熟说顺的真理端给他，“五老汉的良心……可以证明。”

“唉……”他不说话了，眼里的活光又褪尽了，悲凉地叹息着，无可奈何地摇摇头，“完了！我将像猪一样活着！刨——食！刨——食！没有理想和追求而只有刨食的生活，不是人的生活，是猪的生活！”

“你看看，他尽钻牛角。”秀花说，“一村庄稼人，有谁管啥‘理想’哩！管啥‘追求’哩！都是为吃饭穿衣养活娃娃嘛！你多念了几年书,倒背的包袱越重了,连一般人的生活也不想……”

惠畅又摇摇头，苦笑着，显出不被理解的苦楚。

“你还可以写作嘛！即就是地主成分，谁也没规定不许地主家庭出身的人搞创作。”我尽管这样说，自己也心虚得很；我之所以这样说，只是觉得需要这样说。而且只有这样，我才有话可说；不然，我说什么呢？只要能有一丝一缕的促进他从悲哀中振作起来的话，我都想说出来，“有成分论，不唯成分论嘛！”

“你甭尽给我拣好听的说！”他一句话就把我隔远了，“我明白着哪！”

“无论如何，应该坚持活下去！”我没有任何根据，似乎只是要求。

“像猪那样活下去？”他嘲笑着盯住我。

“即使像猪，也活下去！”我直说了。

“在那个流氓大队长的眼皮下活下去？”

“无论在谁的眼皮下，都要活下去！”

“太难活人了哇！”

“再难也要活下去！”

“我没信心……”他垂下头去了。

“我今日头一回听见你说这号熊囊鬼话！过去你自信，雄心勃勃，总是你给我鼓劲。”我几乎是在恳求他，“你不考虑秀花吗？你不想想你的儿子吗？你只考虑你自己过的是不是猪的生活意思不大，他们娘儿俩又该咋办呢？你不觉得自己太自私吗？原以为你自信，现在看你脆弱！脆弱得连秀花都不如！亏你是个身高膀粗的男子汉大丈夫！拿出大丈夫的气魄来，在危难中才显出你惠畅是个真正的男子汉……”

我也许是实在急了，急中居然说出这一大堆刺激他的话。

“不要说了！”他忽地一下从门槛上站起，“正因为我从她和孩子的前途考虑，才让他们从这个鬼地主的门楼下逃出去……”他已经走到院子里去了。

我也走到院子里，看见他在院中一块石头上坐下，我也在旁边一块石头上坐下来。我再也找不出什么更有说服力的话，就把一支烟又递给他。

“你的好心我知道。你能想到的我也都能想到。”他抽着了烟，“你甭说了，回吧！”

“那就坐坐吧！”我说。

“坐？坐吧！”他说。

……

我带着满心的惆怅和担忧，在鸡叫三遍之后，出了他的家门。他没有送我，在我出门之后，秀花轻声小气地叮咛我一句，就小心翼翼地插上门栓，竟然没有一丝声响。我似乎觉得墙角和柴垛后面，都透着团支书——现任大队长——那个流氓的阴森的眼睛，背脊上觉得瘆凉了。

走出村子，跨上沟泉里的小土桥，我站住脚了。这是往昔里我来找他时，他送我的停步分手的老地方。他第一次没有出门送我，我感到的不是他对我的冷淡，一种比来时更大的压力压在我心头，我几乎确信那个不祥的预感愈加逼真了。我的天哪……

十三

惠畅没有走绝路，也没有满世界去浪逛，他仍然生活在惠家庄，和他的妻子秀花以及孩子。我没能劝得下他，秀花又是怎样把他终于挽救在自家小厦屋的土炕上，我不得而知，因为随之而卷起的更加猛烈的“文革”的狂风，已经把这偏僻的黄土高原下的小河川道，搅得混沌迷乱了。他在自家的小厦屋里活着，即使是如他嘲笑的那种猪一样的生活，总是活着，我就放下一条心了。眼前的生活现实是，不仅他谈不上理想与追求，必须过一种只顾刨食的猪一样的生活，小河川道这个小天地里的一切人，除了那乘风而起的野心勃勃的几条“汉子”，能够说理想和追求的人几乎已经绝迹了。

我虽然没有想到自己要过猪一样的生活，眼下却必须与民办中学养的猪在一起，从早到晚，朝夕相处。每日三餐，我必须按时供奉，晚一会儿它们就“嗷嗷”嘶叫。每天中午，需得把它们排泄的粪尿清理出来；两天不清除，猪圈就变得难以下脚了。夕阳西沉时，我背着一笼猪草从山坡间或河川里回到猪圈旁边的时候，那些大的或小的、伢猪或母猪，早已挤在栅栏门口，甩着尾巴，哼哼唧唧，向我致欢迎词。

民办中学本来就不大景气，经不住哄闹，学生就回家了；教师们的工资公社无力兑现，大家也都回队挣工分去了。民办中学搞半耕半读，养下一群猪，照常要吃食；作为对我的一贯“保皇”的罪行的惩罚，我和“走资派”校长一面喂猪，一面经管学校的生产地，另外兼顾护校。

猪饲料完了。我用架子车装了两口袋学校生产的小麦，到西安一家面粉厂去兑换麸皮。朝辞白帝，午达古城，完成了小麦换取麸皮的任务后，我拉着架子车，在背巷里转着，寻觅一家门口可以停车的饭馆。我已经很饿了。

我忽然看见了惠畅，这真是不期而遇。见面之后，他说他在这条小巷里的某居民家做木匠活儿，上街来买旱烟，没有找到。他说居民家用上好的纸烟招待他，实在不如旱烟过瘾。

我们在小饭馆里的很脏的桌子旁坐下来。

“你啥时候学会木匠手艺了？”

“我现在是个不错的匠人哩！”

“真是想不到！”

“生活是最严厉的老师啊！”

他已经从最初的绝望和慌乱中镇静下来，而今摆给我一副世故的面孔。他百无聊赖，借了斧子和锯、凿，自己给自家做小凳，再做椅子——他不能永远以门槛为坐凳呀！这样，他的无所寄托的心，一下子依附在飞旋而出的刨花上来了，而且兴致极高。他有文化，识得图，流行的新式家具他最有兴趣……他可以出门挣钱了。

“三十年河东，三十年河西，恶有恶报！”惠畅虽然是一副世故的面孔，口气里却有一丝明显的解气的意思，“那个爬上惠家庄最高坐椅的流氓，这回可碰上辣子了！惠家庄的造反派一起来，就把他和老支书推上斗争台子了。人家批那个老好支书是做样子，批他可是实心实意。这熊包虽然伶牙俐齿，可招不住一顿饱打，尿在裤裆了，也屙在裤裆了。你想么，造反头儿是原来的大队长——被他整下台的那个实干家，这回造起反来，能给他甜的软的吃吗？”

他的得到报复的得意是清楚不过的。他已经剃掉了头发，是和所有北方老农民一样的光葫芦脑袋了；鼻翼两边陷进两条又粗又深的皱纹，显示着一种强有力的气势；眼睛里却是傲慢和漠然混合着的得意神情。我吃着一碗羊血泡馍，不用插言，听他得意而解气地说着。

“你不知道那流氓得势的时候怎样折磨人哪！他知道我爱书，就把我的书全部搜出来，堆在我的门口烧；一边烧着，还一边唱着书名。我在屋里听见那个声音，真是心里往外冒火……好了！他也尝到了挨打挨斗的滋味了！斗他的时候，‘五类分子’照例得陪斗，我爸也低头站着，我已经习以为常了；只要把那个流氓收拾一顿，我爸陪斗十回也值得！

“你觉得我的报复心理特别强吧？我也是这时候才发现我没有容人的大量。那天早晨，他一个人在村子西巷扫街道，看看四面没人，我大笑一声，从他身旁走过去，他连头也没抬起来。后晌，我就背着工具箱，进城来了……

“原大队长拉我造反，我不干——我和他不一样呵！我刚走半月，那个流氓也参加到一派里头，跟大队长干起来了。两路人马都归随了县上的两大派，完全是以‘四清’划开的，听说已经端上机枪干起来了。我们队里没人管，我也不想卖命，躲在城里做木工，挣钱买粮……”

县上两派武斗的情况，我已早有所闻，看不出有完结的时候，而且愈演愈烈了。我倒是庆幸他超然物外，躲在城里做木工活儿挣钱，这也正与我目下于世无求的心境相吻合。

“你怎么样？”他问，“拉车进城做啥？”

我告诉了他我的状况，不无感慨地说：“我现在真正过的是猪的生活了！”

“现在能像猪一样无忧无虑地生活，算是幸运的哩！”他现在又给我做宽慰的工作了，“整个国家机器失控了，疯狂地运转起来了，弄死一个人，简直跟踩死一只蚂蚁一样。那些省里市里的大官们，全都性命难保，你我算得啥嘛！活着，悄悄地活着，能活到世事平安就好了！现在，一切都可以抛弃不想……”

“我也这么想。”我说，“喂猪就喂猪，拉车就拉车，想其余的事儿，想不上了……”

“记得不？咱俩曾经几次想拜访柳青，都不敢去，怕扰乱了那位大作家！”他的脸上现出痛苦的嘲笑，“想不到，半个月前，我看见柳青了！在西安的大街上，正被人押在汽车上游街！还有……”

“唔！真是——”我告诉他，那天我也在西安有此幸遇，同样是拉车来兑换麸皮时巧遇的，“你知道吗？我那天回去，把几年来的日记和习作稿，全部烧掉了，书卖给废品收购站了，宣布与文学彻底绝缘……”

“文学？创作？唉——”他摇摇头，沉吟着，“中国连柳青这样的作家都要打倒，你我还瞎折腾啥呀！我那天晚上，躺在主人家的阁楼上，才觉得我们走错路了，才觉得刨子凿子比钢笔更有用更实在了……”

……

我重新把套绳挂上肩膀，准备赶路。他帮我推着车子，拐进另一条小巷。我们默默地走着。小巷里也是大字报和大标语的世界，我俩谁也无心溜一眼。拐上东去的宽阔的大路的时候，我们俩同时站住，准备分手。

“下次你进城来的时候，咱们喝一杯吧！”惠畅说，“看透世事，不过如此！”

我们没有握手——那种礼节不适宜我们。我向他点一下头，就弯下腰，拽动了车子。其时，午后西斜的太阳，正照在这座骚乱不安的古城的高高矮矮的建筑物上……

十四

初春的渭河平原绿茵如织，生机盎然。无边无沿的葱绿的麦田里，不时可以看见一片片灿若朝霞的桃花，真是令人目不暇接。吉普车在公路上飞驰，渐渐驶入塬坡区狭窄的河口了。除了陌生的司机，车上坐着县文教局王副局长、文化馆馆长，还有省报文艺副刊的肖编辑和我，我们四人一起去参加给惠畅平反的会议。

我和省报文艺编辑老肖坐在越野车的后排座位上，心中不无感慨。将近二十年前，我和惠畅两个肚里装着豆渣和野菜的乡村青年，昼夜兼程，跑了六七十里路，赶到城里去听他的文学讲座，曾经是怎样一番心情啊！二十年后，我和他去给惠畅平反，真是神仙也无法预料这样一种戏剧性的巧合。

我至今清晰地保存着第一眼看见老肖时的记忆。他走上讲台，步履轻捷，姿态潇洒，一种翩翩的才子风度，曾经使我顾影而自卑。现在，我和他挨肩坐着，可以清楚地看到他鬓角的一抹白发、眼角一条条细密的鱼尾似的皱纹。他无论如何翩翩不起来了。他告诉我，他刚刚回到省报文艺副刊不足一月，刚刚平过反。他在秦岭山中一个只有十来户山民的村子里改造了七八年，现在又"复辟"到原来的位置上办公了。他的这样的遭遇，没有谁感到惊奇，连他自己的口气也是淡淡的，因为有这样遭遇的人太多了，多而不怪了。倒是我触景生情，说出二十年前和惠畅听他的文学讲座的事，他的近视镜下的眼睛睁得老大，吃惊之后就感叹世事的匆匆了。

有趣的是，惠畅的第一篇小说《小河秋高》，正是经过他的手发表在省报文艺副刊上。近二十年了，他没有见过作者的面，倒不奇怪，经他的手编发的无名作者的作品也不仅仅是惠畅一人；令他吃惊的是，作者竟然遭到这样野蛮的待遇，真是无法想象的事。

"一个农村青年，刚发了一篇习作，连人家的书籍也给烧了，稿费也退赔了，这简直没法说……”老肖虽然早已跨入中年，情绪仍然很容易激动，“我接到惠畅给我们编辑部的信，看了以后都流泪了……”

“没收人家稿费干什么？”文教局王副局长也愤愤然，“农村里有些人尽胡整！”

惠畅把自己的遭遇向报社申诉了；因为《小河秋高》的稿子当年是由老肖处理的，现在就仍然由他和我们县文教局联系，共同处理这件冤案。他们与当地公社联系，公社党委也不怠慢，而且提出稍等几天，等惠畅家的地主成分复查完毕，一次过手，彻底地平反。

平反大会是庄重的，热烈的。公社书记老王一个一个宣布对惠家庄的许多陌生的名字的平反决定，土台上居然站下一排溜，惠畅和他戴过十多年“地主”帽子的父亲站在那一排溜人中间，一样的黑布棉袄，一样的光葫芦脑袋，从外形上没有什么明显的标志可以区分开来。老肖默默地坐着，夹在指间的烟卷已经烧着指头，才扔掉了，回头对我感慨起来：“啊呀！这么小的一个村子，竟然有这么多人遭到冤枉，真是不可思议！我总以为知识分子遭遇不好，农村似乎没多大事儿！今天一看哪……真可以说是城乡里外，体无完肤了……”

我听着他的话，却在想我的心事：那个乘风而起的团支书，此时该作何感想呢？我留神在台下的人窝里睃寻他的踪迹，终于没有能够看见他的也许已经变得不好辨认了的面孔；而意外地在人圈的外围，看见了马罗大叔。

他怎么跑到这儿来了呢？我们村离惠家庄五六里地，他也赶来看热闹了吗？我坐在台子一角，看见马罗大叔双手背在腰后，翘起胡须花白的下巴，瞅着王书记在讲话。老汉老了，背也有点驼了，粗壮的腰身虽然还显着粗壮，雄风却一扫无存了。

我溜下台来，拍拍他的肩膀。他猛然转过头，认出是我，眨着浑浊的眼睛，大声感叹着，拉我在一堆麦草垛子跟前蹲下来。

“我说咋着！”马罗老汉一蹲下来，就得意地说，“我早就说过，没有千古不明的冤喀！你看咋着！我的话灵验不灵验！自古以来，都是奸贼害忠良，瞎人得势，好人遭罪；反过来，奸贼没一个能好到底的，忠良也没一个窝囊不明的。你看那些老戏吧，《赵氏孤儿》呢，《白玉楼挂画》呢，嗨！都是这个理儿！而今也一样……”

他很得意自己的判断得到了现实的验证。他没有读过历史，也没有研究过社会发展史，他只是看过好多古典传统的秦腔戏；他对历史的了解以及对历史人物的评价，都是以戏的内容为依据的，而且拿那些戏所给予他的影响来评价现实生活，有些很对，有些也就偏狭了。

“你看嘛！现时给人家平反，啥意思？”马罗盯着我，依然很得意，“我说么，为人在世，不管刮啥风，下啥雨，以实为实总也没错儿；你要心眼搞下虚虚套套的假事，害了人，终究不得长久喀！”

我很同意老汉的这种观点（权且称作观点），而且深有同感，就附和他说：“对！实际上就是要实事求是！”

“有的人一遇运动，就疯张起来了，把‘实事求是’当口诀儿念，实际尽搞虚套子。”马罗老汉有点愤愤然了，“‘四清’那年，惠家庄那个‘运动红’，跑到我的庵棚里，要我写个材料，证明给惠畅他爸熬过长工。我给他说，我确实熬了一辈子活，可不是给惠畅他爸熬活；我在河北那家财东家，一直熬到解放。那小子还要缠我，我骂他，‘甭给人捏包子噢！包子是虚的，终究要从心里臭的！’”

“看咋着？”马罗更加得意，“我当初要是给人家捏下假事，现在有啥脸面跟人家惠畅父子说话？你看吧！那个‘运动红’而今黑下来了，我听人说，他今日钻在屋里没出门……”

那个被马罗老汉鄙称为“运动红”的人，自然是那位团支书了。我已不年轻，经历了世事，心中此刻倒也平静。这就是生活，生活就是这样。生活中有惠畅的落难，也就必然有团支书那样的“乱世英雄”，也不会没有马罗老汉这样用良心和传统道德的盾牌抵挡了袭击的人。

马罗老汉已经年近七十，仍然住在河滩上杨树园子中间的庵棚里；队上干部让他搬回村里去，他不愿意，说是在河滩清静惯了，倒不能忍受村子里的嘈杂。我不好意思再问他的那位“阿克西尼亚”的情况，因为他毕竟是胡须花白的老者了。我对他的那个庵棚又顿生留恋之情——我和惠畅毕竟在那里度过最舒畅的月夜，保留着一种令人眷恋的浪漫色彩。我说：“马罗大叔，今天我顺路回家，晚上到你的庵棚去，咱们和惠畅放开谝一谝，让他带上板胡，我想听你的乱弹了！”

“好！惠畅今日平反，我给他放一声火铳！”马罗老汉也兴致大发，“为惠畅鸣冤放炮！”

平反大会直开到太阳偏西，会后，我和老肖一行四人，一齐拥挤进惠畅的厦屋。

那张老式抽斗条桌，依原样搁着；那只红漆暗淡的板柜，也依原来的位置放在背墙根下；墙上挂着大锯小锯，墙根的小木箱里装着刨子、锤子、凿子、钻子，屋里有一股淡淡的木质的气味。只有桌子上的一个墨水瓶，使人还能想到这里住着一位发表过小说、与笔墨为伍的人。

“你最近尽快写出一篇小说，或者散文，寄给我。”老肖对惠畅说，“我们加一条按语发出去，在报上再给你平一下反。”

“我已经写下一篇了。”惠畅也很兴奋，“二十年没动笔，尽跟斧头锯子打交道，写起来好难哪！心里踊跃，临到提起笔来，没词儿了！我耽搁得太久……”

“原来的基础还是在嘛！多多写吧！”文教局王副局长鼓励他，一片坦诚，随之又指示文化馆赵馆长和我说，“惠畅有啥创作上的困难，要尽量想法解决……”

秀花脸上和头发上落着烧锅时的柴灰，送来茶水，又忙着拉风箱做饭去了。作为一个家庭主妇，大约十几年来第一次接待这样多的城里干部，她很快活，也很拘谨，完全乱了手脚，烧锅也烧不出旺火来，柴烟从小灶房的椽眼里泄出来，她自己也被呛得泪汪汪的。

“稿子给我带走吧！”老肖说。

“不好……”惠畅拉开抽斗，取出稿子，交给老肖手里时，有点惶惶，“你要多指正。”

我们四个人，说了许多重复的鼓励和安慰惠畅的话，就告辞了。惠畅送我们出门时，握手送别，我看到他的眼里已经潮起红丝儿，有点笨拙地伸出那只已经变形的粗糙的手，和客人一一握过，站在那儿倒说不出话了。

秀花拍打着围腰布上的面粉末儿，有点懊丧地抱怨我：“你是熟人，也装起客气来咧！让我擀下那么多面，可怎么办？”

十五

省报编辑老肖打来电话，有关处理惠畅那篇稿子的事，想征求我的意见。他以令人感动的惋惜的口气告诉我，稿子写得不理想。发吧，质量不过关；不发吧，作者属于令人同情的一种特殊状况。他的心里十分作难，而偏于退稿的倾向，却是明显的。

"争取发了！"我几乎在恳求老肖，"即就是质量差点，读者也能原谅的。他现在需要鼓励，需要声援；哪怕删得只发一千字，都是最好的鼓励和支持……"

"我知道……"老肖听完我的话，更加难为情地说，"我是编辑，得为读者负责……"

我体察了一个老编辑的责任心，就不好再使他作难。稿子终于没有发出去。他把原稿退给我，并附寄一封诚恳委婉的长信，让我一并交给惠畅，再做些解释工作。

我看了这篇退稿，稿子的确是差些。奇怪的是，惠畅受了那么多苦难，而他的稿子却仍然是写一位爱队如家的老队长。《小河秋高》写的是一位铁面无私守护集体财产的老贫农。这两篇作品基本相似。他的笔调，仍然是六十年代那种报刊上常见的笔调，在"伤痕文学"席卷文坛的时候，它显然太浅了。同时也使我看到，现在文坛上冒出的一批新作家的新作品，较之惠畅六十年代发表的作品，起步要高过不止一个台阶……

惠畅骑着自行车到县文化馆来了。他的自行车后架上，捆缚着一摞短木头。坐在我的房子里，他说今日到县上的农贸市场，买下几节圆木，正好可以作大衣柜的材料。他又从提兜里掏出两篇稿子，交给我说："你给看看，怎么修改。"

自行车后架上载着他割制家具的木头，车头上挂着的提包里装着小说稿子，无须细问，我就可以想象出来他在怎样生活和追求着文学。

"还是你念吧！"我说，"你来一次县上很不容易，咱们当面听了谈意见。"

"你看吧。"他有点不好意思，不念。

人真是有一种对过去习惯的特殊心理，稍有改变，就使人产生明显的对比的差别，并因此而有许多联想。惠畅过去给我读他的新作而不让我亲自去看，我似乎习以为常了；现在他不念，一定要我自己去读，而且脸上少了点自信多了一点说不清的表情，令我心里反而难受了。

他坐下喝水，抽烟，翻阅着我的桌子上堆积的杂志。我就认真地读着他的小说稿子。

两篇小说稿子接近读完，我的心里难受起来；与省报老肖退给我的那篇搁一起考虑，我便觉得心情沉重起来。我不能不承认，他的文学的表现方式和表现能力，依然停留在六十年代他写作《小河秋高》的水平上；依这样的水平写出的作品，要满足七十和八十年代交接时期的读者的审美口味，显然是不行的。我知道了，十多年以来，他是着实与文学相隔太远了，现在所要努力的侧重面，应该在哪里呢？

"我可以看出，你觉得作品太差。"他笑着说，"我知道我的稿子的实际。你不要难为情，敞开说，我都能接受。"

我总也不能敞开说，更不能像二十年前那样与他毫无忌讳地争论，那样的气氛无法形成了。我终于决定以说长处为主，然后劝他多读些书，把近年间新出版的中外优秀作品介绍给他。我总怕因为语言不当而使他泄气，所以连自己也觉得莫名其妙地欲言又止，说不顺畅。

“你怕我灰心，所以不敢直言。”他说，“不过，稿子差劲我是有自知之明的。你放心，我现在的劲头，比六十年代那时候还大！现在文艺界的兴旺景象简直叫人睡不着啊！我拼死也要……”

我虽然在鼓励他，其实自己心里也不踏实。我深知，他要在当今的文坛上露出头角，不会是半年八个月的事，那么，他现在有没有长期苦斗的耐心？

他的信心很足，说他已经和秀花谈妥，家务事由她包揽，腾出他来看书和学习；他说他将豁出三年时间，从基本功上练起，争取三年以后大见成效。“大见成效”，是当时国内建设的口号。他对个人事业的追求毫不动摇，信心百倍。

……

两个月后，正值暑期，文化馆决定举办一次全县业余作者的创作会议，邀请本省近年间涌现出来的几位青年作家讲创作经验，好多本县的文学青年闻讯后奔走相告。开会的第一天，就出现了没有被通知的文学爱好者要求参加会议的矛盾，弄得筹备会议的我和馆里的其他几位同志措手不及。可是，被通知了的惠畅，却没有来报到。

午饭时，我从县招待所回到文化馆，接到一封信，一看那飞扬的笔迹，我就猜出是惠畅的信了。他是病了，还是家里有事拖累？打开信封，他却写着让人伤心的话：

我不能参加创作会议，尽管是十分难得的机会。我要去一家工厂做工。工厂盖新楼，我与几个木工包揽了窗子和门的活路，有一笔收入。我现在无法放下刨子。暑假快完了，孩子上学要交学费、灶费，三个孩子需得近百元，我得去给他们挣回来，好让孩子高高兴兴去上学。这是最急需解决的问题。

我向省内外的报刊投递过七八篇小说了，全都“完璧归赵”了。我现在不能不从实际考虑，先放下钢笔，捞起刨子……

……

我在县上的创作会议结束之后，就写了一份申请报告去找文教局局长。我想，应该给惠畅订一份合同，让他到文化馆来管理图书，有一点固定收入，好应付家庭日常用度，使他能够搁置下锯子和刨子，拿起钢笔来。

文教局局长同意我的意见，在我的申请报告上签了字。我就到劳建局去办理手续。

劳建局郝局长接过我的申请报告，只看了一眼，就把老花眼镜摘下来，搁到桌子上，顺手拿起一份铅印的文件，递给我，笑笑，没有说话。

这是一份由市政府下发的文件，要求县、区以下的机关和工厂全部清退所使用的农业人口的合同工，空缺下的名额用来安排城市待业青年。劳建局长向我摊开双手，做出爱莫能助的表情，就把申请报告递还给我了。我也没有说一句话，礼节性地向他点点头，就把那份申请报告塞到裤兜里，走出县政府办公大楼。

没有办法，惠畅看来还得玩他的锯子和刨子！

我走在尘土飞扬的古老县城的水泥街道上，朝文化馆走去。此刻，我深切地感觉到了，文化馆——这个被一些注重权益的人放不进眼睛的闲事单位，对我来说，实在是侥幸的理想王国了……

十六

我应邀到市里一个剧院去讲创作体会。

我诚惶诚恐，惶恐不安，先一夜竟然吓得失眠了；无论何时，无论何地，一想到要面对千余双各种各样的眼睛，我就惶惶然起来。似乎只有在这时候，我才觉得应该读的理论书却没有读，应该有更好的作品写出来而没有写出，才造成这种理不直而气不壮的诚惶诚恐的畏缩心理。

我终于走上千余人的大剧院的讲台了。我索性谁也不看，先用一根烟来镇静一下……

走向讲台的一瞬，我突然记起我和惠畅那年来听老肖作《散文散谈》的文学讲座的事。我那时坐在后排听众座位上，诚惶诚恐，十分自卑；而今我来到讲台上的时候，心里依然自卑、畏惧。我的不知怎样形成的这种根深蒂固的自卑心理啊！

我不知自己是怎样讲完的，只是在台下响起一片活动座椅的庞大的响声之后，我才觉得我属于自己了。这当儿，从台下拥来一伙青年，要我签名留念……

我和主持这场讲座的文联的老张从后台偏门走出去，就进入一条背巷。我无法相信，老张竟然说我讲得不错，很实际；我只信他这样说，是出于鼓励我。

老张约我到附近的一家小饭馆吃中饭。我跟他刚走到小巷里，惠畅却迎面走来。

“你怎么在这儿？”

“我来听你的报告。”

“你听我的什么胡扯……”

“嗯……”

我们走进小饭馆了。老张去交钱买饭，我和惠畅坐在桌旁闲聊。

他穿着一件破旧的细帆布料工作服，胸膛上印有黄色的厂名，他说是工厂里给他照顾的一件工作衣。他大概是刚从木工车间里来的，身上散发出一股松脂的气味，衣服皱折着，夹着锯屑。

“工厂里有报纸，我在晚报上看到了你讲创作的广告。”惠畅说，“我给人家请了半天假，专门来听。”

“我的那点子本事，你还不知底儿吗？”我不好意思地说，“你跑来凑啥热闹呀！”

“不！我就是要看看，你是怎样走上讲台的！”惠畅扬起手，神采飞扬，竟然激动起来，“记得吗？那年咱俩听老肖的文学讲座回去的路上，在那个骡子拉的水车旁边，我说过啥？我说，十年以后，我要以作家的名义登上讲台讲创作。怎么样？我没有登上台去，可你登上去了！咱俩总有一个人……”

啊！我不由低了头，不敢再看他喜形于色的脸孔！二十年前，他自信，我自卑；他以他的顽强的自信的气势，给我鼓励，给我影响，终于使我从泥泞的乡村小道上，歪歪扭扭地走过来了。可是他呢？

他夭折了！

他自信。他刻苦。他顽强。他敢于藐视一切，有一股虎气。他浪漫，思想开阔自舒。他具有成为一个作家的禀赋和气质。有十个他就可能成长起十个中国的青年作家。可是，他却在刚刚迈开一步之后——夭折了！

我抽着烟，不想说一句话。我从来没有这样深切地为他惋惜过。他被整垮的时候，我为他惋惜过，却没有今天这样强烈；我参加给他平反的大会的时候，替他惋惜过，仍然没有今天这样强烈。我由惋惜进而感到难受了。是的，心里十分难受。

“为我的朋友终于实践了我没有实践的诺言，干杯！”惠畅端起啤酒杯来。

“为你们二位患难与共的乡下来客在此欢聚，干杯！”老张也端起酒杯，站起来。

“为了一个夭折了的大才……”我举起杯子，却说不下去了。

我们重新坐下。

几杯酒下肚，惠畅的脸颊、额头都红了。他的兴致高涨，话特别多，盯我一眼，不满意地说：“你说我‘夭折’了？我还不服哪！还是老话一句——十年以后再说！”

我申辩说，我只是惋惜，并不是说他已经完结了。

“老张哇！咱俩今日初面，你不知道，俺俩年轻时，为了‘文学’这个神秘的字眼，受过多少苦哇！”惠畅激昂地说，“我们穷得买不起稿纸，买不起一盒一毛二分钱的纸烟！我们住下三毛钱的黑店，晚上叫蚊子、臭虫给咬跑了！我们肚里填的是豆渣、野菜，嘴里却讨论着现实主义与浪漫主义的结合问题……

我们从乡村打出来，太不容易了……”

惠畅说着，伏在桌沿上，呜咽起来了。

我很心酸。看看四周那些食客在盯我们，我劝他不要太伤感了。老张也受了感动，诚恳地劝他吃菜、喝酒。

“现时的文艺政策太好了！在这样好的文艺政策里，我心里真是急得痒痒，可是我没有……本事！”惠畅痛苦地摇摇头，瞪着有点红丝的大眼珠，“放开手写吧！多写！写好东西！你写下好东西了，我感到高兴，还有……我们的那个马罗大叔，给你放火铳……”

我再也忍耐不住感情的潮水，搂住他的肩头——这金子般的言语啊……

“我已经如愿以偿了！我虽然趴下了，一时三刻难以站起来，没有关系；我们俩总有一个人没有趴下，这就够了！”他诚挚地说着，神态安静，“没有办法，我现在还要去做工，要养活孩子，供给他们上学。你日后在哪里发了作品，甭忘了给我看看……”

我点点头，再也说不出什么话来，就默默地坐着，喝着酒。老张让我们聊着，自己先告辞走了。

我和惠畅走在古城的街道上，谁也不想去挤汽车或电车，只是悠悠地走着。街道两边的一株株古槐，浓密的叶子变成墨绿色了；初秋的天空，洁净而高远。

“生活怎样？”

“活泛多了。我包的这批门窗活儿，马上就要完成了，能分几百元。”

“孩子念书行吗？考学有希望没？”

“考学？我看悬乎！娃娃倒是用功。”

“注意身体，挣得够养家就行了……”

“你也保重！咱们都不是二十年前那时候的体力了……”

十七

惠畅打来电话，约我到他家去，口吻执拗，不容推辞，说有重要事情相商，暂时保密。

我走进惠家庄。他在原址上的厦屋已经拆除，留下一堆废旧的土坯。问问临近的人，说是不用再问，惠畅已经在村子东头盖下新屋，那幢两层楼房便是。

走过村巷，刚刚泛绿的杨树枝丫中，可以透见一幢漂亮的小楼房——红砖墙、天蓝色的楼栏、米黄色的窗棂，在嫩绿的树叶的映衬下，使人容易想到是退职还乡的高干的居室。

惠畅正在院子里栽花，抖着手上的泥土，哈哈大笑：“如何？看看我这‘别墅’如何？”

他在自压井管下洗了手，甩着手上的水珠，引我上楼，说：“请你先参观我的书屋。”

二楼东边一间屋子，摆着三个书架，散发出新刷的油漆的气味；书架上摆满了一色新的书籍。临南窗摆着一张书桌，笔墨整齐地置于案头。我真有点惊呆了。

“如何？”惠畅得意地笑着，“这个学习环境如何？”

“我好坏算个搞专业创作的，也没有这样好的条件。”我说，“你可真是阔气了！”

“比较阔气一些了！”惠畅矜持地笑着，“不多——我现在存下两万元了！”

“嗬呀！两万？”我吃了一惊。

“你能拿多少稿酬呢？”他坐在藤椅上，捏着纸烟，“充其量也不过我的十分之一……”

两年多来，我和他很少照面了。我知道他在小河的沙滩上办起一个水泥预制厂，专门预制水泥楼板。我曾经想到，他已经四十多岁，创作上怕是很难再有进展了，搞点实业，赚点钱，把后半生的生活过得舒服点，也许更实际。那个预制水泥楼板的小厂，够他忙乎的，我因此和他减少了往来。想不到，不到三年时间，竟然是这样一番天地。

“我从今天起，要做专业作家了！”惠畅从藤椅上站起，向我宣布，“我给自己创造下条件，现在要潜心读书，立志创作了！”

他告诉我，水泥预制厂办起不到三年，已经赚下两万多元了。儿子去年高中毕业，没有考上大学，回来在他的厂子里做工人。今年春节一过，他把这个预制厂交给儿子去经营了。

“小子有魄力！只有十八九岁，管理这个小厂子还挺有办法！”惠畅很赞赏自己的儿子，向我夸耀，“秀花怕把这宝贝挣着了，叫他学习写作，让我办厂子。这小子顶撞他妈说，‘俺爸的黑路我再不蹈此覆辙！我要以实业兴国安家！’你听听，现代派青年的口气多大！”

“你现在……还不死心？”

“死不下这个心思！”惠畅说，“我和儿子谈了，又跟秀花谈了，家庭会议一致同意我的申请，让我退下来读书。秀花真不错哩！她说，‘甭急，哪怕十年时间发表一篇，也算争了一口气！’我的决心是，临死前能叫出一声来，也算我没白活……”

“噢呀……”我深深地被他感动了。

文学——这个神秘而又迷人的魔鬼！一经缠住一个灵魂，足以使人终生难以解脱！我忽然记起这样一个人来——秦岭山根下的一位农民业余文学爱好者，五十年代末发表过几首新民歌之后，一直在写啊写着。新民歌不时兴了，他写自由诗；诗歌写不出名堂，他又写小说；至今已经脱落了两颗门牙，年过五十的小老头了，怀里抱上孙子了，他还在写着哪个杂志也不肯发表的小说。他来找我看他的稿子，我首先很难受，想劝他好好搞点家庭副业，把屁股上的补丁裤子换下来，却又不忍心伤害他依然不减的创作热情……惠畅聪明多了，先把经济问题解决了，可他和那位老头一样，依然迷恋于文学这个魔鬼！

"县委通讯组两个同志来找我，要写我致富的事迹，还说要在全县树立我这个致富模范，我全部谢绝了！"惠畅笑着给我说，"我心里说，我挣钱是为了给自己创造学习条件哩！"

"现在，你可以潜心静气地学习了！"

"我作出两大决策，全都在家庭会议上通过了。刚才说的关于我搞专业创作的事，算一条；另一条是——"惠畅又从椅子上站起来，这个不安静的家伙现在十分兴奋，"我拿出五千元来，交给县文化馆，设立创作奖金。凡在全国性刊物上发表作品的，为头等奖；在省内刊物上发表的，设二等奖；在县办的内部刊物上发表的作品，评出三等奖。这样做，鼓励咱们县上的业余创作。我一生未能酬愿，我希望本县多出几位作家。我们这个县哪，人杰地灵，该当有更多的文人豪杰出世……"

"你可真想得出！"我说，"和文化馆联系了吗？"

"已经说定了。"惠畅说，"县委书记听到这个事儿，专门找我谈了话，鼓励我……"

“一种义举！”我说，“国家设下茅盾文学奖，你在本县设奖，以什么命名呢？”

“农民文学奖。”惠畅说，“我已经和文化馆赵馆长商量确定了，今年底、明年初举行第一次颁奖活动。”

“颁奖时，请告诉我一声。”我已经离开县文化馆了，对本县的这一创举十分感兴趣，“我来看你第一次颁奖。”

惠畅领我到小河川道里去，参观他的工厂。

河堤上和灌渠上的一排排杨树和柳树，披一身新绿，泛起朦朦胧胧的绿烟。麦苗起身了，绿毯似的铺满了河川里的田地。春天的河川静静地沐浴在温暖的阳光里，使人脸上感到暖烘烘的了。

河湾的堤坝里，十多个青年男女正在忙着，和灰的和灰，推砂石的推砂石，水泥搅拌机“哐啷啷”响着，紧张而又繁忙。小伙子和姑娘们早丢剥了棉衣，只穿着鲜艳的绒线衣干活，使人可以感到青春的活力。

一座简陋的砖瓦房，冒着烟，老远可以看见，秀花腰缠围裙，正忙着什么。惠畅告诉我，秀花给工人们做饭、烧水，兼当材料保管。

惠畅指着一位小伙子给我说，那个正捉着捣浆机的青年，是他的儿子；和他的儿子正说着话的那个青年，是那位团支书的儿子。他说，俩娃在学校时很要好……没有办法，他们毫不理会他们的父亲之间的纠葛，而只顾自己交朋友。惠畅一挥手：“孩子们有自己的朋友，我不干涉。”

我和惠畅走着，聊着，直到走到那幢工房跟前，秀花才看出我来了。她扔下铲煤的铁铲儿，拍打着围在腰间的围裙，一下子大呼小叫起来……

蓝袍先生

我的启蒙老师徐慎行先生，年过花甲，早已告退，回归故里，住在乡下。他前年秋末来找我，多年不见，想不到他的身体还这样硬朗。

他住在塬上的杨徐村，距我居住的小河川道的村子，少说也有二十里远，既不通汽车，也不能骑自行车。他步行二十余里坡路，远远地跑来，我的第一反应是要我帮他什么事情。他接过我递给他的茶水和卷烟，坐稳之后，首先说明他没有什么事，只是找我闲聊。他确实只是闲聊。整整一个下午过去，天色将暮时，他顶着一顶细草帽又告辞了。他说他在三个多月前埋葬了老伴，过了百日，算是守完了节，心里实在孤寂得受不了，才突然想到来找我聊聊的。我信了他的话。老伴初逝，女儿出嫁，男娃顶班在县城小学教体育，屋里就剩下他一个人，怎能不感到孤独和寂寞！我心里也有一缕悲怜的气氛了。

腊月里，入冬以来的头一场好雪，覆盖了塬坡和河川，解了冬旱；大雪封锁了道路，跑小生意的农民挂起秤杆，蒙住被子睡觉了。大雪初融的中午，奇冷奇冷，徐慎行先生又走进我的院子，令我惊叹不已。他的身上和胳膊肘上、膝头和屁股上，粘着融雪的水痕和泥巴；两只棉鞋灌满了雪粒，湿溜溜的了。可以肯定，他在坡路上跌翻过不知多少回——又是孤独和寂寞得受不了了吗？

“我有一件事，要跟你商量。”

徐慎行先生呷了一口茶，就直截了当地开了口。他的脸上泛出红光，许是跋涉艰难累得冒汗的原因，而眼里却泛出一缕羞怯的神色，与六十岁人的气色很不协调。他终于告诉我，说是别人给他介绍下一个五十多岁的老婆，他已见过一面，颇以为合宜；可是两个女儿和儿子均是一口腔反对，没法说服他们。他自己当然不好直接与儿女商议，只好托亲友给儿女解释。他的大女儿嫁到小河川道的周村，与我的住处相距不远，人也互相认识，于是他就想让我去给他做大女儿的解释工作。

我不假思索，一口应承下来。

第二年春天，草木发芽了，一直没有见他的面，不知他的婚事进展得如何，我倒有点惦念不下。我和他的大女儿以及女婿都是熟人，话可以敞开说，我说了许多条“该办”的好处，譬如徐老先生的吃饭穿衣问题、生病服药问题、家务料理问题，统统都解决了，对于儿女们，倒是少了许多负担；又解释了儿女们最为担心的一个问题，即老汉退职薪金的使用，会不会被那个老婆子揽光卡死了？终于使他们夫妇点了头，表示不再出面干涉，我也算是给启蒙老师尽了一点心。我随之就担心他的二女儿和儿子的思想通了没有——据说主要阻力在二女子身上，她不出面，却纵容唆使弟弟出面闹事……

徐慎行先生来了，时在河川和坡塬上的桃花开得正艳的阳春三月。他一来，我从他的眼里流露出来的羞怯神色就猜出了结果。

“我想忙前把这事办了。”他说，“到时候，你可要抽空来坐坐。”

我很乐意地接受了老师的邀请。

他坐下喝茶，抽烟，说那个老婆的脾气和身世。从他的语气里可以听出来，他是很满意的。说到她的人样、她的长相，他说能看出她年轻时很俊……

我实在想不到，夏收之后，他第四次来到我家的时候，又是一脸颓唐的神色，先唉叹了三声，说那件事最后告吹了！

我很惊诧，忙问他：到底哪儿出了差错？谁又从中坏事了？

“谁也没有坏事，也没有啥差错——”他淡淡地说，“是我不办了！”

“为——啥？”我不得其解。

“唉——”他摇摇头，叹息着，不抬头，“我事到临头，又……”

既然他觉得不好开口，我也就不再强人之难，于是就聊起闲话。他轻轻摇着扇子，眯着眼，扯起他这几十年来的往事，一阵阵唉叹，一阵阵动情……

“读耕传家”

我们塬上的村庄，不论是千儿八百户的大村，抑或是三二十家的小庄，村巷整齐，街道规矩；家家户户的街门沿街巷开设，坐北一律坐北，朝南一律朝南，这一家的东山墙紧紧贴着那一家的西山墙，而自家的西山墙又紧挨着另一家的东山墙，拥拥挤挤，不留间隙。俗话说，亲戚要好结远乡，邻居要好高打墙。家家户户在自家的庄院里筑起黄土围墙，以防鸡刨狗窜引起纠纷和口角。院墙临街的中间开门，门上很讲究修一座漂亮的门楼。

我们那儿的农民十分注重修饰门楼。日子富裕的人家修建砖木门楼，多数人家则是土木门楼；无力修建门楼的人家，就只好在土围墙上凿开一个圆洞，安一个荆条编织的篱笆门，防贼亦挡狗。生人进入任何一个村庄，沿着街巷走过去，一眼溜过两边高高矮矮的各姿各式的门楼，大致就可以划出各家的家庭成分了。不过，这是解放初期的旧话。现在，门楼的规模和样式，已经与土改时定的那个成分关系不大了；如果按着旧的习惯去猜度，准会闹出牛头不对马嘴的笑话来。

门楼正中，一般都要挂门匾，门匾上镌刻四个大字。这四个大字的选择，实际上就是这个门楼里的庄稼主人的立家宣言。解放后，庄稼人心劲高涨，对门楼上的门匾的选择，免不了受时风的影响：土地改革时，好多人喜欢用“发展生产”“发家致富”；合作化时又时兴“共同富裕”“康庄大道”；三年困难时期又流行起“自力更生”“勤俭持家”；及至“四清”和“文革”运动接连不断的十余年中，诸如“红日高照”“万寿无疆”“斗争为纲”“真学大寨”等政治口号，确实风靡一时。

解放前门楼题匾的内容，可就单调得多了。凡是能修建得起砖木门楼或稍微像样的土木门楼的殷实人家，题匾上的立家宣言，十之八九都选用“耕读传家”四字，其用意是显而易见的。我们杨徐村，在塬上稠如星海的乡村里，只算个中小型村庄，二百多户农家中，门楼修葺得最阔气的是大财东杨龟年家的——水磨青砖，雕梁画栋，飞檐翘角，俨然一座富丽堂皇的四角亭子。门楼下蹲着两只青石雄狮，墙上刻着飞禽走兽；门楼正中，在象征着吉祥永久的鹤鹿图像中，刻下四个篆体“耕读传家”的题字，与团团祥云相谐调。杨龟年的大儿子在咸宁县政府做官员，家里有百余亩河川水浇地、整整两槽高骡大马，真是有耕有读，宣言与实际相一致。其余那些虽然也能修得起土木门楼的殷实户，尽管也东施效颦地题下“耕读传家”的门匾，却大都是有耕无读，名实不副，甚至一家老少尽是些目不识丁的粗笨庄稼汉子；但作为立家宣言，自然主要是照亮后世，无读书人的缺憾，必当由后辈人来弥补。

杨徐村另一户能修得起砖木门楼而且名副其实的“耕读传家”的人家，当推我家了。

我爷爷徐敬儒，对“耕读”精神的尊崇，甚至比杨龟年家还要纯粹。杨龟年的大儿子在县府供职，主要是为官而不从读了；二儿子从军要枪杆子而鲜动笔杆子了；家里的庄稼全靠长工和短工播种和收割，而无须杨龟年动手抬脚。我爷爷徐敬儒，那才是“耕读”精神的忠诚信徒和真正的实践者。

我爷爷徐敬儒，人称徐老先生，是清帝的最末一茬秀才，因为科举制度的废止而不能中举高升，就在杨徐村坐馆执教，直到鬓发霜染，仍然健坐学馆。也不知出于什么思想的影响，我爷爷把门楼上那副“耕读传家”的题匾挖掉了，换上一副“读耕传家”的题匾，把“耕”和“读”的位置作了调换。字是我爷爷亲笔写的，方方正正，骨架崚嶒，一笔不苟，真柳字体，再由我父亲一笔一画凿刻下来。我父亲初看时，还以为我爷爷笔下失误，问时，爷爷一拂袖子，瞪了儿子一眼，没有回答。我父亲不敢再问，却明白了是有意调换而不属笔误，该当慢慢地去体味，遂低下头小心翼翼地凿刻起来。

更有一件蹊跷的事。我爷爷垂老之时，对我父亲兄弟三人做了严格分工：一人继承他坐学馆，体现“读”；二人作务庄稼，体现躬耕；世世代代，以法累推。这样的分工，兄弟三人还勉强接受得了；没料想，临到爷爷咽气时，他又留下严格的家训——可以归纳为“三要三不要”的遗嘱。其训示曰：教书的只做学问，不要求官为宦；务农的要亲身躬耕，不要雇工代劳；只要保住现有家产不失，不要置地盖房买骡马。

兄弟三个瞪大眼睛，你瞅瞅我，我瞪瞪你，不知所措了。他们三个正当成年，早就想着齐心合力一展宏图，在杨徐村与杨龟年家争一争高低。近几年间，杨家兵强马壮，置田盖房，百业兴旺，已成为方圆十里八村新兴的富户。眼看着杨家小河涨水似的暴发起来，兄弟三人对父亲拘拘谨谨的治家方针早已多有不满，却不敢说，更想不到老先生活着时限制他们的手脚，临走前还要把他们死死地捆绑在这点小家业上。老先生似乎早已揣摸算计到三个儿子的心数儿，怕自己走后儿孙们有恃无恐，干脆一句话说死：不遵从父训者，孽种也！不许给他上坟烧纸！兄弟三人只好委屈隐忍，不理解的也要执行，遵循老先生的遗训，耕田的躬耕垄亩，坐馆的潜心静气研读圣贤诗书。村里人把我爷爷这种古怪的治家训诫编成顺口溜——“房要小，地要少，养头黄牛慢慢搞”，当作笑话流传。

嗬呀！到得杨徐村一解放，杨龟年家要枪杆子的老二死在解放军的枪口之下，当县官的老大被囚在人民的监牢当中，家里的深宅大院、高骡子大马以及水地旱田全部被分给杨徐村的贫雇农了！我至今也忘不了那个晚上的情景——父亲兄弟三个，捧着我爷的神匣，磕头作揖，又哭又笑，简直跟疯癫了一样。夜静以后，兄弟三个又跑到村后的祖坟里，趴在我爷的坟堆上，啃啊！拍啊！恨不得掘开坟墓，把留下“三要三不要”遗训的先知先觉的老祖宗的尸骨抱在怀里亲一百次！该怎样感激老祖宗——比诸葛孔明还要神明的老祖宗啊！亏得他早已看破红尘，留下严格的治家遗训，使得儿孙后辈免遭杨家那样的横祸！我们家被定为上中农成分，虽然不是工作组依靠的对象，却也不在被打击被孤立的剥削阶级的圈子里——这已经是万幸了！

我爷爷瞑目前五年，已经选定我父亲做他的接班人，去杨徐村的私塾坐馆执教。据说，老先生在长期的观察中，觉得我大伯父工于心计，善于谋划，带一股商人的气息；二伯父脾气拗倔，合当是一介武夫；我父亲自幼聪灵智慧，既不像大伯父那么诡，也不像二伯父那样倔，深得老先生钟爱器重，加之他对我父亲的面相也满意（用老先生的话说，“天庭饱满，眉高眼大，肤色滋润”），于是就在他年过花甲之后，由我父亲坐上了私塾里那把黑色的令人敬慕的太师椅子。

我依稀记得，爷爷死后，父亲脱下了蓝色长袍，换上了一件藏青色布袍，一来表示给爷爷的亡灵守志守节服孝，二来标志着他已过而立之年，该当脱下青年时期的蓝色长袍了。我的印象十分深刻，爷爷死后，父亲似乎一下子变成了另一个人——那眉骨愈加隆起，像横亘在眼睛上方的一道高崖；眼神也散净了灵光宝气，纯粹变成一副冷峻威严的神气。在学堂里，他不苟言笑，在那张四方抽屉桌前，正襟危坐，腰部挺直，从早到晚，也不见疲倦；咳嗽一声，足以使那些调皮捣蛋的学生吓一大跳。来去学堂的路上，走过半截村巷，他抬头挺胸，目不斜视，从不主动与任何人打招呼；别人和他搭话问候时，他只点一下头，脚不停步，就走过去了。回到家中，除了和两位伯父说话以外，与两位伯母和他的七八个侄儿侄女，从不搭话。除了两位伯父，没有不怯他的。父亲从学堂放学回来，一进街门，咳嗽一声，屋里院里，顿然变得鸦雀无声，侄儿侄女们停止了嬉闹，伯母和母亲烧锅拉风箱的声音也变得低匀了。我和堂兄堂弟们要是打仗吵架，一不小心，父亲站在当面时，无须动手动脚，他只用眼一瞅，我们就都不敢出声了。他倒是从来不动手打孩子，可也从来不对任何人表示哪怕是少许的亲昵，而我似乎比堂哥堂弟们更怯着父亲。

我现在唯一能解释父亲这种性格变化的原因，是爷爷死后父亲在这个十六七口人的大家庭里的地位的变化。爷爷死时，意外地打破了长子主事的传统法则，把全部家事委于父亲来统领。据说爷爷怕大伯父太诡而远伤乡邻近挫兄弟，怕二伯父脾气暴烈而招惹家祸，于是就由排行最末的父亲统领这个家庭。父亲要领导两个哥哥和两个嫂嫂，要处理三兄弟三妯娌以及七八个侄儿侄女和亲生儿女的种种矛盾，要处理这个家庭与远远近近几十家新老亲戚的关系，要处理我们家与杨徐村二百多户同姓和异姓的乡邻的关系，真是太复杂了！我当时尚不能体味父亲的种种难场，只觉得他的脸上，笑颜永远消失了。

尽管父亲在这个家庭里严以律己——母亲、姐姐、弟弟以及我，宽以待人——伯父、伯母以及堂兄堂妹，家庭里的磨擦总不会间断，只是没有公开闹到分家的程度。大伯本来对父亲统领家事就觉得有失面子，再加上三条遗嘱死死捆住了他的手足，终日憋气。他的大儿子已经长大，意欲送到西安去学生意，因为父亲坚持遗训而不能成行，他有气无处发泄，就哄唆直杠子二伯发难。父亲一切都看得明白，只是隐忍，不理睬二伯的恶火，大伯也就无法了。

这样下去，终非久远之计，父亲不能眼看着这个以礼仪之风在全村享有最高乡誉的家庭，在自己手中闹出分崩离析的结局，令杨徐村人耻笑。他断然决定，从学堂里告退回家，统领家事。他自己在学堂执教，一心难为二用，顾了学堂顾不了家，顾了家庭又怕贻误人家子弟的学业；更重要的是，在他一天三晌坐在学堂里的时候，家里和地里，给大伯留下了毫无顾忌地唆弄事非的太大的时空环境。这样，在我刚刚交上十八岁的时候，父亲就把我推到他坐过的那把黑色的太师椅上了。

“蓝袍先生”

父亲选定我做他的替身去坐馆执教，其实不是临时的举措。在他统领家事以前，爷爷还活着的时候，他就有意培养我作为这个“读耕”人家的“读”的继承人了；只是因为家庭内部变化的缘故，才过早地把我推到学馆里去。

我有一个姐姐，已经出嫁了；一个弟弟，脾气颇像二伯，小小年纪就显出倔拗的天性，做教书先生的人选，显然不大合适，“人情不够练达嘛”！父亲再无选择的余地，尽管我也是差强人意，也没有办法了。如果说父亲也暗藏着一份私心，此即一例——大伯父的二儿子灵聪过人，然而父亲还是选就了我。

读书练字，自不必说了，对我是双倍的严格；尤其是父亲有了告退的想法之后，对我就愈加严厉了。那柳木削成的木板，开始抽打我的手心，原因只不过是我把一个字的某一画写得离失了柳体，或是背书时仅仅停磕了几秒钟。最重要的是，父亲开始对我进行心理和行为的训练，目标是一个未来的先生的楷模。“为人师表”！这是他每一次训导我时的第一句话。

“为人师表——”父亲说，“坐要端正，威严自生。”

我就挺起胸，撑直腰杆，两膝并拢。这样做确实不难，难的是坚持不住。两个大字没有写完，我的腰部就酸酸的了，两膝也就分开了。猛不防，那柳木板子就拍到我的腰上和腿上，我立即坐直。几次打得我几乎从椅子上翻跌下去，回头一看，父亲毫不心疼地瞅着我。

“为人师表——”父亲说，“走要有个走势。走路要稳，不急不慢。头仰得高了显得骄横，低垂则萎靡不振。两目平视，左顾右盼显得轻佻……”

我开始注意自己走路的姿势。

“为人师表——”父亲说，“说话要恰如其分，言之成理。说话要顾及上下左右，不能只图嘴头畅快。出得自己口，要入得旁人耳……”

所有这些训导，对于我这样一个刚刚十七八岁的人来说，虽然很艰难，毕竟可以经过日渐长久的磨炼，逐步长进；而最使我不能接受的，是父亲对我婚姻选择的武断和粗暴。

对于异性的严格禁忌，从我穿上浑裆裤时就开始了。岂止是“男女授受不亲”，父亲压根儿不许我和村里任何女孩子在一块玩耍，不许我听那些大人们在一起闲谝时说的男女间的酸故事。可是，在我刚刚十八岁的时候，父亲突然决定给我完婚了。他认为必须在我走进学堂之前做完此事，然后才能放心地让我去坐馆。一个没有妻室的人进入神圣的学堂，在他看来就潜伏着某种危险。

父亲给我娶回来多丑的一个媳妇呀！

婚后半个月，我不仅没有动过她一指头，连一句话也懒得跟她说；除了晚上必须进厢房睡觉以外，白天我连进屋的兴趣都没有。然而，我却不敢有任何不满的表示——父母之命啊！

父亲还是看出了我的情绪，有一天，把我单独叫进他住的上屋，神色庄严。

"你近日好像心里不爽？"

"没有。爸。"

"我能看出来。有啥心事，你说。"

"爸，没有。"

"那我就说了——你对内人不满意，嫌其丑相，是不是？"

"……不。"

我一直未敢抬头，而眼泪已经忍不住了。

"这是我专意儿给你择下的内人。"父亲说。我没有想到。他说，"男儿立志，必先过得美人关。女色比洪水猛兽还凶恶。且不说商纣王因妲己亡国，也不说唐明皇因贵妃乱朝，一个要成学业的人，耽于女色，溺于淫乐，终究难成大器……"

我惊讶地抬起头，看了父亲一眼。那严峻的眉棱下面，却是满眼的赤诚、坦率的诚意，使我竟然觉是自己太不懂事了。大丈夫立国安家成学业，怎能贪恋女色！我长到十八岁，从来没有听过怎样对待婚娶的道理，父亲第一次这样坦诚地对我训导，使我悟出人生的道理了。

父亲当即转过头，示意母亲；母亲从柜子里取出一件蓝袍，交给我，叫我换上了。我穿上那件由母亲亲手缝制的蓝洋布长袍，顿然觉得心里“咯噔”一声，沉重起来——似乎一下子长大成人了！服装对于人，不仅是御寒的外在之物；穿起蓝袍以后，我抬足举步都有一种异样的庄重的感觉了。

父亲领着我走出上房的里间，站在外间里。靠墙的方桌上，敬着徐家祖宗的牌位，爷爷徐敬儒生前留下的一张半身照，嵌镶在一只楠木镜框里，摆在桌子的正中间。父亲亲手点燃大红漆蜡，插上紫香，鞠躬作揖之后，跪伏三拜，然后站在神桌一侧，朗声道：“进香——”

我走前两步，站在神桌前头，从香筒里抽出五根紫香，轻轻地捋整齐，在燃烧着的蜡烛上点燃，小心翼翼地插进香炉，抖索的手还是把两支弄断了。重插之后，我垂首恭候。

“拜——”父亲拖长声喊。

我抱起双拳，作揖。

“叩首——”

我跪在祖宗神牌前，磕了三个响头，就抬起头，等待父亲发令。

父亲从腰里掏出一片折叠着的白纸，展开，就领着我向祖宗起誓：

“不肖孙慎行，跪匍先祖灵前。矢志修业，不遗余力。不慕虚名，不求浮财，不耽淫乐。只敬圣贤，唯求通达，修身养性，光耀祖宗，乞先祖护佑……”

父亲念一句，我复诵一句，及至完毕。我呆呆地站在灵桌前，诚惶诚恐，不知该站着还是该走开。父亲紧紧盯着我，说：

“明天，你去坐馆执教！”

由我代替父亲坐馆的仪式是在文庙里举行的。时值冬至节气。一间独屋的庙台上，端坐着中国文化的先祖孔老先生的泥塑彩像。屋梁上的蛛网和地上的老鼠屎被打扫干净了。文庙内外，被私塾的学生和热心的庄稼人围塞得水泄不通。杨徐村最重要的最体面的人物杨龟年，穿着棉袍，拄着拐杖，由学堂的执事杨步明搀扶着走进文庙来了，众人抖抖地让开一条路。

我站在父亲旁边，身上很不自在，心里却潜入一股暗暗的优越来。这儿——文庙，孔老先生的圣像前，排站着杨徐村所有的头面人物，我也站在这里了。门外的雪地上，挤着那些粗笨的却又是热心的庄稼人，他们在打扫了房屋以后，临到正式开场祭祀的时候，全都自觉地退到门外去了。

杨步明主持祭祀。首先发蜡，然后焚香；接着，在杨步明拿腔捏调的诵唱中，屋里屋外所有参与祭奠的村民，无论长幼尊卑，一律跪倒了。油炸的面点、干果，在杨步明的诵唱中，被摆到孔老先生面前。整个文庙里，烛光闪闪，紫香弥漫，乐鼓奏鸣，腾起一种神圣、庄严、肃穆的气氛。

执事杨步明把一条红绸递给杨龟年，由杨徐村最高统治者给我的父亲披红，嘉奖他光荣引退。杨龟年双手捏着红绸，搭上父亲的右肩，又斜穿过他的胸部和背部，在左边腋下系住。父亲连忙跪伏下去，深深地磕拜再三；站起身来的时光，竟然激动得热泪盈眶。这个冷峻的人，竟然流泪了！他硬是咬着腮帮骨，不让眼泪溢出眼眶。我是第一次看见父亲流泪。往昔里，我既看不到父亲的一丝笑颜，也看不到他的一滴泪花。那泪眼里呈现出我从未见过的动人之处，令人敬服，又令人同情。这个严厉的父亲，从来也不会使人产生对他的同情和怜悯；他的脸色和眼神中永远呈现着强硬和威严，只能使人敬畏，而不容任何人产生怜悯。现在，他的脸上像彤云密布的天空扯开一道缝儿，露出了一绺蓝天，泻下来一道弱柔动人的阳光。

父亲简短地说了几句真诚的答谢之辞后，执事杨步明代表所有就读的孩子的家长向父亲致谢，并对我的上任多有鼓励。杨龟年没有讲话，只是点点头——算是最高的赏赐了。

奠祭活动结束，我随着父亲走出文庙。刚一出门，那些老庄稼人就把父亲围住了，拉他的袖子，拍他的后背，摸抚那条耀眼的红绸，说着听不清的感恩戴德的话。我站在旁边，同样接受着老庄稼汉们诚心实意的鼓励的话，心里很激动。由爷爷和父亲在杨徐村坐馆所树立起来的精神和道义上的高峰，比杨家的权势和财产要雄伟得多！我从今日开始，将接替父亲走进那个学馆，成为一个为老少所瞩目的先生了！

那把黑色的座椅，那张黑色的四方抽屉桌子，我能否坐得稳？一直到将来再交给我的尚未成形的某一个后代，大约至少还要二十多年吧？二十多年里不出差错，不给徐家抹黑，不给杨家留下话柄，不落到被众人撵出学堂，谈何容易！要得到一个善终的结局，就必得像父亲那样……

乡村的私塾学堂也放寒假，每年农历的冬至节气就是下学日，祭过老祖宗孔老先生之后，就放假了。

过罢正月十五，私塾又开学了。我穿上蓝布长袍，第一次去坐馆，心里怎么也稳实不下来。走出我家那幢雕刻着“读耕传家”字样的门楼，似乎这村巷一夜之间变得十分陌生了。街巷里那些大大小小的树木——一搂抱粗的古槐、端直的白杨、夏天结出像蒜薹一样的长荚的楸树，现在好像都在瞅着我，看我这个十八岁的先生会不会像先生那样走路！那些拥拥挤挤的一家一户的门楼里,有人在窥视我的可笑的走路的姿势吧？唔呀！从我家的街门口到学堂去，要走到街心十字口，再拐进南巷，距离不近哩！不管怎样，我已经走出街门了，没有再退回去的余地了，只有朝前走。这时候，像面对一个十分面熟而又确实读不出字音的生字时顺手掀开字典,我想到了父亲走路的姿势。我多少次看见父亲来去学堂时走在村巷里的身姿，而他训导我的如何走路的条文倒模糊了。

我抬起头，像父亲那样，既不仰高，也不低垂，两目平视，梗直脖根，决不左顾右盼，努力做到不紧不慢，朝前走过去。

“行娃……唔……徐先生……”杨五叔笑容可掬地和我打招呼，发觉自己不该在今天还叫我的小名，立即改口，脸上现出失误的歉疚的神色，“你坐馆去呀？”

“噢！对！”我立即站住,对他热诚的问话表示诚意的回答；站下以后，却又不知再该说什么了。我立即意识到，不该停下脚步，应该像父亲那样，对任何人的纯粹出于礼节性的见面问候之辞，只需点一下头，照直走过去，才是最得体的办法……我立即转身走了。

我走进学堂的黑漆大门了。三间敞通的瓦房里，学生们已经把教室打扫得干干净净，摆满了学生自己从家里搬来的方桌和条凳，排列整齐；桌子四周围坐着年龄差别很大的学生，在“哇啦哇啦”地背书。今日以前的七八年里，我一直坐在这个学堂的左前排的第一张桌子上，离安在窗户跟前的父亲的那张教桌只隔一个甬道。这个位置是父亲给我选定的，从第一天进入这学堂接受父亲的启蒙，直到我今天将坐在窗前教桌的位置上，一直没有变动过。我打第一天就明白，父亲要把我置于他的视力首先所能扫瞄到的无遮蔽地带……现在，那个位置坐上新进入学堂的启蒙生了。

除了新添的几个启蒙生，教室里坐着的全是那些春节以前和我同窗的本村的熟人、同伴、同学，有的个子比我长得还高还壮实，我今天看见他们，心里真怯了。我完全知道他们和我父亲捣蛋的故伎，尤其是杨马娃和徐拴拴两人，念书笨得跟猪差不多，却尽有鬼点子捣蛋。我一进门就瞅见他俩的诡秘的脸相，真有点怯场了——那些不怀好意的脸相！

我立即走向那张四方教桌，偏不注意那几张扮着怪相的脸。我在父亲坐过的那把直背黑漆木椅上坐下来，腰似乎自然地挺直了。父亲就是这样挺着身坐。我回忆父亲的工作程序：坐下，先把桌上的四宝摆整齐，抹干净桌子，再掀开书本，或者在砚台里磨墨；一当听到教室里有异常的响动，就抬起头来，睃巡一遍，待整个学堂里恢复正常的气氛，再低头看书或者练习写字。

父亲一般是先读书的，后晌上学时才写字。我也应该这样做，只是今天例外——读书是难得专注的，写字肯定对稳定情绪更好些。我在父亲用过的石砚台上滴上水，三只指头捏着墨锭，缓缓地研磨。磨墨也该像个先生磨墨的姿势，不能像下边那些学生乱磨，最好的姿势当然只有父亲磨墨的姿势了。

墨磨好了。桌子角上压着一沓打好了格子的空影格纸，那是学生们递上来的，等待我在那些空格里写上正楷字，他们再领回去，铺在仿纸下照描。我取下一张空格纸，从铜笔帽里拔出毛笔，蘸了墨，刚写下一个字，忽然听到耳边一声叫：

“行娃哥——”

我的心一扑腾，立即侧转过头去，只见本族里七伯的小儿子正站在当面，耍猴似的朝我笑着："给我题个影格儿。"

教室里腾起一片笑声。唔！应该说学堂！

笑声里，我的脸有点发热，有点窘迫，也有点紧张。学童入学堂以后，应该一律称"先生"，怎能按照乡村里的辈分儿叫"哥"呢！可他是才入学的启蒙生，也许不懂，也许是忘记了入学前父母应有的教导吧！我就只好说："你放下，去吧！"他回到位置上去了，笑声消失了。

我又转过头写字。刚写下两个字，又一个声音在我耳边响起："'蓝袍先生'——"

我的脑子里轰然一声爆响，耳朵里传来学堂里恣意放肆的哄笑的声浪。我转过头，看见一张傻乎乎愣笑着的脸——这是村子里一个半傻的大孩子。他的嘴角吊着涎水，一只手在背后抓挠着屁股，得意地傻笑着；和我几乎一般高的个子，溜肩吊臂，像是一副不合卯窍的屋架，松松垮垮。这个老学生，念了七八年了，字认不下二百，算盘打不到"三归"，只是家底厚，又是他爸唯一的顶门立户的根，就这么在学堂里泡着。这个傻瓜蛋儿，打破他的脑袋，也不会给我起下这样一个雅号的，我立即追问："谁教你这么称呼我？"

教室里的笑声戛然而止，静默中潜伏着许多期待。

"他……他不让我说他的名字。"傻子说。

"你说——他是谁？"我冷眼追问。

"我不敢说——他打我！"傻瓜怕了。

"我先打你！看你说不说！"我说。

我从桌上摸过板子——那块被父亲的手攥得把柄溜光的柳

木板子，攥到我的手里了。我心里微微忐忑了一下，但随即毫不退让地说："伸出手来！"

傻子脸色立时大变，眼里掠过惊恐的阴影，把双手藏到背后去了。

我从他的背后拉过他的左手，抽了一板子，傻子当下就弯下腰去，用右手护住左手号啕起来："马娃子，×你妈！你教我把人家叫'蓝袍先生'，让我挨打……呜呜呜呜呜……"

我立即站起，一下子瞅住杨马娃——这个暗中专门出鬼点子捣乱的"坏头头"。不压住这个杨马娃，我日后就难得在这把椅子上坐安稳。我命令："杨马娃，到前头来！"

杨马娃虎不失威，晃一下脑袋，走到前头来了。他个子虽不高，年岁却不小了，也是个老学生。他应付差事似的朝我草草鞠了一躬，就站住了。

"是你给他教唆的吗？"我斥问。

"没有。"他平静地回答，似乎早有准备。

"就是你！"傻子瞪着眼，"你说……"

"谁能作证呢？"杨马娃不慌不急。

"……"傻子急迫地瞪着眼。

"不要作证的人！"我早已不能容忍这种恶作剧继续往下演，"伸出手——"

杨马娃伸出手来。他的眼里滑过一缕似乎冤枉的无可奈何的神色，既不看我，也不看任何人，漫不经心地瞅着对面的墙壁。

我抽一下板子，那只手往下闪了一下，又自动闪上来，没有躲避，也听不到挨打者的呻唤；我又抽下一板子，那只手依然照直伸着。我有点气，本想经过教训他解气，想不到越打越气了。那只伸到我跟前的手，似乎是一只橡皮手，听不到挨打者的呻吟，更听不到求饶声了。我突然觉得那只手在向我示威，甚至在蔑视我。教室里很静，听不到一丝声响。我感到了两方的对峙在继续，我不能有丝毫的动摇，不然就会被压倒，难得起来。我也不吭气，谁也不看，只看着那只要击中的手。我记得父亲打板子的时候就是这样，从来不看被打者的脸，更不听他们的呻唤和求饶，只是打够要打的数字。我抽下五板子了……

傻子突然跪倒在地，抱住我的板子，哭喊说："先……先先先生！马娃教我叫你'蓝袍先生'，我说你要打手的，他说不会，说你和俺俩都是在一块念下书的，不会打手的。他就教我跟你耍玩，叫'蓝袍先生'……我往后再不……"

我似乎觉得胳膊有点沉，抬不起来了；再一想，如果杨马娃一直不开口，我能一直打下去吗？倒是借傻瓜求情的机会，正好下台，不失威风也不失体面。

傻瓜先爬起来，深深地鞠了一躬，跑下去了。杨马娃则不慌不忙，文质彬彬地鞠了躬，慢慢走回到座位上去了。

我重新坐好，提起毛笔，题写那张未写完的影格儿，手却在抖。我第一次执板打人，心里却没有享受打人的畅快，反倒添加了一缕说不清的滋味……

萌动的邪念

无论如何，对杨马娃的一顿板子，彻底划开了我和同伴、同学之间的界限。那些心存侥幸企图开我的玩笑的人，那些想试试新上任的先生的脾气软硬的人，全都得出了自己应该得到的结论，学堂里的秩序按照父亲过去的模式继续下来了。

杨马娃退学了。挨打的当天后晌，他就没有再来上学，扛着镢头跟他爸上坡挖地去了。迅速地从村子各个角落反馈到我耳朵里的反应，却是绝对的一边倒。没有任何人同情杨马娃，听说连他爸也骂他不知深浅。执事杨步明当天下午就跑到学校，给我撑腰："打得好！念了几年书，连个礼行儿也不懂，没有一点规矩！不打的话，明日该翻天了！"他故意大声说话，让那些坐在学堂里的娃娃都听见。不光执事杨步明，几乎所有送子入学的庄稼人，在我来去的街巷里，一律支持我动板子的举动。我心里明白，不尊师长的越轨行为是不会有人同情的，所以并不觉得意外。

对杨马娃的退学，我也不觉得遗憾。按照我爷爷在这个学堂里开创的独特的教程（后来又经过了我父亲的补充），启蒙生从"一二三四五"开始识字，然后学《百家姓》，中年级学《七言杂志》，大约三年时间；附加的课程是珠算，先学加减，后学《九归》。三年时间里，那些穷庄稼汉的后代，学会了日常生活中惯用的杂字，会打一手算盘，就走出学堂，跟他们的父兄做庄稼去了，或者到西安某个铺店、作坊当相公（学徒）去了。留下为数不多的一些富裕户的子弟，接着就开《论语》，步步深造。这一套教程，从爷爷创立，颇受庄稼人欢迎，可以说贫富皆宜，有普及也有提高，照顾了"面"又保证了"点"。杨马娃早该退学去做庄稼或当相公去了，只是生得矮小，父母疼其体力不支，就叫他在学堂多混几年……迟早是要走的。

俩月过去了，没有发生什么意外，秩序正常。执事杨步明对我父亲几次夸赞："栽培有方！"父亲自然很欣慰。我的自我感觉也甚好。我从村中走过去时，可以踏出缓急有致的脚步了，再不紧张了；我在教桌前端直坐一晌，看书或授课，不再觉得腰酸腿困了。人说，我活脱就是二十年前父亲的原样儿，连脾气也跟父亲一模一样了！

我也意识到我的脾性儿变了。我小时爱笑，母亲说我长了一副笑面菩萨的脸儿，而且一笑脸颊上就有两个酒窝。父亲为我的爱笑没少训过我，说我长了一副没棱角的脸，尤其讨厌我脸上的那两个倒霉的酒窝……现在，我改掉爱笑的毛病了，酒窝自然也就极少出现了。我面对一伙性格各异的学生，没有威慑的力量是不行的，父亲说绝不能跟学生嘻嘻哈哈，笑了就失掉威势了；另一个不便说出口的原因，是我自打媳妇一娶进门，就笑不出来了。

她是坐着轿子来的，在伴娘的搀扶下走进厢房；我一把揭开她的盖脸的红布，狂跳着的心就一下子沉下去了，再也跳不起来了。我实在没预料到，父亲会给我娶回来这样一个媳妇！当然，父亲那种奇特的理论，我不敢顶撞。想想我现在在杨徐村的地位，想到徐家三代人在杨徐村所树立的威望，我觉得心里十分沉重。我不能给祖先丢脸，更不能耽于女色而使徐家的门楼上的“读耕”精神毁断于我手——这个女人的位置和比重一下子给划开了。

我从学堂放学回家，她就怯怯地招呼我：“先生，用饭。”她从来也不敢正眉正眼地看我的眼睛。当我发觉她在注视我的时候，我一回头，她立即就把眼光避开了。她不会撒娇，只会烧火、洗锅、刷碗、缝衣、做鞋。我见了她就没有话说了，我不说话，她也不说话，大约是怕说得不合适，所以小厢房里总是静悄悄的。

配偶的不甚称心和夫妻感情的不甚融洽，被新承担的教书工作的热情和兴味所冲淡，我觉得自己十分喜欢教学。这一方面的如愿与另一方面的不如愿掺和着，我就这么过着，也没有感觉到活不下去。生活虽显得古板，却也平静。

我的平静的心境却突然被打破了！

这天放学时，天下着雨，大雨点子在院子里的积水上打出一片白花花的水泡。年龄大点的学生们不顾雨大路滑，缩着脖子跑出学堂去了，院子里响起一阵杂乱的“扑哧扑哧”的脚步声；几个小娃娃躲在门口的房檐下，不敢出去。我站起来，舒展一下腰身，走到房檐下，劝那几个小娃娃再等一会儿，雨住了再走。这时候，一个穿着旗袍的女人走进学堂院子来了，撑起的红纸雨伞遮住了她的头脸。我却早已认出，这是杨龟年的二儿媳妇。我返身走回学堂，在椅子上坐下。

这个女人走到学堂门口，她的儿子已经扑到她的膝前，抱住了她的腰。她摸着孩子的头，笑容可掬地说：“把这把伞给你先生送去，你跟娘打一把伞就行了。”

我立即从椅子上站起，推辞，要她和孩子一人打一把伞，我到雨住了再走。她的儿子把伞放到桌子上，跳出门，她牵着他的手，转身走了；在院子的泥水里，小心地挑选可以下脚的地方，走出院子去了。剩下的三五个小娃娃，大约估计到他们的父母不会送洋伞或草帽来，就冒雨跑了。

学堂里静下来，剩我一个人，看着桌子上那把红色油漆纸伞。我拿起伞掂掂，却嗅到一股淡淡的香味——那是脂粉一类东西的诱人的气息。我坐在椅子上，眼前浮现出两只水汪汪的眼睛。如果不是这样近距离地看见她的眼睛，我真不知道世界上还有这样好看的眼睛。她穿一件紫红旗袍，披着卷发，细皮嫩肉，不过二十四五岁，旗袍紧紧包裹着丰腴的胸脯和臀部。我突然奇怪地想：如果我有这样好看的一个女人，难道真的就会荒废学业了？

雨小了，漾漾的雨雾从浓密的树梢笼罩下来，院子里昏暗了。我最后看了那把红伞一眼，终于没有用它，锁上门，走回家去了。

大约过了十天，或者半月，她牵着孩子的手走进学堂来了。她站在我的教桌前，斥说儿子想逃学，她把他亲手牵来了。我让她的儿子归坐。她却不走，从腰间摸出一块纸，摊开在我眼前的桌子上，问："徐先生，这个字怎样念？"

我一抬头，发觉她并没有瞅字，而是瞅着我的眼睛，那眼里有一种令人动心的神色。我忙回答了那个字的读音，就把脸避开了。她笑笑，说声"劳驾"，就走出门去了。

从这以后，每当我从杨龟年家门楼前走过的时候，就忍不住扭头瞥一眼那个深宅大院了。往昔里，我和父亲一样，是不屑于瞅一眼这角亭式的阔绰的门楼的。瞥一眼，其实也什么都没有看到。这一天，终于在门口撞见她了。我向她点一下头，就走过去了，她却又叫了一声"徐先生——"我停住脚，转过身。

"孩子肚子疼，后晌不能上学了。"

"那好。让娃儿在家养息。"

"缺下课……"

"娃儿病好了，我给补。"

"真麻烦你了！"

“不客气。”

我回到家中，那两只水汪汪的眼睛在我眼前忽闪飘浮；我在学堂，那两只眼睛又在字行间闪眨……

这天晚上，我回到家，看见父亲脸色不悦，从地里犁地回来，把犁杖重重地磕摔在台阶上。他回到家中，已经和大伯二伯一样亲身躬耕了——是累得心生烦躁了吗？

直到夜深人静，大伯二伯和堂兄弟们都睡定了，父亲终于把我叫进上房里屋，关了门，压住声儿，严厉得怕人：“你和那个臭婊子有啥好说的？嗯？”

我像当头挨了一砖，眼前都黑了，说：“她给孩子请假……”

“我不要你回话！”父亲站起来，可怕的鹰一般的眼睛，“我只想给你说一句：那个婊子再找你搭话，你甭理识！那是妖精，是鬼魅！你自己该自重些！”

我低下头，简直无地自容，好像我已经和那个女人真有过什么苟且之事；其实，不过就是说了两三次话，而且说的都是关于她的孩子念书的事，每一次也都是那么简单的几句。我想分辩、解释，然而，不光是父亲盛怒之下难于容纳，我自己也感到有口难张，羞于启齿了。

“走吧！”父亲负气地一摆手。

我不知自己是怎样从父亲住的上房里屋回到自己的厢房的。躺下之后，怎么也睡不着，心里烧躁憋闷，脑袋“嗡嗡”响。

这个女人，是杨龟年的二儿子在河南娶下的小老婆，因为战事吃紧，送回老家来了。杨龟年压根儿不知道儿子在外已经娶下小婆娘，气得吹胡子瞪眼，无奈那女人引着一个可爱的小孙孙——毕竟是杨家的后代，才收容下来，心里却见不得这个操着异乡口音的女人。那个经明媒正娶的大婆娘，对于这个“妹妹”，更是恨入牙根了。这个女人在杨家，没有援助也没有同情，活得没滋没味儿，村里人说她夜夜都偷着哭哩！村里人不明底细，纷纷传说，有的说杨龟年的二儿子从河南送回来的洋婆娘，是抢霸的一位良家女子；有的却说得截然相反，说她原本是开封府里一家妓院的窑姐儿云云。

无论父亲的态度怎样生硬，怎样叫人难以忍受，但冷静之后，我就不能不暗暗慑服于父亲那洞察细微的眼睛。我虽然没有和那个洋婆娘有任何拉拉扯扯的事，可从心里反省，那双水汪汪的眼睛确实弄得我有点神不守舍。如果不是父亲警告，长此下去，即使不会发展到做出什么有损门风的丑事，也极其危险。任何一点半句的风言浪语都可能毁了我，毁了父亲，毁了徐家几代人守节持仪所建树起来的家风……父亲直接砸向我脑门的这一砖头，是狠的，也是及时的。

我的心在收缩，被那个洋女人搅起的一缕纷乱的云霓，消散了。我再也不理睬那个被父亲骂作“妖精鬼魅”的女人，甚至连村中一切年龄尚轻的女人也都一概不予搭理。我不能让桃色亵渎徐家贞节的门楼……

杨徐村解放了。人民政府给杨徐村派来三位先生，真是令我大开眼界。他们穿四个兜的短褂，戴着八角制帽；废止了我的教程，给学生发下西北军政委员会编的课本，设语文和算术课，另开音乐、体育和图画；其中一位年轻的女先生，教孩子唱歌，张着嘴唱呀唱，令我目瞪口呆。

我自动辞职了。没有办法，我不会算术，连那些阿拉伯字见也没见过；语文科的新课本，虽然是浅显通俗的白话文，我却教不了。我离开了那个祖孙三代执教的学堂，让位给那三位新派来的新先生，跟父亲去种地。我的蓝袍脱下来了，作务庄稼穿它太不方便啰！

半年后，一天后晌，我和父亲正在村西的官道边的田地里翻耕靠茬地，乡政府的通信员送来一张通知，要我到城南的师范学校去进修。去不去？敢去不敢去？该去不该去？我拿不定主意，不知该怎么办。父亲也拿不定主意。自从那三位新先生进入杨徐村，父亲不止一次地讥诮说："蹦蹦跳跳，行走唱唱喝喝，男女不分，见谁都想搭话——啥好先生的样子！"现在他明白，师范学校培养出来的先生肯定都是那个样子，我将来也可能就是那个样子——他拿不定主意了。为此事，他专门走访了一回县教育科，回来后就拍了板——去！

临行的前一晚，我坐在父母住的上房里屋里，悉心听取父亲的临行教诲：怎样和先生说话，该当如何与同窗相处，远离家乡，一切都需自己检点。母亲又接着叮嘱生活上的琐屑事：忌食生冷食物，加减衣服要注意。我的那位媳妇呆呆地站在一旁，惶惶不安的样子，一直没有插嘴，这时问了一句："我该给先生准备哪件衣服出门？"

我一愣。这是一个暂时被父母连同我自己都忽略了的事。该穿短褂呢，还是长袍？我想了想，没有主意。看看母亲，母亲又瞅瞅父亲，看来也是不知该穿哪样才合适。父亲正在桌上磨墨，沉思一下，抬起头来，对我说："穿蓝袍。"

我有点疑惑："爸，我看咱村来的那三位新先生，都没穿长袍。解放了，不兴穿长袍了。"

"解放了，没听说不准穿袍子！"父亲讥诮地说，"你看那三位洋先生，穿个短褂儿，又那么短！前裆后臀无遮无盖，有失大雅！为人师表，成何体统！”

结论定局了，穿蓝色长袍。我的媳妇就退出去，准备我明日的行装去了。

父亲已经磨好墨，拔开毛笔帽儿，在砚台盖儿上再三地顺着毛笔尖，然后猛然悬起手腕，在一张硬纸上写下两个字——慎独。等得墨迹干涸，他交到我手上，严厉而又含蕴不露地瞅着我。我双手接住那父亲题示的嘱咐，夹在那只折叠小皮夹里，装在贴身的内衣口袋里，表示一定要在远离父亲的陌生的环境里，一切都谨慎行事，尤其是独自一人，不在父亲的视觉之内的地方……

第二天晨曦中，我背着行装，上路了。走出村子好远的时候，我一回头，隐约看见村口的大路边，兀然站着父亲的高大的身影。因为背向从东山泛出的晨光，他像一截黑幢幢的古塔巍然不动……

我转过身走了，心里忐忑不安，脚步也有点慌匆。等待我的那个世界会是什么样子呢？我无法具体想象……无论如何，这次出门，成了我一生中的第一次重大的转折……

我不会说话了，也不会走路了

当我站在教室的前头，班主任把我介绍给全班同学的时候，我简直都要窘死了。

班主任王先生领我走进插着“速成二班”木牌的教室的时候，整个教室里腾起一阵笑声，笑的声浪几乎把我掀倒了。我立即低下头。这个见面礼太令人难堪了。班主任挥挥手，缓声和悦地劝止大家，“不要笑”，然后简要地向大家介绍我的名字、年龄，希望大家和我互相帮助，搞好学习。我低着头，对班主任也不满了：面对一个生人，这些人这样狂笑乱说，太没礼仪了呀！你做先生的不予严厉训导，只是淡淡地劝止，像什么话？在你介绍的时候，教室四处仍在嘀嘀咕咕议论，这像什么话？什么教学秩序？太松懈了！

班主任介绍完毕，一位男学生站起来，表示欢迎我加入这个集体。他大约是班长。他也是随随便便的样子：“欢迎徐慎行同学到我们班学习，为速成二班争光，为祖国的教育事业贡献力量！归结一句话：我代表全班同学，欢迎……‘蓝袍先生’！”教室里立即腾起一阵喧闹的声浪，鼓掌声和笑声搅和在一起，乱极了！

我听到班主任王先生也在笑。我不能容忍他的笑，他毕竟是先生。他笑毕说：“同学们不要笑，也不要给新同学乱起绰号……”

我现在才明白大家嘻笑的原因了——笑我的蓝布长袍和头顶的礼帽。我一下子意识到了我和所有同学的差异——男生女生一律穿制服或便衫，头顶八角制帽，女生留齐脖短发或双辫儿。在杨徐村，那三位新先生的装束成为众人稀奇和议论的话题，成为我父亲讥诮的怪物；在师范学校速成二班的教室里，我的装束却成为老古董怪物了！好在班主任此时指给我一个空位子，我立即从讲台上走下去，逃脱这个被众人嘻笑着的尴尬地方。我走到座位跟前，那个位子上坐着一个女生，她朝我笑笑，表示欢迎与我同桌。我的心里猛地一跳。这个女生长得太漂亮了，又是一双水汪汪的眼睛。我不敢多看一眼，脑子里立即反射出杨龟年的二儿子从河南遣返回杨徐村的那个洋婆娘来，立即反射出我的父亲的警告：妖精！鬼魅！而这个同桌女生，这个“妖精鬼魅”，却成了对我一生影响深重的人，我后头再说和她的纠葛吧！

我不看她，在自己的座位上坐下了。我从书袋里取出学习用具，放在桌子抽斗里。这时，我的头皮一凉——礼帽被谁摘掉了。

我临行前刚刚剃过头，光光净净的秃头一定很难看，教室里又响起此起彼落的笑声。欺人不欺帽！我生气了，愤恨地扭过头，寻找恶作剧的人。我甚至不惜要撕破面皮，给他个对不起了。哪有这样开玩笑的？我没有找到帽子，却看见一张张开心的笑脸全都瞅着我的旁边。我一回头，看见礼帽正戴在她——我的同桌的头顶，她正装模作样地向大家扮着鬼脸。

我不知所措了。那顶黑呢礼帽扣在她的头顶，底下露出一排长长的黑发，似乎不觉滑稽，倒使她显得十分好看了。我聚集在心里的火气发不出来了，也不好意思从她头上动手取过礼帽来。就在我犹豫的短暂一刻里，不知后排谁从她的头顶揭去了礼帽，戴在自己的头上；之后，我的礼帽就被许多手抢来夺去，轮换戴在男生和女生的头顶。我无法忍受这样的侮辱，生气地端坐在凳子上，负气地不予理睬了。

她大约终于感觉到自己的行为有点过分，离开座位，在教室的一角里抢到帽子，从背后过来，扣到我的头上，说声“对不起”，就坐下了。

我一动不动，也没看她，以无言表示我的气怒。太没教养了！一个大姑娘，刚与人见第一面，就把别人的帽子抢过去，戴到头上，像什么话？疯张野教！

还有使人难堪的事。吃饭要赶到饭堂去，端上饭碗拿着筷子排队，依次到窗口去打饭。我站在队列里，心里很别扭。前头已经打了饭的学生，因为没有餐厅，一堆一伙蹲在院子里，一边吃饭一边说笑；女学生也夹在一堆，张着填满饭菜的嘴巴笑。我很不舒服。这些参加两年速成进修的男生女生，很快就要为人师表了，却是这样不拘礼仪！我在家时，自幼父亲就训诫我关于吃饭的规矩：等上辈人坐下后，自己才能坐；等别人都拿起筷子后，自己才能捉筷；等别人动手在菜盘里夹过头一次菜后，自己才能夹；吃饭时不能伸出舌头，嘴也不能张得太大，嚼时不能有响声，更不能在填着饭菜时张口说话。现在，瞧这些将来的先生们吃饭时的模样吧！张着嘴笑的，脸颊上撑起一个疙瘩的，满院子里是一片吃喝咀嚼的“唧唧嚓嚓”的声音……完全像乡间庄稼人在村巷里的“老碗会”，没有一点先生应有的斯文。

我打了饭，捧着碗，怎么也蹲不下去，就索性端回教室里来。走过一排排教室，我听见背后有压抑的嘻嘻的笑声，猛一回头，看见屁股后头尾随着一串同学，在模仿我走路的姿势——挺着腰，仰着头，迈着可笑的八字步……他们轰然大笑了。我真没办法！我觉得他们粗野无礼，他们却觉得我好笑，处处拿我开心哩！我回到教室，气得食欲也没有了。

我至今忘记不了我在师范学校集体宿舍里度过的第一个夜晚。

这种集体宿舍，我第一次见到：一排房子，两边开窗；钉成两排木板通铺，中间留一条走道；楼上又有一层。每个人把自己的褥子折成窄窄的一绺，挤挤拥拥铺满了床铺。我在我们班的辖区里铺上了铺盖被褥。天气虽是深秋季节，却不见冷，一个个小伙子，脱得只穿一条裤衩，在走道上擦洗，光着身子把脏水倒到室外的渗水井里。

我坐在床铺上，看着一个个男性特征暴露无遗的身体，心里更觉别扭，很替他们难为情。我自懂事以后，就从没有在外过夜；即使夏天，父亲也不许我穿短袖和短裤，连布袜布鞋也要穿戴整齐，不许不能暴露的肌肉露出来。现在，看着这么多赤裸裸的男性肌体，我更觉得难于当面脱下衣服、解开裤带了。

我悄然脱衣，迅速钻入被筒，却无法入睡。嬉笑吵闹声像戳乱了麻雀窝，好多人逞能说笑，引逗大伙发笑。

熄灯铃响过，马灯被宿舍舍长一口吹灭，宿舍里静下来。

一个细小沙哑的却是清晰的声音在宿舍里传播，像人们在夜静时听到的国外电台的播音——

“南山里有座古寺院，住着一个老和尚和一个小和尚。小和尚原是老和尚拾来的被人遗弃了的一个孤儿，无家无根，在老和尚膝前长大了。老和尚对小和尚十分钟爱，管教也非常严格，俩人终日念经诵道，修身养性，一心要修炼成佛。每逢正月十五古寺的香火祭日，老和尚就把小和尚推到后殿，锁起来，不许他看见进香的女人，以免受到诱惑。小和尚长到二十岁，还没见过异性，十分纯真。老和尚非常得意自己培养出一个心灵纯净的真人，认为他绝不会被世俗的情欲所侵染。

“为了试验这个小和尚的纯洁性儿，老和尚领他下山来，走进了繁华热闹的西安东大街。

“老和尚突然发现，小和尚不见了。一回头，小和尚站在十字路边，呆呆地盯着一个漂亮女子出神，口角的涎水吊到了胸膛上。老和尚一见，气得脸都扭歪了，急步走上去，又不好当

着大街上的人发作，就狠狠地说：‘那是魔鬼！’

“小和尚傻乎乎地笑着：‘魔鬼多可爱呀！我要一个魔鬼……’”

宿舍里，楼上楼下腾起一片压抑着的笑声。我的心里一悸，似乎那个说故事的人，是专门影射我的编撰。那个沙哑的声音还在继续——

“老和尚领着小和尚回到寺院，狠狠地把小和尚教训了三天三夜，说那个魔鬼如何可恶、可憎。小和尚不知心里如何，嘴头上表示憎恶那个魔鬼了。老和尚平气之后，就想到自己教育方法上的缺点，觉得只采取隔离的方法不行，应该让小和尚在女人窝儿里锻炼出铁石心肠来。

“老和尚在进香之日，让小和尚和自己一样盘腿坐在祭坛两边，合手闭目。为了试探小和尚看见进香的女人是否春心浮动，他在小和尚的腿上平放了一面鼓。为了避免小和尚的疑心，他给自己的腿上也放了一面鼓。

“进香的女人络绎不绝。老和尚微微启动眼皮，看见小和尚两眼闭得紧紧的，自己就合上眼。不一会儿，老和尚听到对面‘咚’的一声鼓响，心里一震，暗自骂道：‘这小子春心动了！算我白费了训诫的工夫！’睁眼看时，那小和尚的眼还是闭得严严的，嘴角流出涎水来了。正气恨间，又连续听到两声鼓响……

“进香完毕，游人走尽。老和尚追问：‘什么东西敲鼓？’小和尚低头不语，羞惭难当，不好说话。

“小和尚始终未听到老和尚腿上的鼓响，十分佩服师父练成了真功，就跪下请罪。请罪之后，还不见老和尚起来，他就献殷勤，去搬老和尚腿上的鼓；不料——鼓的那一面，被戳了个大窟窿……”

突然爆发的笑声，终于招来了值勤教师的禁斥。

我的脸上热臊臊的。这些没有教养的人，将来要做为人师表的教员，却在宿舍里讲这样下流的故事，太粗野了！我总疑心故事的说者，是在影射我，不，简直是侮辱我的人格！

我很苦闷，孤单。我走路，有人在背后模仿，讥笑；我说话，有人模仿，取笑；我简直无所适从，连说话也不知该怎样说了，路也不会走了。而我最头疼的是音乐课和体育课。我一张口唱歌，大家就笑，说我的声音是“撇”音，连音乐老师都笑；体育课更难受，我穿着长袍接受体育老师的篮球训练时，体育老师先笑得直不起腰来……每逢上这两门课，我就请病假。

漫长的一个月过去了。我没有快乐，也没有温暖，一切习性全乱了套。为了躲避众人的讥笑，我整天待在教室里不出门，以避免外班的学生的讥诮的眼光。我失去学习下去的信心了，想想两年时间，真是难得磨到底。我终于下决心退学，想回家当农夫务庄稼去。

这天早晨一进教室，我看到后墙壁的黑板前，围着好多同学在观看。这块黑板是《生活园地》——登载本班的好人好事等内容的宣传阵地，大约有什么消息了。我走到跟前一看，在《新同学介绍》栏内，写着一段取笑我的话。因为这个速成班的学生，先来后到参差不齐，不断地有从各方介绍来的学员插入，所以这儿开了一方《新同学介绍》栏。有人把介绍我的文字作了修改，变成这样：

徐慎行，字孔五十六。男性，二十三岁。籍贯：山东孔府。人称“蓝袍先生”，实乃孔家店的遗少……

整个教室里的同学都咧着大嘴朝我笑。

我不好发作，走出教室，向班主任请了病假，回来收拾了书籍用具，就向班长说一声请过病假的话，回到宿舍。

我捆了行李，在校园里静寂下来的时候，背起行装，从后门走出去。我匆匆走过学校所在的山门镇的街巷，就沿着小河的低矮的河堤向东走去。我像抖落了满背的芒刺，终于从那些讨厌的讥诮的眼睛的包围中逃脱了。说真的，他们看不惯我，我还看不惯他们哪！他们容不下我，我心里也容不下他们那些粗野少教的行为！

走着走着，我听到背后有人呼叫我的名字，而且是一个女人的声音。我一回头，就惊奇地站住了——我的同桌田芳正气喘吁吁地奔上来。

"你……为啥要走？"她奔过来，站住，双手叉腰，气喘不迭，水汪汪的眼睛里，有气愤、惊讶以及素有的柔情，"嗯？偷跑了？"

"我不想进修了。"我心死而气平。

"那不行，你得回去跟班主任说一声。"她放下一只手，另一只手还叉在腰里，"连纪律性儿都没有！"

"你是什么人？"我不在乎，"管我？"

"我是班干部！"她理直气壮。

我才记起，她是班里的宣传委员。我不屑地笑笑说："我要回家务庄稼去了！"

"国家刚解放，到处缺乏人民教员。"她说，"政府到处搜集有点文化的青年，集中培训，也满足不了乡村学校的需要；你倒好……当逃兵！"

我想，既然国家这样需要我，你们为什么欺侮我？我依然瞅着远处，执意要走。

“共产党毛主席领导我们闹革命，翻身了，解放了，自由了！大伙在一块儿学习，多高兴！”她在给我宣传，“咱们班的同学，都是些穷人家的孩子，要不是解放，能这么自由吗？你怎么能回去呢？”

这些大道理，我早听惯了，然而由她一泻而出，却不是说教，有真情在。她见我还不回头，就从我的背上扯被子，说：“我从山门镇看病回来，看见你从街东头走出去了，我就撵你；我不撵你，我就失掉班干部的责任心了。你即使一定要走，也该跟我回去，给班主任打个招呼……”

我只好跟她走回学校。

自由多么美好

从师范学校的操场上朝南望去，可以看见挺拔雄伟的秦岭的峰峦；眼前逐渐缓坡增高到山根的广阔的平原上，星散着大大小小的被树木的绿叶笼罩着的村庄；小河川道里，挑着稻捆的农民从木板搭成的便桥上忽闪忽闪走过去；田间小路上，农民拉着装满包谷棒子的小推车朝邻近的村庄走去。沉到平原西部的太阳，在落沉下去之前，向平原上的人们投射过来热情的最后的一瞥，把瑰丽的红光洒满村庄、田野、河水和挑担拉车的农民的脸上，秦岭陡峭的崖壁上红光闪耀。

我坐在操场边角的草地上，温习算术。我的语文课似乎不成多大困难，算术就吃劲了。因为是速成班，课程相当重。要命的是那些实际并不复杂的算题，我用心算就可以得出正确的结果，可是一用算术的严格的算式计算，就全乱了套。我自然把学习的重点搁在算术上。

“呀！你找了个好清静的地方！”

是田芳，不用抬头也听得出她的声音，不过，我还是仰起头来，而且很快。我慌忙站起，看着她抿着嘴嗔笑着，倒不知该说什么了。该请她在草地上坐下呢，还是就这么站着？我对于女性有一种无法克服的慌恐感，一见着女人，尤其是单独和一个漂亮的女人在一起，我总是感到心里很紧张。

“跟你商量一件事。”她说。

“好的好的。”我诚惶诚恐。

“坐下谈吧。”她先坐下来，“这么站着多难受。”

我在离她两三步远的草地上坐下，拘束得手脚不知该怎么摆着才好。她似乎很自在，双手拘着膝头，坐得很舒服，看着我，像欣赏一只惊疑不安的小兔子。她说：“想请你给咱们的《生活园地》板报写字，你愿意服务吗？”

她是班委会的负责宣传工作的委员，编排更换教室后墙上那块《生活园地》板报。我忙说：“我……当然愿意服务，只是我的字儿写得欠佳。”

“‘欠佳’！只是‘欠’一点。”她笑着，没有什么讥诮的意思，抠我的字眼，“我的字写得根本说不上‘佳’不‘佳’！”

“我写得不好。”我已经注意自己口头用语中那些文绉绉的词句，尽可能和大家一样用生活中常用的词儿，一紧张时就又冒出一个半个生涩的词句来，“真的，我的字写得不怎么好。”

“你的字写得多漂亮！”她感叹着，流露出欣羡的神色，“咱们班主任王老师都说，你的字儿比他写得好；在整个师范里，也是首屈一指。你还谦虚什么呢？”

我没有再做谦让的姿态。她真诚地对我的书法的赞扬，尤其是由她传递的班主任王老师的溢美之词，使我很受鼓舞。我的字，从五六岁时起，父亲就有计划地对我进行训练了。我先照父亲写下的影格描摹，然后临帖，先柳后欧，先楷后草；父亲常常因为我一捺一竖不像真柳真欧而训斥我。在这个速成班里，我的字是无与伦比的。我说：“我尽力为之。”

这件事已经谈妥，我想她该走了；她却坐着不动，忽然盯住我的眼，问：“你为啥一天到晚不和我说话呢？”

我的心里又一悸。这样直截了当的问话，使我措辞不及，不知怎样回答。班主任王老师指定我和她同坐在一条长凳上，共用一张桌子，至今有两个月了，我没有主动和她说过一句话。到底是什么原因呢？我自己一时也说不清楚。

“我文化水平低，”她说，“你瞧不起我吧？”

我遭到误解了，连忙说：“我……没有没有！”

“那……我是老虎是魔鬼吗？”她讽讥地说，“怕我吃了你？！”

我的脸轰然发热了，不由得低下头。我想起了在宿舍里听到的那个老和尚和小和尚的故事；老和尚威吓小和尚时把女人说成是魔鬼，我似乎就是那个可怜的小和尚了。我和她坐在一条长凳上，听讲或做作业，我从来也没有敢大胆地扭过头去注视她的脸。她长得太漂亮了，漂亮得使我不敢看她的那双水汪汪的眼睛。我只是在她不在意的时候，装作漫不经心地注视过她的眼睛和脸膛。其实我很想和她说话，和她对视，像她和班里的其他男生一样大大方方地交谈或者开玩笑——但我不行。越有这种想法，我却越要摆出一副毫不在意毫不动心的神态。我的心里有一道森严的壁垒、坚硬的外壳，对一切异性实行习惯性的排斥与反弹。我只好掩饰说：“我这人……不善辞令！”

“好啊！‘不善辞令’！”她笑了，“你何必那么拘拘束束呢？你自个儿不觉得难受吗？我呀，一天不笑几场，不唱几场，心里就憋得难受。”

“我太……古板。”我说。她的话正说到我的痛处，其实我比她说的还要痛苦。我被她拉回学校，班主任王老师在班里严肃地批评了那位恶作剧的学生，大伙也不再当面把我当作笑料了，可也没有人和我亲近，我的孤寂的心并没有得到拯救。我说：“我不会交际……”

她笑着，恳切地说：“咱们速成班，在一块儿不过两年，大家难得遇在一搭，毕业后就各自东西南北地去工作了，再见面也难了。你甭摆出那么一副老学究的样儿好不好？甭老是做出一派正儿八经的样儿好不好？走路就随随便便地走，甭迈那个八字步！说话就爽爽快快地说，甭那么斯斯文文地咬文嚼字！你看……我心里有话都端给你了！”

我难为情地笑笑。我想象不出，我斯斯文文说起话来和迈着八字步走起路来的样子究竟可笑到怎样的程度，却明白大伙对我摆出正儿八经的老学究的样子是不屑一顾的。我想告诉她，走惯了八字步倒不会随随便便走路了，咬文嚼字的说话习惯也难于一下子改过来，父亲苦心孤诣给我训诫下的这一套，像铁甲一样把我箍起来了。我说：“改是要改，一下子还是改不掉！”

“先把你的蓝布长袍脱了吧！”她说。

“那我穿什么？”我问。

"'列宁服'，而今时兴。"

"我能穿'列宁服'吗？"

"当然能。"她肯定地说，"你正年轻，身段也好，穿一身'列宁服'，保险好看。"

"有卖现成的吗？"我受到鼓舞，尤其她说我"身段好"，肯定在她看来，我的身材长得并不难看，"山门镇上能买到不？"

"你把长袍改一改。"她说，"山门镇上有个裁缝铺，花一点钱改成'列宁服'，还能省一点。"

"那我现在就去！"

"咱们一块去，我给你参谋。"

三天以后，吃罢晚饭，回到教室，她向我挤一挤眼，使我有一种暗中默契的喜悦。她在和我到裁缝铺去改做衣服回来时，给我说："暂时保密，一俟'列宁服'穿到身上，让速成二班的男女同学大吃一惊吧！"我知道她挤眼的意思——今天是取衣服的时限日。我早已按捺不住一种稀奇的心情，就和她走出学校的大门。

那个秃顶的老裁缝，取出改好的衣服，又取出剩余的布头，交给我。

"试试，"她说，"看看合身不合身。"

我有点难为情，觉得当着她的面脱袍子，不大雅观，就说："我回去试。"

"在这儿试吧，有不合尺寸的地方，老师傅看了也好改。"她说。

"试试吧！"老师傅也这样说。

我不好推辞，就背过她，脱下蓝布长袍来。尽管袍子下有两层衬衣衬裤，我心里还是止不住惶惑，似乎这蓝袍一揭去，我的五脏六腑就全部暴露无遗了。

她提起那件改制的蓝色“列宁服”，帮我穿上，又帮我结上纽扣，我感觉到了那只灵巧的手指的温柔。我一低头，胸前两排纽扣，一排是扣着的，另一排完全是装饰品，两条宽大的领条分别摆在脖子两边。

“到镜子前头去照照。”师傅说。

我站在穿衣镜前，看见了陌生的自己，竟然不好意思了。说真的，我在镜子里第一次发现，我的模样是很俊的——眉骨耸高了，脸上的棱角也明显了，再不是像父亲骂我的那样一种女子气儿的少年了；只是那个酒窝，在我不好意思的羞怯中又隐隐现出来。我看见她站在我背后，一眨不眨地看着镜子里头的我的脸；发觉我看见之后，她有点惊慌地摆开头去了。

“挺好。”她说，“刚合身。”

我听到她的话，有点不满足，甚至怅然若失。她怂恿我改做衣服时，曾经热烈地赞扬过我穿上“列宁服”一定很好，因为我的“身段好”；我现在穿上了，自己已经觉得确实很好的时候，她却平淡地只说“挺好”“刚合身”。我希望听到她热烈的欢呼，却没有了。

无论如何，我感到一种从来没有过的轻松。我像卸下了钢铸铁浇的铠甲，顿然感到浑身舒展了。天呀！走出裁缝铺的门，踏上山门镇石板铺成的街道，我居然不会走路了！脱掉蓝袍，穿上“列宁服”，那个八字步迈不开了，抬脚举步十分别扭。她刚出门，看着我走路的样子，“扑哧”一声笑了，像是压抑了许久似的。我才理会了，她在裁缝面前是有意保持着与我的谨慎的距离，不敢说出太热情的话来。

“呀！衣服换了，路也不会走了！”我也自嘲地说。

“放开走！随随便便走！想蹦就蹦起来！”她说，像是和谁赌着气，“你敢不敢蹦起来？试试你的胆子，徐老先生？”

她在激我，开我的玩笑，我心里一急，伸手在她肩上打了一下，立即就愣住了——天哪！简直不可思议，在这个栈铺拥挤的街镇上，我居然和一个女生打打闹闹！

“好啊！‘蓝袍先生’敢动手打一个女学生了！真是进步了，解放了！”她讥诮地斜过我一眼——使人感到亲切的讥诮呀！她说，“再勇敢一点，蹦起来！”

我鼓了鼓勇气，连着蹦起来三次。蹦起来，挥一下手臂，落到地上的时候，我脸红耳赤，索性不去看街道上那些市民的脸色。我对她说：“我今天才解放了！”

“对对对！”她连声附和，也很激动，“为啥不蹦呢？为啥不说不笑不唱呢？旧社会，尽让别人尽性儿蹦了、尽情儿笑了唱了，而今解放了，轮着我们妇女了！”

“我可不是妇女！”我分辩说。

“你比妇女还封建！”她哈哈笑着。

“我究竟是什么且不管，”我也笑着说，“反正我自由了！自由多么好哇！”

“唱歌吧！”她说，“有勇气，跟我唱着走过去！”

“我不会唱……”我不承认我没有勇气。

“跟我顺着溜吧！”她说着就唱起来。我和她并排走着，顺着她唱的音调溜唱：

解放区的天是明朗的天

解放区的人民好喜欢

……

临近校门的时候，她突然站住，回过头来，煞有介事地说：“你把八字步全忘了！”

我心里一惊。真的，唱着歌走过街道的时候，我的脚步从八字步里解放了，自由了！

第二天，我按照她的吩咐，在教室后边的黑板上换写《生活园地》的内容。她把一篇编成的稿子交给我，要我按照这篇稿子的内容和长短安排版面。我低头看稿，看见了一个刺眼的题目：

“蓝袍先生”穿上了“列宁服”

我问：“谁写的？”

她说：“我。”

我不知我为什么要问谁写的！如果不是她写的，我就不愿意让它公诸全班？我自己一时也说不清楚，反正我捏着粉笔走向板报了。

整个教室里，为这篇文章欢腾起来。

还　俗

田芳一天没有来上课，我的心里很不自在。

她病了，躺在女生宿舍里，一整天没有进教室的门，也没有到饭堂里去吃饭。我看见班里几个女生在一起，给她打饭送饭。我问一个女生："田芳怎么了？要紧不要紧？"她支支吾吾着，只说田芳病了，像是有意回避别人的关心，我也不好意思再问下去。

我感到孤单了。一张长条课桌，过去坐着我和她——两个已经成年的速成班的大学生，我感到拥挤，也感到桌子的面积过于狭窄；现在，我一个人坐在长条凳上，觉得这桌子太宽绰了。

她的书籍和作业本子静静地躺在桌斗里，墨盒儿寂寞地蹲在桌子的右角上——这些被她的手指抚摸、使用过的工具，现在全都失去了生气，使我看见时就有一种惆怅之感。我挪过那只四方形的黄铜墨盒，打开；垫着的丝绵团儿上留下她用毛笔挤压的坑凹，墨汁干了；我便把刚刚磨好的一砚台墨汁倒了进去，干瘪的丝绵团儿被墨汁泡得膨胀起来。我把墨盒合上，重新放到她自己平常搁置墨盒的固定位置上——桌子靠墙边的右角上。这时，我忽然在桌子与墙的夹缝里发现了一根头发，就用手指轻轻儿抽出来。

头发很黑，像墨，又很柔软。这是从她的头上脱落下来的，她自己大概很不注意，更不可惜——她有那么多的黑乌乌的头发，垂在脸颊和后肩上。我忽然似乎真切地有了用手抚摸她的脖颈上的头发的感觉，就把那根头发悄悄地夹在日记本里。

没有了田芳的速成二班教室里，也显出明显的差别来。往常上课之前，老师走进教室门之前的三分钟的等待中，田芳领大家唱歌。她在我的耳畔唱出一支歌的头一句，叫声"一——二"，于是教室里就腾地响起歌声来。我能清晰地感觉到她口中掀起的轻柔的气浪对我的耳朵和脸颊的冲击，随之就跟着大家唱起来。今天，第一节课前，因为没有人领唱而默然了；第二节课开始前，由班长临时代替田芳领唱，却有点别扭，燃不起大家唱歌的热情，纵然唱起来了，歌声也死气沉沉，缺乏生气。

我坐在课堂上，眼睛瞅着在讲台上讲得满头大汗的老师，心里却想：田芳病得一定很重。她那样热情奔放的人，不病到十分厉害的境况，怕是不会躺下的。宽大的女生集体宿舍里，现在只躺着她一个人，一定很孤寂；我要是陪坐在她的床边，肯定能使她的心情宽舒一点。而我也是乐于坐在她的旁边的。

我决定在午休时去看她。好容易上完四节课，草草吃完午饭，我回到教室，放下碗筷，没想到班级篮球队长拉住我，要我写几张篮球比赛的布告。我只好埋头书桌，拔开毛笔。

球赛是一场校际比赛，由我们速成二班对县中的校队。我们班的篮球队是师范的冠军，威震县城。我们的篮球队队长有一个雄心勃勃的计划——要征服县城里的所有单位的篮球队。我已经迷上篮球运动了。虽然球技水平根本不够上场的资格，我却是这支生龙活虎的球队的一个不可或缺的成员——我每次写海报。我的字是可资赢人的，即使在藏龙卧虎的古县城里，我写的海报前也常常围着一堆并不喜欢篮球运动的遗老遗少，他们品评着我的墨迹，使速成二班的篮球队也增加了一点光彩。我的主要职责是替运动员们当“衣服架子”——他们上场时，匆匆地脱下衣衫或裤子，甩到我的怀里，我一律搭到肩上，不会弄脏，也不会丢失。我从开场一直看到结束，从不中途退走，很让运动员们放心。篮球赛结束后，我替他们用网袋背球儿，和他们议论着刚刚结束的战斗，走到小镇街道外边的小河里，洗一洗。为此，篮球队长破例吸收我为篮球队的队员——虽然根本不是指望我上场。我穿上了一个最大号码——二十六号的背心，胸膛上有两个用红布轧成的大字“速成”——既是我们班的班名，又意味着在赛场上速战速决的作风，自然是我的笔迹。

写完海报，我就急忙往女生宿舍走去。下午有球赛，我不能不去；缺了我，队员们的衣服搁哪儿去！走到女生宿舍门口，我有点犹豫起来。那个门里是女性的独立王国，即使再开通的人，甚或是冒失鬼，也会在这个门前放轻脚步，思考一下。我从来也没有进过女生宿舍，倒有点丧失勇气了。

“噢呀！慎行，快来！”我们班的王艾艾正好出门来倒水，看见我，快嘴快舌，“田芳刚才还问你哩！”

我的所有顾虑全都在王艾艾的几句话中烟飞云散了。我跨上台阶，跟着王艾艾走进门，由她引着一直走到田芳的床铺边，这时我却急得说不出一句话。

田芳倚在被子上，向我笑笑，说其实并不要紧，明天就可以上课了。我已学得稍微聪明了，知道女同学有些不便说出口来的疾病，也就不问病症，只是关照她按时服药，悉心养息。

我坐在她旁边的床沿上，看见她的脸色有点黄，眼圈上有一道模糊的晕圈，头发有点散乱地压在被子上，病容的脸颊似乎更加婉丽动人，令人陡生怜惜之情。我忽然想到我早晨捡到的她的那根头发，不由得心悸了一下，竟然觉得鼻腔酸溃溃的。看着左右坐着的本班的几位女同学，我强忍住涌动的眼泪。

“我刚才还问你哩！”她淡淡地笑笑。

“有啥要我做的事吗？”我问。

“离元旦剩下一月时间了，校学生会要各班给元旦晚会准备节目。”她款款地说，忽然眼睛一亮，“咱们班出四个小节目、一个大节目，想排《白毛女》，让你参加演出……”

“啊呀！天爷！我……”我惊慌地摆手。

“其实，你的嗓子挺好的，只是没有经过训练。”她并不急，似乎早就料到我的反应，依然缓缓地说，“把嗓子练顺了，声音挺好。”

几个女同学也都附和着，说我的嗓音不错。我从来也没想到过登台演戏，很不踏实，仍然推辞。几个女同学七嘴八舌，简直说成了非我莫属的情况。

王艾艾问：“派他支哪个角儿呢？”

田芳笑笑说：“黄世仁，怎么样？”

“不行不行！”我腾地红了脸。

“他不用排就会迈八字步！合适合适！”王艾艾冲着我，在走道上转起八字步，“慎行呀！演吧！”

“这次演出要评奖。”田芳说，“咱们要给速成二班争取荣誉。”

我忐忑不安地垂下头。

“等我病好了，咱们就开始排练。”田芳说，“你甭怕，我给你排戏！”

我支吾一声，自己也没听清说的什么。我想推辞，却怕她不高兴；接受吧，又实在觉得是笨鸭子上架——太难为了；而想到在排戏的较多的课余时间里，可以和她在一起，我又觉得十分快乐，于是就算默认了。

我坐在她的床边，明显地感觉到女生宿舍的气氛比男生宿舍干净、整洁，飘着一丝淡淡的粉脂的气味。诚恳地劝慰她安心养病后，我就告辞了。

晚自习时，我隐隐得知，田芳的家里大约出了什么事。她的父亲昨天到学校来找她，有人看见她送走父亲时，憋着气，晚上在宿舍偷偷哭过，今天早晨就起不了床了。究竟发生了什么事，她没有给谁说过，属于一种猜测。

我想不出她会有什么大不了的事。

第二天早晨，她来上课了，我的心里竟是一种急切的期待之情。上早自习了，好多同学从教室里走到外头去，在庭院里的柳树下、在学校的围墙根，朗读或者背诵语文课文。我也喜欢在院子里早读，空气清爽，也不干扰别人。今天早晨，我没有出去，就坐在位子上。我在暗暗等待着田芳来上课。

她来了。走进教室时，屋里的几位同学都和她打招呼，问候她的病情；她笑笑，一律表示感激，说自己今天精神好多了，不要紧了。

她向自己的座位走来。我已经早早站起，像是迎接她归来。她走到我跟前，照例笑着，坐到靠墙的位子上。我忘了问她病况，也随之坐下，心里很踏实了。

“头不疼了吧？”

“不疼了。很好。”

她说她好了，我就再也找不出什么问候的话，不说又觉得心里别扭，就又说了一句热心的关照的话：“天气凉了，要注意冷暖变化，甭大意。”

她有那么不长不短的一会儿时间，以一种异样的目光盯着我的眼睛，听我说话；忽而眼睛一闪眨，那种异样的光消失了，又恢复了和一般同学说话时一样普通的神色。那种异样的目光出现的时候，我的心忽闪忽闪跃动了，胸腔里阵阵发热，像一束电石的火光灼了一下——我有生以来从未有过的一种奇妙的心灵颤动。

“谢谢。”她说这句话时，虽然是诚恳的，却没有那种撞动我的心灵的目光。

又过了两天，晚饭后，她召开第一次排演会议，所有参与演出的演员和伴奏、服装、道具人员都参加了，四十来名学生的速成二班，几乎人人都派着了用场——伴唱组的女生，伴奏组的拉胡琴的、打大鼓的、敲锣打梆子的，人才应有尽有；那个拉头把胡琴的男同学，原先当过吹鼓手，喇叭和铙钹，全都能来两下，由他负责伴奏组的训练，缺少的人才由他教导。

我被分配演黄世仁，竟然成了真的。田芳饰演喜儿，在剧中我和她处于两个对立的阶级的地位，毫无感情上的共鸣，使我很遗憾。我甚至忌妒起班长刘建国来，他演大春，正面人物，脸上抹红，又有许多和喜儿表示特殊感情的戏剧情节。但我还是服从了田芳的分派，使她不至为难，再去调整扮演角色，浪费时间。而要在一个月稍多点的时间里排出这一大本戏来，真是够紧张的。

田芳表现出她对文娱工作的非凡的组织才能。她要求大家在五天内全部背过唱词，一周后在一起对词，下来花十天时间排演动作，第四周结合伴奏全面排演。她精神振作，热情极高，同学们都愿意听她的吩咐。

她是够忙的了，既要指挥大家排演，又要自己支角儿，而且是贯穿全剧的主角。我们每个演员，在背会唱词以后，就给她打招呼，向她面背一遍；然后，她弹着风琴，一句一句给我们教唱词，一句一句纠正音韵不准的唱段。我看不到她自己背诵喜儿的唱词的时候，但我并不担心，似乎整个剧本早就扎在她的脑子里了。

黄世仁的唱词儿不多，却有点怪腔怪调儿，唱起来十分拗口。《北风吹》和《红头绳》两段，几乎每个同学都会哼会唱了，而生活中很少有谁喜欢哼一哼黄世仁的腔调的。我对扮演黄世仁这个角儿的兴味提不起来，音调更觉得唱不准了。

“甭急，慢慢来！”

她用脚踩着风琴踏板，双手按着琴键，侧过头来，对我说。大约是看出了我的不耐烦情绪，她反倒不厌其烦地和着琴声，唱了一遍又一遍，给我示范，给我纠正。我一边跟着独唱，一边盯着她弹琴的动作——端庄、自然、优美，我的心情很快就稳定下来。

我的热情陡地高涨了，精神异常兴奋，心情特别舒畅，几乎每天晚饭后总是第一个走进学校的小礼堂——这个临时借用的排练场，替她做些组织工作，做些零碎的杂事。她提议增补我为剧团的副团长，大家一致拍手赞同。我和大伙相处得很好，进入我来到师范学校之后的最佳精神状态。

新年临近了，排练也进入最后的关键时刻。一场意料不及的事发生了，田芳——我们剧团的团长，《白毛女》剧中的灵魂，被什么一时搞不清的野蛮的家伙绑架了，在师范学校酿成了一场严重的“田芳事件”……

拳头之歌

这天上午的后两节课是作文。王老师在黑板上写下《第一场雪》的题目之后，简单地提示了几句，就走出门去了。

我正在起草稿，忽然看见一个老头走进教室门来，肩头背着褡裢，脸上冻得皱巴巴的，在教室里瞅着一个个男生和女生低垂写字的脑袋。我看他那倔倔的神气有点可笑——这是谁的家长来了呢？他瞅了半天，也没有瞅见要找的对象，就叫道："芳芳！"

田芳猛地仰起头，急忙筒了笔，显出慌慌的样子，离开座位，从走道上走到前头，把老头儿引出教室去了。

那老汉大概是她的父亲，我猜测，从他叫她名字的口气可以判断出来；村乡里那些老农民，叫自己的亲生儿女时都是这种神气，而且不分场合，一律像是在自家屋里呼儿唤女。他来找她，并不稀奇，班里的同学从四面八方汇拢到这个小镇上，一律住宿，一年半载不回家，常常有这个那个的家长找到学校来，少数是家里出了事，父亲或母亲病重了，需得回去看看；多数是给儿女送衣送钱，借机看看自己可爱的儿子或女儿。

田芳跟她父亲出门以后，我的心里却不安了。她的父亲找她，我有什么好说好想的呢？我自己也奇怪了。她抬头看见她父亲的那一瞬间，眼里泄出一道惊恐的神光，随之转换为一种憎恶的气色了，随之一切又都消失了。她的父亲，即使猛来乍到，也不应该令人那样惊恐吧？更不应该有憎恶的样子显现啊！我猜不出其中的原因，心里却有点焦躁，有点担心。

我竟而至于不能继续描绘入冬以来第一次降雪的壮丽景色了，越想，心里越加焦躁了。人对于可能发生的祸事是不是有一种先兆性的心理反应，我说不清，反正我心里已经毛躁得难以在作文本的小格子里写字了。

我拿起茶杯，佯装到水房里去打水，走出教室。甬道上没有田芳和她父亲的影子；一排排教室里，传出这个那个教员的讲课的声音。她大概把父亲引到宿舍里去了。我在水房里打了水，慢步朝回走，忽然看见打铃的校工刘大根跑过来，朝我说：“你们班的田芳给人拉走了！”

“谁？”我大吃一惊。

“一帮人！”刘大根说，“我从街道上过来，碰见一帮人把她往马车上拉！”

“在哪儿？”我的心里腾起一股火来。

“山门镇南头……”

我甩了水杯，拔脚就跑了。我蒙了，闹不清究竟是怎么回事。那个叫她的到底是什么人呢？她为啥要跟他走呢？我只觉得她不能被拉走！怎么会有这种事呢？我奔出校门了。

街道上似乎有人已经在议论什么，我直朝小镇南头跑去，果然看见围着一堆人，议论纷纷。我奔到跟前，大车上站着七八条大汉，扭着田芳，田芳在挣扎，又跌倒在车帮上，几个人趁势压住她。我大喊一声：“不准抢人！”田芳猛地回头，哭喊：“快——慎行……”赶车的人大约感到事不宜迟，“啪”的一声甩起鞭杆，马拉着大车跑起来了。

我追着马车跑。马车跑得并不快，我追到马前头，面对奔马，毫无办法。我自小没有摸过牲畜，更不会驾车，不知怎样才能使奔驰的马车停止下来。那个赶车的汉子，一挥长鞭，我的头顶一声响亮的鞭声，鞭鞘抽在我的左脸上，火辣辣地疼。在我被抽得晕头转向的一瞬间，马车“哗”的一声跑过去了。

我摸一把脸，继续追。愤怒与急迫中，我从地上摸起半截烂砖头，离开马车稍远一点，跑过奔马，回过头来，照准驾辕的红马的脑袋，鼓足全力甩出砖头，一下子击中了马的鼻梁骨。

那红马尖叫一声，前蹄腾空跃起，前头挂鞘的两匹马站住不动了。赶车人用鞭杆砸辕马的屁股，红马摇头摆尾，尥起蹄子乱踢——马车停下了。

我立即扑上马车，又被一个汉子推下车来。赶车人也跳下车，朝我愤怒地抡起拳头。我已经忘记了危险和孤身无援，迎着他冲上去。这是一个中年汉子，力气很大，却笨拙；我闪过他那沉重的一拳之后，就在他的脸上砸了一下，大约打中了他的眼睛，他立即丢下鞭杆，双手抱住眼睛，蹲在地上了。这是我平生第一次打人，还真的尝到了一点打击对手的痛快。

“打这个野男人！”

我听到一声吼，从车上跳下三四个汉子来，从四面包围了我。我不知该怎样对付，头上一下，腰里一下，被打得无法防备，忙朝车上喊：“田芳！快跑！”就被打倒在地上了。

“打这个野男人！”

我被打倒在地上，有人坐压着我的脊背，我爬不起来。他们在骂谁？“野男人”是谁？是把我当田芳的“野男人”打吗？

街巷里一阵呼喊，一阵杂乱的脚步声。坐在我背上的那个汉子蹦走了，我爬起来一看，速成二班的男女同学赶来，正在大车周围的街道上摆开打架的阵势。力量对比一下子发生了绝对的变化，那几个汉子被学生包围住，打得乱爬乱滚。

我跑到马车跟前，看见几个女同学已经解开田芳被绑捆着的双手，扶着她从车上走下来。我看见她的泪痕斑斑的脸颊，忽然心里难过了，流下泪来，一句话没说出口，就跌倒在地上，昏过去了……

我的手被一只温柔的手攥着，紧紧地攥着；我真舍不得那只手松开，离去。我睁开眼，是田芳握着我的手，周围坐着一伙男女同学。她当着大家的面攥着我的手，似乎没有什么不好意思；我也似乎觉得没什么，好像本来就该这么攥着。

我依稀记得，我是在山门镇的医疗所里被救醒的。大夫给我包扎之后，又给我吃了几片药，说是催眠的，我就睡到天色傍晚了。

我感到口渴，张张嘴，没有说话；她意识到了，用一只瓷匙给我嘴里喂水。我看到她从盛水的搪瓷缸里舀起一匙水，用嘴吹吹凉，就准确地喂到我的嘴里。我静静地躺着，闭上眼睛，听着那“咝咝”的吹气声，等待那挨近到嘴唇上来的匙子。我真想抱住她，把头埋在她的胸前，和她痛哭一场。

“你知道不？县公安局把狗日的逮了三个！”班长刘建国说，“我们速成二班这下打出威风啰！太不像话嘛！已经解放了，竟敢抢人！”

我心里很痛快。抓了他们三个人，真是叫人痛快！我坐起来，浑身疼痛，背后垫着被子。

“哈呀！了不起，真了不起！”篮球队长说，“咱的‘蓝袍先生’会打架了，真是了不起！想想你刚来时的那般斯文……”

大伙瞧着我笑。我也笑了。田芳抿着嘴儿，也瞅着我笑，说：“他打什么呀！净挨了打！”

我挨了打，被打得头破血流，鼻青脸肿，可我也打了一拳，砸了一砖头。我那一砖头砸得多准！正好击中了辕马的鼻梁骨，使飞奔的马车停住不转了。我仅仅打出的一拳又是何等的威风，何等的准确，一下子砸得马车把式蹲到地上，双手捂住眼睛，抡不成鞭杆了。我平生没有跟别人打过架，没有体验过打人的滋味，现在才发觉，打人也有乐趣，特别是当你出于一种卫护弱者（这弱者又是你顶要好的同学）的义愤的时候，用拳头击中对方的身体，真会产生一种无与伦比的痛快的滋味。我久久地回味着那一拳击中马车把式时的情景，而把自己得到的几倍的报复忘记了。

"他们怎么敢在光天化日之下抢人？"我问，"田芳，到底是怎么回事？"

"那是她婆家来的一帮子蛮汉，要抢田芳回去拜堂——结婚！"一个女同学代替她说，"甭问了，让田芳又难过。"

我又忍不住问："到教室来找你的那个老汉是谁？你怎么就跟他走了？"

"那是我爸。"田芳说，"我爸在我十岁时就把我许给人家，卖了八石麦子。我而今不愿意这桩事了，他说让我拿出八石麦子还人家；我说我工作以后，逐年还，全部还清。俺爸这一关先打不通，跟人家合在一起，要把我送给人家哩！他说不单是粮食问题，说我丢人丧德，损了他的面子……"

我大致明白了缘由，也不想再细问了，怕引她伤心。这样的婚姻状况，在我们速成二班，不仅是田芳一个人的痛苦，好多男生女生都有类似的遭遇。班里早已有几位学生解除了婚约，还有一些人正在酝酿，两个速成班正在形成一股离婚和解约的风潮。

"打这个野男人！"

那个从马车上跳下来的汉子呼喊着朝我奔来，把我当"野男人"打，现在想起来，似乎也并不觉得有什么不好意思。当时，田芳被绑在车帮上，不知听到这句恶毒的话了没？

“田芳……”我想安慰她几句，却又不知该说什么好，临到嘴边，却说到其他事情上去了，“咱们的戏还排练不？”

“今天……停了。”田芳说，“你的伤势要是到时不能恢复，就难演出了。现在想调换谁来演，来不及了！”

“你先说你——？”我担心她的精神受刺激太重，怀疑她能不能上台，“能上台吗？”

“我能。”她说，“我才不把他们当回事儿哩！反正甭想我进他们的门！”

“我也能！”我说，“你给大家继续排演吧！我一定能上台！”

元旦晚会通宵达旦，夜半时，食堂里给全体师生准备下一顿丰盛的年饭。《白毛女》是压轴戏，排为最后一个节目，吃过年夜会餐之后再化装也是来得及的。我就坐在大礼堂里，欣赏着各个班里的文娱节目。田芳另有一个独唱，我期待着。

终于轮到她了。她站在台上，穿一件红袄，沉静而大方。几天前，由她引起的轰动一时的打架事件，使她成为全校瞩目的人物；现在，她站在台上，再一次让全校师生瞩目。不知出于什么心理因素，哄哄乱乱的大礼堂里倏地静寂下来。她唱起来了——

旧社会
好比是黑咕隆咚的枯井万丈深
井底下
压着咱们老百姓
妇女在最底层
看不见太阳看不见天

数不清的日月数不清的年
做不完的牛马受不尽的苦
谁来搭救咱

会场里十分静，静得使人感到压抑，压抑得人想喊，想叫，想蹦起来狂呼狂喊！我的眼泪流下来了。我听见有人抽泣。不知是哪个班的女同学，开始附和着田芳在台下唱起来，歌声很快地蔓延到各个角落，男生们也唱起来了，整个大礼堂里，回荡着这曲《翻身歌》——

共产党，毛泽东
他领导咱全中国走向光明
从此砸断了铁锁链
妇女就成了自由的人
……

我仰起头，张着嘴，忘情地唱着，眼泪从脸颊上流进嘴角里来了，咸涩涩的。我是个先生。我是那个小和尚！我是受压迫的妇女！我是一个被父亲禁锢成了没有七情六欲的木偶！我……今天成了……自由的人……了！

新浪潮拍击下的老农民

积雪覆盖着原野。乡村间的大路上，午间融雪时被踩踏得稀烂的泥巴，夜间又冻结成硬块了，路面坑坑洼洼，绊绊磕磕。道路朝南，沿着缓坡而上的原野延伸，在雪地上像一条随意丢下的皮绳，曲曲弯弯。

我们三人——班长刘建国、班主任王老师和我——一行，冒着渭河平原数九隆冬清晨时分凛冽的寒风，正沿着这条乡村大路朝南走，要赶到一个叫田家寨的村子去，找田芳的父亲田茂荣老汉。我们将交给他四百块钱，由他再交给把田芳许订给的那一方的家长，偿还他接受过的彩礼或者说聘金，从经济上彻底割断捆绑着田芳的绳索。这是怎样一个令人鼓舞的壮举！

四百块钱装在我的书包里，沉甸甸地挂在我的肩上，那无异于几百颗“腾腾”跳跃着的心，我怎能不感到沉重呢！

新年晚会上，我们的《白毛女》歌剧获得了极大的成功，田芳的名字销匿了，那些认识或不认识她的外班的同学、那些教她或根本没有教过她的老师，见面都亲切地叫她“白毛女”了，我们班的同学更不用说了。戏剧里的白毛女已经获得了新的生活的权利，获得了幸福自由的爱情，现实生活中的“白毛女”——田芳，笼罩在心灵上的封建的乌云还没有消散。

虽然发生过轰动小镇的抢劫田芳的事件，她的父亲仍不改口，绝不许她毁弃三媒六证确定过的与大张村的婚约。对她压力最大的不是她的父亲，她说她将永不回家，甚至断绝父女关系，也决不回到“黑咕隆咚的万丈深的枯井”里去了；对她压力最大的是那八石麦子——她的父亲把她许订给大张村所接受下的聘礼，早已被全家老少吃掉了，变成粪土，施到田地里去了。八石麦子，一石十斗，一斗三十五市斤，大约整整两千八百斤，折合人民币三百多块钱哪！

一场募捐活动在师范学校掀起来了！

想起这场募捐活动的前前后后，我至今仍然激动不已。起初，只是我们篮球队几个同学的举动，想不到竟然扩大到整个学校里去了。那天与县武装部的篮球赛结束以后，我和队长何长海回校的路上，闲扯着已经过去的田芳被抢劫的事。我说，我要是有三四百块钱，我就愿意拿出来，解除她心上的债务。何长海说，咱们球队凑一凑，能不能凑够呢？十来个篮球队员在一块凑来凑去，不过几十块钱，远远不够。回到学校后，消息传给班里的男女同学，大家纷纷找我捐款；紧接着，外班的同学也赶到我的宿舍、我的教室里来捐款，甚至有十几位老师也捐了……啊呀！短短的三四天内，我的书包里装进了五百多块钱，超过需要的数目了！我和班主任王老师商量之后，决定把多余的一百多块钱退回给那些捐款较多的老师和学生，留下四百元足够了。

“为了砸断封建锁链！我捐三块……”

“再不能容忍我们的姐妹做封建婚姻的牺牲品！我捐一块……”

“为了解放，为了自由！我捐……”

……

那一张张男生和女生的脸在我眼前叠印，那一声声慷慨激昂的话在我耳畔响着，永生难忘！大伙不仅是同情田芳的遭遇，而主要是一种共同的时代要求——刚刚获得解放和自由的新中国的第一代青年，强烈的反封建的意识是共同的要求。这些师范学校的学生，尤其是速成班的学生，来自社会底层，不单是仇恨地主资本家，尤其仇恨封建的婚姻，好多人与田芳有类似的遭遇；离婚和解除婚约，在师范学校不仅不会被人耻笑，而且会得到普遍的支持和同情。

"你离婚了？"

"离了！"

"完全弄'零干'了？"

"'零干'了。你呢？"

"我刚提出来，正离哩！"

"赶紧离了！重新'自由'去……"

这是公开的交谈，不会令人议论……田芳这样引人注目的"白毛女"，得到热烈的募捐就不是奇怪的事了。

我按按书包，四百块人民币正在手心，我的心止不住一阵发热，隆冬原野上清晨凛冽的寒风也不那么厉害了。

我们三人走进田家寨，几经打问，终于找到田芳家的门口。

两间厦屋，连个围墙也没有，一眼就可以看出，这是一家十分贫苦的农户。我们三人站在厦屋门口，一个女人走出来，大约四十出头，一眼就可以断定是田芳的母亲——脸形太相像了。她一看见这三个穿戴不同于庄稼人的陌生人，先愣怔了一会儿，继而有点惊恐地问："寻谁？"

王老师说明了我们的身份，田芳母亲脸上的惊恐立时消失了，却更加慌乱。她把我们让进屋，却无法使我们坐下来。炕上的一张破烂的被子下，围坐着四个娃子和女子，地上竟然没有一个可供人坐下的凳子。她擦擦手，闪身出了门；再进门的时候，端着一条长凳，大约是从邻家借来的。不管怎样，我们三人挨排儿在长凳上挤着坐下了。

她张罗着倒水，取烟，取来了一只装着烟末的木盒子，却找不到烟袋。王老师点燃自己的纸烟卷，劝她再甭麻烦了。她在灶锅下的木墩上坐下，却不知该说什么好。没有经见过世面，也没有和公家的干部打过交道的农家妇女，常常都是这个样子。王老师很和气，问她家里的状况；她头不抬，烧着火，简短地答上一句，半天又没话了。田芳的父亲拾粪去了——她告诉我们，随之就指使坐在炕上的儿子去找。

老汉回来了，头上裹着一条黑布帕子，鼻子冻得红红的，一进门，大声说："三位先生来了！抽烟——"把那个短杆旱烟袋依次让给我们三人，随之在门槛上坐下来。

"三位有何贵干？"他仰头问。

王老师和他谈起田芳的婚事，给他解释新社会婚姻自由的道理。老汉低着头，抽着烟，做出一副耐心听着的姿态。一当王老师停住口，他仰起脸，做出深明大义的神气，说："新社会好，咱农民拥护共产党；儿女的婚嫁之事，应该由家里管，政府和学校管这些事做啥？"

王老师又耐心地给他解释学校应该管的原因。

"人而无信，不知其可也。"田芳的父亲说，"你们都是有知识的人，比我懂得多。我跟人家说下一句话，三媒六证，邻里皆知，而今一水冲了，我在田家寨还算不算人？"

我心里暗暗吃惊。这个老农民，一身黑色家织粗布棉袄棉裤，补丁摞着补丁，肘头露出变成黑色的棉花絮子，满脸皱褶，鼻尖上吊着清凌凌的水一样的鼻涕子，捉着烟袋的手指像树皮一样裂开着口子，嘴里却吐出一串一串半生不熟的词句。我早已从田芳口里得知，她的父亲是个一字不识的粗笨庄稼汉。一个大字不识的粗笨庄稼汉子，谈起话来，却要讲信义，还夹杂些半通不通的古文词；如果是我的父亲这样讲话，也不足怪，而田芳的父亲却叫我奇怪了。

王老师索性问起八石麦子的事。

“有这事。”田芳的父亲一口应承，“家家的女子都卖钱，家家的儿子订媳妇都花钱。我吃了人家的麦子，我不昧良心……”

王老师又讲道理，说那根本不是昧不昧良心的事。我也就一手掏出四百元钱来：“这是我们同学和老师的一点心意，目的只有一个——让田芳能安心读书，再甭逼她上轿了……”

老汉瞪大眼睛，瞅着我递到他眼前的一厚沓票子，愣住了。他显然没有料到我们的这个举动。愣了半天，他忽然醒悟了似的，猛地伸出双手，把我的手推开，并且站了起来：“这不能，这不能呀！”

“我们是为了田芳的前途……”我说。

“为了啥也不能失信！”老汉说。

“你要是不收，我们就——”王老师看说服不下，就使出我们路上商量好的最后的一招，“交给乡政府，由乡政府交给大张村那家人。当然，这样一来，媒人和你难免就不好看了。你知道，上次抢人，县上扣了大张村三个人，刚刚释放……”

“哎呀！”田芳的父亲颓然坐在门槛上，双手抱住头叹息。

王老师示意我把钱放下。我瞅瞅那张破烂的用麻绳扭着腿儿上面摆着盆盆罐罐的小桌子，把钱放下了。

“我们走了。”王老师站起来说。

田芳的父亲抬起头，看见桌子上的那一摞钱，没有推辞，脸上露出愧疚不堪的神色，张开双手，挡住门：“说啥也不能走……不吃饭了，再坐坐……”

我们又坐下了。

“唉，三位同志……”他摆摆头，一脸诚恳的又是惶愧的神色，“解放了，以往的礼行全部不合时了吗？”

王老师笑了：“也不是这么说。你——一个贫农，翻身了，扎实种你的地，把日子往好里过，顾那么多臭礼行做啥？”

“解放了好！确实好！不拉兵了，不抽税了，官人不欺百姓了，确实好！可这新社会——”田芳的父亲现在显出一个老庄稼的天真来，说，“全都没大没小了么？男女不分了么？不顾脸面了么？”

王老师哈哈笑着，摇摇头。

“你看——”老汉举出例证来，“俺田家寨，有五个姓氏，田姓是主，其余是后来添进来的。人说，‘歪胡家，捣秦家，恶鬼出在刘、李家，仁义礼智大田家’；而今，田家人也不讲礼义了！你看看，那些男男女女，这个离婚呀，那个自由呀！闹得全都乱了套……当然，咱连咱的女子也没管得住！”

“你为啥要管人家哩？”王老师笑着问，“人家年轻人，听啥不听啥，自己有主意了！你拿那些老封建思想管人家，肯定管不住！”

田芳的父亲叹息：“咱们人老几辈儿没跟人胡说白道过，穷是穷，可没做下让人指脊背的事……”

“你把我压迫了一辈子！”田芳的母亲说，“而今孩子压不住了……才好！”

“你——”田芳的父亲红了脸，“我看我活不成了！”

“穷得叮当响，臭礼行倒多！”女人更加壮起胆子，“土改时，工作组分给咱一张桌子、两把椅子，他呢，晚上悄悄给人家送回去，让民兵抓住了，审了半夜，说他跟财主有勾搭，他只说……我不能白受不义之财……你们三位听听，这就是他的礼行！”

……

告别了田芳的父母，我们三人起身返回学校。太阳升起在冬日灰蓝的天际，寒气消散了；道路上开始松冻，泥泞布满乡间大道。我们三人回味着刚才和田芳父亲的有趣的谈话，说着笑着，走到缓坡顶上。

眼前是渭河平原的壮丽的原野，坦坦荡荡，一望无际。一座座古代帝王、谋士、武将的大大小小的墓冢，散布在田地里，蒙着一层雪。他们长眠在地下宫殿里，少说也有千余年了，而他们创造的封建礼教却与他们宫廷里的污物一起排到宫墙外边来，渗进田地，渗进他们的臣民的血液，一代一代传留下来，就造成了如我的父亲和田芳的父亲这样的“礼义之民”吗？

归来已觉不是家

接到父亲一封信，我才记起，我离家已经四五个月了。父亲关心我的学业、我的身体，问我是否恪守着“慎独”的嘱咐。父亲的很合规范的文言体书信、功夫独到的小草墨迹，把一个遥远的记忆勾回到我的心里来了——那么熟悉，却又那么陈旧。

班级之间的篮球比赛正在进行，我继续履行我的“衣服架子”的职责；父亲的信装在我的口袋里，赛场上激烈的竞争牵动着我的神经。有人在拉我的胳膊，我一回头，是田芳。什么事，等不到球赛结束吗？我实在不能从这紧要关头走开。她却拉着我的袖子，硬把我从人窝里拽出来。

“告诉你一件事。”她说，“县宣传部来人通知学校，让我们的《白毛女》歌剧下乡宣传演出。”

“真的吗？”我忙问。

“真的。”田芳说，“王老师刚才告诉我的，让我叫你去，商量一下。”

“什么时候演出呢？”我问。

“寒假里。”田芳说，“马上要放假了。”

我和田芳来到王老师的住处，完全证实了这件事。这无疑是一个光荣的任务，王老师也很高兴，问我有什么困难。我说什么困难也没有，只是应该回一趟家，放假后就没有时间了。王老师批给我两天假，让我考试前赶回学校，下周就要期终考试了。

“你这次回去，你爸可能要认不出你了。”王老师笑着说，“你把老先生能吓一跳！”

田芳瞅着我，抿着嘴笑。我也笑了。

从王老师房子出来，我又朝操场走去——我仍然惦记着速成二班的最后的胜输。田芳狠狠拽了我一把：“那么球迷呀！我还有事儿跟你说。”

我只好站住。

“你把募捐时记下的花名单给我。”她说。

“要那做啥？”我问。

“有用。”

“干啥用？”

“你甭管。”

“你不说清楚，我不给你。”

她无奈了，只好说：“我要保存下来。待我毕业以后，有了工资收入，我要加倍地给每一个募捐的同学偿还！”

“噢！这样——”我说，“这样……不好。”

“为什么不好？”田芳说，“我心里实在过意不去，很不安呀！”

“那样……起码在我，就伤心了！”我说。

“你伤什么心呢？”她问。

“我们募捐，完全是出于一种对封建婚姻的反抗。”我说，“那些外班的同学，有的根本和你连一句话也没说过，你也不认识他们，他们为啥自动捐款呢？你想想……”

“我明白。”她说，“即使这样，我也应该偿还。同学们的心意我明白……”

“当然，怎么处理这件事，由你决定。”我说，“不过，你千万别给我……偿还什么钱！”

“那……好吧！”她沉吟说，“你把那个名单给我，我要保存——比什么东西都珍贵了！”

“这倒好！”我说，“我抄出一份给你，我也保存一份。过多少年，看见这名单的时候，心里会是怎样呢？啊……这是几百颗心呀！”

“你说得真好！”田芳眼里浮出动人的泪光，声音低低的，抖颤着说，“比金子还贵重的心呀！”

从学校吃罢早饭我就动身，回到塬上我的老家杨徐村的时候，暮云四合了。冬日天短，又是步行，八九十里路走回来，整整用了一天时光。我的心情很好，离家几近半年，家里会是一种什么样子呢？

我站到了家门口。门楼兀立在寒冷的暮色里，那令整个家族引以为自豪的“读耕传家”的门匾题字，有点孤寂，也有点过时皇历的冷漠。我走进院子里去了。

院子里发生了很多变化。我和我的媳妇住的那间厢房里，传出牛粪和牛尿的混合气息，我一探头，就看见一头黄牛正在槽头嚼草舔料。走进上房，父母住的房子从中间隔开了，分成两间住屋了。父亲正在小小的南间屋的火炕上坐着，抽着烟；母亲在炕的另一头坐着。天气寒冷，人都坐在炕上了。

昏黄的煤油灯焰下，父亲伸着脑袋，辨认着我。我叫了他一声。他惊喜地从炕上下来，坐在椅子上，就从头到脚打量着我。母亲也溜下炕来，走出门去，从门外领着我的媳妇进来了。

“先生，你擦擦脸。”她把洗脸水放到我面前。

她还叫我“先生”，这是结婚以后她对我的称呼；而今我不是先生，是师范学校的学生了，她还这么叫，听来已经恍若隔世了。

“先生，你想用啥饭？”她在身后问。

“随便做点吃的。”我说，听见她又在问母亲，究竟该做什么饭。我的答复反倒使她为难了。母亲总算点出清汤细面的食谱，她轻轻走出屋子去了。我心里清楚，她的言语和行为举措，全是结婚后到我家里养成的——请人洗脸叫“擦脸”，洗手叫“净手”，吃饭也说成“用饭”，全是我父亲的家规。这些我过去司空见惯的东西，现在听来倒有一种好笑的味道了。

父亲在灯下伸着脖子，瞅着我的衣服。我这才想到，我从家里走出去时，穿的是一件蓝袍，小包袱里装着一件备换的蓝袍，头上戴的是礼帽。父亲现在是第一次看见我穿着的“列宁服”和头上的八角帽子，所以就那么狠看。

“你把蓝袍换了？”父亲问。

“换了。”我心里有点忐忑——父亲会生气吗？“我是用蓝袍……改的这身衣服。”

“改了好！嗯，改了好！”父亲笑着点头说，“而今先生不兴穿袍子了。”

我的心里高兴了——父亲也在随着生活的变化而变化。我坐在炕边上，和父亲聊起家常。

在我离家的半年里，家庭分化瓦解了。父亲很伤心，说人心不古了，民风不朴了，连我的两位伯父也在家庭内部捣他的鬼。土改时，兄弟三人感激涕零地抱着我爷爷的神匣儿哭笑一场之后，看看再无什么风险，政府一股劲儿鼓励庄稼人发展生产，二位伯父把爷爷死时留下的遗嘱统统忘记了，要买牛，要置地，要增盖房屋，再不听父亲的指挥了，把爷爷确立的我父亲的主事位置不当一回事了。争论时有发生，矛盾难以掩盖，终于分化瓦解了。

“鼠目寸光！”父亲简单地给我叙述完这种变故，不屑地说，“你大伯、二伯，全是鼠目寸光！”

我一时弄不清家庭里的谁是谁非，不好掺言，也觉得没有多少意思——既然过不下去，各家过各家的日月，也没有什么大不了的事。

“不管怎样，你该去给大伯、二伯问安。”父亲说，“家里分家归家里，你在外边读书，权当过去在一起过那个样子，该走的路要走到，该行的礼要行全，不要跟这些人一般见识。”

我点点头，就去看大伯。

大伯住在上房东边里屋，正在吃晚饭，看见我，放下筷子，忙让我坐。他一句关于家庭矛盾的话也不提，只是夸赞我出息了，完全像个新社会的干部的模样了。

“这新社会真是好！”大伯说，“国民党的官人一进村，吓得百姓鸡飞狗跳墙，躲的躲了，跑的跑了，跑得丢了鞋子也不敢拾！而今共产党的干部一进村，老百姓‘呼啦’就围上了，胡拉乱谝，到饭时争着往屋里拉……我的天，那天正在碾子上说闲话，老杨同志顺手从我嘴里拔下烟袋，塞到嘴里就抽！你看看而今的公家干部多亲……”

我也很感动。解放初期，受惯了国民党官匪欺压的老百姓，对共产党干部的作风最敏感，谈论也最多，我虽已不惊奇，却仍然很感动。

“好好念书，日后好好干工作。”大伯说，“你能在外边干事，咱徐家人都光彩！”

我告别大伯父，又走进二伯父的屋门。

二伯父正在给牲口拌草，看见我，扔下搅草棍子，把我引到他住的厢房里：“屋里地方窄，没处坐，你坐炕边上。”

“你走时咱是一家，回来变成三家了。”二伯父笑着。他这样毫不掩饰地说出分家的现实，反倒使我觉得实在。他笑着说，“天下水朝东流，弟兄们再好难到头。我看呢，分了也好，免得好多麻烦。谁有啥本事，谁就成自家的精去！”

我与二伯的想法很接近，就笑着赞同他。

“二伯一辈子说话不会拐弯。”二伯直着脖子说，“你爸过去管家还管得住，而今管不住了，咋哩？新社会了嘛！他在家里想当家做主哩，人家公家干部大讲大唱男女平等哩！所以，过去你爸在屋里说话，没人不服，而今就不服了！惹得他自己也是一肚子气……我说分了好！”

“分了好！”我附和二伯说，“我爸那些管家的规矩，肯定行不通了，越往后越行不通。”

“对！大侄子，你跟二伯看了一步棋。”二伯说，“比方说，政府派干部到咱村，成天宣传说，要发展生产哩！你爸还是按照你爷爷在世时的主意，‘房要小，地要少，养头黄牛慢慢搞’，不合党的政策嘛！我也不满意。这不，刚一分家，我就买下一头好母牛，一年生一头牛犊，就是半个家当……”

二伯是个耿直的庄稼汉子，我一向很喜欢他，对他坦诚的说话也特别觉得实在。

“做梦也想不到的太平年月！”二伯说，“不拉兵，不收税捐，一年交屁大一点公粮——庄稼人做梦也没敢想的好世道呀！大侄子，二伯说句结实话，而今谁再过不好日月，不光得不到邻里同情，反是要被人耻笑！咋哩？肯定是懒家伙！”

我被他的憨气逗笑了。

弟弟过来叫我吃饭，我告别二伯父，回到父亲住的上房里屋，坐下吃饭。一碗清汤细面，十分可口。吃罢饭，我向父亲汇报了我在师范学校的学习情况。父亲也不显出惊奇，他大约对新社会的诸多变化已经习以为常了。他淡淡地说：“人家新学堂那样教，你就那样学吧！反正，不管新学堂老学堂，总而言之一句话，还是韩愈说的，‘传道授业解惑也’！当学生，求学问，还是要记住‘业精于勤荒于嬉，行成于思毁于随’——这话，新学堂不至于反对吧？”

“学校里提倡努力学习，老师抓得很紧。”我说，“我们的学习还是很紧张的。”

“紧张了好。”父亲说，“要成学问，不刻苦不行。”

我问他分家后，忙得过来忙不过来。

“屋里的事都有我撑着，你弟也行了。”父亲说，“你专心念你的书。记住，要处处留心，甭胡乱张狂！”

我的心一震。我在学校的生活状况，父亲显然还不了解，还在给我打预防针。

“村子里有些人好张狂！”父亲鄙夷地说，“一个大字不识，满世界跑来跑去开会！有几个年轻女人，黑天半夜跑着开会，张狂得要上天了！前日听说，那个杨发奎入党了！那么一个二杆子货，共产党居然看中那号人……”

我的心里潜入一股冷气。父亲看不惯的人和想不通的事，我却在师范学校是有过之而无不及。他对于那些满世界跑着去开会的男人和女人的非难，令我反感；我听不顺他对那些人的讥刺，就劝他说：“农民刚刚翻了身，高兴……你可是甭给人家泼冷水，甭说风凉话儿……”

“我说他们干什么？”父亲不屑地说，“我只看着这些人张狂，啥也不说！你——”父亲瞅着我，“在学校里，要慎行慎言！我看到村里这些人的疯张劲儿，才提示你……甭张狂！”

我低头喝水，避开了父亲的逼人的眼光。

“我给你写的那张‘慎独’的字，还记着没？”

“记着。”

“你去歇息。”父亲说。

我走向自己的住屋。原来的厢房变成牛圈了，我的住屋迁到和父亲一墙之隔的上房西屋的北间。

“先生，你喝茶。”我的媳妇说。

“我自己倒。”我说。

“先生，你洗脚。”

“我自己一会儿再洗。”

我坐下，还是接住她倒下的茶水。她坐在炕边上，又捞起鞋底儿，并不看我。我坐在椅子上，一时也没话说。我忽然想抽一支烟，尽管我从来没有尝过烟味儿，现在却很想抽一支烟。我对她说：“你以后不要叫我‘先生’了。”

“那……”她抬起头，旋又低下，“叫什么呢？”

“叫我名字。”我说。

“那像啥话？”她惶然说。

“早就不兴叫‘先生’了！”我说。

“我在屋里叫。”她说。

我不再坚持了。她对我的过分尊敬，甚至带着根深蒂固的畏怯，使我很难受。她自愧貌丑，又没有文化，那种卑怯的眼光使我浑身都不自在。我忽然想到田芳，她手按琴键给我一句一句纠正唱音的姿态，她在师范学校礼堂里唱《翻身歌》的动人情景……一个念头在我脑子里像一道电光闪耀了一下，匆匆消失了——我自己也被震住了：如果我提出和媳妇离婚，她会怎么样？我的父亲会怎么样？这个家庭会怎么样呢？

第二天，我就离开了，而且心情是那样急切，渴求立即回到那个温暖的集体之中去。

六十年里的二十天

短短的二十天寒假里，按照县宣传部安排得满满的演出顺序和路线，我们在乡下演出歌剧《白毛女》。我记忆最深的一件事，是第一场演出，我就挨了一砖头。

那个村子叫歇驾村。传说唐朝一位皇帝打猎跑到这里，人困马乏，在此作过一段休息，进了午餐之后，就奔马追猎到终南山下去了。现在，歇驾村变成薛家村了，其实村子里连一家姓薛的人家也没有。

薛家村驻着一位县委的副书记，在那儿搞互助合作的试点工作，村里群众觉悟高，各项工作都是县上的一面红旗，第一场演出搁在薛家村，是理所当然的。在县委副书记的眼皮下，在这样先进的村子演出第一场，我们演出时的心情是不难想象的——认真极了。

薛家村是个大村，又是一个行政村里的中心自然村。村中间有个年久历深的老戏楼，台下坐着或站着黑压压一片人，临近的房顶上、矮墙上、树杈上，全都爬着观众。这样大的场面，我心里真有点怯场。

整个演出还是顺利的，群众秩序也很好——百十名民兵在维持着哩！事情出在《娘娘庙》那场戏里。当我扮演的黄世仁和狗腿子穆仁智到娘娘庙里避雨，遇见白毛女，被白毛女追打时，台下骚动起来了，像雷一样滚动着“打！打！”的吼声。我已忘记了自己是徐慎行，完全像黄世仁一样胆战心惊。当我逃到台角时，我听到一声怒吼：“打这狗日的！”随之，我的腿上就挨了重重的一击，我一下跌倒在地。

事态很快被民兵控制住了。我必须立即爬起来再逃，不然就给白毛女抓住了，抓住了就不好办了，剧情就无法往下发展了。我看了一眼脚下的半截砖头，却没能站起来；慌急中，我用手爬着，逃进后台去了。

演出结束后，县委副书记在台上和我们一一握手。他对我说："你挨了一砖头，说明你演得像；这一砖头，是群众对你的最高奖赏！"他的生硬的陕北口音，使我觉得亲切极了。

短短的接见之后，那些给我们管饭的社员已经拥到台前，争着领我们去吃饭。田芳被几个姑娘拉拉扯扯，争着往她们的屋里拉，发生争执了。我是一个恶霸的扮演者，自然不会是受欢迎的角色。这时间，一个小伙子挤上前，问："谁个刚才演黄世仁来？"我一应声，他拖住我的胳膊就走。

黑暗里，我跟他走过陌生的村巷，进入一个小小的独间住屋，只有他的母亲在座。我刚一落座，老人就要我把腿伸出来，在一只粗瓷碗里倒下白酒，用火点燃，手指敏捷地在碗里蘸上燃烧着的酒液，在我的伤口上擦洗。她的指头上带着蓝色的火苗，一下子捂到我的挨过砖头的青疤上，灼烫得我龇牙咧嘴。

"我……"小伙子很难受地说，"我实在忍不住了……扔了一砖头！"

哦呀！原来打我的竟是他！

"你打得好！"我拍拍他的背，"这是给我的最高奖赏！"

他不好意思地笑了，就给我端上饭来。

鸡蛋臊子面，我吃得好香。我确实饿了。

母子二人看着我吃饭，说给我一个令人流泪的伤心事。小伙子的姐姐，给村里一家财东的二少爷糟践了——跳井了！他的父亲一气之下，卧炕不起，年底也去了……他把戏台上的我当成残害得他家破人亡的薛家村的恶霸打哩！

田芳来了。

她看看我的伤，用手轻轻按按，问我要不要到临近的镇卫生所去看大夫，我说大娘已经给我治过了。她不知道这儿刚刚讲述过一个悲惨的往事，随口问："大婶，屋里就你娘儿俩？"

"嗅！"大娘应着。

"你媳妇呢？到娘家去了？"田芳问。

"还没哩……"小伙子红着脸说。

"你怎么还不给人家娶媳妇？"田芳笑着说，嗔怪的模样，"你真性凉呀！"

"正……自由哩！"大娘瞅一眼儿子，"我说他，你自由也自由快一点！慢格腾腾的，还不如老早时包办来得快……"

小伙子羞怯地低下头，我和田芳都忍不住大笑了。屋子里洋溢着喜悦的气氛，我的心头十分轻松；好像田芳坐在哪儿，哪儿就特别欢乐。

"让我看看你的对象，行不行？"田芳问。

小伙子嘿嘿笑着说："俺妈乱说的……"

大娘却抿不住嘴了："刚才跟我在屋里做饭，这面……就是人家闺女擀下的……"

"好哇，慎行，你真有福！"田芳冲我笑着，"你吃了那位新人的面条了——肯定香吧？我来晚了……哈哈哈！"

告别了那母子二人，我和田芳往回走。

街巷里很黑，看不见路面，坑坑洼洼的村巷里的道路，夜间走起来，低一脚高一脚，垫得我挨过砖头的腿一阵阵疼痛，我只好小心翼翼地迈着脚。她走在我的旁边，很自然地用手搀住了我的胳膊。

我没有拒绝，倒希望这段通到我的住处的路更长点，好让那只温柔的手多搀扶我一会儿。我反倒不想说话了，静静地走着。她也没有说话，扶着我的左臂的手抓得更紧了。

她被什么东西磕绊了一下，往前一跪，险乎跌倒，抓着我的手，把我也拽得踉跄两步；黑暗中我踩到一块石头上，垫得我的腿伤钻心似的疼痛，我"哦哟"一声，弯下腰去，半天站不起来。

她轻轻地惊叹一声，双手扶住我的胳膊，把我扶起来；又把我的胳膊架到她的肩膀上，另一只手搂着我的腰，几乎背着我往前走。我的腿伤不痛了，却舍不得让她松开手。我感觉到她的腰部的体温了，温馨的气息扑到我的耳根。我的心在胸膛里狂跳，浑身热烘烘的，脚下乱踩乱踏，也不知道疼痛了。我甚至有了一种莫名其妙的想法：如果就这样互相抱扶着走向断头台，我也会从容得连一丝痛苦都没有。

我抬起左手，大胆地搂住了她的腰。她似乎轻微地战栗了一下，没有说话。我感到呼吸不畅，心要跳出喉咙来了。我猛然折过身，把她搂住了。在我的嘴唇碰到她的嘴唇的时候，我几乎昏厥过去……

……

我躺在炕上，无法入睡。我的身下，是房主人烧得热乎乎的火炕；同炕挤着的几位演员已经拉起鼾声，油灯下，可以看见他们鼻尖上沁出的细密的汗珠。我吹熄灯盏上的昏黄的煤油焰火，躺在被窝里，心还在"咚咚咚"地狂跳——这就是爱情吗？这样的爱情产生的心火，简直要把我熔化了！

我的父亲按照他的家规和独创的理论，给我娶回来的那个媳妇，即使新婚之夜，我们连一句话也没有说，各人抱着各人的胳膊睡到天明，我连一丝"邪念"也没有产生。

有一个倾心的人儿，怎么可能荒废学业呢？怎么可能都变成沉溺于淫乐而失掉江山的商纣王或唐明皇呢？我现在不仅觉得父亲的理论荒谬无稽，简直令人可笑、令人憎恶了！我翻身坐起来，点着了油灯。

我穿着衬衣衬裤，也不觉得冷了，跳到炕下，打开那只小提箱，翻出那张临行时父亲写给我的嘱咐。

“慎独”！

看见这两个字，我的心里紧缩了一下，昏暗的灯光里，似乎隐现出父亲的严峻的脸色。我最后看了一眼，就把那张书页大小的又细又薄的宣纸提起来，在灯火上点着了。

“折腾啥呀！还不睡——”同炕的王友民咕哝了一句。

“咒符！”我说，“咒符！”

他翻了个身，又呼呼睡去了。王友民早已离了婚，正在跟饰演大嫂的郑玉莲恋爱，早已谈妥了，只等两年期满，就去领结婚证。他万事如意，睡得好香。

我看看脚下，那张烧过的宣纸变成一团黑色的纸灰，在地上滚动，滚动，碎了。我的心里松绑了——束缚我的心的最后一道咒符粉碎了。

我没有心思入睡。就着煤油灯的灯光，我打开日记本，记下了这个终生难忘的日子。一个已结婚几年的人，爱情却刚刚苏醒……

我翻翻日记，查到了我寄出离婚申请的日子——正好十天了。从家里返回学校的路上，我就在八九个钟头的步行中思索着这件事，而终于下了决心了。回到学校的当天晚上，我就写下了离婚申诉，第二天就从山门镇的邮政代办所发出去，寄给县法院了。我已经得知，法院接到的此类民事案子堆积如山，最快也得两个月以后才能传审，那时候该是第二年春天了。

可怜的媳妇！我再也憋不住，心里哀叹着：要恨，你恨我爸去！要骂，你也该骂他！他不仅苦害了你，也苦害了我！他把你和我塞进一间屋子，就完事了！如果不解放，我和你就糊里糊涂过一辈子了！解放了，兴得自由了，我的心箍不住了；我要是不享受自由的权利，就亏负了这个梦想不到的解放了！但愿你……也能找个可心的男人，俩人都好……

第二天，我们到史家坪去演出。演出结束后，我和田芳走到村后的小山坡前来了。这是我和她头一次有意的约会，而且是她约我来的。

我挨着她的肩膀坐下，搂住她的肩头。

她挣脱我的手："我给你……看样东西。"

她打开手电，从口袋里取出一沓折叠着的格子纸，只见上面写满密密麻麻的钢笔字。她只露出末尾一页的名字。我一看，是恭恭正正的"刘建国"三个字，心里一惊，忙问："这是什么？"

"他给我写的信。"田芳沉静地说，"这是第五次了！"

"你……怎么办？"我急忙问。

"你还用问吗？"她瞅我一眼，从口袋里掏出一匣火柴来，划着了。

刘建国的信在燃烧。

我的心也在燃烧。

我高兴得像狂了一样，抱住田芳。我能听见自己的心跳的声音，也听见了她的心跳的声音。我的手插进她的松软的头发——比丝绸还要柔软的头发。她静静地伏在我的胸前，闭着眼睛，两只胳膊像铁箍一样搂着我的脖子；我才知道这个爱着我的人的手臂，这样有劲。

整个寒假，在这个县所辖属的广阔的平原上和深深的秦岭大山里，都留下我们速成二班演出队员的脚印。每一个演出点的村子里、平原上的大路边、山区的小溪旁，也都留下了我和田芳的亲吻和偎依。压抑得愈久愈重的心，一旦获得自由，就有加倍强烈的热情迸发出来。有几次，我吻过她的脖子上，留下了瘀血的痕，整得她给脖子上围上一条毛巾，遮掩过去；她却并不责怪我吻得太狠，照样把脸颊、脖颈和我偎贴在一起……

二十天寒假的巡回演出，太短暂了。春节也是在陌生乡村的演出中度过的，我也不觉得有什么遗憾。这是我一生中最愉快的时期。当然，你只有了解了我的后来的不幸，才会觉得这二十天时间，事实上是我一生六十年生活中活得真正像个人的二十天！

父与子

阴历四月，中午的太阳已经很有力量，我和同学们围蹲在食堂外的浓荫下吃饭，父亲来了。

他站在院子里的阳光下，四下里瞅着；我看见了，连忙跑上前。我要给他打饭，他坚决不要；我引他到宿舍里去歇息、喝水，他也不去。他要我跟他到山门镇上去。

我跟他走出校门，在山门镇的青石铺成的街道上走着。我发现他苍老了，大约刚交五十，鬓发就全白了。从见面到进小镇的一家茶棚，他没有露出一丝笑颜。我的心里乱猜测着——出了什么事呢？

叫了一壶茶，他喝了一口，放下茶盅，既不看我，也不说话，直到一壶茶喝完，站起身又走。我问他要到哪里去，他说走走看吧！

走出街道，在小河边的一棵柳树下，父亲站住了脚，从肩上取下布褡裢，放在地上。我也在他旁边坐下来。

“我今日来，只问你一句话。”父亲说。

我没有话说，期待着。

“你要离婚？”父亲直接问。

“嗯。”我觉得没有必要隐瞒，同时又觉奇怪——法院还没有传票给我，父亲怎么知道了呢？

“不离行不行？”父亲冷静地问。

“爸，你听我说……”我想给他摊开思想。

“不，其他闲话可以不说。”父亲说，“我只要你说声‘行’或‘不行’。”

“不行。”我只好也直言相告。

“那好！”父亲伸手从口袋里摸出一把剃头刀，拉开锋利的刀刃，“你先收了我的尸首，办了白事，再去离婚，再去办红事！”说罢，就抬起了握着刀柄的手。

我大惊失色，一把抓住父亲捉刀的手，吓得魂飞魄散，连忙说：“爸！有话好说……”

他依然不动声色，冷声静气地说：“没有多余的话好说！你只说‘离’或‘不离’！”

“不……离……”我无所选择了。

“不离的话，你跟我到县法院去。”他说。

“做啥？”我问。

“撤回你的状子！”父亲说。

“我不离婚就算了，撤不撤没关系！”我说，“或者改日我写信去，销了案就完了。”

“不！”父亲说，“我要亲眼看着你把状子撤下来，交给我，我好存着；待我死的时候，好做蒙脸纸啊……”

父亲已经“哇”的一声哭了。这是我平生头一次看见父亲的哭。他哭了三声，突然收住，用手帕擦擦脸和眼，从地上背起褡裢，又恢复了素有的冷静，说：“走！”已经扯开步子走了。

如果近旁有一口水井，我可能会一扑跳下去！我的脑子里“嘣嘣”乱响——绷紧的神经折裂的声音。我想到了田芳——我的心爱的人儿，我不能跳井，也不能一气之下撞死在身旁的柳树上，下来再说下一步吧！我硬着头皮，费了好大劲儿，才跨开了这屈辱的一步。

“咱们父子今日也许是最后一次见面。”父亲说，“我也不是小娃娃，我知道，今日撤回状子，明日你还会再寄。我今日给你把话说透彻，日后不管何年何月何日，一旦我在家接到法院的传票，就是我的丧期死日。我好坏是个懂点文墨的老朽，说这不是吓唬你！”

我的心沉到冰窖里去了。

他说，昨天晌午，县法院两位办案人员到家里调查时，他都要气疯了。等那俩干部一走，他给褡裢里悄悄装进一把剃头刀，就上路了；他走了半天一夜，找到学校，本没打算再回去。他说我的离婚案件，把徐家几辈人积下的阴德全给羞辱了，他再没脸在杨徐村见人了！

我相信父亲的话不是吓我。他是注重面子的，讲究礼义的，我提出的离婚的事，对他无异于晴天霹雳。我说服不了他，他也觉得无法再说转我，于是就只有拿出剃头刀子来……

我和父亲都搞错了，法院里欢迎自行销案，却不发还诉状——要存档的。父亲看着人家注销了案子，才咂着舌头走出门。那张他想死时蒙脸的纸，是得不到了。

回到学校，已经放晚学了。

田芳一眼就看出我的神色不好。晚饭后，我和她顺着小河弯曲的河岸散步。夕阳涂金，河岸边齐膝高的麦苗、绿茸茸的稻秧，叶儿上闪着晚霞的金光；散落在麦田里的桃树上，毛桃儿结得蒜瓣儿似的，招人喜欢。我的心里却泛不起诗意来。

"老人来，出了什么事呀？"她着急了，"你说呀！我也好帮你出个主意。"

我说不出口。

"你觉得不好说的事，就不要说了。"她很贤明地说，"我只是劝你一句，无论什么事，都想得开一点，不要愁眉愁眼的。新社会了，还能有多大的事呢？"

她显然没有料到我的困难的严重性。这种局面，迟早要让她知道，再为难也不能不说清楚。我终于向她叙说了今天父亲来的举动。

"哈呀！这么点事，就压得你抬不起头来了？"她撇撇嘴笑笑，嘴角荡出一缕不在乎的神气说，"老封建家长都是这一套办法！我要跟大张村解除婚约，我爸把铡刀提起来，先往我脖子上砍，我跑了；他又砍自个，我妈一拉，他就扔下了，谁也没砍！全是这一套……"

"我的父亲，跟一般庄稼人不一样。"我向她说明我父亲的心性和脾气，“那可不是吓人的。”

“动真格的也甭怕！”田芳说，“慢慢来——没有斗争，就没有自由。我来上学时，俺爸就挡道。他料定我一上学，订下的婚事就毕咧。我跑到我姑家，要了一床被子，就上学来了。现在，我上学了，和大张村的包办婚姻也解决了；要是我无论在哪个节口上一退让，我就被大张村圈住了。”

“我爸的思想，特顽固！”我说，“我没见过他那样顽固的人。”

“慢慢来。”田芳说，“再顽固的人，经得多了，见得广了，也会慢慢开窍的。”

“我想毕业以后，咱们就结婚。”我说，“我是一天……也离不得你……”

“你给我念过一句古诗，意思说只要俩人心心相印，在不在一块，没啥关系。”她盯着我的眼睛说，“那句诗怎么说？”

“‘两情若是久长时，又岂在朝朝暮暮。’”我说了一遍，似乎觉得憋闷的心里透出一点松活的缝隙来，“我……像一只被关在笼子里的鸟儿，好容易飞到蓝天上去了，哪怕被雷电击死在空中，也不会自己重新钻进笼子去！”

“那你愁什么呢？”

“我只怕离开你。毕业后……”

“毕业了，分配了，都在本县，见面有多难呢？”

“我想天天见到你，永不分离！”

“你又来了……‘又岂在朝朝暮暮’！”

……

父亲接连写来三封信，要我回家，而且要我至少每个月回一次家。我不能忍受了，我找到舅家，向我舅父说明了原委。我已经向父亲作出了让步，如果他对我逼得太紧，我也可能拿起剃头刀子的；他的下一封逼我的信，可能就是我的蒙脸纸；他把我逼死了，那个媳妇也就不会在徐家门楼待下去了；把我逼死了，他可能在杨徐村更不好活人了！

舅父是个胆小人，怕真的酿出人命来，劝了我，又立即跑到杨徐村去找我父亲，把我的话传过去……果然有效，父亲再没有来信催逼我回家。

僵局就这样保持着，谁也不退让，也不进攻；任何一方的进攻或退让都可能打破僵局，但谁也没有这样的表示。我相信我会撑到底的，甚至用年龄的优势来等待对方——父亲。一直到我在师范学校修业期满，甚至在我开始工作了两年的时间里，这种僵局一直维持不动。

毕业离校的前一晚，我和田芳难分难离。我们坐在山门镇旁小河边的一棵大柳树下，有多少话要说呀，临了却什么也不想说——啰唆的嘱咐显得毫无必要，彼此完全已经心知了。一切最动人的语言都显得那么不精确，也缺乏力量，不足以确切地表述我的依恋之情。一切依恋之情，都融化在无声的信任之中了。初恋时的心的探询、如山瀑一样迸发的热烈的倾慕的话、颤抖着的感情的波浪，全都归于一种生死相依的明澈的无言状态里。她依偎着我，我偎依着她，亲吻是深沉而强烈的，却不像初恋时那么疯狂和如痴如醉，心的交流要比语言的交流准确得多。

我们挽着手，在河边的沙滩上漫无目的地走着；在沙滩的草地上坐下来，仰望星空，倾听河水在夜间发出的清脆的响声，感受大地在夜幕笼罩下的均匀迷人的呼吸……黎明的晨曦照亮秦岭群峰当中最高的那座峰巅的时候，我把一条精心写就的纸签送给她，那上面写着她喜欢的那一句古词——两情若是久长时，又岂在朝朝暮暮。她送给我的，也是那一句古词，而且是用绿色的丝线绣扎在一块白布上的。那块白布中间，两颗重叠在一起的心的图饰，是用红色的丝线扎成的。

有这样一件信物揣在我的怀里，父亲怎么能撑持得过我呢？

然而，我没有料到，生活急骤发展的浪潮，一下子把我冲得丧魂落魄，完全陷入灭顶之灾……父亲竟然胜利了！

惑 惶

我成了“右派”。

详细地告诉你我怎么当了“右派”的细枝末梢，意思不大。不过，于今想起来，我只觉得我当时太傻了！

仅仅只是因为一句话——我说了校长一句“好大喜功”的话，我付出了二十多年的代价——生命的代价呀！

我真是太傻了！那年暑假，县里把小学教师集中在县一中里“鸣放”，当时报纸上已经对“右派”进行反击了，我是抱着反击“右派”的决心去参战的，结果自己被弄成了“右派”。

我们学校新提拔的校长，就是我在师范进修时的同班同学刘建国，我俩一同被分配到县西的牛王砭小学。他在速成二班当班长时，已经是学校里为数不多的几个学生党员之一，毕业后工作了一年就转正为正式党员了，第二年就被提拔为牛王砭小学的校长。他鼓励我要“大鸣大放”，要起带头作用。我很信任他，不仅因为他是我的老同学，更重要的是他是我的入党介绍人；我经他介绍，已经获得通过，正在预备期经受考验，他的话我是完全信赖不疑的。于是，我猛烈地反击了储安平对新社会的污蔑，对改进我们学校的工作也“鸣放”了一些意见；说校长刘建国有些“好大喜功”的话，就是那些意见中最尖锐的一条——祸就从此惹下了。

我到现在也搞不清这是不是刘建国对我设下的圈套。他当时鼓励我“鸣放”是十分真诚的，说我们不仅是老同学，而且是在同一个岗位上战斗，我应该把珍贵的礼物——意见，直言不讳地讲出来，帮助他改进牛王砭小学的领导工作，说这不仅是老同学的关系，而且是对我的重要考验。我信下了。我和他在速成二班进修时，同学们对他在政治上的坚定、工作上的积极表现，没有不佩服的，只是他有点好大喜功，这影响了他在同学中的威信。到牛王砭小学工作以后，尤其是在他当了校长以后的半年中，教师们私下的议论就很明显了，主要还是这一点毛病。我曾经不止一次在和他的闲聊中给他提示过，他也不反感；可是，当我在“鸣放”大会上把这正式当作一条意见讲出来以后，居然变成了“攻击党的领导”！

刘建国找我谈话，说他冒着风险替我辩解，领导小组才将我定为“中右”；要是搁在其他人身上，有十个我就会被定成十个“极右”了。我没有被发落到农场去劳改，而是仍回原单位接受监督改造。

我重新回到牛王砭小学的时候，这所我十分喜欢的小学对我来说变得陌生了。我的预备党员被取消了。我也不能再任高年级毕业班的班主任，而只能是教一些“地理”“自然常识”之类的副课了。没有多久，任何课也不能教了，让我打铃、烧开水、扫院子——我完全变成工友了。

世界上的许多事，都是第一次留给人的印象最深刻，三五次以至数年累月以后，就习以为常了。我第一次牵着麻绳撞击吊在学校院中那棵槐树上的铜铃的时候，看着一个个男女教师走出办公室，端着教案本和粉笔盒走向教室的时候，我想我应该立即去自杀！当工友还有一个重要职责，是每天给校长和教导主任送三次开水（教员们的开水，是自己到开水房里去打）。我第一次给校长刘建国送开水的时候，提着水壶，站在门外，又想到了自杀！我硬着头皮推开门，他从办公桌上拧过头来，也有点不好意思，慌忙站起，接住我的水壶，说："我的水……你甭送了！"我的心里感到一种被人了解的委屈，真想痛哭一场。当我再送去开水的时候，我也自然了，他也自然了，随后就一切都习以为常了；甚至我推开门，放下水壶，直到走出门，他连头都不抬起来。

小学校设备简陋，没有餐厅。我打过吃饭的铃声，教员们就到小灶房里买了饭，围成一个圆圈，蹲在院子里吃饭。这个时候，是学校里教师们之间最活跃的时刻，大家一边吃一边聊，净说些各班学生中的洋相和趣闻。我没有勇气再和大家蹲到一起，去度过这轻松愉快的时刻。我总是等那些熟悉的说笑的声音消失以后，才拉开门，端上碗，到小灶房里去吃最后一份饭，好在炊事员杨师傅总不会忘记我。当我端着已经不那么热乎的饭菜走回自己的住屋的时候，我又想到了应该自杀！

我能得到的唯一安慰，是田芳留给我的那件信物。我晚上打过熄灯铃之后，躺在我的小住房里，趴在枕头上，就摸出那块绣扎着那句动人心魄的古词的白布，眼泪就涌流出来，滴在那两颗重叠着偎依着的心的图案上。

我和田芳最后一次见面，是在县一中的“鸣放”会期间，那是我们毕业以后的又一次难得的相聚的机会。后来，当我被宣布为“中右”时，她的惊恐并不在我之下。那天晚上，我被监护着，无法与她相会。我想立即向她诉叙这一切变化的由来，心情十分迫切，却不能自由地单独来去了。直到“鸣放”会结束那天，她来到我们小组住宿的地方，帮助我捆被子，却不说话；我看见一滴一滴的泪水滴在捆扎被子的白色线绳上。捆完之后，我没有勇气看她一眼，低着头，懊丧地等待她开口。她没有告别，就走了；当我抬起头来，只看见她闪出门口时的一个背影。

当我回到学校，打开被子，发现里面夹有一张小纸条：

> 我真想打你……你太叫人想不到了！
> 我永远等你！

我真希望她抽打我，不是用手，而是用皮绳或者木棍，狠狠地抽打我，在这亲人的抽打中，我才能得到一点负罪的解脱。

我天不明就爬起来扫地，而且尽量不扫出声响，以免惊醒正在酣睡的教师；我一天不是三次而是不计次数地给主任和校长打水，接着给所有教师都送水到房间；我打扫了院子，又自动去打扫厕所——教员厕所和学生厕所；我捡来好多烂砖头，把小灶房和走道之间的泥路铺接起来，使教师们下雨天来打饭时不踩泥水；我烧完开水，就捡尚未烧尽的煤渣儿，节约开支；我帮炊事员杨师傅洗菜刷锅……总之，从天不明爬起来到打过熄灯就寝的铃声，我不使自己有一刻钟的闲歇时间。我想向全校一切人——校长、教导主任、男女教员、学生以及炊事员，用我的不懈的努力，证明我改造的诚心。我的老同学刘校长给我谈过，要认真改造，争取重新做人；我要用诚恳的行为，赎回我的“原罪”。我渴望重新做一个人的心情越强烈，我表现出来的改造的心意就越诚恳。我甚至觉得这个六七百名师生的学校里的杂务太少了，不够我表现。

过了一年，没有人找我谈一谈我改造得怎样了。我有点急，又不敢流露出来。这天，刘建国把我叫到他的房子，对我说：

“你这一年的表现不错，同志们反映好。”

我的心“怦怦”直跳——做人的出头之日到来了吗？我按捺不住激动的心情，向他做出一个感激涕零的笑，却说不出话来。

“你的行动表现了你的决心。”刘建国说，“可你心里是怎么想的呢？你应该向党表示一下。”

我的心又慌乱了——行动和内心难道不一致吗？我忙说：“什么时候表决心呢？”

我知道，这个时候，社会上已掀起一个“向党交红心”的运动，学校里早已刷上大红标语了。教师们每天下午开会，向党交心；我没有资格参加会议，只是埋头杂务。刘建国校长让我向党交心，我终于有了一个向全体教师剖白自己的机会。我一夜没有睡好觉，把那个发言稿看了一遍又一遍。我一定要把自己的错误思想深刻地自我批判，争取早日拿起象征着“人”的标志的教案本来。

第二天下午，当我把自己狠狠地批了一通，狠得我痛哭起来的时候，我觉得我的确轻松了一下。紧接着，是大家的评议。第一个人的发言之后，我就没有眼泪可流了；随之而起的争先恐后的发言，一个比一个激烈。没有一个人提及我做了许多不属于我做的事，没有一个人说我表现过哪怕是一分的改造的诚意，而是对我说过的那句“反党言论”——“好大喜功”的话，重新进行批判，甚至比“鸣放”会上定我“中右”时的气氛还要严厉，火力还要猛烈。有人在分析我的“反动言论”的根源时，说我本身就是一个不纯洁分子，生活作风有问题……

我彻底垮台了。我回到自己的小房子里，一头就栽倒了。我又犯了一个错误——把自己的罪行看得太轻松了，尤其是把时间的概念完全弄错了。想重新做人，远得看不到头哩！我浑身没有一丝儿劲了。人的绝望，就产生于这种迷茫之中。我决定自杀！

打过熄灯铃儿，我插了门，第一件事就是给田芳写信。我拔开毛笔帽儿，在红格白纸上写下一个“芳”字的时候，眼泪就糊住了眼睛。

这时，我听见敲门声，慌忙收拾了纸笔，拉开门扣儿，门外站着刘建国校长。

这是他第一次走进我的“工友室”。他坐在一把椅子上，很关切地问：“思想压力很大吧？”

我抬起头，看见他很诚恳的关切的脸色，不过，我觉得实际上已经没有压力了。当我一心想通过无休止的劳作来争得重新做人的权利的时候，我的心头压力很沉重；当我从“交红心”会上走回小房子，觉得永远也难得出头之日的时候，就绝望了；绝望了，反倒没有压力了。我苦笑一下，垂下头。

“同志们的分析，不是完全合乎实际。”刘建国说，“关键是你应该有一个正确的态度——有则改之，无则加勉。”

我没有抬起头，又苦笑一下。我该怎样做到“无则加勉”这样纯正的心理修养的境界呢？我现在希望他走开，不要跟我谈话。我要处理我得急切处理的事——给田芳写信。我应酬说：“我明白。”

“明白了就好，你明天继续‘向党交红心’。”他说。

“还……”我猛然仰起头——还没完呀？我只说这就完了，明天还要……我说，“我今天讲了我的心里话，明天还讲什么呢？我把自己心里的话都交出来了……”

“同志们不满意啊！意见很大哩！”他用一种假借的口吻说，“比如你的婚姻问题，好多人议论，你……”

“这与我的罪有啥相干呢？”我打断他的话，“我是包办婚姻——婚姻法上规定过的不合理婚姻。我在师范进修时，你完全了解情况，你当时也支持我离婚……”

“情况在不断地发展变化嘛！”刘建国说，“同志们现在认为你不仅政治上反动，生活作风也有问题。看来任何事情都不是孤立的，生活作风的腐化，必然导致政治上的……你应该在明天‘交红心’时，深刻地挖一挖思想根子……”

“怎么能说成生活作风腐化呢？”我说，“田芳——我和她的关系好，可俺们没有……越轨的行为。再说，田芳也是贫农的女儿，她怎么会将我腐化了！我搞不清了。”

“你不了解她。”刘建国说，“这个人，有很多优点，可也比较轻浮。她向我……我拒绝了！后来，在她入团时，我到她村里去了解情况，党支部介绍说，她爸旧社会在西安混荡，收拾下一个没来历的女人，有人说是……窑子！”

我的天啊！田芳的母亲有人说是“窑子”，田芳被刘建国看成了“轻浮”的女子，于是就将我腐化成反党的“右派”了！

难道就是要我明天在“交红心”会上这样去揭根子吗？我忽然记起田芳当着我的面焚烧刘建国的第五封求爱信的情景——谁更可靠呢？

刘建国走了以后，我再次插上门，掀开墨盒，拿起毛笔。坚决割断和田芳的关系，越早越快越好。我无出头之日的指望，田芳不能真的等我一辈子。我知道，任何劝解她的道理都无济于事，只会招来她对我的更深的依恋。必须找到最狠毒的恶言秽语，骂她一个狗血喷头，才能遏止她朝我跳动的心。我找不出这样一个词来，我想给她安一个不好的毛病也找不到。我忽然想到刘建国刚才的话——只有他才能想到的话，此刻帮了我的忙。我咬着牙，大约把嘴唇都咬破了，血滴在信纸上，却没有感觉到疼痛。信纸上留下一行罪恶的墨迹：

> 你妈是个窑姐，你把资产阶级思想传给我，将我腐化了……

第二天，在又一次“交红心”会上，我只是机械地重复着一句话：“我没有红心。我是颗黑心——反党的狼心狗肺，请大家批判我……”我成了一节没有知觉的木桩，任凭四方的污言秽语朝我脸上泼来，而于心不惊了。

这天晚上，我把一条捆书的细绳合了几股，使它可以负起我的重量，挂上了房梁。在把头伸进去的时候，我心里竟是安详的。当田芳接到我的信时，也许同时就听到了我的死讯，她会憎恨我；憎恨我，比恋着我好；于她也好。

……

我没有死。当我恢复知觉时，才知道把我从另一个世界拉回这一个世界的人，竟然又是刘建国。他是一个细心的人、成熟的人，早已看出我“神色反常”，悄悄地防着我了。我不想感激这位救命恩人，倒憎恶他了。

死讯惊动了几十里外的父亲，他惊慌失措地赶到牛王砭小学里来了；他一来，先抽了我两个耳光……

“这下该信我的话了”

父亲推开门，在门口站住了。

我正坐在桌前，抬起头，看见父亲苍白的鬓发、惊急气恨的眼色，就慌忙站起来，去找椅子。我的房子，变成学校的小库房了。办公桌上堆满一摞摞教案本和剩下的课本，垒着粉笔盒子；墙角堆着一捆稻黍笤帚和葛藤编成的簸箕；地上放着两只木箱，装着篮球、杠铃、跳绳一类体育用具；那把椅子上，也搁着前几天刚购置回来的羽毛球拍和跳棋盒儿……整个小房子里，只有我栖身的一张窄窄的床和一把坏腿椅子闲着。我想把那稍好点的椅子腾出来，刚走出一步，父亲的巴掌就抽到我的脸上了——

“啪！啪！”连续两下。

父亲第三次举起巴掌的时候，被陪着他走进门来的刘建国校长拉住了。刘建国按着父亲的肩膀，使盛怒的父亲在那把坏腿儿椅子上坐下。他说了一席安慰父亲也安慰我的话，就走出门去了。

我在凌乱得像个狗窝样的床铺边坐着，垂下头，挨过抽打的脸颊烧辣辣的。我没有料到父亲会以耳光和我见面，却也没有惊慌失措。我第一眼看见他从门口走进来，真慌乱得不知如何是好，不知该怎么向他说明白我的处境及这一切的由来；他的两巴掌打过之后，我的心反倒安静了，不必再向他作任何解释了。我的父亲，在我的记忆中，很少对我表示过亲昵，微笑都稀少得像旱季的雨星儿，我们之间更没有通常家庭里父子间的嘻嘻哈哈了；然而他也没有动过拳脚，不像一般粗庄稼汉和儿女亲近时没大没小，生气时又动手动脚，骂出一串串秽言污语。他不苟言笑，也不打骂，常是冷着脸教给我怎么说话和待人。今天，他抽我耳光了——两下。

我坐着，低垂着脑袋。我成了“右派”，成了打杂的工友，我刚刚被旁人从房梁上的绳套里救下来……我开不得口。父亲也没有开口。我能听见他很粗的喘气声。

父亲端坐在椅子上，没有问我为啥上吊，也没有劝解，只用压抑着的口气说：“你把我写给你的那两个字拿出来。”

“慎独”！我到师范学校去进修的前一晚，父亲在我临行时写下的嘱言，被我后来当作可笑的废物焚烧了。现在想到这个嘱言，我的心猛然一震，更加抬不起头来，就支吾说：“毕业时……弄丢了……”

“丢了！哼！丢了！”父亲悻悻地自问自答，“这下你该明白那两个字的意思了！”

我早就明白那两个字的意思：要谨慎，尤其是单身独处时，一切都要慎重，时时刻刻都要谨慎从事，包括言，也包括行。我的名字是父亲给起的，“慎行”就是这意思；我弟弟的名字也是父亲给起的，叫“慎言”，还是这意思。我在进入师范学校进修以后，父亲自幼给我心理上设起的防护堤，被新的生活的浪潮一节一节冲垮了——我既不慎言，也不慎行了，老师和同学们都说我从封建桎梏下脱胎成一个活泼泼的新人了。现在，父亲以毫不疑惑的语气说的话，证明了他的正确和我的失败。我想，他此刻有更多的话可以说了。譬如说，如果在说话时，慎重地考虑一番什么话该说什么话不该说，那么，今天就不会是这样的局面了；如果在决定给新任的刘校长提意见之前，慎重地考虑一下这种行动的不好的后果，那么，今天也就不会落入这种尴尬的局面；如果……那么……父亲完全可以以胜利者的姿态教训我：如果把我的话在心里稍微当一点子事儿，那么也就不会自寻苦吃了。我想，父亲一定想这样说，也完全可以这样说；可他没有这样说，他只是问他写下的“慎独”的嘱言，让我自己去想。

“病从口入，祸从口出。”父亲沉吟着，“谁都明白这道理，谁也难身体力行。图得一时馋嘴而染病，图得一时畅快而招祸……”

我心里痛苦极了。自从遭祸以来，我耳朵里灌进的全是严厉的批判反驳的正言义辞，没有一个人解析我提意见的真实动机。现在，父亲用他的处世哲学来替我刨根溯源时，我仍然不能服气，心里有一个可怜的声音在叫着“冤枉”。我对父亲说：“‘鸣放’会上，县长、教育局长，都到会上来作报告，动员我们要‘大鸣大放’，说‘帮助党整风’是‘每个党员和干部的革命责任心强不强的大问题’。我是人民教师、革命干部，又是预备党员，怎能不听党的话呢？我……”我又说不清了。

“我一辈子只求自己善处独身，不问人过。”父亲说，“我管不了别人，哪怕男盗女娼，我也无力管约。我只求自己做一个正人君子……”

“党章上批评的就是这样的思想。”我不能同意父亲的活，抱屈地说，“党要求每个党员都要开展积极的思想斗争，不能只是洁身自好；我是预备党员，我听党的话……”

“你该问你自己是怎么回事。”父亲并不觉得我有什么委屈，反而直挖我的心底，“我不是预备党员，不懂党的规矩；你是，你也懂，你说为啥？”

我说不清为啥。我虔诚地拥护“大鸣大放”和“反右派斗争”，却没有想到自己会是一个“右派”；我自己成了“右派”，也没有丝毫的异议怀疑反右斗争的偏颇。这样，我处于痛苦之中。即使处于痛苦之中，我也不能重新接受早已听得心烦耳腻的父亲的处世哲学——那已经从我心里被荡除出去的陈腐发霉的东西了。但是，不管造成我的这种结局和处境的原因该如何解释，而结论却正好证明了父亲的正确。

“我也不想再说这事了；说也迟了，无用了，于事无补了。”父亲此刻平静下来，一种世故的平静，“我想过了，君子不吃后悔药。你也甭太难过。不能做先生，那就当农夫。回乡务农，自食其力。‘人到无求品自高’哇！”

我苦笑一下，告诉他，新社会的人民教师，是有组织性儿的，一切要听从教育局的调拨安排，不像旧社会做私塾先生，愿意受聘即去，不愿受聘就不干。

“那么，现在安排你做什么事？”

“打铃，扫地……”

“打铃扫地就打铃扫地，总没判你死刑吧？”父亲倒显得不大在乎，“你愿意打铃扫地就在学校打铃扫地，不愿意打铃扫地了回家去务农。你要再想死，先给我招呼一声，让我跟你娘先死，你把俩老人埋葬了，再死不迟。让我跟你娘给你抬棺下葬，你良心上能过得去？”

我的心里阵阵发酸，终于忍不住，哭出声来。我们父子间平时很少这类骨肉情长的交谈。我看着他的白发、他的苍老的脸……虽然像过去一样严峻而死板，毕竟因为垂暮的神色，令我醒悟出自己对家庭的责任了。我真想放声痛哭一场，无遮无掩，痛痛快快地放开喉咙大哭一场。

“我没有力气来搬你的尸首了。”父亲淌着泪，却说着这样凄惨绝情的话，“我也不会让杨徐村的乡亲来搬尸。你日后怎样活人，自己想想吧！我的话你不听，‘子大不由父’，我也管不上了！”

他要走，我也没有实心挽留。我在学校的这种低下的处境，使他也没有脸面再待下去。我送他走上那条爬上塬的官路时，看着他拄着一根粗劣的手杖——实际是一根树枝——缓缓走去的步态，我可怜起他来了，狠狠地捶打自己的胸脯。我落到了一种怎样的地步？学校里把我当作不忠诚分子，父亲也把我当作叛逆者——我算一个什么东西呢？

晚饭以后，校园里呈现出一种松懈下来的恬静的气氛。教师们有的提着水壶，懒洋洋地迈着步子到水房里去打水，或泡茶喝，或羼成温水擦身，再不像上课时那匆匆急急的样子了；有的教师在槐树底下下象棋，有的在井台上洗衣服，谁的舒悦的笛声在一排排教室之间缭绕……我关好开水炉，就提上锨和扫帚，去打扫厕所，这会儿是清除师生们排泄物的最佳时间。

“徐慎行，你出来——”

天哪！田芳在喊我！我手中正在便池里掏挖的铁锹掉在地上，眼前一黑，我差点跌到屎尿池子里去了。我跌靠在墙上，那炸雷一样轰击我耳膜的余音还在回荡，我的心儿慌乱不止——我几乎被震昏了。

“徐慎行，你出来——”

我无处躲，又无处逃。从再次响起的声音判断，她就堵在男厕所的门口。自发出那封臭骂她的信以后，我就没有再想过还会和她相见。偶然的相遇也许不能排除；她有意来找我的事，却大大出乎我的预料。我捂着良心和为人的道德，向她脸上泼去了多么脏的东西！我无脸见她，也不想再作解释。我要她永远恨我，甚至鄙视我，都比依恋我更好……我惶惶然从厕所门里走出来，做好了挨耳光的精神准备。

我一走出厕所门，就看见一双被愤怒的火燃烧得痛苦不堪的眼睛，我立即低下头，再不敢看了。她在看见我的最初一瞬，身子微微颤抖了一下。不容我多想，我就听见一声吓人的喝斥：

“我要批判你！到这边来——”

她的非常举动使我忐忑不安。她要批判我？我当了“右派”也有一段时间了，她现在才想起来要批判我？我机械地走到那个小花坛前头，随她站住了。这是学校里最显眼的地方，房檐下的墙壁上挂着一只大钟，下面写着四个仿宋红字——按时到校。有几个教师站在远处看着。

“徐慎行，你身为人民教师、预备党员，恶毒反党，攻击社会主义，我坚决要批判你——”

她站在那里——离我有两米远的地方，一本正经地对我进行面对面的批判。我垂下手，低着头，不做任何表示。我听见从两边纷至沓来的脚步声——好多教师围过来看热闹了。

“你想自绝于人民，愚蠢透顶！党和人民花了多大代价培养了你，你不知向人民向党报答恩情，反而反党、自杀，你的良心何在？”

我的心在颤抖，头上冒出汗来。这些司空听惯的批判语言，今天由她面对面亲口说出来，我痛苦极了，惭愧极了！周围已经围了许多教师——凡是闻听到消息的人，都来看热闹了。我不知道校长刘建国在不在场。我没有抬头的勇气。

“你不服气吗？说你反党，你不服气，用自杀来威胁别人，谁吃你那一套！你要明白，党不是抽象的存在；在学校，代表党的就是校长；你恶毒攻击校长，就是反党——”

“田芳，你啥时间来的？”我听见刘建国校长的声音，稍抬一下头，就看见他走到田芳跟前，一副老同学间热诚的口气，“你胡来啥哩！走，快到我房子坐……”

“我是专门来批判他的坏思想的。”田芳说，“我和你是老同学，和他也是老同学。他和你被分配在牛王砭小学，不协助你好好工作，反而攻击党！我看哪，他这个家伙纯粹是想往上爬！借着整党之机，攻击你，自己再爬得高些……”

我的天哪！我想爬高吗？我想借着整风弄倒别人自己往上爬吗？我明白我有许多毛病，却还没有如此恶劣！

“唔！你的心情可以理解……”刘建国说。

“你多虚伪啊！”田芳指着我说，不听刘建国的劝解，而且气更足了，“我们同学两年，我怎么当时就没有发觉呢？你假装积极，实际是想往上爬，不惜攻击同志和领导，踏着别人爬上去——你多虚伪啊！你……速成二班出了你这个右派伪君子，是全班同学的耻辱……"

"行啦行啦！田芳——"我听见刘建国的声音里似乎有点尴尬和不自然，"走吧走吧！到我房子坐坐——"

"我要赶回学校去，没时间坐了。"田芳说，"我以速成二班同学的名义警告你，老老实实交代，老老实实改造，老老实实做人！历史从来不包庇虚伪的人……"

她走了。我听见她的脚步声朝门口走去，才敢抬起头来。她又回过头，给刘建国说："我一有空儿，就来批判他！"说罢，昂起头，走出学校大门去了。

我一回头，看见刘建国脸色有点发黄，眼里罩着一层憎恨的气色，气憋憋地走了。那些围观的教师们，有的莫名其妙，有的在神秘地交头接耳——不光是在嘲笑我吧？

我又走回男厕所。抓过锨把儿，我心里猛然豁朗，似乎此刻才完全醒悟——她是在旁敲侧击，痛骂的并不是我。骂我批判我，用不上"伪君子"这个名词；对这个名词更敏感的人，应该是他——校长刘建国。我竟然有一种从未有过的痛快，好像我骂了我想骂的人一样解气、痛快。我的胳膊上陡然涨起力气来，戳得那装着屎尿的便池"哐啷哐啷"响……

大约过了十天，她又来了，故伎重演。这次她来时，我正在房子里躺着。她在门外叫我的名字，大喊大叫要我"接受批判"；我慌忙跑出来，又站到挂钟下的小花园旁边；她又把我狠狠地批判一番，痛骂一番，挖苦讽刺，比第一次更尖酸了。我低着头，听着她的连挖带损的话，心里舒服极了。

刘建国这回也不客气了："你不能随便来批判人呀！要批也

得通过组织……”

“我一看见这个虚伪的家伙，眼都黑了！连组织手续也忘了……对不起！”

她走了，没有去刘建国的房子办组织手续，也没有进我的房子，径自走了。

她又来了两次。几乎所有教师都知道她的举动中的真实含意，刘建国也更是恼恨。这样下去，又怎么办呢？

她第五次来的时候，我在房子里听见她叫我的声音，便从后窗跳出去，逃走了。

她再没有来。

“自觉”进入

我收到田芳的一封信。她只字不提她几次赶到牛王砭小学来批判我的事——既不解释这种举动的真实动机，也不询问后来产生的效果，纯粹是对于我的那封恶毒地骂她的信的答复。

她在信中说，如果不是信的末尾附着我的名字，她会百分之百地判断成那是刘建国写的呢！在她拒绝了刘建国的求爱信以后，刘建国就说过一句类似的话。狐狸吃不着葡萄，就说葡萄是酸的，甚至说葡萄的祖宗更酸。她不计较我，是因为她认为那恶毒的信并非我的真心……

我实在忍受不了这种感情的折磨。我应该立即奔到她的面前，跪下，说明我的真心，让她抽我，打我。我抓着信纸，贴在脸上，像贴着她的手，饮泣不止。流够了眼泪，冷静一点之后，我就给她写回信了。

我写道，我仍然坚持前信的看法，她解释也没用。而且宣布，从今往后，我再也不写回信，不看来信，接到即投之一炬；我再不和她见面，一切都到此为止……

不要骂我心硬吧！我成了什么人？简直不是人了呀！我怎么能牵连着她跟着我受苦？只有用最冷酷的斧头砍断俩人的纽带，除此无法使她和我的心分开。我只能这样做。

她又来过几封信，我咬着牙扔进烧水的炉膛里，连拆也不拆开。她后来又找了我两次，我仍是从后窗逃避了……我相信我的举动是为着她好。

她到牛王砭小学来批判我的行动，完全撕开了我和刘建国之间的那一层老同学的关系。即使我当了“右派”，刘建国表面上仍然是关心我的。他说，要不是他关照，我不会被定为“中右”，早该被定成“右派”，发落到农场去劳改了；他说，他并不在意我当众说他“好大喜功”的话，只是我的话说得不是时候，在右派猖狂地向党进攻的时候，我的话正投合了右派的需要，性质上就变成右派反党大合唱的一个音符了，并不是对他刘建国本人的威信有何伤害……我最初相信这些话，也相信刘建国；即使我当了“右派”，我也相信他说的我主要是在非常的背景下说了不合适的话。

现在，自从田芳来过几次以后，刘建国再也不对我说什么了，他冷着面孔在院子里喊：“怎么搞的？院子脏成这样？”那无疑是在大庭广众中谴责我没有尽到扫地的义务。

他对我给他每天送水再也不觉得不好意思，甚至连头也不从报纸上抬起来。

每月一次的改造汇报，他都亲自主持。在全体教师面前，我把自己骂一通，让教师们再批判。尽管我觉得那些污水脏物是自己吐到自个脸上的，教师中有几位总是还嫌我吐得少。刘建国过去还会肯定我有一点进步，越到后来，反倒一丁点儿也不肯定了，总是强调我思想深处的东西尚没有触动。我已经从记不清多少次的改造检查中得出一个结论：真诚的检讨和应付差事的检讨，得到的实际效果是一样的。你真诚地批判自己，他说你没有“触动思想根子”；你应付差事地乱骂自己一通，他照样说你没有“触动思想深处的肮脏东西”。我索性不再伤脑筋了，居然也能做到面对众人检讨时“脸不改色心不跳”了。

我烧水、打铃、扫地、打扫厕所，替炊事员杨师傅烧火、择菜、洗锅刷碗。我与任何人都不主动说话，而当别人问我一句话时，我竟然感到一种荣幸——似乎我的身价也提高了。久而久之，我完全接受了“右派”的既成事实，自己也没有一丝信心把自己当人看了。过去，有的学生骂我一声“右派”，我心里会忐忑一下；现在，我已经于心不惊了，甚至还莫名其妙地对喊着“右派”的学生笑一笑——讨好似的笑一笑。

和我接触得最多的是炊事员杨师傅。本来，帮他添煤看火、洗锅刷碗，是我为了表示改造的诚意而主动承担的额外的事；时日一长，他倒把我当成半个炊事员了。活儿稍一紧，他就叫我，甚至骂骂咧咧地在院子里喊：“徐慎行，你狗日的钻到老鼠窟窿去了吗？火灭毬咧！”或者喊：“徐右派！没水咧！你不绞水，挠尿去了吗？”我一听见他的喊声，就去烧火，就去井台上绞水。我既不恼，也不说明我正在忙着其他活儿，好像我真的躲到老鼠洞里偷闲，或者是在做下流的事——挠尿去了。

他也有对我好的时候，那往往是他受了刘校长批评的时候。

那时他就会对我十分诚恳，把两倍于定量的饭菜塞到我面前，赌气地说："吃！不吃白不吃！你不吃，指望刘建国那个杂种说你的好话吗？妄想！甭那么不顾死活地干！你指望刘建国给你说好话摘帽子吗？妄想！那个杂种没有人的心肝！狼心狗肺！你怕他，我不怕他……"

他有时对我又十分恶劣，那往往是他受了刘校长表扬的时候。那时他就会对我瞪起三棱子眼睛："你狗日的一天磨磨蹭蹭的，不好好改造，你死到阴司也不是个好鬼！人家刘校长跟你是同班同学，瞧人家而今在啥位位上敬着？你而今在啥洞儿里蜷着？共产党是人民的大救星，你敢反党？真没看出，你后脑勺上长了一根反骨……"

然而更多的是他既没受到刘建国的批评也没受到刘建国的表扬的时间，他就一边揉着面团，一边斜着眼儿，说着损我的话。他一个人做饭，许是太寂寞，教师们一般也不屑于和他有过多的交往——没有共同的语言，他于是就把我当作开心的对象："徐慎行，听说你的本事很大的哩！能写能画，吹拉弹唱，是个全才哩！听说你能倒背《论语》，学问深沉哩！你没事干了，挠挠尿去嘛，怎么就要长嘴长舌地提意见？这下倒好！放着人民教师的位位不能坐，跟我这号下苦人烧锅燎灶，侍候人家——本来该着我这号受苦人侍候你哩！"

他有时又显出很下流的样子："你这家伙艳福不小哩！那个装模作样来批判你的女先生，长得多疼人哪！听说你跟她念书时，'咕咚'在一搭？嗨！你说实话，你跟她×来没有！哈呵！甭脸红哇！只要摸她一把奶，死了也值了！"

我要是不能忍受而抽身走掉，他就会大喊大叫："这贼驴日的右派又钻到哪儿去了？不看看火都灭咧！真是顽固……”

我索性不说话。无论他骂、他损，我都权当是狗放屁。我最怯火的，是他到刘校长面前对我的揭发。刘校长经常通过他了解我的言行。祸从口出——我记下了这个千古名言。时日一长，我甚至能对着他骂我损我的脸孔傻傻地笑笑，讨好地笑笑。

我的妻子的变化，更富于戏剧性。

我自那年暑假成了“右派”，就没有回家去过。我怕见父亲，怕见杨徐村的父老兄弟，尤其怕见我的妻子淑娥。我不知该怎么办。和田芳断绝了，我更愿意孤身独处。在这种情况下，我觉得最难处理的关系是我的妻子：离婚吧，我正是政治上遭难的时候；回去与她凑合着过吧，我心里又觉得自己太下贱了，连个人味儿也没有了。

寒假里，我没处去了，想在学校待着。刘建国安排了轮流护校的人员，居然没有我，更不容许我整个假期都待在学校了。他不放心我，怕我纵火或爆炸吧？于是，我在寒冷的腊月里，回到了有点陌生的家乡杨徐村。

村子里的临着街巷的墙壁上，有用白灰刷写的大幅标语——“社会主义好”“保卫社会主义江山，反击右派进攻”。我几乎再不敢东张西望，低着头进了自家的门楼。

我踏进院子，听见小灶房里有“啪嗒啪嗒”的风箱声。我的妻子淑娥大约听见脚步响，从小灶房里探出头，看见我，站直了身子，问：“你找谁？”

她装作不认识我了。我也不知该怎么对付这种局面，避开她的恶恨的眼光，径直往里走。

“噢！这是有名有望的徐老先生的好儿子呀！我这笨人笨眼，

倒认不得了！”她在灶房门口拍打着手，拍打着膝盖，大吁小叹，揶揄着说，“听说你干阔了，从‘左派’升成‘右派’了！真气魄呀！给徐家争下光了！”

我的心像是给扎了一锥子，疼得几乎窒息了。我走进自己的住房，瘫痪似的跌坐在椅子上，脑子里麻木了。

她又赶进房里来，手叉在腰里，站在门口，嘲弄地撇着厚厚的嘴唇：“你怎么一个人回来了？你的‘白毛女’呢？那个野婆娘呢？”

“你……”我的血一下子冲到脑顶，忽地站起，拳头捶在桌子上，“你再……胡说一句？！”

“在我面前凶，算啥本事？”她根本不怕，反而挺挺腰，“有本事在学校里发凶去！”

我想到我在学校的屈辱，顿然软了，坐了下来。

“你的‘右派’，也不是我给定的，在我跟前凶啥呀！”她得势了，“你压迫了我成十年，欺侮了我成十年，我低声下气跟了你成十年——够了！你而今落下个大‘右派’，跑回老窝儿来了；要是不当‘右派’，你还是钻在野窝儿不回来……”

“那……”我说，“你也用不着这样。你不愿意了，随你的便！”

“离婚！”她随口说，“我找个农民，他也不弹嫌我人丑没文化。我早受够了，离……”

“好，既然离婚，再甭说了。”我说，“明天去办手续，各走各的。”

“谁不离就不是娘养的！”她跳起来，更加不可抑制，“我现在就去社主任那儿开介绍信！”

她走出门去了。

屋子里很静。父母亲不知做啥去了，屋里没人。我一个人坐在屋子里，开始抱怨父亲。如果当初不是他用剃头刀威胁，何至于此！这个张淑娥，过去像个绵软的蛾子，总是怯怯地看我，从来也没有高声说过一句气话，开口总是叫我“先生”，像旧戏里的侍女一样低声下气地服侍我；现在，她变成凶恶的黑蛾了！扑棱着翅膀，大喊大叫着要和我离婚，从门口沿着街巷喊过去了！我想，这下子，杨徐村人都知道我们的家丑了。

父亲和母亲走进院子，脸色惊恐，问明我和她闹仗的原因，唉叹一声，也不再说谁是谁非，只是母亲连连挥手：“快去快去！把她拉回来！让她在街道里大喊大叫，打粪场上的人跟戏台下一样，真是丢尽人了……”

直到天黑，母亲也没能把她拉回来。她在粪场喊，说她坚决要离婚；随之又赶到社主任家，哭一阵子喊一阵子，说要是社主任不给她开离婚介绍信，她就不回家……

连续三天，她从早骂到晚，到社主任家要离婚介绍信。我的父亲是个好面皮的人，这下气得躺下了，茶饭不进。母亲跟前撵后，给儿媳妇说好话，劝解，急得都哭了，仍然不济事。俩老人惊叹：怎么也想不到腼腼腆腆的淑娥，一眨眼变成羞耻不顾的母老虎了。唉唉！

最后只得由我出面，去给社主任说话。我说了话，他才给她开了介绍信。

第二天一早，她洗脸梳头，催我到县法院去离婚。我心里冷冷地跟她上了路。

走进县城，走过一家饭馆，她说：“给我买饭，我饿了！”

我忽然有点难受，可怜起她来了。她跟我结婚成十年了，这是第一次进饭馆吃饭。我忽然觉得我过去对她太……我买好米饭，点了几个小饭馆里最好的菜，从窗口取出来，放到桌子上。她倒神气，右腿压着左腿，二郎担山坐在桌旁，等着我端来菜又端来米饭，像是报复似的瞅着我：你来服侍一回我吧！

“给我取盐来！”她支使我。

我从另一张桌子上取来盐碟儿，给她。

吃罢饭，她率先走出去，我在后面跟着。走到县百货公司跟前，她走进去了，站在柜台前，对售货员说：“取一双雨鞋。”她试试大小，然后对我说，“开钱！”我连忙给售货员开了钱，心里不由得又酸酸地像潮起醋了——这是我跟她结婚以来第一次亲手给她买东西。

“走，你领路。”她出得门来，精神抖擞，“你认得法院的路。”

我走到法院门口，回头一看，不见她的影子。她大约是第一次进县城，该不会在大十字走错路了吧？我慌忙去找，跑了县城的东关西关，又跑了南关和北关，没见她的踪影。从午间找到午后，我的两腿酸困，只好往回走。走过十里平川，路经一条小河的时候，我在桥头上看见了她冻得发紫的脸。

“你……”我站在她跟前，气呼呼地说不出话，“你……怎么在这儿？”

她缓缓地站起来：“我在这儿等你。”

我看见她的脸色不好，说话也柔气儿了，忙问：“你不是要我跟你到法院吗？”

“到法院做啥？”她装傻卖呆。

“离婚呀！”我说。

“离婚？我才不干那号傻事！”她说，“我要叫杨徐村人都知道，我也敢离婚！这几年你要跟我离婚，女人们都下眼看我，说男人不要我了；现时，我也不要男人了！其实，我哪能真真儿去离婚哩！”

我一下子瘫坐在河边的枯草地上。她在村子大叫大喊，到社主任家大哭大闹，原来是为了挽回她的可怜的面子啊！

她哭了，用袖子揩揩眼泪，一甩头，就踏上了木板搭成的独木桥。

我从干枯的草地上站起，走过去，踏上小桥。冬日惨淡的夕阳的红光，在蓝色的河水里投下淡淡的血红……

我的那间小房子

牛王砭小学坐落在一道砭坡下，门前是一条小河，砭坡上排列着大大小小几十个村庄。缓坡上是纵横摆列着的极不规则的田地，陡坡上生长着一岁一枯荣的杂草酸枣棵子。那些随处可见的红石子堆砌的峁坎，一年四季都裸露着干燥的红色，令人看了难受。村庄周围那些低洼的土层厚而水分足的地方，一团团桃杏的花云，象征着这贫瘠砭坡地带四季中最轻松活泼的季节。冬天里有大雪降落的日子，这砭坡也会呈现出刚柔互济的气魄。顶入不得眼的是夏末秋初，若来一场旷日持久的干旱，就把坡地上的草木渴死了，干枯了，树木早早落了叶子，包谷苗儿尚未抽出缨花来，就被拔掉喂牛了；整个山坡上，像火烧火燎过一样，看去使人难受。

只有学校门前的这条河川，一年四季里都使人能感受到大自然的美的韵味；即使在干旱炙烤得砭坡上到处冒烟起火的焦灼时节，河川里也生机盎然。

一条条自流灌渠，把河水曲曲折折地引进包谷地、棉花田和瓜园里；一架架黄牛或青骡拉着的“叮当叮当”响着的解放式水车，把清凉的地下水车上来，灌进刚刚显旱的田地。

我常常打开后窗，坐在我的小房子里，看砭坡和河川四季景色的自然转换。

学校坐南向北，有三排土木结构的房舍。用木椽裹打起来的黄土围墙上，春天有小草小蒿冒出来，入夏稍遇干旱，便率先枯死。校园里有粗大的洋槐，荫凉极厚，春五月的洋槐花香透校园的每一个角落，晚饭后常有教师在树荫下品茶或下棋。三排房舍，教室与教室之间夹着教师的寝室兼办公室。因为房舍欠少，皆是三人或四人一室，一人一张床、一张办公桌，中间只留一个走道出入；似乎没有谁嫌太挤，条件限制，只能如此。只有校长刘建国一人一室——一校之长，负有某些秘密的工作责任的需要，大家也没有异议，也更不会被说成特殊化。

我最初在后排的一间房子，因为是小学高年级的班主任，所以稍为优待，三人一室（初年级的老师和科任老师，一般是四人聚居）。我自从当了“右派”以后，就搬出了那个三人一室的办公室，颇有点依依不舍。三人虽然拥挤点儿，因为脾气相投，处得挺和睦，早晨不怕睡过头，晚上熄灯后可以聊天听闲话，从来不觉得孤寂。

学校的东边，有一排坐东向西的小房子，不做教室、只让人住的小房间。南头两间是灶房，接着两间是水房，第五间就是我后来搬入的房子；第六间是原来的工友韩民民的住房，他因为我的替代而升为事务员了；最后一间是炊事员的住屋。

韩民民是从农村招聘的工友，只在扫盲班里粗识一些常用字，会拨算盘珠儿，人却极灵聪。除了打铃搞卫生，因为上级没有拨调专职事务员，每逢开学结业的大忙日子，常是韩民民帮助买课本以及教案本、粉笔、墨水一类杂物。他最喜欢的是替校长刘建国传达开会或什么临时通知，到各个房子去说一遍。小伙子年轻，有点爱面子，常在上衣口袋里插两根钢笔，小分头用水抿得熨熨帖帖。他努力要把自己提高到一个教员的规格，而不致使人觉得他不过是勤杂工。我的落难，使他得到了做梦也想不到的天赐良机。我来打铃、烧水、扫地之后，他就成为专职事务员了。他住在隔壁，杂物却依旧堆在我住的房子里，不腾不挪；每逢给教员发教案本、粉笔和笤帚，他就到我住的房子里来拿。令我感到安慰的是，他尚相信我这个“右派”不会破坏公物，也不担心我偷盗。

“徐慎行——”他过去一直称我“徐老师”，说不上尊敬，这是学校里教师之间的习惯称呼；现在他直呼其名了，我也能想得通，“我在供销社把炭买好了，你去拉回来，这是票据。我还要去……”要去办的事自然很多——他很忙。

我就拉起那辆学校里甚为宝贵的架子车，从牛王砭供销社把炭拉回来。

每一次我作改造汇报的时候，第一个站起来说我交代得不彻底的总是韩民民。他说某日某次我的铃儿晚打了整整一分钟，又说某日我打扫过的厕所里把脏物遗在了站台上，还有某一回的开水没有足滚（他是看见刘校长把鸡蛋冲成了一碗糊汤得到反证的，因为足滚的开水冲出的鸡蛋是呈絮状的）。他的揭发往往使刘建国显出不耐烦——大约是他的讨好太显露，又在众人面前，且讨好讨不到点上。不管怎样，我也无法记清某日某次的铃儿是否准时、水是不是足开、厕所里是否遗落下脏物，但我都一律做出诚恳接受的姿态：我一定改正，欢迎大家监督……

出门干活，闭门思过。谁的房子我也不想去，怕因此而玷污别人，于自己也惹是生非。我关住门，躺在窄窄的床铺上，看吊着蛛网的顶棚，看房子里堆得满满的杂物——废弃的粗壮的麻拧的井绳、破了口的蔫瘪的篮球、散了架的克朗球盘、缺杆少珠儿的毛算盘……都从墙壁上、地角里、桌子下朝我瞪着可笑的眼睛。我初来时寂寞，而今觉得这堆积有用和无用物品的小库房，是我借以安身立命的最恬静的角落了。

如果韩民民推门进来取什么东西，我立即从床上翻起来，站到地上；等他取到东西走出门去，我再闭上门。他进这间小房，从来也不打招呼，推门而入，端直而出，如入无人之境，我也不觉得他对我有什么不恭。我有一条理由可以排解这种疑惑：这房子本来就是韩民民的库房；他进自己的库房，自然不必有敲门或打招呼这一套麻烦手续了。

我躺在床铺上，不由得思索回味我的父亲给我起下的这个名字——慎行，由此又想到弟弟的名字——慎言，以及父亲临别时嘱咐我的座右铭——慎独。言语和行为，在一个人单身独处的时候，应该慎而又慎，就是这个意思。这个意思，我直到现在才体味出它的颠扑不破的正确性。回想在师范学校的生活，我真有点不敢相信自己——我多么轻狂啊！想唱就唱，想说就说，想玩就玩个痛快，简直跟疯了一样啊！如果我当时能在心里给父亲的嘱言保留下一个小小的角落，让它在“鸣放”会上有一点警策的作用，我就会对自己的言论谨慎了，就不至于说出刘建国“好大喜功”的意见来，也就不会有今天的这种蹲不下又站不直的难受处境了。

我如果彻底被打成“右派”，不是“中右”，跟“右派”们一起劳改，也许猪崽不笑老鸦黑了；唯其因为我是“中右”，和“右派”在性质上有轻重的差别，倒成了糟事——把我继续留在学校使用、改造，生活在许多“好人”中间，我就愈加顾影自怜了。我的体会是，站不直也蹲不下的这种屈腿弯腰的姿势，比站着或蹲着都更难忍受，这大约是人的姿势中最难耐久的一种姿势了。

我再不能不慎言慎行了。

我取出笔和墨盒。墨盒干涸了，毛笔也干涸了，用水泡一泡；我找到一块书页大小的硬纸，蘸了墨，写下了对自己的警告——慎独。我把它贴在床头，使我无论坐着或躺着都能看到。我感到了内心的惶恐，我需要这样一张护身护心的神符来佑护我——再甭出乱子。

过后两天，刘建国走进我的房子。他一来就瞪着两只煞有介事的眼睛，目光在我桌边的墙上睃巡，而终于停在床头的墙上。他严肃地看了一阵子，并不是欣赏我的书法，转过身说：“这个东西给我。”未经我应诺，他已经从墙上撕下来了，一句话也未说，径自走出门去了。

当天晚上，临时召开教师会，提前让我作改造汇报。没有人对我的汇报感兴趣，对“慎独”两个字的批判一下子就成为会议的中心主题。我猜想，会议之前，教员们早已得到批判的目标了。其余人的分析可以略去，刘建国的分析是校长的水平，自然高了一筹，深了一层——

"'慎'什么'独'？你的错误难道是不'慎'的结果吗？如果不从思想根源、阶级立场上彻底改造，怎么'慎'得住呢？这种封建修养的方法，怎么能救得了你的反动灵魂呢？"

我的头上冒汗了。尖锐深刻的批判，使我连喘气的力气都没有了。我回到房子，躺在床上。我父亲尊为至明的处世哲学，也不管用了；我想钻在这张护身符下求得安宁，反而招灾惹祸了——怎样才能拯救我的小命？

我清楚地记得，这张座右铭贴上床头后，只有韩民民来过我的房子，一定是他报告了。

为了这个座右铭，我整整交代了三个晚上……

三四年过去了。

我被通知说，可以任课，按教师对待了。

我竟然感动得热泪盈眶。

不过，半月没过，我就陷入自身的烦恼。为了体现按教师对待的精神，我从那间小库房被调出来，插入一个二人居住的教师宿舍——学校里增添了一些房舍，教员住得稍松了。我在这个宿舍里不仅黑天睡不着，白天也不自在。我总是处于一种高度的紧张状态，惶惶不可终日。我总莫名其妙地对人家笑，对同宿舍的老师或到这个宿舍来的老师说下的话，一律说："对对对！"其实许多话我根本就没听清内容，嘴里却不由自主地"对对对"地应诺着，惹得大伙发笑；我愈发窘了，也愈紧张了。

我去上课，突然觉得我不会说话了。我的脑子里的语言仓库全部关闭了，一个词儿也拿不出来，而且十分紧张。尽管我教的是地理课，也不敢讲，急得头上冒汗，只会照课本往下念，而学生已经乱得像一窝雀儿了。

一按教师对待，我就要参加许多会议，这是更难受的时刻。往常，我是“右派”，一月里作一次改造汇报，坐在一个偏旁的角落。现在，和别人坐得近了，我很紧张；坐得远了，又显得我不太合群——会议室没有我坐的座位了。尤其是非作不可的表态性发言，我未说先流汗，总怕说错了什么……

我向校长赵永华提出要求：让我做事务工作，让我再回到那间兼做库房的小房子。我再三解释，我不是使性儿，也不是有什么不满意见，而是事务工作更适宜于我，我保证干好。

刘建国在一年多以前，调县教育局当人事干部去了。赵永华调来也一年多了，我很少跟他有什么接触，只是偶尔见韩民民在炊事员杨师傅跟前嘟嘟哝哝新校长什么，我就觉得韩民民可能在赵永华跟前不如在刘建国手下感到畅快如意。赵永华听了我的要求，很随便地说：“你如果觉得事务工作更合适，你就干，别人还看不上这工作哩！”他告诉我，正好韩民民要调到县教育局的物资供应点上去，学校正好缺事务员。

一经赵永华允诺，我当下就把被卷行李搬回了我的那间小库房卧室。一躺下来，我闭上眼睛，浑身都舒适了。我忽然想到了蜗牛。蜗牛钻在它的壳里，一定很舒适；要是打碎螺壳，把它牵出来，它可就活不了啦。我刚搬进这小库房时，感到压抑，感到杂乱，感到孤寂，总想到和高年级那两位教师同居一室的愉快时光；久而久之，我像蜗牛一样适应了螺壳，蜷缩在螺壳式的小库房里才舒服，到别的房子里反而觉得活不了啦！

我去买煤，买了煤就亲自拉回来，绝不让从生产队里雇来的校工小朱干这些；我常常抢在小朱前一步打了铃，打罢又向小朱道歉，说全是我过去打铃打下习惯了……尽管如此，我觉得十分满意：我虽不教课，却是事务员；事务员也是教职工，和教师一般对待。

有一件事却伤了我的心。

大伙都去县上听报告，赵永华让我看门。看门其实正适合我的心愿——我怕开会，怕在会上遇见熟人，更怕遇见速成二班的老同学，尤其怕碰见田芳。可是那天晚上，大伙听完报告回来，我才知道，会上有一个震动全国人民的消息，说我们国家发现了一个“大庆油田”。教师们为猜测这个油田的具体地址而争论不休，谁也说服不了谁。我后来才知道，这样重要的报告，上级规定有几种人不能听，以免给“帝修反”泄密。我自然属于那几种不准听的人中的一种。

我暗暗警告自己：老老实实蜷在螺壳里吧！甭张狂！还是没有资格和一般教师同样对待哩！还要——慎独！

哦！故园，故园！

徐慎行同学：

定于本月二十日上午在母校举行学友聚会，请您拨冗参加。

专此

致礼

速成二班

1980 年 8 月 12 日

我的手颤抖着，泪水模糊了眼睛；擦一擦，又涌流出来了。速成二班……速成二班……我的那个速成二班啊！像一道急骤的电闪的亮光，把我尘封的脑壳炸乱了，把我的心彻底搅翻了！

多么遥远而又亲切的记忆——速成二班！速成二班——多么温暖而又自由的天地！我的心里一闪出这个名称，几乎承受不了它带进我霉腐的心室里的清新温润的春风，要昏厥了。

田芳——一想到速成二班，第一个蹦到我面前的就是田芳。那个“白毛女”，那个从我身上揭掉了蓝袍礼帽的田芳，她肯定要参加这个老同学的聚会的；缺了她，该会多么令人扫兴。不会缺她的，我安慰自己，甚至猜度这个别出心裁的聚会就是她出的点子呢。

八月二十日，一年中极其普通的一天，不是新年佳节，也不是纪念性节日，我却渴盼这一天的到来，比小时候盼望过年的心情还要焦急。

微明中，牛王砭小镇掠过凉飕飕的晨风。我乘头班公共汽车进了县城，又换乘去山门镇的公共汽车，终于站在师范学校的门口了。

校史悠久的师范学校已经改为师范专科学校，属于大专建制了。砖拱木顶门楼变成了四方水泥立柱的钢条大门；从大门通到教学区和宿舍楼的窄窄的砖铺甬道，已经改换成水泥路面了；迎面是一幢三层教学大楼，外观十分漂亮，原先的一排排平房大多已拆除。二十五年的时间，毕竟使我感到了惊奇的变化。

树杈上挂着一块硬纸板，画着一个箭头，把聚会的地点指向后操场。暑假里没有学生，路道上和花坛里，落着一层树叶，有点荒凉和空寂，而我的心仍然止不住激动起来了。

操场的围墙根，高大的洋槐树组成一道屏障，在草地上投下浓密的荫凉。这是我们亲手栽植的，栽时不过酒杯那么细，而今已经桶粗了。草地上，站着或坐着一堆人，在聊着天。我走到跟前，听见有人在叫我的名字；有几个人跑上来，握手，搂肩……老天爷，一个个全都变成老汉老婆了！

我止不住热泪滚滚，和伸到我面前的一双双手紧紧握着。看着一副副皱皱巴巴的脸，我无法与印象中的那些青春焕发的脸膛联系起来，流逝的岁月给我心里留下的巨大的差异无法弥合；他们的心里也是这样感受这四分之一世纪的时间差的吧？我从他们一个个瞧着我的惊异的眼神里看得出来：你怎么老成这样子了？哈呀！瞧你，秃顶多厉害！

我握住了一双手，心里一震，那双细软的手也在用劲儿握着我的手。我相信，闭上眼睛，我也会准确地判断出田芳的手来。她的眼角有细密的几缕纹络，鬓角有几丝银白，而那双眼睛，似乎还是二十五年前的那双眼睛。当我们的眼光相碰的一瞬，我的心似乎一下子沉下去了，脑子里也中止了一切思维。我没有向她问好。她也没有问我好。我们竟然相对无言，默默地呆站着，手却握得粘在一起了。

我和她在草地上坐下。几位同学围住我，问我平反了没有，问我的孩子的安置状况，我也很关心地问他们的工作和家庭情况。田芳坐在我旁边，她什么也不问。我也没有问她，丈夫在哪儿工作，几个孩子，工作或是上学。我不问不是因为我了解，其实我什么也不知底，不知底儿也不想知底儿。

“你……身体……好吧？”我终于问。

“还好。”她笑笑，“你也……好吧？”

我点点头，又流泪了。

录音机在播放着优雅的舞曲，篮球队长何长海已经和一位老太婆——二婶的饰演者跳起舞来，又有三五对儿舞伴也跳起来了。田芳对我说：“咱们跳跳吧？”

我有点慌乱，连忙摇头摆手。

有几个同学在吆喊，催促我和田芳上场。他们或多或少知道我和田芳的遭遇，催促的意思是很明显的。我涨红了脸，对田芳说：“你跟他们跳吧，我上不了场了！”

田芳跳起来，和另一个同学跳起舞来了。我坐在草地上，点燃一支烟，看田芳踏着舞步。

有人又出新点子，让大家每人出一个节目，或唱或说，或演或变魔术，谁也不得脱空儿。

有人提议，让田芳演唱《白毛女》。她不客气，跳起来，也不扭捏，有点遗憾地说：“就我一个人唱？”

我这才想到，饰演大春的刘建国没有来；他没有来，也没有谁提及，我也不想在这个场合提到这个人。这个饰演正面角色的人啊，在生活中几十年来也一直是正面角色，而大伙现在谁也不想问他为什么不来。饰演杨白劳的人儿已经进入另一个世界——听说在七八年前患下了肺癌，大伙也不愿意提及他，因为太令人觉得伤惨了。于是，有人提议，让我和田芳演唱《扎红头绳》一节。我又慌恐万分，连连摇手——多少年来，我连话都说不顺口了，岂能唱歌？

“唱吧？”田芳看着我说，“你太拘束了。”

我摇摇头，又摆摆手。

田芳无奈了，也不再勉强我，就一个人唱了一段。唱完，她又走回来，坐在我的旁边，说："你太拘谨了！拘谨得……叫我又想到'蓝袍先生'！"

我的心里一悸。我身上的蓝袍早已脱掉了，而我的心哪，又被蓝袍罩得死死的了。我苦笑一下，说不出话。

有人在接着唱，有人即兴赋诗吟诵，有人说幽默笑话，有人耍小魔术变戏法……喊啊笑啊，气氛热烈极了。轮到我，我什么也拿不出来。有人出恶招："什么也不会，那就学熊猫在地上打个滚儿好了！"

我窘迫得六神无主。田芳也笑着，随口说："讲句笑话吧！你真的连一句笑话也不会讲？"她提醒了我。急迫中，我首先想到了《老和尚与小和尚》的笑话故事，那是我刚到师范学校来的第一个晚上，在集体宿舍里听到的……我刚讲完，有人就在哄笑中大喊：

"让老和尚永远寿终正寝！"

"小和尚们，去和'魔鬼'拥抱哇！"

……

有几位同学尚未赶来，野炊午餐还得再等一会儿。我已得知，午餐是大伙随意带来的罐头、面包、点心、饮料和各种水果；我是空手来的，想到山门镇上也去买点东西，田芳就和我散步同去了。

我和她走在校园，不约而同地走到速成二班的老教室前。那里的平房虽然没被拆除，也已经隔间垒墙，分为三室，变成教师宿舍了。门口垒着蜂窝儿煤，火炉上蹲着小锅，"吱吱"地响着。我默默地瞅着这座房子的窗户，又想流泪——我的神经变得如此脆弱，简直不能抑制了。

田芳敲响了一间房子的门板。

门开了，一位年轻白净的小伙儿站在门口。

“这儿……原来是我们的教室。”田芳说，“我们想进去再看看……打搅您了。”

那青年初听时有点惊诧，随之就点头笑了，爽快地邀我们进屋。

我随着主人走进门。屋里一张双人床、一张双人沙发，靠墙的地方支一张桌子，桌上摆着钟表、花瓶、电视机。一个披着长发的女子从沙发上站起，礼让我们坐下。

“我们俩的那张课桌，大约就在这个位置上吧！”田芳站在那个桌子旁，回过头来问我。

“唔……就在那儿！”我应了一声。

“你过来……坐坐……”田芳说着，把一把椅子挪好，自己坐在靠墙的位置上，“让我们再回味一下……当年的学生生活……”

我走到桌前，在椅子上坐下了。我坐得端端正正，仰起头来，却看不到黑板——墙上挂着几张笔迹欠火候的条幅。我的胳臂肘碰到田芳的胳臂肘了。我不由得回过头，看到了她的注满泪花的眼睛，从遥远的天空似乎传来了一声声动人心魄的声音——

……你为啥不跟我说话？

……你的字儿写得多好呀！

我们静静地坐了一会儿，站起来，向男女主人歉意地笑笑，就走出这间屋子。

“再不会重返……当年的情景了！”我说。

“梦……二十五年……”田芳摇摇头。

我和她踏着走道上的落叶，走出校门，进入山门镇街道了。街道依旧狭窄，沿街的破旧的木房子有的被拆除了，竖起一座高楼，鹤立鸡群似的。走到一家服装店门口，我和她都停住脚。现在的服装店，无论如何，比当时那个一间门面、一个裁缝师傅、一台缝纫机的小裁缝铺气派得多了。

田芳拉着我，到那个小铺店里，我把那件蓝袍脱下来，由裁缝师傅改成了“列宁服”。我穿上“列宁服”，戴上八角帽，路也不会走了，八字步全乱了套。田芳和我走着，看着我的样子直笑。她说：“跳起来吧！蹦啊！你敢不敢？”我跳起来了，蹦起来了，街巷里的行人把我当疯子看，我也不管，只觉得我轻松了，自由了，再也不用按八字步迈步了，蹦蹦跳跳起来了……

“你现在又拘谨起来了。”田芳瞅着我说，“使我又想起你穿着蓝袍时的样子……”

我悲哀地叹口气，说不出话。

“你现在还敢蹦起来不敢？”她笑着问。

我惶惶然连忙摇头。

她没有使我为难，朝前街走去。

我和田芳再回到操场草地上的时候，聚会的主持人宣布午餐开始。各式罐头被打开了，糕点包子被解开了，酒瓶盖子被咬开了……一切可以临时作为酒杯盛酒的瓶盖、水杯全都被注满了酒，被一齐举起来——速成二班万岁！

主持者向大家宣布了一组数字：

师范速成二班：四十一名学生。死亡四人，其中一人死于“文革”武斗，三人死于疾病。现在本地区工作三十人，另七人随家随夫调外省或外地。聚会通知了三十人，实到二十九人，其中三人抱病赶来。

唯一的缺席者：刘建国。

谁也没问刘建国为什么不来。

主持者在大伙的静默中提议：为死去的四位同学祭酒。

清凌凌的酒液泼在草地上，散发出一股清香。

主持者又进行下一项动议：向县委提出一项建议，请领导人把刘建国从教育局调开，随便调到县委所属的任何一个部门去，只要不在教育系统就行。他现在还在任教育局副局长，有他在那个位位上，我们会觉得心里不舒服。就是这一条要求。至于全县的中小学教师有多少人被他整了，不必计算，应该向前看，不究前账。但请把他调开，让教员们再不要听见他的令人讨厌的声音……

鼓掌，呼叫。一个个全都签上了名字。

我捉着笔的手在发抖，终于写上了我的名字。二十五年来，我第一次向这个老同学表示了愤怒……

咒　符

一觉醒来，老鼠在顶棚上奔马。

一只老鼠跑起来，像野马驰过草原；一群老鼠奔跑起来，追逐起来，拼杀厮咬，就像万马奔腾。

我刚刚从梦里醒来，一身虚汗。月亮照在南窗的窗格上，屋里静得可以听见窗外大地的呼吸，老鼠的追逐和嘶叫把一切都破坏得淋漓尽致。

我在黑暗中摸到烟，摸到火柴。火柴划着的一瞬，顶棚上的老鼠收敛了。我抽着烟，闭眼躺着，等待天明……

我得到平反以后，儿子顶替我去工作了，两个女儿早已出嫁，父母也过世了，屋里只剩下我和老伴。老伴早已不再称我为“先生”，看我也不再是怯怯的神色。她手叉在粗壮的腰里，指挥我去种地，干一切过去由她自觉承揽的家务；初时有报复的意味，后来就成了习惯。

“你一天唉声叹气做啥？”她问我，“想那个野婆娘了吗？”

我说我背着“右派”的包袱，叹气成了习惯了。

“‘右派’怕啥？只要给工资，啥毬派还不是一样叫！”她不在乎地说，“我看当个‘右派’倒不错——你变得规矩了，再不敢跟野……”

我不能发火。我要是一张口分辩，她就会大喊大叫，故意让左邻右舍都听见。

“你去洗衣服吧？”她吩咐我，“我腰疼了。”

农村里，男人洗衣服的习惯还不普遍，我抱着衣服走向井台的时候，男人女人都在拿眼睛瞟我。我硬着头皮也就过去了。

“你来擀面吧。”她说。

我学会了做饭。

我明白，她不光是为了享受，其实她倒不是懒女人；她要我洗衣，要我做饭，就会在村人尤其是女人伙儿里提高她的身份——她觉得过去的状况太叫别人瞧不起她了。

我退休回家之后，她也变得好起来了：“咱俩种那二亩地，够吃了；你领下的退休钱，够花了。只要你再不想野……我好好待你，咱欢欢乐乐过到死……”

说下这话一年，她突然死了——跌了一跤，心肌梗塞。

我一个人躺在这祖传的屋子里的炕上，听老鼠奔马。

别人给我介绍下一个女人。子女都反对，说我快六十岁的人了，难道连面子也不顾了？娃他舅更是怒气冲天，说我败坏了徐家读书识礼的门风……

我的老姐和小弟看我生活艰难，劝我的儿子和女子，加上你给我大女儿做工作，他们总算勉强同意了。

我的这件事，按说该办成了；可是，事到临头，要我办这事的时候，我又动摇了。你问为啥？我也说不清……我总觉得我还在牛王砭小学那间小库房里蜷着。那间小库房，容不得旁人进去打破里面凝结的空气；同样，我也在离开那小库房以外的其他地方，感到了不自在。尽管我退休回到家里，我的心，似乎还在那间小库房里蜷曲着，无法舒展了。田芳能够把我的蓝袍揭掉，现在却无法把我蜷曲的脊骨捋抚舒展……

我送我的启蒙先生到山坡下。

春风吹绿了河川，也吹绿了塬坡，又是杏花纷谢桃花呈艳的阳春三月。坡地上的麦苗绿色葱郁，塄坎上的杂草蓬蓬勃勃，只有沟壁间的断崖的红石土色，显露着黄土高原地区残破丑陋的面貌。

他朝坡上走去，回他的塬上那个杨徐村去了。他的背脊弓起来，一步一踩，缓缓地沿着蜿蜒的坡间小路走上去。

我的心似乎也被什么东西箍住了。

1985 年 8 月至 11 月

草改于西安东郊

地　窖

一

从公社大院的蓝砖围墙上翻过去，就跳进派出所的小院；从派出所用红砖砌成不久的新围墙上再翻过去，“扑通”一声就跌进供销社的杂院；从供销社的土打围墙上翻过去，他就钻进河西村鸡肠子似的村巷了。

他连续翻越三道围墙，不敢怠慢，甚至连喘一口大气的时间也不敢耽误，拔腿就跑。黑暗里瞅不清路面，他脚下一滑，跌了一跤——大概是踩到一泡猪屎或是一洼牛尿上头了。他不敢抚伤惜疼，爬起来挣扎着再往前跑，一直跑过河西村肮脏的村巷，跑下村北的河滩稻地里来了。

复种过冬小麦的一畦一畦稻田里，秋天收割稻子时留下的太高的稻茬子冻得梆唧唧硬，他磕磕绊绊抬高脚步，免得再次绊倒。跑过三四畦稻地，就遇到一条宽大的水渠。水渠干涸了，水草枯死了，渠岸可以隐蔽下半截腿脚，渠岸上两排稠密的杨树和柳树粗大的树干正是最好的遮掩。他顺着水渠跑啊跑，踩踏得渠底的枯草和落叶“嚓嚓嚓”响。他感到上气接不住下气，头晕眼花，喉咙里直想呕吐；脚下被干草的枝蔓缠绊了一下，他又摔倒了，再也爬不起来了。

他躺在水渠里的枯叶干草上，大口大口喘气，心头却泛起一个甚为得意的胜利：无论我怎么狼狈，狗日的终究还是没逮住我！

他忽然觉得自己很好笑。他是河西人民公社社长，官儿虽然串不上几品，手下也领导着这个公社河川和塬坡地区的一万八千多社员哩。他在这里是受敬重的人物，谁也不敢放肆地跟他说话。现在倒好！被人追着，翻墙跳院，完全像一个逃犯一样惊慌失措，狼狈不堪，裤腿上粘着猪屎或牛粪，膝盖上的裤子也撕破了，躺在这冬天夜晚的河滩里，真是昔日的威风彻底扫地了！

大喇叭的响声从河西村上空传到静寂的河滩上来，声音激越昂扬："战报！河口县造反司令部彻底解放河西镇！联合司令部的保皇儿孙狼狈逃窜！"

他从渠底里站起来，借着烟头的火光看看表，正是子夜一时——该到哪里去呢？

寒星闪眨。没有月光。河滩远处有一声声冻僵了似的无名水鸟的叫声。这种水鸟只在夜静更深时叫，叫声说不上忧惋，也说不上凄凉，只是十分难听，难听到使人一听到这种叫声就想到它的样子绝对丑陋不堪，甚至会想到那是一种安着两只秃翅的癞蛤蟆，而河边上的人从来没有谁在白天发现过这种水鸟的踪迹。他忍受着这种声音的折磨，跛着一条腿，沿着渠岸往上走——躲到谁家去安全呢？

二

他站在一座门楼下。

他静一静气儿，叩响了吊在门板上的铁环儿。他的手劲儿慎重而又准确，使铁环碰撞木门的声响只能惊醒院子里头的主人，绝不能使左邻右舍闻声惊动。他在等待的时刻，瞧一眼这幢普普通通的门楼——土坯立柱，碎瓦掺顶，夹在两边的土打围墙之间，安一副粗糙的木头门板，死死关着。这就是目下整个河口县几乎家喻户晓的造反司令唐生法的家。

院里由远及近响起一阵“沙沙沙”的脚步声。门栓子滑动了一下。门“吱扭”一声拉开了。

“到这时候才回来！”女人怨怨艾艾的声音——大约把他当成她的丈夫唐生法了。他没吭声。她立即发觉站在门口的是一位生人，用一种警惕的声调问，“你是谁？”

“我是关社长。”他直接通报出来，免得她把他当成歹徒或什么不速之客，“关志雄关社长。”

“噢……关社长。”她的口气放松了，随即问，“深更半夜，你来做啥？”

“让我先进门再说。”他说，“我有话非跟你说不行。甭张扬，甭惊动家里任何人……”

她往旁边移了移身。他走进开着的一扇门的门道。她随手就轻轻关上门。

“关社长……你有啥事？深更半夜找我说？”她在院子站住，又疑虑重重地问。

“到屋里头再说。”他得寸进尺，“屋里都有什么人？”

“能有谁呢？就一个吃奶娃儿，女子跟奶奶在老屋睡着。”她说着，转身朝院里走去。

他放下心来。她的公公和婆婆在原来的老庄屋住，离她的这个小院很远。他跟她走进厦屋。

她一进厦屋门，就把脚地上一只瓦盆移到旮旯里去，那瓦盆里有半盆黄黄的尿。

屋里，正面墙根有一张方桌，上面堆放着醋瓶盐碟辣子盒，还有一个帽子大小的瓦盆里盛着剁碎的酸渍红苕秆儿；厦屋南头是一张放得很宽的土坯火炕，炕上真有一个小娃儿钻在被窝里，露出被头的半个脸蛋儿红扑扑的，睡得正香；厦屋北头堆放着米缸面瓮等杂物杂器。一般农家都是这种简单零乱的格局，赫赫有名当当震响的唐司令的家也不过如此简陋。他一转眼珠儿就把这幢三间宽的厦屋扫瞄了一遍，又溜一眼屋顶——架着木椽木板和晒粮食的苇席，万一发生紧急情况，可以爬上去临时躲藏在那里。

她用一根针把煤油灯芯挑了挑，屋子里稍微亮了；又把那苗针插到墙上的一撮麦秆上，就靠住炕边站着，双手搭在棉袄前襟下边，那棉袄的边角上露着陈旧发黑的棉花絮套儿。她显得很拘束，又有几分不安，问道：“你到底有啥急事？”

“你男人带着人马到公社抓我……”

“呀……”

“他抓住我，就会把我杀了！”

“啊呀……”

“我逃脱他的手了！”

“噢……”

她紧张得眉头紧皱，两道细细的淡淡的眉毛之间出现了一个深深的倒置着的等号。她说：“你真糊涂！你是给吓傻了吧？他要抓你杀你，你不给远处跑，咋给跑到我屋来咧？”

“我没吓傻。”他说，“我想来想去，只有你这儿最安全。”

她瞪大眼睛：“我这儿……咋会安全？”

他说：“他可能追寻到我家去，也可能搜到我的亲戚朋友家里，可他绝对不会想到，我会躲在他自己的屋里……”

“噢呀……”她似乎明白了。

“再说，我相信，你不会让他干出杀人的事。”他说，“不管怎样‘革命’，杀了人总是麻烦事。他现在头脑发热，什么事都可能闯出来；你要替他日后着想，就不能让他惹祸。我想来想去，只有你会真心实意救我。”

“啊！这话是对的！”她的脸上泛出一缕温和的神色，看看屋里的旮旯拐角，为难地说：“可这屋里……连个隔墙……也没有……”

“这厦屋里……当然不能住。”他说。这屋里只住着她和炕上的那个奶娃儿，夜晚是无法回避的。“你想想办法。反正我是走投无路了。你们后院有窑洞吗？有储备柴火的小草棚没有？”

“有个窑，里头塌顶了，现时只在窑口放些柴火。”她说，又连连摇头，“不成不成——你要给塌死在里头才冤枉哩！”

“我不怕。”他说，“或者让我先看看？”

“甭看甭看。”她说，“我再想想……”

这当儿，前院的街门“咣咣咣咣”响起来。

“呀！那个鬼回来咧！”她从炕边跳到屋子中间，脸色骤变，

“这可咋办呀？”

他急忙捏灭了烟头：“我从后门走！”

“来不及了。”她说着，弯下腰，钻到方桌底下，一把拉起一块水泥盖板，说，“快下红苕窖去。窖壁儿上有脚踏的台窝儿，一摸就摸着了，摸着往下溜。快！”

他不再犹豫，钻到方桌下，就溜下黑咕隆咚的地窖口子。

“咣——咣——咣！”敲门声变得很重很响。

“听见了。甭敲了。”她捏着嗓子，装得睡意惺忪的调门儿，朝着院里喊，“我正穿衣裳哪！”

敲门声果然停歇了。

他在溜进窖口并且用脚摸着了第一个台窝，又摸准了第二个台窝以后，看见她弯下腰把他扔在地上的一只烟头把儿捡起来，扔到炕洞里。他就继续往下溜。这个女人真细心。女人比男人都更细心。女人哄男人总是天衣无缝。他下到地窖里头了，统共不过七八个台窝就下到底了。

“甭咳嗽，也甭打喷嚏！”

她对着地窖警告他说，“咣当”一声就把地窖口盖上了。

他划着一根火柴。地窖里有两个拐洞，一大一小，都垒堆着红苕。东边那个大点的拐洞里，靠窖壁有一个窄窄的通道，可以凑凑合合坐下一个人。

头顶的脚地上有一阵儿“咚咚咚”的脚步声，他不假思索就明白厦屋的主人回来了。他屏声敛息坐下来，用一只手卡着两腮。

三

他用左手紧紧地卡住两腮，聆听地窖上面的动静。厦屋主人踏进门时很急很重的脚步声消失以后，随之就响起一连声的惊喜和吁叹：

“噢哟哟！大的个亲蛋蛋娃哟！噢哟哟！这脸蛋红嘟嘟粉嘟嘟的！大都要想死你了！噢哟哟！”

这简直是王母娘娘的声音，太真挚了，太富于感染力了，太富于诱惑力了。他想到了舐犊的母畜。他想到了以喙哺食的燕子。他的心底潜入一丝温柔的春风，屏敛的声息开始松懈，绷紧的神经也稍微松泛开来，而且诱发起对亲爱的妻子和儿女的思念了——半年之久没有照过面了，她和孩子也不知怎么混着日子……

“噢哟哟！大的个亲蛋蛋！让大看看，小牛牛长大了没？哈呀！长大了！大了！大的个牛牛娃哟！你长得好疼人哟！大走南闯北，没得时间亲你咬你，今日叫大美美地亲上一口……”

他心里的森严壁垒“哗哗哗”土崩瓦解，烦乱毛躁起来。他听惯了这个人的令他脑皮发麻心慌意乱六神无主的训斥声，也受够了这个人使他毛发倒竖汗不敢出叫尿一滴绝不敢尿下两滴的吆喝声，现在，他听到的是一曲人伦人性人的动物本能似的最优美最动人最真实最自然的声音。这些声音都是从造反司令唐生法的嗓眼里发出来的，都是真实的。

“你吃饭不吃？”

“刚吃过了。”

“要喝水，壶里有。”

“不喝了。睡吧！不早了。”

“你又喝酒来？我闻见酒气了，熏死人！”

“今日不喝不成哇！我们把狗日的‘老保’的老窝儿给捣了！可惜……让关志雄那个老狐狸他妈的跑了！”

他不由得又卡住了两腮。唐生法和他女人说话的声音一丝不漏地传到地窖里来，甚至那孩子吸吮母乳的“吧唧”声也能听见。唐生法大约刚刚喝罢庆祝攻克河西镇的胜利酒，顺路回到老窝来与孩子和女人欢聚。

“你抓人家关社长做啥嘛！”

“‘关社长’？死不改悔的走资派！你还叫他‘社长’！‘关社长’！我抓住他……”

“他都垮台了，还碍着你们啥事？”

“他妈的！这老狐狸又臭又硬！他‘亮’他妈的个毬‘相’——竟敢‘亮’到‘老保’那边！我不拔了这颗钉子……”

“气也没用——他给跑了！”

“能跑到台湾去?！哼！”

“你想逮住他，又逮不着，猴急了吧？你今黑不该回来，该是连夜去查问，看他藏在谁家。”

“查个屁！不用查也知道，他肯定到保皇狗家藏起来了。”

“那不一定——”

“嘿嘿！听口气儿，好像你倒知道下落？”

“那也说不定。”

“在哪儿？”

“在咱家这厦屋里。”

“净说梦话！”

“在红苕窖里藏着。你下去逮去！”

“要笑我哩！哎！你这婆娘……”

他听见唐生法吹灭煤油灯的声音，地窖口那个圆水泥盖板没有合严的缝隙透着的亮光消失了——灯灭了。脱衣服的“窸窸窣窣”的响声。唐生法躺下身去时的一声呻唤。他揉一揉卡得僵麻的脸腮，终于松了心，缓缓嘘出聚压在胸膛里的闷气，捂着嘴巴无声地打个哑巴呵欠。瞌睡了，几乎折腾了大半夜了。那头顶的厦屋的说话声还是传到地窖来，虽然细弱，仍然清晰——

“甭胡骚情……甭……”

“我早想你咧！想得很哩！”

“天知道你心里想着谁！哄我……”

“甭冤枉人噢！不论走到天南海北，我都想着你，还有咱的亲蛋蛋娃。”

“我可不是呆瓜儿！村里娃儿们唱说，‘造反队，造反队，公猴母猴一炕睡’——你和母猴睡来没？”

“那是保皇狗侮蔑俺们造反派哩！你咋能当真？跟上他们瞎哄哄，乱叨叨。”

“你看看你那东西，软不拉唧的！还说人家侮蔑你哩！”

“我半个多月没回家……夜个黑间……跑羊了……”

“倒是跑马了！你的羊跑到谁的大腿弯子去了，我早都知道！”

“净瞎胡说……”

“你跟那个女政委——那个婊子，村里都摇了铃！你还哄我……”

“那是保皇狗给我造谣！”

……

他已经用指头塞住了两只耳朵孔，再不想听下去了。他已经有半年没挨自己老婆那温热的胸脯了。受到这种炕头枕边的口角的刺激，他心里潮起一股燥热。他闭了眼，塞实了耳孔，努力想这地窖——这是地窖而不是他和自己老婆的软床，使自己的情绪渐趋平静。他想到自己听人说过的唐生法和造反司令部那个女政委的风流传言，简直跟真的一模一样。甚至传说，有一晚，一个造反队员想吃鲜物，溜到农民的包谷地里去掰棒子，一脚踩住个软囊囊的东西，吓得跳起来，用手电一照，唐生法和女政委光溜溜地摞在地上，身下铺着一件旧军衣……他现在蜷卧在唐司令和他女人睡觉的火炕旁边不过五尺远的浅浅的地窖里，听他们的房话，真是太难为情了。难为情不可躲避，他却断然料定，唐司令现在不会再去考虑抓他逮他的事，因为唐司令无法向女人辩解那个家伙为什么会蔫软……他已经很累了，心里的危机刚一缓解，就感到累死了，瞌睡一下子袭上来，他靠着窖壁睡着了。

四

“啵啵啵……啵啵啵……”

他惊醒了，头顶的水泥盖板还在“啵啵啵”响。

他咳嗽一声，示意他已听见了，随之就听见她叫他：“上来吃饭。”盖板揭掉了，地窖里透进亮光来。哦，已经到了吃早饭的时辰了！他站起来，腰脊酸疼，挣着忍着爬上地窖来。

屋里真亮啊！冬日温柔的阳光洒在庭院的地面上，看一眼也能感到温暖的滋味。他不由得舒展活动一下腰身，蜷窝太久的腰舒活了许多。厦屋的脚地上放着半盆温水，冒着热气；他洗了手脸，看着方桌上已经摆好的饭菜，对她说："还是让我到地窖里去吃饭。大白天，说不定有人来……"

"放心吃吧！"她说，"大门我关着。"

他放下心来，走到方桌旁坐下，端起碗来。熬煮得又稠又黏的包谷糁糊糊，香甜可口，有一股油腻腻的粮食本身的香味；一碟冰凉沁人的酸渍红苕秆儿，绿茵茵的，调着红艳艳的辣椒，酸辣味长；竹篾编成的空心小篮里，垒堆着三四个烤得焦黄酥脆的包谷面馍馍，似乎比白面馍馍甚至比面包还要香甜。他吃得很香。他确是饿急了。

他转过脸，看见女主人坐在炕边上，怀里搂着那个亲蛋蛋娃。那孩子偎在她的解开了衣襟的胸脯上，吸吮着乳汁，两只脚还在不安生地乱蹬乱踏。她一任儿子吃奶，一任儿子用手抓那露出衣襟的肥实的乳房。她低头看着儿子吃奶，一绺头发从鬓角垂吊下来，遮住了侧对着他的半边脸颊。他说："你也吃饭呀。"

"我等会儿再吃。"她仰起头来，宽厚地笑笑，问他说，"你夜个黑受罪了，那地窖里潮湿得很哩！"

"没事儿。"他说，一边抬起头来，漫不经意地打量着她。她比他昨晚第一面见到时显得要年轻些，不会超过三十岁。她露出的胸脯皮肤很细很白。她的脸颊显得干燥，尤其是一双手，手背和食指上爹开一个个黑色的小裂口。他想，她的手和脸要是稍微做一点保护，甭说香脂之类，即使有一点凡士林膏或者甘油，那手指就不会裂了，脸色就会滋润柔和了。尽管这样，她的模样还是很好看的，一双灵活的眼睛似乎总怕羞，显得秀气的直直的鼻子，使人可以想到她年少时一定很可爱。

“那墙上有一张生狗皮，铺上可以隔潮气；再下去时拿上，铺着，能坐也能睡。”她说。

他往门扇后面的墙上瞅瞅，那儿确实挂着一张狗皮——纯黑色，黑得油光闪亮，像一块黑缎。他点点头，笑着说：“有这样的好褥子，享福了。”

“享什么福哇！”她撇撇嘴。她撇嘴的样子很好看，也很自然，显示着她的真诚。她说，“那地窖湿溜溜的，站不起又躺不下，够受罪咧！还享啥福！享‘豆腐’——”

街门响了！有人要来。

他紧张地站起，碗里还剩下半碗糊糊没有喝完，放下碗，就慌忙往方桌底下钻。她挡住他，用嘴努努墙上。他记起了生狗皮。他从墙上拉下狗皮，回身走到方桌跟前，看见她已把孩子用被子围在炕上，端起他喝剩的半碗包谷糁糊糊，摆出一副正在吃饭的架势。他心里不由颤了一下，就溜下地窖去。

他在地窖里听见有人走进屋来，尖尖的嗓音十分响亮。

“大白天把门关得严严的，做啥哩？”

“猪呀狗呀，钻进院来乱拱乱拉……”

“噢！我还当是你在屋里窝着……野汉！”

“你有老经验了！你窝野汉窝惯了！我可没那个本事！”

“这本事好学。你要愿意，嫂子给你引个野汉子——比法法那货漂亮多了！”

随之是两个女人畅快的笑声。

“我的那个鬼，成天怕我拉野汉；我跟旁的男人说句话，他也起贼心；即就是七十岁的老柴火棒子，他也不放心。”

“谁要你的脸蛋子长得那么好看哩！”

"他成天贼头贼脑地防着我。我说，我要是真心想拉野汉，你怎么防也是防不住的，除非你用铁链子把我的腿捆在炕边上。他说那不行，还要我挣工分哩。他说要是能给我那个地方安一把锁子就好了，钥匙装在他怀里。我说，你甭安什么锁子，你把你的章子盖上吧……"

俩人又是一阵疯狂了的死笑。

他一把捂住嘴，差点忍俊不禁，笑出声来。

"说正经事儿吧！玉芹，借我些毛票儿，我要买一扎卫生纸……"

……

他静静地坐着。狗皮毛茸茸的，光溜溜的，暖柔柔的。这黑狗活着时肯定是一只极漂亮的狗。它奔跃起来，黑色的皮毛一定会闪闪发光；它叫起来，声音一定洪亮；它肯定是村子里狗群的"领袖"……他现在无异于那只有闪亮的皮毛而丢失了生命活力的黑狗！

即使像这黑狗的命运，他也只是觉得自己好笑而不觉得难受或痛苦。

难受和痛苦是他刚刚被揪出来批判斗争时，那时真是有十万个"为什么"结在心头而一无答案。后来，刘少奇主席的名字被打上了红"×"，西北局第一书记刘澜涛和陕西省委书记霍士廉被押到汽车上游遍西安东西南北四条大街，他的顶头上司河口县委杨书记和汤县长也被打倒斗臭了——他反而全都想通全然没有痛苦心情了。他们比他垮得更惨，因为他们比他官儿大，官儿越大地位越高，跌下来时响声自然就越大，摔得也就越重越疼。他不过是一个小小的公社社长，出了河西公社的辖区就很少有人知道他的名字叫关志雄了，不出河西公社也不是所有人都认识他的黑方脸儿，大多乡民只知道关社长而不清楚他的名字。他能不垮台吗？他能不狼狈吗？他能不威风扫地吗？这样一比一照一想，他心里那十万个“为什么”全都不释自消了。

造反派们要他交代“三反”罪行，他就把自己臭骂一顿；造反派们要他手敲铜锣胸挂纸牌走村串巷去游村，他就一个一个村子往过游，铜锣敲得像耍猴；造反派们要他怎样，他就怎样。这种日子虽然不大体面也不大好过，毕竟也是一种日子、一种过法儿。事情坏就坏在那个“亮相”上头。

“亮相”是戏里演员出场后的一个动作名词，《人民日报》的一篇社论借用了它，一下子普及到各个角落里来。其实就是要被打倒的领导干部表一表态，是谓“亮相”。他把那篇社论看了又看，读了又读，黑笔勾了，红笔又圈，勾得圈得满篇社论都是点点圈圈和杠杠道道，几乎要倒背如流了，脑子里却愈来愈坚定——不敢“亮相”！千万不敢！公社里的两派势不两立，自己“亮”到任何一派去，都会使另一派火上添油，必置自己于死地不结。他就拖着，继续在那社论上头下功夫，点点圈圈和杠杠道道已经把那篇社论涂得旁人无法辨认字迹。直到全县三十二个公社的头儿们大都“亮相”，他拖不下去了，就咬咬牙，终于豁出去了，写下一张“亮相”大字报：

我要和联合司令部的革命派一起执行捍卫毛主席的无产阶级革命路线

关志雄

×月×日

这下糟了，比他所能预料的还要糟糕。

“造”字号果然被激怒了！全县三十二个公社的头儿们大都“亮”到他们一边了，小小的河西公社的关志雄竟然敢于公开声明站到“联”字号一边，气得“造”字号的头头唐生法火冒三丈，亲自带领人马来捣河西公社“联”字号的老窝，来抓他这个冥顽不化的“黑手”。声言要砸烂他的狗头，要踩上千万只脚，要他不投降就灭亡，要火烧水煮油煎活拔毛，要千刀万剐掏心扒肺斫指挖眼剥下皮来绷鼓敲……

他在心里怨恨《人民日报》那篇社论。他讥笑炮制社论的理论家鼠目寸光——连他都能预计到的后果而比他高明几十倍的他们却预计不到。他“亮相”的后果证明了他的预计的正确和他们的社论的破产。公社社长心目中神圣至上的党报的声音，也不过如此水平！

他无可奈何，坐在生狗皮上，昏昏睡过去了。

五

“关社长，上来！”

听见她的坦然的叫声，他睁开眼。地窖口有微弱的亮光——水泥盖板已经揭掉了。他本打算合目睡觉了，尽管睡不着。白天几次昏睡，打发过了一天，晚上倒没瞌睡了，他就侧棱着身子，蜷卧在狗皮上，合目养神。她叫他，肯定有什么事，或者有什么话要说。天已黑了，冬夜很长，和她说说闲话拉拉家常，未尝不是打发漫长的冬夜时光的一种办法。他爬出地窖来。

孩子已经睡着了。她坐在炕边的小凳上，怀里抱着一只夹板，夹板间夹着一只厚厚的毛边鞋底。她用一只铁锥在鞋底上戳一个眼儿，就把两根穿着麻绳的大号长针对穿过去，两只手同时朝两边扯拉长长的麻绳，鞋底上就留下一个褐色的麻绳疙结。她纳扎得很熟练，不慌不忙，间或把明光灿亮的锥尖在头发上擦一擦。麻绳穿过鞋底发出“嗞嗞——嗞嗞”的响声，虽不很好听，却也使人顿然感到安静和舒坦。他坐在方桌旁的木椅上，悠悠地吸着烟，看着她低头纳扎鞋底。

他烟雾缭绕的眼前浮现出奶奶。一撮浅红的麻丝吊在空中，奶奶抽下一根，加到手里正在拧着的绳子里，右手提起来，左手“啪啦”一下转动麻绳下吊着的小拨架儿，手中那一束麻皮儿就拧成一条绳子。他常常坐在奶奶膝前，看那枣红溜光的小拨架儿“啪啦啦”打转，连同奶奶忧伤的吟唱一同拧进麻绳里。可奶奶已经死了，是饿死的。这枣木拨架传给妈妈，妈妈又“啪啦啦”转着它拧着麻绳，用麻绳缀纳布鞋鞋底。他是穿着这样的布鞋走进朝鲜的。妈妈也老死了，三年已经过了，家乡的沙土地上的那个小墓堆已长满了蒿草。那只枣木小拨架被姐姐拿去了，也还在拧着麻绳。他的妻子是纺织女工，用机器纺纱织布，再也不会使用那只小拨架儿了。

那拧着奶奶妈妈姐姐忧伤的歌儿的枣红拨架啊……

“今黑你甭下地窖去了。”她说。

“那……我……”他不知怎么回答。

“今黑你睡炕上吧。”她平静地说。

“不……我还是……到地窖去睡。”他显得意料不及，有点慌乱。

“地窖太潮湿，待的时间长了，会生风湿症的，腰腿要疼的。”

“不要紧。狗皮隔潮气。”

“白天黑夜蜷窝在地窖里，不行……”

“没事儿……”

“你甭犟，落下腰腿病，日后不好治。”她的话音很平静，却坚定不移，“被子我都暖好了，你再甭犟了。”

他一看，火炕上铺着两道被子。靠炕里头的棉被里，那可爱的孩子已经睡得很香；炕边铺着的一条棉被，像是久置未用的半新的被子，很干净，大约是从柜子里刚刚取出来的。他犹豫了一阵，终于不好再拒绝了。

她继续纳扎鞋底，也不说话，许是生分，许是她生性不爱说话。他也不敢贸然问她什么——这毕竟是他的头号敌人唐生法的妻子。他悠悠吸着烟，心里却想，唐生法从东唐村杀出来，闹到公社，不久就在县上当起全县“造反司令部”的副司令了，声名赫赫，而他的女人似乎与他没有关系，住在昏暗的厦屋里，就着煤油灯昏暗的灯光纳扎鞋底。她至少对他来说还是一个谜。

“睡吧。”

她已经纳扎完一只鞋底，取下夹板，用剪刀剔剪了绳头，把那布满褐色麻绳疙结的鞋底折了折，又用斧子镇了镇，就放到炕头边的那个笸篮里，平静地对他招呼说：“时候不早了，你在地窖里窝蜷了一天一夜，早点歇息下。”

他支支吾吾应着，却不动身站起来。他觉得难为情——怎么好意思爬上她的火炕去呢！

她绷着脸儿，像对长辈人那样自然，说着就脱了棉鞋，爬上炕，一口吹灭了火炕头土盘栏台上的煤油灯。厦屋里黑得伸手不见五指。他听见她在黑暗里“窸窸窣窣”的脱衣服的响声和溜进被窝时的一声解脱劳作的舒服的呻唤。

他借着烟头的火光走到炕边，不禁在心里骂自己：她对他这样信赖，自己反而忸怩，不是说明自己正派，反倒显出自己疑神疑鬼了。她很周到地考虑过一切——黑暗里脱衣服，她和他都要方便些。他爬上炕，脱去棉衣棉裤，留下衬衣衬裤躺下了。

被窝里好热——热得发烫——炕烧得好美呀！他的蜷窝太久的腰腿一挨着热烘烘的火炕，不由得舒坦地呻唤了一声。

真是不可思议。他——一个正儿八经的人民公社社长，现在和一个比他年轻近十岁的女社员睡在一个火炕上。她和孩子睡在炕那头，他睡在炕这头，一颠一倒，正像乡村里的农民夫妻那样睡觉——真是不可思议！

他一时无法入睡，不单是因为白天在地窖里睡掉了瞌睡。他想，自己虽然有好多缺点和毛病，却在男女关系问题上自认干干净净，梆正硬气。他虽然也常与女同志和女干部们开开玩笑，却从来也没有过任何不光明正大的行为。他十六岁从家乡河南参军，正好跟上到朝鲜打仗，战争把一个贫苦的乡村少年锤炼成一个优秀的中国军人。他是最后一批撤回祖国的，回来时两腮已经挂满黑森森的络腮胡须，是一个战功赫赫的连长了。严格的军纪使他顺利地通过了人生的青春期的骚动，归来后在西安他与一位纺织女工结合了——一个河南籍的漂亮姑娘，一个生活习惯完全吻同的不错的老婆。无论在部队或转业地方当社长，人们可以任意评价他的功过和为人，独独没有令上级领导也令一般人讨厌的男女作风问题，这使他走到任何场合都很自豪。现在，他和一个女人一颠一倒睡在火炕上，如若传出风声，纵然长一万张嘴也说不清白了。

“乖乖，吃奶！”

孩子吸吮乳汁的咂舌的声音很响。尖利的北风在房脊屋檐上嘶叫。小厦屋暖融融的。木格窗户外面挂着稻草帘子。门关死了。椽眼也用麦秸塞得实实的。淡淡的乳香和火炕的热气混合着，弥漫在小厦屋里。他感到一种诱惑。他的鼻孔痒痒，忍住了没有打喷嚏。他闭上眼，努力把那种隐隐约约的诱惑挥斥开去——只要一进入睡眠，就什么感觉什么诱惑都不存在了。

他终于迷糊了——仅仅只是迷糊，而不是熟睡和酣眠。也不知迷迷糊糊睡了多少时辰，他又被一阵响声惊醒——“哗哗哗”的水声。他一时搞不清哪儿来的水声；灵醒过来后，他就判断出那是她在撒尿。他拉拉被头蒙住头脸，企图阻挡那种声音，却无济于事，还是遮挡不住那很响的声音。他的心里毛躁起来——如果一伸手从炕下边拉住她的胳膊，她大约会自然地钻进他的被窝。他第一次意识到自己原也不是圣人，竟也产生这种淫邪的念头。他终于控制住自己跃跃欲动的手脚，故意拉出鼾息声，佯装睡得很死，似乎什么也不曾察觉。他的耳朵却异常敏感，听见她爬上炕来，黑暗中踩了他的脚，又钻进靠墙的那条被窝里去了。

西北风依旧在房檐和屋脊吹出哨子一样的“嗞啦”声。窗上的稻草苫子也有风吹动的“吱吱”声。热尿的气息渐渐散掉，屋里依然是火炕热烘烘的气息、淡淡的乳香。

他用数数儿来净化心灵，努力使自己再度入眠。他自己告诫自己：无论现在是“黑帮”是“走资派”或是刘少奇路线的罪人，组织上还没有正式行文开除他的党籍、撤销他的社长职务，他还是共产党员，还是前志愿军侦察连连长，绝对不能和人家的女人钻到一条被筒里去。这样反复告诫还真管用，他心头潮起的那种骚乱渐渐平息了，他终于又迷糊了。

一觉醒来，天已大亮，他爬起来，穿戴整齐，站在火炕下的脚地上，从厦屋门里望出去，小院旁侧的小灶房里，传来“啪嗒啪嗒”的风箱拉动的响声——她正在烧锅。他看着她随着风箱扭动着的后背，不由得在心里慨叹：我到底还是拯救了自己的灵魂！

六

她说：“地窖里又潮又闷，多难受。没人来时，你就上来坐着；有人来了，你再下去。”

他的确也不想再下到黑暗憋闷而又潮湿的地窖去，可屋里总有人来，有人来借一只木斗或是一杆秤，有人纯粹是抱着孩子来串门儿。她的女儿在奶奶跟前玩腻了，不时跑回来，玩一阵，闹一阵，又回奶奶家去了。他因此总也不得安生，出了地窖屁股没坐稳，街门又响起来，慌慌乱乱又钻进地窖去。

他索性就待在地窖里，坐在生狗皮铺垫上，静静地闭目养神。他努力抑制自己的瞌睡，以免到晚上又再度失眠，以免失眠时再听到那热尿在瓦盆里冲击出的“哗哗哗”的响声，再闻见那股新鲜的尿臊气味儿。

他回想朝鲜战场那些亲身经历的往事：那冷炒面就着雪团的滋味，那坑道里“滴滴答答”的永不止歇的滴水声，那炮弹轰击时迎面扑来的热浪，那抱着冲锋枪跃出战壕时义无反顾的追击，那扑倒在脚下的亲爱的战友的尸体……

他们的侦察连经历了多少次惊心动魄的战斗啊！整个两军对

垒的封锁森严的战场，他们侦察连的战士几乎无所不至，一次又一次摸到敌人的心腹里，使敌人毁于一旦！哦！那个像姑娘一样秀气却又沉静勇敢出奇的“小江苏蛋子”啊！那个像周仓一样嫉恶如仇秉性刚强的“河北老虎”啊！那个纯厚诚挚的“关中牛”啊！他们都长眠在那对国人陌生而对他熟悉如掌的异国山沟里了！他们没有像黄继光或邱少云那样留下闪闪发光的名字，他们的名字只有他们的亲人和他永难忘记。啊啊！那一次深入到敌人下巴底下的侦察，是损失最惨重的一次，侦察排牺牲了一半勇士，换来了那个结果……那就是战争！那就是革命！而眼前的这种摸不透吃不准跟不上的运动，算他妈的什么熊“革命”啊！老子十七八岁的时候，已经是出入敌阵的老练的“侦察老虎”了，而眼前那些熊男女胳膊上挽一条红袖章却来压老子的脑袋……

应该写一本回忆录了，早该写了，那些淤塞在心口儿的战友的血啊！他现在窝藏在这个类似战场坑道的红苕窖里，既不能写回忆战争期间出生入死的文字，也不能履行一个公社社长的职责，那些在战场上硬练出来的侦察技能，却派上用场了——敏捷地翻越障碍物，出其不意潜入敌人最意想不到的最危险也最安全的地方……晚上却不得不听人家一个年轻女人在瓦盆里尿尿的声音……他一阵儿想得壮怀激烈，一阵儿忧愤压抑，一阵儿沮丧灰心……无论怎样难挨，却是排除了瞌睡的袭扰，又一个白天过去了！

七

喝罢汤，他没有下地窖去。她已经在火炕上铺好了被子，照例是两条。有了昨晚的第一回，今晚似乎就成为自自然然的事了，不再觉得太难为情了，心里的障碍早已倒塌了。她似乎也比昨晚随便自然一些了，没有吹灭煤油灯，就脱下了厚重的棉裤，和着棉袄坐在火炕里头那条被子里。他毕竟在地窖里蜷曲得太久，渴望早点躺到热烘烘的火炕上展一展酸麻的腰身，就不再忸怩，脱下了棉衣棉裤，躺下来。

煤油灯小小的火苗一闪一闪，小厦屋的炕墙上有一层昏黄的光亮。那小娃儿还没睡着，从炕那头的被窝里爬过来，爬到他的枕头旁边停住了，瞪着一双黑乌乌的圆眼珠儿辨认着他，似乎把他当作大大了。他支起身，想把小家伙拖进自己的被窝。那小家伙却往后缩，不肯就服。他搂住他的头，在那红扑扑的脸蛋上亲了一口，那温热的脸蛋和嘴巴上有一股幽幽的乳香味。他的太长的络腮胡须扎疼了他，小家伙"哇"的一声哭了。她"咯咯咯"笑着把儿子拽进怀里，把奶头塞进娃儿的嘴里，吹灭了煤油灯，搂着孩子睡下了。

小厦屋骤然黑下来。老鼠立即出动了，桌上的什么东西被碰翻了，"咣当"一声响。

"你是个好人，好社长。"她在炕那头说。

"你咋个知道我瞎我好呢？"他问。

"我听村里人说，你是个直杠人。"她说，像是和他拉家常，"人都说你好……你给俺村减了'光荣粮'，老人碎娃都夸你实在。"

"唔……"他应着，唤起一件沉寂了的记忆。

他初到河西公社头一年秋天，这个东唐村刚刚上任的支部书记为了显示自己的政绩，报"光荣粮"报得出格的高；他没有表扬他的积极行为，反而压缩了那个不切实际的数字。就是这么件小事，她和东唐村的人至今念念不忘，直说他好啊直杠脾气啊……

“原先那个苟社长，总是嫌干部报‘光荣粮’报得少，总要往上加哩！你倒好，往下抹！”

“社员也得吃饭嘛！”他平淡地说。

“那个苟社长可不管社员锅里有没有米下，只管叫多交‘光荣粮’；人一比，当然就说你好。”她实实在在地和他说话，不是恭维，“其实我也不知情，只是听人说你好。”

他颇得意，心里挺受活。好久以来，他已经受够了喝斥和谩骂，而根本听不到谁说他的一句好话了；这个女人毫不矫饰的话，陡地唤起他的一种自信与自尊、一股做人的力量。

“俺屋里的人可没谁说你好。”她说。

“为啥？”他问。

“你还不知道吗？”她问，随之又自作解答，“你把俺阿公给撤职了，他成了‘四不清’下台干部，抬不起头——一家人恨你恨得咬牙！”

他默不作声，说不出话来。

他是以“四清”工作团团长的名义进入河西公社的。他坚定不移地按照“四清”运动的工作条例领导了运动。“四清”运动进行了整整半年时间——春天开始，夏收后结束。有一批大小队的干部或因政治问题或因经济问题被撤职下台了，个别人受到了法律惩处。她的阿公——东唐村前支部书记的倒台即属此例。他怎么能忘记呢？她不说，他心里也清楚她的阿公恨他恨得要死。

“我家那个鬼扯旗造反，就是替他老子申冤出气……”她很坦率。

“我明白。”他说，他早已明白这种关系。整个河西公社甚至河口县里以唐生法为首的造反司令部下纠集的人马，几乎纯一色是“四清”运动时受到冲击的干部或者是他们的亲属和族里人。他“亮相”怎么能“亮”到他们一边呢？他对她说，“那么你呢？你恨我不恨？”

“你整了俺阿公，又没收了俺家的粮食，还让俺家赔了五百块钱，我自然也该咬着牙恨你才对。可我……恨不起来。”她依然说得很冷静。

“为啥？”他也奇怪，不明其中原因。

“唉！”她叹口气，“我娘家爸是贫协主任哪！他在‘四清’中当了贫协主任，又入了党，是‘四清’积极分子。这下复杂了，两亲家分成两派了，自‘四清’以后就不来往了——见了面说不到一搭嘛！‘文化大革命’开火了，娃他爸扯旗造反当司令了，俺娘家一家人都参加了‘联合’那一派。你说，我该咋办？”

“唔！”他顿然明白了，却无法回答她该怎么办的问题。

“我啥也不管，啥也管不清。”她说，“谁爱怎么闹就怎么闹去！我只管跟俺娃混日月……”

“噢……”他沉吟了一声，表示明白了她两边为难的处境，却依然无法帮她谋划一个更为高明的办法，只好沉默不言。

“混吧！往前混吧！谁知道谁错谁对呢？”她漠然地说，“睡吧！”

小厦屋沉寂下来，没有一丝声响。整个村庄沉寂下来，没有一丝声响。这个躺在塬坡根下的像个簸箕掌一样的东唐村，再也听不到一丝声音。没有车鸣，没有人声，偶尔只有三两声骤起骤落的狗吠声。躺在这样安静的乡村里的一个热烘烘的火炕上，使人会时时产生一种错觉——那外部世界正闹得轰轰烈烈的“文化大革命”运动是不是真的发生过？堂堂的关志雄社长真的被按压过“喷气式”？真的会像被追赶的盗贼一样仓皇翻过三道围墙？

她在混日月。她的男人一家子都受到“四清”运动的整治，唐生法正是以此为动力而扯起了造反的旗帜。她的亲生父亲恰恰是“四清”运动的积极分子，如今正为维护那场运动而参加到与女婿决然对立的另一派群众组织里。“这场运动，真正把群众发动起来了。”他们现在不仅是为自己的柴米油盐而劳心费神，确确实实在为政治争斗哩！她倒好！一边是阿公和丈夫，一边是亲生父母兄弟，她只好和她的儿子混日月！她不混怎么办呢？

他自己又能怎样？他其实也只是另一种混日月的人罢了。他是怀里揣着“四清”运动的红头文件踏进这个陌生的河西公社的，从那一天起，他就和唐生法及其下台的父亲站在了对立面，和她的亲生父亲（那位贫协主任）结成了同盟。他现在首当其冲，成为唐生法们的眼中钉，真是无法回避。那些和他一起分乘着十辆卡车浩浩荡荡开进河西公社的几百名“四清”大军，早在四年前全部撤离了，回到省城里纷如烟花的工厂、机关或企事业单位去了，独独留下他来承受那些被他们整治过的人的恶气和仇恨。他怎么办？混吧！像她一样混吧！

在地窖里蜷卧了一天，硬是支撑着没有睡觉，留下瞌睡到夜里，他果然很快就睡着了。那热烘烘的火炕所散发出来的淡淡的柴烟气息，那万无一失的环境给他惶惶不可终日的心所带来的松懈和踏实感，使他睡得好舒坦啊！直到他感到憋闷，感到鼻孔被堵而不能透气，他被憋醒过来了。

他其实没有完全清醒，从沉沉死睡里刚刚被憋醒过来时还是迷迷糊糊，本能地伸出手，推开堵塞窒息鼻孔呼气吸气的东西——却触到了乳房。

他顿时灵醒过来，立即明白发生了什么事。他立即缩回手，并为自己刚才在半醒半睡状态下的行为暗暗难为情。他不知该怎么办。他的左侧贴着一个温热诱人的肉体，柔软的腹部偎着他，两只肥实饱满的乳房贴压着他的脸，几乎把他的眼鼻和嘴巴全盖压住了。那双正在哺育婴儿的饱胀的乳房，乳汁挤压出来，流进他的眼眶，热乎乎黏糊糊的乳汁又经过鼻翼流进嘴角。被窝里热烘烘的气息，甜腻腻的乳香，以及这个温热的肌体里散发的诱人的气息，使他刚从梦中苏醒过来，立即又沉迷了。他一把搂住她的腰，紧紧贴着那柔软的胸脯，翻过身来……

他闭上眼睛，静静地躺着，心里暗暗滋浮起一缕幽幽的懊悔。她也静静地躺着，鼻头顶着他的耳根，呼出的热气吹得他的脖颈骚痒痒的。她怏怏地给他说，她和唐生法刚结婚时还罢了，婚后半年，唐生法到镇上的小学校当了民办教师，一月才挣十块钱生活补贴，就开始瞧她不入眼了。加之她连续生下两个女娃，就更加抬不起头了。唐生法说她是个尽下软蛋的瘟鸡，从早到晚没个笑眉眼。她的阿公当着党支书，开会常讲男女平等哩，实际上恼恨她没生下个男娃来。阿公进出院子从来没有正眼瞅过她，像是这屋里根本就不存在她这个儿媳妇。阿婆倒是从早到晚睁着一双气鼓鼓的烂边红眼瞅着她，咒她说唐家的烟火就要灭在她的手上了。到她生下这个男娃，情况刚刚好转，唐生法又扯旗造反去了，又和那个女政委日戳在一起……

她流泪了。热乎乎的泪水在他脖颈上流下去。她说："我吃粗粮酸菜，不觉得恓惶；早晚没个知心人儿，我恓惶死了。你是个好人。我跟你把心贴在一搭，哪怕一会会儿，哪怕一时时儿，我都值得了……"

他的那种懊悔情绪飘散了，搂住她的发抖的身子没有说话。

她说："我以为你夜个黑会逗我，可你睡死了。我……你可甭骂我是个烂女人……"

他不由得淌下眼泪。他记得自己很少淌眼泪。在战场上执行侦察任务时从一道高崖上跌下去，跌得左脚的脚尖朝后而脚后跟朝前了，黑暗里，他抱住左脚狠劲一拧一扭，又把脚尖扭拧到前头，爬起来又跑了——疼得汗如雨浇而独独没淌眼泪。他唯一记得的是亲爱的侦察排长在铰剪敌方的铁丝网时不幸中弹，连尸首也未能拖回来，回到营地后，他才抱着排长与他紧挨着的空被子和枕头大哭一场。他再记不得自己什么时候还淌过眼泪。挂在脖子上的十多公斤的木牌只用一根细铁丝吊着，勒到肉里去了，他仍是只淌虚汗而不淌眼泪。这个女人本来也没有什么特别伤情的大事，然而却使他流泪了。

她寻求安慰，她寻求寄托，她寻求真诚，她寻求别人尤其是亲人的起码的尊重和爱护，可她所寻求的一样也得不到。阿公永不瞧她的蔑视的眼神和阿婆盯得太紧的红边烂眼里透出的厌恶的眼神，都使她无法忍受，而丈夫唐生法更是只爱"亲蛋蛋娃"而不知想她的人。她的心里淡漠而冷寂，这从他见她第一面就能感觉出来。一个年龄尚轻的挺好看的乡村女人，怎么能年年月月忍受这种无所寄托的光景呢？他大约是可怜她，也可怜自己目下孤苦无援的境况，不由得热泪长流了。他一时找不到安慰她的合宜的话，只是紧紧地把她微微颤抖着的身子搂在怀里，自己似乎也感觉到了某种暂时的切实的寄托……

第二天，一早醒来，他又听见小灶房的风箱“啪嗒啪嗒”响。她端着半盆温水走进来，对他笑笑，也不说话，就从悬在空中的竹竿上拉下毛巾，投进脸盆里，又提着热水瓶出去灌水了。她的一笑，含着羞涩，含着默契，含着一种踏实的真诚，久久地留在他的记忆里。她的眼里褪去了忧郁，闪着光彩，那闪着光彩的眼睛使他的心里滋浮起一缕温暖和幸福。她照顾他的生活殷勤而不浮躁，完全像是对她的心爱的男人那样实心实意，朴实无华。

往后的夜晚，她照例铺下两条被子，一条里裹着宝贝男孩。她在哄得孩子吃饱睡熟后，就贴着他睡下来。有时候，她对他说：“老关，你先上炕歇下，我把这褯片子洗了就来。”他也不再别扭，对她说：“玉芹，把桌子上那盒烟递给我……”他就脱了裤子，坐在被筒里抽烟，看她在脚地上洗涮褯片子。

八

大约是刚满十天的那天晚上，一阵敲门声，他紧张起来，立时意识到自己成了乐而忘蜀的刘皇叔。他穿了衣服，装好烟盒，挟了晒干的狗皮，又钻到方桌下，准备潜入地窖；回头一看，她已叠好被子，用笤帚扫了他扔在地上的烟把烟灰，对他微微一笑。在要盖上盖板的时候，她弯腰亲了他一口。

他很熟练地下到地窖里，坐在狗皮上，听着上面厦屋的动静。果然是唐生法回来了。

“妈的巴子！给我弄点吃的。”

“你要吃啥哩？吃面还是吃馍？”

“日他祖宗！先给我喝口水。”

“你今日咋咧？一进门就气儿不顺！”

“日他婆！唉嘘……”

“咋啦？没得抓摸上那个婊子吗？”

“胡说啥！你净操他妈的那些毛呀毬呀的闲心！革命遇到困难了……唉嗨！”

“给人家斗垮了吗？”

“毬！凭他们要斗垮我？”

“那你回来胡嘀嗒啥哩？”

“唉唉……我说老人家呀老人家，你怎么给你的造反派也泼凉水嘛！你把俺们轰起来跟上你造反，你咋又给俺们头上泼凉水嘛！”

“谁敢给你泼凉水呀！”

“老人家又发下最高指示了，要保卫‘四清’成果哩！凡是最新最高指示传下来，对咱都有利，咱都游行欢呼庆祝哩！唯有今黑间的庆祝会开得窝囊！明明知道这个指示是给咱泼凉水，给保皇狗们撑了腰，咱还得开会庆祝，敲锣打鼓放鞭炮……我都憋死了！”

“噢哟！毛主席叫保卫‘四清’成果？”

“唉唉唉！老人家啊老人家，你说刘少奇搞了‘四清’扩大化，搞了‘经济路线’，俺们批刘少奇批得正上劲，冷不丁你又指示说要保卫‘四清’成果！既然是刘少奇路线搞下的‘四清’，这‘成果’咋能保卫它？唉唉唉……你老人家净是给糨糊缸里添胶哩嘛！越弄越黏糊！我看哪……莫非你老人家真个……老糊涂咧！”

“啊呀呀！你快悄声些！要是给人听见你抱怨伟大领袖，我看你怎么办？只死甭想活了！”

“我心里简直要憋炸了！你看，我又不敢跟旁人说，气得肚子胀胀的……你不会揭发我。”

“那可难说。我也忠于毛主席。谁反对毛主席，就砸烂谁的狗头！”

“嗬哟！你去告发去！我不在乎。不是我吹，你就是说我攻击毛主席，也没人信。我说话人就信了。我说老鼠逮猫有人信，你说猫逮老鼠反没人信……”

“你……反正我可知道你的箱子底儿……”

变成俩人不冷不热不恼不亲的口角了。

他坐在生狗皮上，几乎要蹦起来了。老天爷啊！毛主席发下最新最高指示，要保卫“四清”运动的成果哩！啊啊！你老人家终于开了口了，终于发下一条有利于我关志雄的指示了！毛主席啊北斗星，我可真望见北斗星灿烂的光辉了！他一刻也坐不住了，似乎那柔软光滑的狗皮上的黑色狗毛，顿时变成一撮撮钢针了，扎得他不能安生。

他还是坐下来，心里在叫：“四清”的成果早就应该保卫嘛！你老人家叫我们搞了“四清”，我们怀里揣的就是“二十三条”嘛！你说那是刘少奇路线，我们这些“四清”队员可怎么办？你老人家不说保卫成果谁能保卫得住？哈哈！唐司令沮丧了，憋得肚子要爆炸了，哭爹咒娘日祖宗了！自从造反以来记不清发下多少回最高指示了，几乎都是使唐司令心花怒放而使他沮丧，唯有这回唐司令不高兴而使他抑制不住兴奋鼓舞扬眉吐气的痛快心情了。他不由得在心里诵读着毛主席语录——被敌人反对是好事不是坏事——真是颠扑不破，透彻精辟。

他再也无意去偷听炕上的房话了，兴奋的心情使他顿然觉得这地窖难以忍受，一刻也挨不下去了。他要出去，他想放炮，他想欢呼。他要真心实意地表示对最新指示的拥护……他终于累了，过度兴奋之后无处发泄的累呀！他颓然倚在地窖的窖壁上，睡着了。他心里很踏实，相信当他熬过这一夜再睁开眼睛的时候，必是一个阳光灿烂的早晨……

……

“我要走了。”

“满村满地都是人，咋么走？”

“那……黑天走。”

“今日黑间？”

“今日黑间。”

“你走吧！你在这儿总不能长久住下……”

她的眼里又隐隐浮出那一缕郁郁之色，把明亮可爱的眼睛罩住了。唐司令一早爬起来就蹬上自行车走了。她有点慌乱地招呼他吃完饭，收拾了碗碟，猛地扑到他的怀里，喃喃说：“我真想把你在这地窖里永久藏下去……”

有人敲门。

他又潜入地窖。

她在地窖口叮咛：“妇女队长派我上工，在饲养场捣粪。我在外头把门锁上了，你干脆上来歇着吧。”

他想，再难挨也就只剩一天时光了，万万出不得意外，就对她说：“你不在家，万一有个变故，没法遮掩，还是地窖里头保险……”

她也不再坚持，上工去了。

他坐在生狗皮上，心里很踏实——再难挨也就只有一天了，天黑以后就可以走了。救命的地窖！柔软的生狗皮！热烘烘的火炕！温馨的饱满的奶子！他竟有一股难以割舍的留恋。

她放工回来了，熟悉的脚步声比以往急些也重些，随之就唤他出窖。

“我在村里听到个消息……”

“快说——”

“公社里驻扎下军队了！”

“真的？”

“满村满街人都说哩！说公社里驻下整整一个连的解放军，一百多号人哩！听说往各村各队分派哩！叫社员搞生产哩……”

“这就好了！”他长嘘一口气。

他在来这儿之前，已听到军区要派解放军下乡“支左”，“抓革命，促生产”。现在解放军真的来了，来了就好了——他心里有数儿，军区的观点和倾向正是他所“亮相”的那一派……“不管咋说，解放军来了，我就可以回公社了。谁就再也不敢杀我剐我了，批批斗斗倒不怕！”他说。

“后晌我不上工去咧！”她对他说，“你要走了……再见就不容易了。”

他心里觉得酸酸的。他一阵企盼天快点黑下来，黑下来就可以走了；一阵又企盼天甭那么快就黑了，黑了就该和她永久性地告别了。

她照例关了街门，陪他坐着。她似乎手足无措，闲坐着就显得惶惑，又把一只鞋底夹进夹板，纳扎起来。麻绳拉过鞋底“嗞嗞嗞”的响声，使他的心微微颤抖，隐隐作痛，好像麻绳是从他心上穿过去的。他坐在方桌旁的椅子上，抽着烟，一眼不眨地瞅着她。她一锥扎过去，扎着了食指尖，鲜血染红了鞋底。她忙用右手攥住了食指，抬头看他一眼，疼痛使那张忧郁的脸愈加显得楚楚动人。她心不在焉。她怎么会扎了手哩？心不在焉！他立即奔到她跟前，看那受伤的手指。她撇撇嘴角，温柔地一笑。他低下头，把那食指吞进嘴里，吮着那带腥味的血。她丢了夹板，搂住他的脖子，眼泪顺着脖颈流下去。

冬天北方的白天很短，转眼就黑了。

她早早哄得孩子睡下，甚至不惜在宝贝儿子的屁股上抽了两巴掌，强制那不安生的孩子安宁下来，带着委屈的哽咽进入梦乡。

她钻进小灶房去了，风箱“啪嗒啪嗒”又响起来——大概是做晚饭。他走出厦屋，走进小灶房，对她说：“我帮你烧锅吧。”

“你快坐到屋里去。你一来我就乱套了。你坐在屋里，我心里就稳稳当当的。去！坐到屋里，让我再服侍你一顿饭。”她说。

他走回小厦屋，又一次用心打量起来。一张方桌，一个土坯火炕，一只没有油漆的板柜，剩下就是些提不上串的瓦盆瓦瓮旧棉套破席片之类的物什了。他看着这一切，像是要把这些东西永久地储入记忆似的。

她走进厦屋，一只手里端着一个粗糙的瓷碟，那碟子里盛着炒得灿黄油亮的鸡蛋；另一只手里端着一盘烙得焦黄的锅盔，锅盔是用麦子面烙的，无疑是乡间的高级食物了。她又给他倒下一杯茶水，对他说："你这些日子受委屈了，没得好吃食。"

他忙说："这些东西……该当留给娃娃。"

她笑笑说："你吃吧！我再也拿不出啥来。"

他坐下来，操动筷子。那鸡蛋很香，锅盔也十分香甜可口。他吃得很慢，细细地咀嚼着，却难以下咽，喉咙里似乎有什么东西堵住了通道，却又不能不吃，不吃会使她伤心的。

他说："玉芹……我要走了。"

他想说几句感谢她救护的话，却又觉得没有必要。

她把那条干净的半新的被子又铺开了，默默地低着头，靠在炕边上。

他说："你明白……我得……走。"

她说："你得到后半夜走。天刚黑，人没睡定。"

他和她躺进被窝，反倒没有那种欲望了。他搂着她。她静静地贴着他。俩人都不说话，一切话语都显得轻薄而难尽人意。而那种永远使人沉迷的人伦之乐似乎也顿然失去了任何意义……

九

一晃多年过去了。

他正在翻阅一件材料，门被推开，有人走进他的寝室兼办公室的房子。他急于把一页的最后几个字看完，没有抬头，也没有招呼来人；凭着脚步的响声，他觉察得出来人小心谨慎，必是下级干部，大约要向他请示什么或汇报什么。他放下笔，从椅子上转过身来。

来人竟是唐生法。

他站在房子中间，两只手互相勾着吊在裆前。这姿势首先使人想到他似乎很善良，有点可怜，有点拘谨，有点诚恳的意味。他指指另一把椅子，示意他坐下。他就在那把椅子上坐下来，腰挺得很直，使人看上去觉得他坐得很不舒服。

唐生法从口袋里摸出一支烟点燃了。他吸得很狠，吐出烟雾的时候，明显瘦削了的脸颊上的皮鼓起来了。他的胡须和头发串连在一起，眼角粘着干涸的眼屎，眼白血丝如网，真可谓疲惫憔悴，形容枯槁。

他忽然产生了一种幻觉——这是一只被打断了脊骨的狼。

他等待他开口。

他还在狠命抽烟。

这是一九七七年的春天。在他的主持下，河西公社举办了“说清楚”学习班。唐生法自然是河西公社必须“说清楚”的头号角色了。

唐生法扔掉已掐捏不住的极短的烟把，猛然抬起头来，对他说：“关书记，我想跟你说一件心事……”

他很诚恳地称他“关书记”。他再不敢称他为“死不改悔的走资派”或“三反分子”了。他不知是否记得他曾这样喊过千遍万遍？

他过去是公社社长，后来结合为革命委员会主任，稍后又是党委书记兼革委会主任，一元化领导体现于一身。他说：“说吧！你要相信我，就甭顾虑啥。”

“我相信你才找你……”

“说吧！”

“我跟女政委……那个‘麻哈’事……再甭追究了……”

关书记没有开口。

“实在不行的话，你可以按有这事定罪。”唐生法说，“我只求你……甭张扬出去——我的子女都长大了……”

“就这件事？”

“就这件事。”

“这件事可以不再追究。”关书记豁朗地说，“我答应你。”

唐生法愣了一下，对他如此爽快的应诺有点意料不足，一时反应不过来，倒无话可说了。愣呆了极短一会儿，他就现出某些难言的愧疚，低下头去，又在口袋里摸烟。

关书记很满意自己的回答。这种干脆爽快的应诺使对方愈加显得低微和猥琐，反过来也使自己更有味地咀嚼胜利者的宽容和豁达。生活以曲折复杂的流向终归确定了他的胜利和他的破灭。他坐在讲台上而他坐在台下的一个旮旯里的不可倒转的位置，就充分地显示出胜利者和失败者的区别。他在台上宣讲上级党组织关于彻底清查与“四人帮”有牵连的人和事的文件；他在台下的旮旯里低垂着脑袋抽闷烟。

然而他严格地把握自己，或者说其实根本不用什么把握而已养成习惯，就是决不显示自己的胜利者的昂扬。他不像有些同僚在胜利的时刻按捺不住，对整过他们的人表现出毫不掩饰的报复心理。他对唐生法他们除了原原本本地宣讲上级政策，绝口不提他们对他个人的无所不用其极的手段。他甚至在适当的场合能够心平气和地替对方讲出一些不失原则的开脱之辞，甚至引起一些心胸狭隘的干部的非议，然而他继续毫不动摇地按自己的主张处理唐生法们的问题。这样，在敌手唐生法们和众多的干部心中，就造成一种关书记客观、宽厚的印象，这正是他一贯追求的修养目标。他以为，这样做的结果会使唐生法们彻底从精神上垮台而不会引起哪怕是一个人的同情；反过来，如使众人感到关书记有挟嫌报复的阴私夹杂在这场严肃的政治斗争之中，情况就会不同了，可能会使唐生法们有了社会同情，也肯定使许多人对他敬而远之。他不仅要征服唐生法们这一伙对手，更重要的是征服所有他的下级和同僚们的心。唐生法今天来找他，提出要他不再追究自己和女政委的事，就部分地证明了这一点。他爽快地答应了他，是他这种征服的继续。

“唉！”唐生法比较轻松地喷出一口烟，“那件‘麻哈’事，这几年已经没人说了；要是再扬播起来，不是我受不了，主要是我的……女子和娃子都有……一张脸了……”

关书记不动声色，抽着烟，心里却在叫：你让我敲铜锣游街示众把我当猴耍的时候，你向我脸上吐唾沫擤鼻涕踢我屁股的时候，从来没有想到过我这个一社之长的脸还是不是一张人脸吧？更没有想到我的儿子和女子比你的儿子和女子年龄更大吧？他瞅着唐生法穿在身上的皱皱巴巴肮脏邋遢的蓝制服，依然不动声色地说：“当然……孩子最厌恶听到父母的这一类闲话……我可以理解。”

“至于我在‘文革’中的问题，我说过的，我承认过的，我不反悔；我没有说清楚的问题，我再进一步往清楚说。”唐生法向他表示，诚恳的言辞使人想到他已经做好最坏的准备。他随之现出某种焦灼神色，“你这几天能看出来吧？有些人现在把所有问题都朝我头上摞——狗屙下的都赖说是我屙下的。我是裤裆里抹黄泥——说不明也辨不清是泥是屎了……”

“这种现象是存在的。”关书记肯定他的话，“你自己应该怎样做，我想你应该是明白的。”

“那当然，那当然。”唐生法连连说。

关书记想，即使对唐生法这样已被整个社会潮流推到旮旯里去的角色，也不能不承认他说的实际情况；不承认，就会使他彻底失望，以为说清说不清都是同样的结局。他承认他说的那种情况，正是为了从他心里排除这种情况对他进一步“说清楚”的干扰。他说：“你该当实事求是，把自己在‘文革’中的问题说个一清二楚，相信组织会辨别清白什么是狗屙的什么是你屙的，哪个是黄泥哪个是臭屎……”

“我一定往清楚说。”唐生法说，表示出很大的诚意，随之又微微摇摇头，苦笑一下，“有些话，怎么说也说不清楚……”

“事实总是事实。”关书记说，含有明显的批驳意味。原则的问题绝不含糊，“说清楚”学习班怎么能存在“怎么说也说不清楚”的问题？他对他批评说，“你首先应该考虑把问题‘说清楚’，而不是‘说不清楚’。”

他勉强点点头，表示接受。

“对你在‘文革’中受到的迫害，我向你赔情认错，请你处罚。”唐生法说，“我现在恰好认识到你是个好领导人。”

关书记一下子不自在了。这个曾经恨不得把他踹成粉末的唐生法，当面恭维起他来了，实在有点别扭，有点滑稽。他似乎充耳不闻，无动于衷，对他说：“你还有啥事吗？”

“没有了。”唐生法说，“我越想越害怕！那天晚上，你要是不逃掉，我就犯下大罪了。我这几天总在想，那晚亏得你跑了，救了你也救了我！我当时真是一条疯狗……”

“你去休息吧！”关书记说，“该‘说清楚’的问题继续往清楚里说。那件……‘麻哈’事嘛，我答应你的要求，不再追究了！”

唐生法站起来，蔫蔫地走出门去。

关志雄书记闭上门，在屋子里踱起步来。他突然想起那潮湿憋闷的地窖，那黑缎似的柔软光滑的生狗皮，那干净的半新的被子，那热烘烘的烫人皮肉的火炕，那压得他透不过气来的饱满的乳房和挤压出来从眼眶流过鼻翼流进嘴角的奶汁……这地窖里的隐秘至今尚不为第三个人知晓，如果要他说清楚，他能说得清楚吗？关志雄书记的心绪波动了一阵儿，就恢复了常态，并不影响他继续以胜利者的宽容去批阅那卷宗里有关唐生法“文革”作乱的材料……

学习班结束了。唐生法“说清楚”了一些应该说清楚的问题，还有一些必须“说清楚”而怎么也说不清楚的问题，按照惯例先“挂起来”。唐生法的公社革委会副主任的职务被撤了。他是以造反派代表的身份进入“三结合”革委会的。后来老人家指示说“群众代表”不要脱离生产，关志雄立即执行照办不误，把唐生法给支使回东唐村去了，他不满意也叫他说不出口。到一九七五年“批邓反击右倾翻案风”时，唐生法闻风而动，一长排列举关志雄排挤打击造反派的大字报就贴在公社大门两边临着大街的围墙上。关志雄迫于形势，又把唐生法从东唐村请出来，安排到公社农具厂任厂长，唐生法满意与不满意参半。关志雄也是颇伤了脑筋，他无论如何不情愿给自己屁股后边安插一双挑剔的眼睛，把唐生法塞到农具厂总比让他撑在公社大院要好些。现在，唐生法的厂长职务也给撤了，一切职务都给撤光了，让他也尝一尝“从哪里来再回到哪里去”的滋味儿。

唐生法得到处理决定后，胡须芜杂的脸上不仅没有羞愧，反而缓和松弛下来。他原先估计自己多半得坐牢，而实际只是撤职回家。不过，他并没有表示感激，只是说他完全接受组织处分。关志雄看得出来，唐生法内心并不服气，只是再无丝毫的能力和热量反抗罢了。

对唐生法的处理也出乎许多人的意料——人们几乎一律肯定他最少也得“坐两年”。人们又反过来说关志雄宽宏大量。其实关志雄心里清楚，新的政权所实施的新政策和政治策略，努力使自己区别于“四人帮”的极“左”路线，缩小打击面，对“文革”中作乱的人也决不以“四人帮”的残酷办法整治，只是择其罪大恶极者予以惩处，一般人“说清楚”错误就完事了。

唐生法悄悄默默回东唐村去了。

关志雄在河西公社继续担任党委书记，工作自然很忙，他却精力充沛，心劲十足。

两年之后，到一九七九年的春天，他与唐生法又一次交手，竟然陷入深重的尴尬境地……

十

关志雄收到一封经别人捎来的信。信封是用普普通通的牛皮纸糊成的，没有经过邮局，自然也就没有邮票和邮戳，里面却装得鼓鼓的，拿在手里掂掂，很有点分量。他撕开信封，先看末尾，赫赫然署着“唐生法”的名字，心头不由一紧，就从头至尾读下去——

关书记：

你好，一定很忙。

我本想找你谈一次，但一是考虑到你十分忙，不便打搅，二来我怕见了你反而把想说的话说不清楚，因此写这封长信。

你给我爸平反了。我爸经你重新安排为东唐村的支部书记了。“四清”运动中没收我们家的房屋和粮食以及钱款也都退赔了。我们一家老少，尤其是我父亲，对你十分感恩。我却没有这种感激你的心情。

我爸的三条罪状——走资本主义道路、走地富路线以及多吃多占的经济问题全部推倒了，一分钱的问题也不存在了。当你今天以公社党委书记的身份宣布给他平反的时候，是否想到过当初你作为“四清”工作团团长给他整治下这些莫须有的罪状的做法有点荒唐？

我爸是东唐村农会主任，是东唐村第一个加入共产党的党员，自建立起农业社自然是第一任农业社社长，后来就是中共东唐村支部书记了。他是怎样一个人，作为儿子我不能替他吹捧，相信你在东唐村的平反大会上看到社员的情绪就明白八九了。你作为“四清”工作团团长把这样一个死心塌地跟共产党跑的老农民打倒，而且没收财产残忍到连水缸也拔走的程度，你而今能无动于衷吗？

在整个河西公社，大队和小队的干部以及普通社员，在你领导的“四清”运动中遭受和我父亲一样冤情的人有多少，你会比我知道得准确；而我只知道大约是百分之九十的前任干部全都变成了“四不清”，有的甚至变成了“地富反坏”敌对分子。你稍微想想，就可以体味他们十四五年来过的是一种什么日子！你面对这些无辜的农民，心里能不感到一点愧疚吗？

我当时高中毕业回乡，受聘为小学民办教师，一月十块钱补贴费，其余和社员一样挣工分。我父亲亲自指示生产队给我只记相当于中上等水平的工分，理由是我干的是“轻省活”。我在两年任教期内的工作如何，有当时的校长和教员现在都活着，可以了解。而我因父亲的倒台也被从学校清除回家，替换我的竟是一个初中毕业生。你想想，和我一样受歧视的那许多被整治的干部的亲属和子女，他们心里是怎样地不受活。

“文革”开火了，我豁出去了。反正我已经人鬼莫辨了，造你关书记的反，出一口气，让你也甭那么自在地过日子，我就泄了恶气了。我在“文革”中的作为和结局，我不会后悔。我被撤职回来的时候，也没有后悔。只是你总要我“说清楚”，我怎么能说得清楚呢？而现在，我似乎一句话就可以说清楚了：“四人帮”们大闹“文化大革命”究竟是什么原因，早已是司马昭之心，路人皆知；而我借“文化大革命”之风，就是为了报仇。

当你急急忙忙赶到河西公社一个又一个村庄去为那些被你打倒又被你扶起的农民平反的时候，你是否也会自问：这是怎么回事？自己到河西公社十余年干了怎么一回蠢事？而你能把这蠢事的来龙去脉以及你当初那么卖力地干这件蠢事的客观和主观的原因“说清楚”吗？我认为你现在说不清楚。当然，现在也根本没有人要求你“说清楚”。

我现在想和你讨论一个问题：我犯下了你认为尚未完全“说清楚”的错误，你也做下了你根本说不清楚的错事，你我十几年来的仇视和互相伤害，究竟是为了什么？你怎么看这个问题，我不知道。

同是一个我，既可以做一个合格的人民教师（我曾被推选为模范教师），又可以是一个凶恶的迫害革命干部的打砸抢分子（譬如对你的种种凌辱和迫害）；同是一个你，既可以以“四清”工作团团长的名义把全公社上自支书下至会计出纳的百分之九十的干部一齐扫荡，然而你又可以以党委书记的名义给他们一个一个平反——你不觉得这是一场真正的悲剧么？

这场悲剧的痛切之处，还在于它是以人民的名义发生和演化着。譬如我，是以反修防修“不吃二茬苦不受二遍罪”的堂皇的名义去造反的；譬如你，也是以同样堂皇的名义进行“四清”运动的。而这两场运动的共同结局，恰恰都使人民包括我也包括你吃了二茬苦也受了二遍罪。

我感到现在普遍滋生起一种厌恶政治的社会心理和社会情绪。出现这种情况的原因不难理解——政治在多年来变幻莫测的动乱中最终失去了它最基本最正常的含义，变得不是于人民有利而是有害了，令人听之闻之就顿生厌恶之情了。说句难听话，当人们最关心最崇拜的政治最后使人们终于发觉它不过是一块抹布，哪儿脏就朝哪儿抹而结果是越抹越脏的时候，人们自然就明白这块抹布本身原来就是肮脏污秽的一块布，那么它就只能使人失望以至厌恶了！

听说你正在与教育部门的负责人做工作，想给我恢复民办教师的工作。你的好意我可以理解，但我现在恰恰不宜去做教师的工作。我在“文革”中的作为可以说是臭名远扬。我现在为自己的恶劣行为懊悔不迭。我无法站在讲台上向幼稚的孩童去做“传道授业解惑”的神圣的事。一句话，我现在还不能恢复面对那一双双纯洁天真的孩子的眼睛时自尊自信的勇气。我作过乱；我骂过人，使用的是最肮脏的语言；我打过人，拳头和脚都使用上了；我造过谣，不惜颠倒黑白，无中生有，以置对方于死地为目的；我搞过阴谋，用最不光彩的手段去达到最堂皇的目标。我尚未从自己的心里彻底扫荡这一切人类最坏最恶劣的品质，尚未恢复到我六十年代初刚刚开始做教师工作时的那种纯洁的心理状态——我怎么能去做教育后一代人的神圣的工作呢？

我将认真地对自己讲求一下“心理卫生”。

基于如上认识，我现在首先向你做真诚的忏悔。我不是一般地遵循“向前看”的说教，而是真心实意地希望自己从懊悔中获得解脱。我也想向一切被我伤害过的人忏悔。既然我明白了这场悲剧的实质，同时也就觉得它十分好笑，也就觉得没有必要使你我在心里互相憎恨——因为这些东西，这些本不属于我们应该有的东西。

致以

敬礼

唐生法

1979 年 5 月 20 日

关书记读完这封长信，抬起头来。窗外是一排白杨，枝叶绿郁葱茏，在温柔的阳光和微风里舞摆。他的眼光有点呆滞，一下子难以从这封信带给他的震撼里清醒过来。他点燃一支烟，在屋子里踱起步来。

他踱着步，渐渐加快，脑子里开始烦躁不安。他猛然刹住脚，拉开门，吼叫起通信员小马来，过大的声音在公社院子里回荡。

小马闻声奔来，机灵的眼睛瞅着公社最高领导者的脸色，有点惊慌。他对小马吩咐说，立即给公社派驻到所有村庄的干部打电话，紧急通知，让他们今晚回公社机关来，汇报各个村庄纠正“四清”运动“冤假错”案的进度和状况。小马不敢表示出任何异议，转过身就走，钻进电话房里去了。

他忽然想：要不要把唐生法给他的长信向全体公社干部读一读呢？这封信对加快复查“四清”中大量案件的进度不无推动力吧？当然，拿出这封信来公之于众……这需要勇气！

关志雄转过身，一拳砸在那信纸上，自言自语吼道：

“奶奶个熊！老子豁出去了！”

十一

那是在市人民代表大会期间，我与关志雄的一次相遇。我过去只知道他“文革”中受过折腾，并不在意，因为几乎所有大小领导干部都受过类似的折腾，只有程度上的差别，并无幸免者。那天晚上，他却向我道出了这一段“地窖”里的奇特经历，使我难以忘记。

“你看，我把我一生中最见不得人的事都告诉你了。今晚以前，世界上没有第三个人知道我躲地窖的事。可我心里很憋，我说给你，你骂我也好，瞧不起我也好，反正我心里松泛了一些。你们作家可以把自己心里的事儿变个法儿写出去，我没这个本事；你觉得我的这段经历有意思的话，你可以写小说，只是……甭胡毬编！现时有些小说、电影编得太虚了！”

这就给我日后的小说定下了调子。当我今天打算写这个故事的时候，已经少了顾虑——文学园地早已出现了一种类似于小说也类似于报告文学的新形式，叫做报告小说或纪实小说。不过我觉得我的《地窖》还是小说，不仅仅是因为主人公的名字是我随意改换的——我的朋友自然不叫关志雄。

那一晚，我们在一块多喝了几杯，关志雄脸膛泛红，眼珠熠熠生辉，兴奋难抑。我问他后来还见过那位救他命的地窖女主人没有，他笑着说：“见过一次，是她和唐生法开着汽车把我请去的。他妈的，唐生法这小子有文化知识，又有在公社农具厂当厂长时拉下的熟人‘关系’，在东唐村开办了个小加工厂，挣了大钱。他和女人开着大卡车到县上来把我拉去，备下家宴，把他父亲也请过来了。

“那家伙真不得了，挣下几十万了。他给东唐村小学捐献了一座二层教学楼，又给东唐村修建了自来水塔。他说……他做这些事是要讲一讲‘心理卫生’……

“我在他家里，再也找不到那个地窖了。他们盖下了小洋楼，厦屋拆掉了，地窖早已填平夯实了——我竟有点惆怅。

“那玉芹也容光焕发，发胖了，还烫了发，是那个小加工厂的会计，走起路来脚下“叮咚”响。进门时一见面，她的脸一下子红到脖颈。唐生法大瓜熊不知底细，还对着我开她的玩笑，‘都老毬了，见人还脸红哩！’……”

我不禁畅怀大笑。

关志雄却没有笑。他从沙发上站起，走到窗前，推开窗户。这座十层楼的宾馆下面，是灰蒙蒙的低矮平房的瓦顶，灯光大都熄灭了，临街公路上的路灯放出一种紫色的柔光。这座饭店的多数窗户也都黑下来了。夜正深沉。

关志雄站在窗前，抽着烟。他现在是河口县人大常委会副主任。他对着黑沉沉的夜空，站了很长时间。

后来，我们就睡觉了。